동방의 애인·불사조

엮은이 소개

김종욱 金鍾郁

서울대학교 국어국문학과 교수.
저서로는 『한국 소설의 시간과 공간』(2000), 『한국 현대소설의 서사형식과 미학』(2005),
『한국 현대문학과 경계의 상상력』(2012) 등의 연구서와 『소설 그 기억의 풍경』(2001),
『텍스트의 매혹』(2012) 등의 평론집이 있다.

박정희 朴旺熙

서울대학교 교수학습개발센터 연구교수.
대표적인 논문으로 「심훈 소설 연구」(2003), 「영화감독 심훈의 소설 『상록수』 연구」
(2007), 「심훈 문학과 3 · 1운동의 '기억학'」(2016) 등이 있으며 편저로 『송영 소설 선집』
(2010)이 있다.

심훈 전집 2
동방의 애인 · 불사조

초판 1쇄 발행 2016년 9월 16일

지 은 이 심 훈
엮 은 이 김종욱 · 박정희
펴 낸 이 최종숙
펴 낸 곳 글누림출판사

책임편집 이태곤
편   집 문선희 · 박지인 · 권분옥 · 최용환 · 홍혜정 · 고나희
디 자 인 안혜진 · 이흥주
마 케 팅 박태훈 · 안현진

주   소 서울시 서초구 동광로46길 6-6(반포4동 577-25) 문창빌딩 2층(우06589)
전   화 02-3409-2055(편집부), 2058(영업부)
팩   스 02-3409-2059
등   록 제303-2005-000038호(2005.10.5)
전자메일 nurim3888@hanmail.net
홈페이지 www.geulnurim.co.kr

정가 38,000원
ISBN 978-89-6327-357-0 04810
      978-89-6327-355-6(전10권)

* 잘못된 책은 바꿔드립니다.
* 이 도서의 국립중앙도서관 출판예정도서목록(CIP)은 서지정보유통지원시스템 홈페이지(http://seoji.nl.go.kr)와
  국가자료공동목록시스템(http://www.nl.go.kr/kolisnet)에서 이용하실 수 있습니다.(CIP제어번호: CIP2016021417)

02

심훈 전집

동방의 애인 · 불사조

김종욱 · 박정희 엮음

1. 『동방의 애인』은 ≪조선일보≫(1930.10.21~12.10) 연재본을, 『불사조』는 ≪조선일보≫ (1931.08.16~1932.02.29) 연재본을 저본으로 삼았다. 매회 연재가 끝날 때마다 [연재횟수. 연재년월일]의 형식으로 서지사항을 표기했다. 해당 연재일의 연재회수, 소제목 등의 오류는 '정정기사' 내용 등을 반영하여 바로 잡았으며, 〈바로잡은 서지정보〉에 일괄 정리하였다.

2. 이 책의 맞춤법은 1988년 1월 19일 문교부 교시 '한글 맞춤법'에 따르는 것을 원칙으로 삼되, 작품의 분위기와 어휘의 뉘앙스 등을 해치지 않기 위해 방언이나 구어체 표현, 의성어 · 의태어, 외래어 등은 그대로 두었다.

3. 저본에서 사용하는 부호(×, ○, △ 등)를 그대로 따랐으며, 판독이 불가능한 경우 글자수만큼 □로 표시하였다. 다만 대화를 표시하는 부분은 " "(큰따옴표), 대화가 아닌 생각 및 강조의 경우에는 ' '(작은따옴표)를 바꾸어 표기했으며, 책 제목의 경우에도 『 』로, 사 단편소설 등의 제목은 「 」로, 영화 · 곡명 · 연극명 · 그림명 등은 〈 〉로 통일하여 표기했다.

4. 저본에서 한자를 괄호로 병기한 경우는 그대로 따랐으며, 한글 어휘와 한자의 음이 일치하지 않을 경우에는 [ ]로 바꾸어 표기하였다. 저본에 표시되지 않은 외국어(특히 일본어)는 [ ] 안에 번역문을 넣어 독자들의 이해를 돕고자 했다. 그리고 외래어의 장음 표시는 모두 생략하였다.

간행사

『심훈 전집』을 내면서

심훈 선생(1901~1936)은 일본제국주의의 지배라는 아픈 역사를 살아가면서도 민족문화의 찬란한 발전을 꿈꾸었던 위대한 지식인이었습니다. 100편에 육박하는 시와 『상록수』를 위시한 여러 장편소설을 창작한 문인이었으며, 시대의 어둠에 타협하지 않고 강건한 필치를 휘둘렀던 언론인이었으며, 동시에 음악·무용·미술 등 다양한 예술분야에 조예가 깊은 예술평론가였습니다. 그리고 "영화 제작을 필생의 천직"으로 삼고 영화계에 투신한 영화인이기도 했습니다.

그런데 오늘날 심훈 선생은 『상록수』와 「그날이 오면」의 작가로만 기억되는 듯합니다. 문학뿐만 아니라 언론과 영화, 예술 등 문화 전반에 걸쳐 있던 다채롭고 풍성했던 활동은 잊혀졌고, 저항과 계몽의 문학인이라는 고정된 관념만이 남았습니다. 이제 새롭게 『심훈 전집』을 내놓게 된 것은 다양한 분야에 걸쳐 있는 선생의 족적을 다시 더듬어보기 위해서입니다.

50년 전에 심훈 전집이 만들어졌던 적이 있습니다. 1966년 사후 30주년을 기념하여 작가의 자필 원고와 자료를 수집하고 간직해 왔던 유족의 노력으로 『심훈문학전집』(탐구당, 전3권)이 간행되었던 것입니다. 여기에는 일기와 서간문, 시나리오 등등 여러 미발표 자료들까지 수록되어 있어 심훈 연구에 있어서 매우 뜻 깊은 사건이었습니다. 그런데, 세월이 흐르면서 이 전집은 일반 독자들이 쉽게 구할 수 없을 뿐더러 새로 발견된 여러 자료들을 담지 못한다는 아쉬움을 남기고 있었습니다. 그래서 심훈 선생이 갑작스럽게 세상을 뜬 지 80년이 되는 2016년에 새롭게 『심훈 전집』을 기획하기에 이르렀습니다.

이번 전집을 엮으면서 다음과 같은 점을 염두에 두고자 했습니다.

이 전집에서는 최초 발표본을 저본으로 삼았습니다. 그동안 우리가 쉽게 접할 수 있었던 여러 소설들은 대부분 단행본을 토대로 한 것이었습니다. 그런데 이 전집에서는 신문이나 잡지에 최초로 발표되었던 텍스트를 바탕으로 삼았으며, 필요한 경우 연재 일자 등을 표기하여 작품 발표 당시의 호흡과 느낌을 알 수 있도록 노력했습니다.

그렇지만 시가의 경우에는 작가가 출간을 위해 몸소 교정을 보았던 검열본 『심훈시가집』(1932)을 저본으로 삼았습니다. 비록 일제의 검열 때문에 출판되지 못했을지라도 이 한 권의 시집을 엮기 위해 노심했을 시인의 고뇌를 엿보기 위해서입니다. 그리고 최초 발표지면이 확인되는 작품의 경우에는 원문을 함께 수록하여 작품의 개작 양상도 함께 검토할 수 있도록 구성하였습니다.

마지막으로 영화감독 심훈의 면모를 최대한 담으려고 노력했습니다. 예컨대 영화소설 「탈춤」의 경우 스틸사진을 함께 수록하여 영화소설적 특성을 확인할 수 있게 했으며, 영화 관련 글들에 사용된 당대의 영화 사진과 감독·배우를 비롯한 영화인들의 사진을 글과 함께 수록했습니다. 그리고 무엇보다 그간 소개되지 않았던 심훈의 영화 관련 글들을 발굴하여 수록했습니다. 이를 통해 영화감독 심훈의 모습은 물론 그의 문학을 더 다채롭게 이해하는 계기가 되길 기대합니다.

이러한 의도와 목적이 실제 전집에서 어떻게 구현될 수 있는가에 대해서 편집자들은 여전히 두려움을 갖고 있습니다. 누구나 그러하겠지만, 전집을 간행할 때마다 편집자들은 자신들의 작업이 정본으로 인정받기를, 그래서 더 이상의 전집이 만들어지지 않기를 꿈꿀 것입니다. 하지만, 전집을 만드는 과정은 어쩌면 원텍스트를 훼손하는 과정이기도 합니다. 하나의 예를 들어보겠습니다.

심훈의 『상록수』에서, 인물들이 대화를 나눌 때에는 부엌을 '벅'이라고 쓰는데 대화 이외의 서술에서는 '부엌'이라고 쓰고 있습니다. 그리고 『대지』를 번역할 때에는 대화 이외에서 '벅'이라는 표현을 사용합니다. 여기에서 '벅'이나 '벅'은 특정 지역에서 사용하는 방언인데, 이것을 그대로 놓아둘 것인가, 일괄적으로 바꿀 것인가에 두고 오랫동안 고민했습니다. 처음에는 작가의 의도를 고려하여 그대로 살려두었는데, 현대 독자의 입장에서 다시 보니 전혀 낯선 단어여서 가독성을 현저히 떨어뜨리고 말았습니다. 결국 전집에서는 '부엌'으로 수정하게 되었습니다.

이런 예들은 무수히 많습니다. 원래의 느낌을 최대한 살리겠다는 원칙을 세워두긴 했지만, 현재의 독서관습을 무시하기도 어려웠습니다. 그래서 편의상 고어나 방언의 경우 『표준국어대사전』의 표제어로 실려 있으면 그대로 살려두긴 했지만, 이 또한 자의적이라는 생각을 떨쳐버릴 수 없습니다. 결국 원본의 '훼손'에 대한 책임은 전적으로 우리 두 사람에게 있습니다. 물론 이 책임을 덜기 위해서 주석을 활용할 수 있겠지만, 이번 전집에는 주석을 넣지 않았습니다. 실제 주석 작업을 진행한 결과 그 수가 너무 많은 것이 이유라면 이유입니다. 어휘풀이, 인명·작품 등에 대한 설명, 원본의 오류와 바로잡은 내용 등에 대한 주석이 너무 많아서 독서의 흐름을 방해했기 때문입니다. 대신 이 주석의 내용을 알아보기 쉽게 정리해서 『심훈 사전』으로 따로 간행하고자 합니다.

마지막으로 전집을 준비하는 과정에 도움을 주신 분들에게 감사한 마음을 전합니다. 새로운 자료를 소개해준 분도 있고 읽기조차 힘든 신문연재본을 한 줄 한 줄 검토해준 분도 계셨습니다. 권철호, 서여진, 유연주, 배상미, 유예현, 윤국희, 김희경, 김춘규, 장종주, 임진하, 김윤주 등. 이분들의 도움이 있었기에 이 전집이 나올 수 있었습니다. 이 자리를 빌어 다시 한 번 감사한 마음을 전합니다. 그리고 유난히도 더웠던 여름 내내 어수선한 원고 뭉치를 가다듬고 엮은이를 독려하여 이렇게 멋진 책으로 만들어주신 글누림출판사의 최종숙 대표님과 이태곤 편집장님께 다시 한 번 고마움을 전합니다.

2016년 9월 심훈의 기일(忌日)에 즈음하여
엮은이 씀

차 례

동방의 애인

불사조

1931.10.20	52회, 혐의자 8 → 53회, 귀 떨어진 삼각 2
1931.10.22	53회, 혐의자 9 → 54회, 귀 떨어진 삼각 3
1931.10.24	혐의자 9 → 귀 떨어진 삼각 4
1931.10.27	57회, 귀 떨어진 삼각 4 → 56회, 귀 떨어진 삼각 5
1931.10.28	귀 떨어진 삼각 4 → 귀 떨어진 삼각 6
1931.11.12	69회 → 63회
1931.11.16	꼬리 빠진 공작 1 → 꼬리 빠진 공작 2
1931.11.19	꼬리 빠진 공작 2 → 꼬리 빠진 공작 3
1931.12.11	장관의 집 8 → 심야의 태양 1
1931.12.18	심야의 태양 5 → 두 여성 1
1931.12.20	심야의 태양 6 → 두 여성 2
1932.01.03	두 여성 7 → 두 여성 8
1232.01.05	96회 → 95회
1932.01.27	소제목 미표기 → 출옥 3
1932.01.28	소제목 미표기 → 출옥 4
1932.01.29	소제목 미표기 → 출옥 5
1932.01.31	소제목 미표기 → 출옥 6
1932.02.02	출옥 6 → 출옥 7
1932.02.03	출옥 7 → 출옥 8
1932.02.07	새살림 2 → 새살림 1
1932.02.14	새살림 4 → 새살림 3
1932.02.16	새살림 5 → 새살림 4
1932.02.17	축출 2 → 축출 1

동방의 애인

작자의 말

남녀 간에 맺어지는 연애의 결과는 조그만 보금자리를 얽어놓는 데 지나지 못하고 어버이와 자녀간의 사랑은 핏줄을 이어 나아가는 한낱 정실(情實) 관계에 그치고 마는 것입니다.

*

우리는 보다 더 크고 깊고 변함이 없는 사랑 가운데 살아야 하겠습니다. 그러려면 우리 민족과 같은 계급에 처한 남녀노소가 사랑에 겨워 껴안고 몸부림칠 만한 새로운 공통된 애인을 발견치 않고는 견디지 못할 것입니다.

*

나는 그것을 찾아내고야 말았습니다―. 오랫동안 초조하게도 기다려지던 그는 우리와 지극히 가까운 거리에서 아주 평범한 사람들 속에 나타나고 있었던 것입니다. 그와 동시에 여러분에게 그의 정체를 보여드려야만 하는 의무와 감격을 아울러 느낀 것입니다.

『심훈문학전집 (2)』, 탐구당, 1966, p.537.

국경의 새벽

☐1 봉천(奉天)서 밤 아홉 시에 경성을 향하여 떠난 특별 급행열차는 그 이튿날 동이 틀 무렵에 안동현(安東縣) 정거장 안으로 굴러들었다.

국경을 지키는 정사복 경관, 육혈포를 걸어 맨 헌병이며, 세관(稅關)의 관리들은 커다란 버러지를 뜯어먹으려고 달려드는 주린 개미 떼처럼, 플랫폼에 지쳐 늘어진 객차의 마디마디로 다투어 기어올랐다.

차 속이 부펴서 새우잠들을 자다가 마지못해서 눈을 부비고 일어난 승객들은 짐이며 가방 등속을 내려놓고 깡그리 검사를 받기 시작한다. 일등이나 이등에 버티고 앉은 양반사람들 앞에 가서는 공손히 모자를 벗고

"대단히 수고로우시겠습니다만 가지신 물건을 잠시 보여 줍시오."

하고 선문을 놓고 나서 수박 겉핥기로 가방 뚜껑만 떠들어보는 척하던 세관리는, 삼등 찻간으로 들어서면서부터는 졸지에 그 태도가 엄숙(?)해지며 죽은 사람의 물건 다루듯 닥치는 대로 발길로 굴려가며 엎어놓고 제쳐놓고 하다가 두세 명씩이나 붙어 다니는 형사가 등 뒤에서 무어라고 귀를 불기만 하면 그 승객의 짐은 따로 끌어내어 시멘트 바닥에 넝마전을 벌여놓고 속셔츠까지 낱낱이 들추어 보는 것이었다.

"담배는 열 갑이나 샀는데 또 이것은 무엇이냐?"

볼멘소리 한 마디에 다짜고짜 귀퉁이를 쥐어 박히고 나서는 입을 헤—
벌리는 바지저고리도 있고 청인의 패물전에서 사서 감춘 돌붙이 패물이
허리춤에서 발려나서

"거저 잘못됐쇠다. 그래— 도제 모르고 한 노릇이라서…."

하고는 그나마 빼앗길까 보아 부들부들 떠는 수건 쓴 북도의 여인네도
있다.

◇

—아까부터 삼등 침대 한 모퉁이에 주먹으로 턱을 고이고 앉은 채 밖
에서 복작대는 소리는 귀 밖으로 흘리고 창밖만 내다보고 앉은 스물칠팔
세쯤 되어 보이는 젊은 사람이 있었다. 허름한 검정 양복에 넥타이는 되
는 대로 늘였는데 밤새도록 들부비고 난 머리는 고슴도치 털처럼 뻐쭈—
하게 일어섰다. 길쭘한 얼굴바탕에 깔끔하게 솟은 콧날과 숱한 눈썹 밑
으로 두 눈꼬리가 조금 치붙고 살빛은 검붉은데 일어서면 육척이나 될
듯한 허우대가 호락호락 넘겨다보지 못하게 생긴 사나이다.

아랫입술을 지근지근 깨물고 앉아서 깊은 생각에 잠긴 듯하나 침대 밑
에서 발끝을 조금씩 까부는 것을 보면 초초하고 불안한 마음을 진정하려
고 남몰래 힘을 들이고 있는 눈치다.

이십 분이나 되는 정거 시간이 거의 다 된 뒤에야 그 청년에게도 짐
검사를 맡는 차례가 돌아왔다.

그는 잠자코 손가방을 내려서 세관리 앞에 열어 보였다. 그 속에는 세
수하는 제구와 편지 종이며 그밖에는 백지로 싸고 또 싸고 한 인삼(人蔘)
몇 근이 들었을 뿐이다.

때마침 호각 소리가 나며 기차 바퀴가 미끄러지기를 시작하였다. 세관리는 그 청년이 피우던 칼표갑 위에다가 도장을 찍어 퉁명스럽게 내던지고는 돌쳐서서 급히 나가려다 말고 찻간 밖에서 방금 교대(交代)가 되어 뒤를 따라 오르는 이동경찰대 형사의 옆구리를 찌르며

"아이쓰와 닌소—가 도—모 아야시이조"[저 자의 생김생김이 어째 수상스럽다.]

하고 군소리처럼 중얼거리고 나서 그 청년의 등덜미에다가 얄궂은 시선(視線)을 끼얹어주고는 허겁지겁 뛰어내렸다.

001회, 1930.10.29.

2 '이번에도 어쨌든 넘어는 섰구나!'

하는 안심의 짤막한 한숨이 그자들에게 대한 비웃음을 곁들여 굳게 다물었던 청년의 입을 새었다.

그가 여러 해포를 두고 수삼 차나 깊은 밤에 목선 바닥에 엎드려 건너기도 하고 조선 천지가 뒤끓던 기미년 봄에는 어울리지도 않는 청복을 입고 인력거를 몰던, 철교 위를 지금 기차 속에 앉아 천천히 달리고 있다. 새벽잠이 어렴풋이 깨인 압록강은 커다란 입을 바다 어구로 벌리고 기다랗게 하품이나 하고 난 듯이 지난밤의 나머지 꿈을 싣고는 수없는 뗏목이 흘러내리고 잦았던 안개가 뿌옇게 흩어지면서 나타나는 것은 촘촘한 목선의 돛대와 연안에 우뚝우뚝 솟은 굴뚝에서 서리어 오르는 연기였다.

청년은 차창에 여전히 기댄 채로 오래간만에 나타나는 고국산천을, 더구나 여러 가지 기억을 새삼스러이 자아내는 압록강 일대의 소조한 새벽

경치를 얼빠진 사람처럼 내다보고 앉았다.

그는 담배를 붙여 흡연을 하여 길게 내뿜었다. 그러나 방금 꺼지려는 전등불 밑으로 구름같이 서리어 오르는 연기는 그의 피곤한 시선을 끌고 다니면서 쓰라린 생각의 실마리를 이어줄 뿐이다.

얼마 아니하여 그 청년의 등 뒤로 와서 좁은 옆자리를 부비고 바싹 붙어 앉는 사람이 있다. 그는 못 본 체하고 자리를 조금 비켜주었다. 그러나 머리로부터 발끝까지 오르내리는 날카로운 시선에 자기의 몸이 사로잡힌 것을 느끼지 않을 수 없었다. 그자의 체온(體溫)이 옆구리로 옮아드는 것이 진드기가 붙는 것처럼 불쾌하지만 그의 눈은 여전히 창밖을 달리고 있을 뿐….

"여─보시소. 어드메까지 가십네까?"

평안도 사투리에 말씨는 제법 은근하나 고개를 돌릴 때에 마주친 것은 백통테 안경 밖으로 노리고 보는 심상치 않은 눈동자였다.

청년은 그자의 눈치만 보고도 모든 것을 알아차릴 수 있었다.

'그─예 또 걸려들었구나.'

하는 생각이 번개같이 머리를 갈기건만

"네 개성(開城)까지 갑니다."

하고 공손히 대답하고는 고개를 돌렸다.

"개성이 고장입네까? 실례지만 뉘 댁이신지요?"

그는 말대꾸하기가 귀찮은 듯이 명함 한 장을 꺼내들고

"많이 사랑해 주십시오"

하고는 어색하게 굽실거려 보였다. 명함에는 개성삼업회사(開城蔘業會社) 해외출장원(海外出張員) 최상배(崔相培)라고 박혀 있다. 명함 쪽을 뚫어

질 듯이 들여다보던 그자는

"네 알겠쇠다. 그럼 어데서 오시는 길인가요?"

"봉천(奉天) 서탑(西塔)에 우리 회사 출장소가 생겨서 금년에 새로 말린 백삼(白蔘) 몇 근을 견본으로 가지고 갔다가 돌아오는 길이외다."

노란 눈동자는

'봉천? 서탑?'

하고 입 속으로 뇌면서 고개를 비꼬더니 졸지에 무릎을 불쑥 들이밀며 덜 익은 열무깍두기를 씹는 듯한 일본말로

"거짓말 마라. 봉천에 어디 그런 회사 출장소가 있단 말이냐?"

하고는 금세로 잡아나 먹을 듯이 달려든다. 그는

'옳지. 네가 넘겨짚는 수작이로구나.'

하면서도

"거짓말 할 리가 있나요. 아직 간판도 내걸지 못했으니까 광고가 안됐습죠."

그는 여전히 조선말로 대답하였다. 그러나 곁에 같이 탄 승객들까지도 의심하리만큼 장사치의 말씨를 억지로 흉내내보려는 그 대답이 듣기에 어색하였다.

"뭐 어째? 바른대로 말을 안하면 이담 정거장에서 끌어내릴 터이야."

하고 딱딱 얼러붙이는 서슬이 당장에 앞뒤잡이라도 시킬 형세를 보인다.

002회, 1930.10.30.

③ 그동안에 기차가 신의주(新義州) 정거장에 들어와서 김빠진 기관차는 하늘로 벌린 콧구멍으로 물을 갈아 삼키고 있는 중이었다.

"아니 꼭 그렇다는 게 아니라 책임상 내 눈에 좀 수상한 사람을 한 번 조사는 안할 수 없어 그랬댔소 미안하외다."

하고는 일부러 멀쑥해지면서 자리를 떠났다. 그러나 다른 찻간으로 응원대를 청하려고 슬그머니 비켜준 것을 눈치채지 못할 그도 아니었었다.

003회, 1930.10.31.

탈주(脫走)

[1] 전속력을 놓아 달리는 기차가 어느덧 차련관(車輦館) 정거장에서 불과 두 마일쯤 되는 지점까지 다다랐을 때에 차 앞머리에서 불시에 경적(警笛)을 울리는 소리가 요란하였다.

"사람이 치었다!"

"그것 봐라 반동강이 나서 구른다."

창밖으로 머리를 내밀고 바깥을 내다보고 앉았던 통학생들이 소리를 쳤다. 계집애들은 일시에 "으악!" 소리를 지른다.

차장은 모자 끈을 늘이고 황급히 객차의 층층대로 내려서서 기관수에게 신호를 한다. 차 속 구석구석에 끼었던 이동경찰대의 형사들은 무슨 큰일이나 조력하는 듯이 서두르며 차 꽁무니에서 브레이크를 감기에 열이 났다. 기차는 정거하였다. 급히 뒤로 물러서는 바람에 일어섰던 승객들은 골패짝 쓰러지듯 하였다.

기관수와 승무원들이 사람이 치인 현장을 임검하고 돌아오는 동안에 십 분이 넘는 시간이 걸렸고 칠십이나 먹은 촌늙은이가 철로로 뛰어들어 자살을 한 것이 판명되었다. 차장은

"빠가나 야쓰다!"

하고 투덜대면서 호각을 불자 차는 다시 움직이기 시작한다. 그때에 마침 차련관 정거장을 떠난 화물열차가 천천히 마주 오는 것을 보고 이편 차의 기관수는 지나온 정거장에 통지할 일을 부탁하는 그 순간이었다. 이쪽 열차의 변소 들창에서 시꺼먼 것이 성큼 뛰어내리더니 저쪽 화물차로 날짐승같이 붙어 오르는 그림자가 언뜻 보였다. 그러나 사람이 치어 죽은 편을 내다보며 아직도 떠들썩하던 판이라 아무도 그 그림자를 발견한 사람이 없었던 것이다.

두 정거장이나 지난 뒤에 이번에는 객차 속에서 야단이 났다. 형사들은 고사하고 승무원들과 식당의 보이들까지 총출동을 시켜서 허둥지둥 사람을 찾는 모양이다.

안동현 정거장에서부터 든든히 물고 오던 고깃덩어리를 수선스러운 통에 놓쳐버렸으니 그 인삼장수가 그림자까지 사라지고 만 것을 그제야 발견하고서 직접 취조를 하던 자의 날뛰는 것은 형용할 수 없거니와 까닭도 모르는 일반 승객들은 무슨 큰 사변이나 또 생긴 줄 알고 수성수성하였다.

백통테 안경잡이는 독수리에게 놀란 참새 모양으로 할딱거리며 악이 올라서 침대 밑이며 뒷간 속까지 샅샅이 뒤졌으나 사람의 몸뚱이 하나가 돌돌 말려서 어느 구석에 끼어 있을 리는 없었다.

다음 정거장에 와서 차가 머무르자 그들은 우선 그곳 경찰서로 급히 보고하는 수속을 마치고 경비 전화통에 매달려서 비지땀을 씻어가며 각처로 중대 범인이 열차 속에서 탈주하였다는 경고를 발했다. 갈팡질팡하는 동안에 이미 타고 온 차는 떠나버리고 북행하는 차를 되잡아 타고 가

자니 그 정거장에서 여섯 시간이나 지체하지 않으면 안동현으로 돌아갈 도리는 없는데 탈주한 범인(?)의 인상을 똑똑히 기억하는 사람은 백통테 안경잡이 하나뿐이요 종적을 감춘 지도 반 날 동안이나 될 터이니 제가 따로 맡아서 압송하던 죄수가 달아난 것은 아니라 하더라도 모처럼 걸려 든 큰 벌이거리를 놓친 생각을 하매 치가 떨리지 않을 수 없었다.

남시(南市)와 차련관 부근 일대는 불과 몇 시간 동안에 물샐 틈 없는 경계망이 펼쳐졌다. 방갓 쓴 상제, 엿장수, 막벌이꾼 등으로 변장한 형사 대들은 중요한 길모퉁이와 거리거리의 주막을 경계하는 동안에 해가 저물고 밤이 깊어갔다. 그러나 중대 범인으로 지목을 받은 그 청년이 정거도 아니 하는 화물열차의 뗏목을 싼 덮개 없는 곳간 속에 몸을 숨기고 오던 길을 바꾸어 북으로 북으로 몇 백 리 밖에 가서 떨어질 것을 상상조차 한 사람이 없었고 수십 명의 경관과 끄나풀들이 헛물만 켜는 동안에 기나긴 가을밤만 슬며시 밝았다.

004회, 1930.11.01.

② 극비밀리에 사건이 파묻힌 지 한 달이나 지나서 어느 날 이른 아침에 서울 용산(龍山) 전차 종점 근처에 있는 자동전화와 시내 어느 잡지사 사이에 전화가 걸렸다.

"여보세요 ××사지요, 김동렬 씨 나오셨나요?"

"네, 납니다. 누구십니까?"

"어, 동렬인가, 날쎄 나야."

"나라니요?"

"나 진일세. 잘 있었나?"

"응? 진이?"

잡지사에서 전화를 받던 사람은 금세로 상기가 되어 전화통을 바싹 끌어당기며 좌우에 사람이 있고 없는 것을 살피느라고 도수 깊은 안경이 번뜩였다.

"그래 언제 왔나? 거기가 어딘가?"

"지금 급하니 만나서 얘기하세. 자네 집이 어떨까?"

"안돼. 요새는 날마다 와서 살다시피 하니까…. 그럼 오정 때 그 병원에서 만나세. 경재를 먼저 찾게."

"오—냐, 알겠다."

전화는 말끝도 여물일 사이 없이 끊겼다.

박진이가 불일간 떠나서 들어가겠다는 암호 통지를 받은 지도 이미 한 달이 훨씬 넘어서 동렬이는 유일한 주의상 동지요 또한 지기인 박진이의 신변을 염려하는 나머지에 하루도 잠을 편히 이루지 못하고 각처로 사람을 놓아 수소문까지 하였으나 소식이 아득하였다.

그 전날도 밤 깊이 회관 윗목에서 담요자락을 얻어 덮고 눈을 붙였다가 꿈자리가 뒤숭숭하여 날마다 출근하는 잡지사로 다른 날보다도 한 시간이나 일찍이 들어왔다가 마침 다행히 박진이의 전화를 친히 받게 된 것이었다.

누구보다도 뜨거운 정열(情熱)의 주인공이면서도 좀체로는 자기의 감정을 표면에 나타내지 않는 동렬이건만 불시에 박진이의 전화를 받을 때만은 곁에 사람이 있었다면

'저 사람의 신변에도 무슨 큰일이 생겼구나!'

하고 의심을 품게 할 만큼 심상치 않은 그의 표정과 동작을 발견하였을

것이다.

아직도 급사 아이 하나밖에 아니 들어와서 지저분하게 벌여 놓은 채로 있는 편집실을 동렬이는 뒷짐을 지고 왔다갔다 거닐면서 흥분된 가슴을 가라앉히기에 힘을 들였다.

그의 짧고 굵은 두 다리는 딱 벌어진 가슴과 육중한 동체(胴體)의 무게에 눌리는 듯이 창 곁에서 여덟 팔(八)자로 버티고 섰다. 면도는 한 달에 한 번이나 하는지 숱한 수염과 시꺼먼 구레나룻이 둥글넓적한 얼굴을 뒤덮었는데 충충한 삼림 속에서 내다보는 샛별처럼 정신기 있게 빛나는 것은 그의 두 눈동자뿐이다. 그래서 광채 도는 그의 시선은 무엇을 주의해볼 때면 바로 뚫어질 듯하여 발등 위에 불똥이 떨어져도 꼼짝달싹도 아니할 만큼 담력차고 침착한 성격을 말하는 듯 두둑한 두 입술은 여간 놈이 두드려서는 열지 못할 성문처럼 굳게 다물렸다. 그는 자기가 일 보는 책상 앞에 와서 주저앉으며 두 손으로 이마를 짚었다. 차차 흥분되었던 마음이 가라앉자 머리에 떠오르는 것은

'진이의 보고를 들어보아 일이 불여의했으면 어떤 방침을 취할꼬?' 하는 커다란 의문이었다. 아무리 급한 사정이 있더라도 계획했던 일이 비뚤어진 코스를 밟게 될 경우를 미리 점쳐보고 그 다음에는 이리 저리 해야 되겠다는 제이, 제삼의 방책을 세워 놓고서야 착수하는 것이 그의 주밀한 성격이 만들어준 한 가지 습관이었다.

'안 된다. 내가 먼저 가서 만나서는 안 된다.'

그는 책상 위에서 잡지 한 권을 말아들고 잡지사 문을 나섰다. 그의 아내뿐 아니라 책임비서(責任祕書)격인 세정이를 먼저 보내서 미행(尾行)이 붙고 안 붙은 것을 살핀 뒤에 만나리라 생각하고 유각골 막바지에서

한 외과병실 앞에 놓인 걸상에 두 사람은 유리창을 향하여 걸터앉았다. 무슨 말로서 오래 덮었던 봉지를 떼야 옳을지? 병원의 독특한 소독약 냄새에 섞여서 짤막한 침묵이 두 사람 사이를 흘렀다.

"그동안 큰 고생은 안하셨어요?"

총명, 바로 그것인 듯한 세정의 맑은 눈은 광대뼈가 솟도록 여위고 꺼칠꺼칠해진 진이의 오른편 뺨을 어루만졌다.

"육백 리나 걸었쇠다. 여러 번 무역(貿易)에 이번처럼 힘들어서야…" 하고 어깨와 머리를 흔들며 수탉처럼 진저리를 쳤다.

"우리는 꼭 탈이 난 줄만 알았지요. 어쨌든 이젠 마음을 놓겠어요. 참, 김은요 다른 데서 만날 양으로 나더러 먼저…"

말이 마치기 전에 진이는

"네 짐작하지요."

하고 여자의 말을 가로채었다. 두 사람이 앉아 있는 복도로는 별별 사람이 종종 걸음을 치며 지나다닌다. 유리창으로 쏘아 들어오는 늦은 가을 대낮의 햇발에 흰옷 입은 사람들의 꽁무니가 눈이 부시도록 반짝거리건만 진이의 양미간은 짙은 잿빛의 우울(憂鬱)로 찌푸려진 것을 민감한 세정이는 벌써 곁눈으로 그의 표정을 읽고 앉았다.

두 사람 사이에는 서로 먼저 묻기도 어렵고 그렇다고 언제까지나 잠자코 있을 수도 없는 대단히 거북살스러운 문답이 목구멍을 간질이고 있던 것이다.

진이는 고생살이에 더 상큼해진 세정의 콧날과 핏기 없는 얼굴을 유심히 바라다보며

"세정 씨도 퍽 상했구려!"

세정이는 그 말의 뜻을 '영숙이는 그동안 어디 가 있나요?' 하는 말로 약삭빨리 번역을 해서 들었다.

"줄곧 몸이 성치 않아요. 저— 그런데 영숙이는요 지금 동경 가 있어요. 어린애는 시골집에 맡기고요. 벌써 아셨는지도 모르지만….."

진이는 소리 없이 이를 갈며 깊은 한숨을 입술로 깨물었다. '흥 이번에는 또 어떤 놈하고 갔노?' 하는 독백(獨白)이 터져 나올 뻔했던 것이다. 세정이는 동정을 지나쳐 몹시 가여운 생각에 눈두덩이 뜨거워짐을 깨닫고 고개를 돌렸다. —영숙이란 여자는 불과 수 년 전에 박진이와 결혼식까지 하고 귀여운 아들까지 낳아놓은 여자의 이름이었다.

그때에 수술실 문이 열리며 소독복을 입고 끼고 있던 고무장갑을 벗으며 나오는 삼십삼사 세쯤 되어 보이는 윗수염을 기른 의사가 점잖이 걸어와서 두 사람의 앞에서 발을 멈춘다. 그가 진이의 이종형인 이경재다. 그는 별로 반가워하는 기색도 보이지 않고 목례(目禮)를 주고받은 뒤에 환자에게 말을 건네는 태도로

"여기서는 이야기를 할 자리가 못 되니 전처럼 내 집으로 오게. 동렬이의 전화로 온 줄은 알았네. 세정 씨도—"

하고 말끝을 흘려버리듯 하고는 김이 서리어 오르는 주사기를 받쳐 든 간호부의 뒤를 따라 병실로 들어가 버렸다. 진이는 처음부터 고개만 끄덕여 알았다는 표시만 하다가 무릎을 짚고 일어서려니까 세정이는

"그럼 우리는 먼저 가 있을게요."

하고 앞장을 섰다.

006회, 1930.11.03.

③ 그날 저녁 이경재의 집에서는 주인 내외를 중심으로 동렬의 부부와 박진이를 합하여 다섯 사람이 머리를 모았다. 그 중에도 동렬이와 진이는 핏줄이 떨리도록 굳게 악수를 한 채로 한참 동안이나 서로 놓을 줄을 몰랐었다. 두 동지의 눈에는 눈물까지 글썽글썽한 것을 저녁 준비에 분주히 드나들던 경재의 아내가 보고 부엌으로 들어가며 행주치마 꼬리로 자기의 눈두덩을 부볐다.

…저녁이 지난 뒤에는 밤도 길고 이야기도 길었다. 그들의 일에 직접 관계는 하지 않는 경재의 내외는 안방으로 건너간 뒤에 건넌방에서 문을 걸고 솥발같이 앉은 세 동지가 쥐도 새도 듣지 못하리만치 나직이 주고받는 이야기의 내용은 이 소설을 쓰는 사람도 들어 옮기지 못할 것이며 더구나 독자가 궁금할 것은 알고도 어찌할 도리가 없는 노릇이다. 다만 그 방의 공기가 찢어질 듯이 긴장되어 흥분한 박진이의 주먹에 방바닥이 울고 동렬이는 말문이 막힌 듯이 눈만 감았다 떴다 할 뿐….

더구나 불 밑에 앉은 세정의 얼굴은 빨갛게 혈조(血潮)가 치밀었다가는 해쓱해지고 하는 것만 보아도 그들의 운명을 키[舵]질하는 중대한 위기가 눈앞에 닥쳐오고 있는 것을 눈치만 보아 짐작이나 할 밖에 다른 도리가 없다.

그러나 앞으로 이야기가 계속되려면 좀 더 자세한 그들의 과거를 말하지 않을 수 없고 파란이 자못 중첩하였던 지난 일을 돌이켜 보자면 이제로부터 십년도 넘는 세월을 거슬러 올라가야만 비로소 그 서막(序幕)이 열릴 것이다.

동렬이와 박진(본 이름은 아니다)이는 고향은 다를망정 서울 어느 사립중학교에서 사 년 동안이나 같은 반에서 공부하던 동창생으로 막역한 사이였다. 동렬이는 박진이의 불덩이 같은 정열과 모험성이 있는 것을 사랑하였고 박진이는 무슨 일이든지 이지적이요 침착하여 함부로 덤비지 아니하는 자기와 반대되는 성격을 동렬에게서 발견하고 너무 과격한 자기의 성질을 조화시키려는 생각이 그와 친근해진 원인의 하나였었다. 그들은 흡사히 동성연애나 하는 사람처럼 예산 없는 학비나마 내 것 네 것 없이 나누어 쓰고 이불 한 채를 둘이 덮고 한겨울을 난 일도 있었다.

그러다가 졸업하게 된 해가 바로 기미년! 당시의 의학생이요 그들이 형님이라고 부르던 이경재는 자기 집 골방에서 ××공보의 원고를 쓰고 동렬이는 등사판질을 하는 한편 진이는 밤을 타서 배달부 노릇을 하다가 그만 한 끈에 묶여서 경찰서를 거쳐 처음으로 감옥에 입학하였다.

그때에 진이는 정면으로 반항을 하다가 바른편 팔을 틀려서 쓰지를 못했고 동렬이는 주범으로 몰려서 맨 나중으로 호송되었다. 그날은 아직도 남산 '누에머리'에는 눈자취가 스러지지 않은 음산한 아침이었는데 처음 타보는 자동차 속에는 여학생 한 사람이 포박을 당한 채 먼저 타고 있었다. 양 옆으로 순사가 끼어 앉는 통에 그 여학생과 동렬이는 몸이 바싹 다붙지 않을 수 없었다. 숫보기 총각이었던 동렬이는 부드러운 감촉과 따뜻이 스며드는 체온이 여러 날 동안 극도로 날카로워졌던 전신의 신경이 가닥가닥 풀리는 듯하였다.

살갗은 희나 좀 강팔라서 성미는 깔끔할 법 하여도 그야말로 대리석으로 아로새긴 듯한 그 여자의 똑똑한 얼굴의 윤곽이 첫인상에 깊이 박혔던 것이다. 그는 ××학당의 학생으로 시위운동에 앞장을 서서 지휘하던 여자였는데 한 끈에 묶이고 한 자동차로 같은 감옥 문으로 출입한 것이

인연이 되어 나중에 동렬이와 결혼까지 한 지금의 세정이 바로 그 사람
이었다.

그러나 두 사람의 로맨스도 추후에 자세히 적기로 하자—. 진이와 동
렬이는 일 년이 넘는 형기를 마치고 옥문을 나섰다. 그동안에 치른 가지
가지의 고초는 한 풀이 꺾이기는커녕 그들로 하여금 도리어 참을성을 길
러주고 의기를 돋우기에 가장 귀중한 체험이 되었던 것이다.

"넓은 무대를 찾자! 우리가 마음껏 소리 지르고 힘껏 뛰어볼 곳으로
나가자!"
하고 부르짖은 것은 서대문 감옥 문을 나서자 무학재를 넘는 시뻘건 태
양 밑에서 두 동지가 굳은 악수로 맹세한 말이었다. 그들의 가슴 속에
는 정의(正義)의 심장이 뛰놀고 새로운 희망은 그들의 혈관 속에서 청춘
의 피를 끓였다.

…간신히 노자만 변통해 가지고 그믐밤에 안동현에서, 중국인의 목선
을 타고 아흐레 만에 황해(黃海)를 건너니 상해는 동녘나라의 젊은 투사
들을 물결 거친 황포탄(黃浦灘)에 맞아들였던 것이다.

007회, 1930.11.04.

상해시대

[1] 상해! 상해! 흰옷 입은 무리들이 그 당시에 얼마나 정다이 부르던 도회였던고! 모든 우리의 억울과 불평이 그곳의 안테나를 통하여 온 세계에 방송되는 듯하였고 이 땅의 어둠을 헤쳐 볼 새로운 서광도 그곳으로부터 비춰올 듯이 믿어보지도 않았었던가?

그러나 처음으로 방랑의 길을 떠나서 상해의 얼굴을 대한 어느 젊은 사람의 여행 일기 속에 아무렇게나 끄적거린 서경시(敍景詩) 조각이 있었다고 상상하고 그 한편을 실어보자.

◇ 상해(上海)의 밤 ◇

층층한 농당(弄堂) 속에서 매암을 돌며 훈둔 장수 모여들어 딱따기를 칠 때면 두 어깨 웅숭그린 년놈의 떠드는 세상, 집집마다 마—짱판 두드리는 소리에 아편에 취한 듯, 상해의 밤은 깊어간다

◇

눈 먼 늙은이를 이끌며 발 벗은 소녀의 구슬픈 호금(胡琴)에 떨리는 맹강녀(孟姜女) 노래 애처롭구나! 객창에 그 소리 창자를 끊네

◇

사마로(四馬路)—오마로— 골목골목엔 이쾌양디 양쾌양디 인육의 저자[市場] 분면하고 숨바꼭질하는 야—지(野鶴)의 콧잔등이엔 매독이 우글우글 지향을 풍기네

◇

집 떠난 젊은이들은 노주잔을 기울여 걷잡을 길 없는 향수(鄕愁)에 한숨이 길고 취하여 취하여 뼛속에까지 취하여서는 팔을 뽑아 장검(長劍)인 듯 내두르다가 채관(茶館) 소파—에 쓰러져 통곡을 하네

◇

어제도 오늘도 산란한 ××의 꿈자리 용솟음치는 ××× 뿌릴 곳을 찾는 까오리 망명객의 심사를 뉘라서 알꼬? 영희원(影戲院)의 샹들리에만 눈물에 젖네

×   ×

아무 소개도 없이 떠난 동렬이와 진이는 동양의 런던이라는 상해에도 하늘을 찌를 듯한 고루거각이 즐비하게 솟은 가장 번화한 영대마로(英大馬路)로 찾아 들었다. 그야말로 촌계관청이라 두리번거리며 정처 없이 오르내리다가 선시공사(先施公司) 진열장 앞에서 뜻밖에 미결감(未決監)에서 같이 고초를 겪던 사람과 마주쳤다. 지옥에서 구세주나 만난 듯 어찌나 반가웠던지 껑충껑충 뛰듯 하며 악수를 하였다. 이름이나 서로 기억할 만한 처지였으나 상해에 온 지가 두 달이나 되어서 그곳 형편도 대강은 짐작하는 모양이요 사정을 알 듯도 하여 그를 앞장을 세우고 불란서 조계에서 조선 사람이 가장 많이 모여 있는 보강리(寶康里) 근처에 식주

인을 정하고, 방을 얻기에 하루해를 다 보냈다. 그날 밤은 중국인의 집 마루방 위에서 가지고 간 담요 한 자락으로 커다란 두 몸뚱이를 돌돌 말고 피곤한 다리를 뻗었다.

이역의 첫날밤은 몹시도 음산한데 잠은 고향의 산천만을 더듬고 깊이 들어지지를 않았다.

그 후 며칠을 그 친구에게 끌려서 구경을 다니기에 허비하였다. 알듯 모를 듯한 동포들도 길거리에서 얼굴을 익히고 ××깃발이 날리는 ×××× 집도 문 앞까지 가서는 예배하듯 하였다.

상해, 그 물건은 상상하던 바와 별다를 것도 없고 풍물이 또한 그다지 신기한 자극을 받을 만한 것이 없었으나 잠시 지내 보매도 그곳에 거류하는 조선 사람의 생활과 집단 된 근거라든지 또는 그네들이 움직이고 있는 운동의 동태(動態)를 살피기에는 졸연한 일이 아니었었다.

😊 008회, 1930.11.05.

② 그럭저럭 며칠이 지났다. 하루는 두 사람의 모든 편의를 보살펴주는 한윤식(영대마로에서 만난 친구)이에게 소개를 청하여 내지에서 선성만은 익숙히 들었던 ×씨를 찾아볼 어려운 기회를 얻었다. 중국인의 집채를 빌려 든 모양인데 한윤식이가 몇 번이나 위층으로 오르내린 뒤에야 응접실로 안내되었다.

방 안에는 테이블을 둘러서 의자 몇 개가 놓였을 뿐이요 장식이라고는 채색한 커다란 조선 지도와 ××서를 널따랗게 박힌 것이 유리틀에 끼어서 맞은편 벽에 걸렸을 뿐이었다.

주인공을 기다리는 동안에 진이와 동렬이는 ×씨란 어떻게 생긴 사람

일까? 듣는 바와 같이 과연 큰 인물일까 하는 일종의 호기심으로 또는 그의 이력을 대강 들은 바도 있어서 안으로 통한 도어만 주목하였다.

얼마 아니하여 승마복에 장화를 신은 건장하게 생긴 청년이 들어왔다. 그 청년이 바지 꽁무니에서 삐쭉—하게 켕기고 있는 '학의 다리'(브라우닝식의 큰 육혈포의 별명)가 우선 눈에 띄었다. 그 청년의 뒤를 따라 나타나는 것이 ×씨였다. 육척도 넘을 듯한 키와 떡 벌어진 가슴이며 가로 찢어진 눈에다가 수염이 카이젤식으로 뻗친 품이 과연 누구나 그의 앞에 서는 위압을 당할 듯한 풍채의 주인공이었다. '동양 사람에도 저렇게 훌륭한 체격을 가진 사람이 있었나?' 하면서도 바로 쳐다보기가 어려운 듯이 두 사람은 황급히 일어서서 집안 부형을 대할 때처럼 손길을 마주 비비며 잠시 어쩔 줄을 몰랐다.

한윤식이는 몇 걸음 다가서며

"이번에 내지에서 많은 고생을 하다가 나온 청년들입니다. 저하고 동고한 일도 있었구요"

하고 소개를 하였다. ×씨는 말없이 끄덕이며 그 크고 넓적한 손을 내밀어 두 사람에게 뜨거운 악수를 주고 나서

"게 앉으시오"

하고 의자를 가리키며 자기도 앉았다. 얼떨결에 두 사람은 제 이름을 말할 것도 잊어버렸다. ×씨는 수염 끝을 쓰다듬어 올리며

"그래 얼마나 고생들을 하셨소?"

하고 수인사를 한다. 그 목소리는 유리창이 떨리리만큼 굵고 저력이 있었다.

진이는 눈을 아래로 깐 채로

"저이들이야… 선생님께서는 몇 십 년 동안을…."

하고는 감격하여 말끝을 아물리지 못하였다. ×씨는 미소를 띠며

"피차에 고생한 보람이 있겠지요"

하고 두 사람의 얼굴을 유심히 번갈아 보다 이번에는 동렬이가 신중히 입을 열어

"뛰어나오기는 했습니다만 무얼 해야 옳을는지 막연합니다. 선생님께서 앞길을 지도해 주십시오."

하고 일어서서 허리를 굽히고 만공의 경의를 표했다.

정든 고국을 떠나 사랑하는 처자와 생이별을 한 후 거친 해외 풍상에 머리털이 반백이 되고 늙어서 이마에 주름살이 잡히도록 온갖 어려운 일만 치러오면서도 [中略] 오히려 청년과 같은 그 씩씩한 그의 기상 앞에 머리가 숙지 않을 수 없었던 것이다. ×씨 역시 부형과 같은 태도로

"잠시 뵈매도 두 분이 다 건강하고 좋은 소질을 가졌음직하오. 내가 좀 바쁘기는 하나 앞으로는 가끔 놀러 오시오"

하고 오랫동안 많은 청년을 지도해오는 것으로 사업을 삼고 또한 유일한 낙으로 알아오는 그는 친절히 최근의 내지 소식을 묻기도 하고 또는 장래의 포부를 듣고 간단히 비판도 해주었다. 두 청년도 가슴을 터놓고 학생웅변식이나마 시국에 관한 솔직한 기염을 토하였다. 흥분하기 잘하는 진이는 침이 튀는 줄도 모르고 연설하는 조자로 한 오 분 동안이나 거침없이 떠들어댔다.

×씨는 일일이 고개를 끄덕인다. 그때에 곁에 섰던 '학의 다리'를 찬 청년이 시계를 보더니

"선생님 시간이 되었습니다."

하고 고하였다. 씨는

"자— 그러면 일간 우리 저녁이나 같이 먹으며 이야기합시다. 이 시간에 누구를 만나기로 약속이 되어서…"

하고 일어서며 다시 두 청년에게 악수를 교환하였다. 그들은

"바쁘신데 만나주셔서 죄송합니다. 앞으로는 선생님의 지도만 좇겠습니다."

하고 세 번 네 번 예를 한 후 그 집을 나섰다.

상관에게 칭찬이나 받고 나오는 병졸처럼 서로 팔을 끼고 하비로(霞飛路) 큰길을 '내 세상이다' 하는 듯이 뚜벅뚜벅 걸었다.

😊 009회, 1930.11.06.

③ "그런데 큰일 났네."

"무에 또 큰일이야?"

한윤식이와도 작별을 하고 숙소로 돌아가는 길에 진이와 동렬이가 주고받는 이야기다.

"온 지가 일주일도 못 돼서 말라붙었으니…"

하고 진이는 주머니 속에서 달랑거리는 각전과 동전 몇 푼을 흔들었다.

"고생은 짊어지고 나온 것이지만 앞일이 망단한 걸."

"설마 동포가 천 명이나 사는 틈에서 굶어야 죽으려고."

"설마가 사람을 죽이는 법이야. 그렇지만 궁하면 통한다고 무슨 도리를 하여야지."

"지금 같아서는 아까 그 ×씨에게 빌붙는 수밖에 도리가 없겠네."

"글쎄, 그도 괜찮겠지. 그이도 자기 돈으로 생활을 하겠나? 일만 도와

주면 좀 얻어먹기로서니."

"한 번 또 오랬으니까 그때 사정을 하고 단단히 떼를 써 보세."

두 사람의 의견은 들어맞았다. 진이가 엉터리를 부리자는데 동렬이 혼자서 반대할 수도 없는 사세였다.

가뜩이나 음산한 항구의 기후인데다가 추위가 부득부득 달려드니 안동현서 삼 원씩 주고 사 입은 멘빠오즈(棉包子)도 더러운 뱃간에서 뒹굴어 냄새가 코를 찌르고 아침저녁으로는 덮개도 변변치 않아서 몹시 쓸쓸하였다.

그동안에 두 사람은 숙소로 돌아왔다. 진이는 별안간에 고적해진 듯이 철창 속에 갇힌 짐승처럼 방 안을 왔다 갔다 하며 한숨을 들이쉬고 내쉬고 한다. 동렬이는 못 본 체하고 가방을 책상 삼아 편지 한 장을 썼다. 겉장을 쓰려니까

"겉장은 내가 부르는 대로 쓰게."

하고 진이가 곁눈으로 흘겨보고 빈정거린다.

"흥 산 입에 거미줄을 치게 된 판에 연애편지는… 종이쪽을 뜯어먹고 살려나?"

하고 자분참 게두덜거린다. 동렬이는 마지못하여 씽긋 웃으며

"그래도 여기 와 있다는 소식은 전해 주어야지."

하고 '경성 송현동 ○○번지 강세정 씨'라고 피봉을 썼다.

동렬이는 감옥에서 나오자 맨 먼저 자동차를 같이 탔던 그 인상 깊은 세정의 하숙을 수소문하여 찾았다. 동무의 소개로 만난 뒤로는 종종 놀러가서는 순전한 남녀 간의 동지로서 운동에 관한 이야기도 하고, 떠나기 전 어느 날은 세정의 동무들과 섞여서 밤늦도록 화투를 하고 논 일도

있었다. 그러나 입이 천근인 동렬이는 상해로 도망하겠다는 계획까지 말하지 않았으나 '어디를 가 있던지 피차에 연락만은 끊기지 말자'는 약속은 단단히 해두었던 것이었다.

여자가 한 번 시집을 가면 처녀시대의 정답던 동무와는 까닭 없이 서어해지는 것처럼 두 사람이 가까워 가는 사이를 잘 알고 있는 진이는 세정이 말만 나면 공연히 심통이 났다.

자기는 시골집에 마음이 맞지 않는 아내가 있어서 그렇다는 것보다도 동렬이에게 대한 우정이 남유달리 두터우니만큼 질투 비슷한 감정을 참을 수 없었던 것이다. 동렬이에게 끌려서(실상인즉 저 혼자 여자의 집을 찾아다니기가 거북하니까 사람보탬으로 간 것이지만) 세정이를 한두 번 만나보고

'여자답다. 결곡하고 맵짜한 성격이 무슨 일이든지 같이 할 만한 여자다.'

하고 슬그머니 흠모하는 생각이 났었다. 그러나 그럴 때마다

'아니다. 그 여자는 동렬이 놈에게 선취특권이 있는데….'

하고 제 속을 꾸짖기도 여러 번 해왔던 것이다.

…동렬이는 모자도 벗은 채로, 전차 길로 한참이나 걸어가는 우편국으로 편지를 넣으려고 나갔다.

아직도 심사가 다 풀리지 않은 진이는 이층 위에서 길거리로 나가는 동렬이를 내려다보고

"여보게 우표나 똑바로 붙이게. 혹시 비뚤게 들어가리."

하고 짓궂게 한 마디를 뒤집어 씌웠다.

010회, 1930.11.07.

④ 두 사람에게는 앞으로 호구할 일이 물론 큰 걱정이었다. 그러나 중국사람 틈에 끼어 살면서 더구나 앞으로 그 땅을 무대삼아 활동할 사람이 그 나라 말 한 마디를 땅김도 못하는 것이 큰 고통이었다. 중국말이라고는 중학시대에 학교 앞에 있던 호떡집에서 주머니떨이를 할 때에 '호—갸—' '니—디싱' '워—디무싱' '이모—첸' '량모—첸' 하다가는 수틀리면 침을 뱉듯이 '타—마나까비—' 하고 욕지거리나 하던 산동(山東) 말 몇 마디가 중국 말 지식의 왼통이었다. 상해까지 오는 목선 속에서는 반죽 좋은 진이가 귀둥대둥 문맥도 안 닿는 글줄을 써가지고 무식한 선부들과 피차에 의사만은 겨우 소통하였다. 그럴 때마다 진이는 제법 필답이나 하는 듯이 꺼떡대서 동렬이를 웃겼다.

더구나 상해 본바닥 말은 북방 말과도 사뭇 달랐다.

'너'라는 말은 '뇌—' 하지를 않고 맹꽁이 소리처럼 '눙'하고 '이모첸' '량모첸'은 '이짜꼬쓰' '량짜꼬쓰' 하며 말꼬랑지를 톡톡 찍어 던지는 것이 몹시 방정맞았다. 어학에 들어서는 둔재인 동렬이는 뒤볼 때까지 지궁스럽게 『화어대성(華語大成)』이란 책을 손에서 놓지 않았다. 갓 시집을 간 여학생이 요리제법 책을 부엌 구석으로 끌고 다니듯 하다고 진이에게 아침저녁 흥을 잡혔다. 진이도 이따금 어깨 너머로 들여다보다가는

"에이 갑갑해! 되놈의 말 어디 배워먹겠나?"

하면서도 듣는 대로 되나 안 되나 비위 좋게 지껄였다. 그래서 얼마 뒤에는 채장에나 앞 가게에는 두 사람을 대표하여 외교를 도맡아보는 영광을 한 몸에 욕(浴)하였다.

그러나 체계(體系)를 세우지 못한 자습으로는 만날 애를 써야 헛수고라고 이번에는 동렬이가 서둘러서 야학에를 다니기 시작하였다. 야학은

만세를 부르다가 뛰어나온 사람들이 근 이십여 명이나 모여서 중국인 교사를 고빙해다가 전차회사에 다니는 동포의 집을 빌려서 하루건너를 두 시간씩 배우는 것이었었다.

모여드는 친구가 대개는 저고리 등솔기를 제비날개처럼 째고 총대바지를 입었다. 소위 상해식으로 말쑥하게 거들은 품이 쇠푼이나 지니고 나온 모양이었다. 그러나 배우는 중에도 담배를 피워 물고 잡담판을 벌리는 통에 처음에는 정신을 차릴 수 없었다.

동렬이와 박진이가 다니게 된 지도 여러 날이 되었다. 하루 저녁은 강습이 시작된 뒤인데 뜻밖에 이십이 될락 말락 한 여자 두 사람이 문을 바시시 열고 하—얀 얼굴을 들이밀었다. 방 안의 시선은 한꺼번에 여자의 얼굴로 속사포를 놓았다. 두 여자는 들어섰다. 한 여자는 안경을 쓰고 중국옷을 입었고 한 여자는 내지의 여학생처럼 흰 저고리에 검정 치마를 입었는데 들어서면서 모양 없이 칭칭 감았던 목도리를 풀었다. 그때에 앞줄에 앉았던 머릿기름을 유난히 바른 청년이 일어서 반색을 하며 두 여자를 안내하였다. 칠판 밑으로 데려고 가서 무어라고 인사를 시키고 나서는 발로 진이와 동렬이가 앉은 뒤 걸상에다가 자리를 잡아 앉혔다.

진이의 등 뒤에 앉은 중국옷 입은 여자는 진이의 널따란 잔등이에 칠판이 가려서 희고 가늘은 고개를 몇 번이나 자라목처럼 늘였다 오므렸다 하며 필기를 하였다. 파할 임시에는 답답한 듯이 송판 쪽 걸상 밑에서 뾰족한 발끝을 까불었다. 그럴 때마다 진이의 커다란 궁둥이는 조그만 지진(地震)을 느꼈다.

'무엇하는 여자—ㄴ고?'

'머리에 기름을 바른 저 남자와는 어떠한 관계가 있을꼬?'

‘이름이 무엇일꼬?’

하는 부질없는 의문이 꼬리를 물었다.

수수한 맏며느릿감으로 생긴 조선옷 입은 여자보다는 허리가 날씬하고 두 어깨가 상큼하게 패인 중국옷 입은 여자에게 마음이 끌렸다—는 것보다는 등 뒤에 눈이 박히지 않은 것이 한이라, 자세히 관상은 못할망정 진이의 등덜미의 신경줄이 당기는 것만은 사실이었다.

🙂 011회, 1930,11,08.

⑤ 몇 만 리 해외에 나그네의 신세를 지은 사람으로서 가장 큰 위안을 받는 것은 고국의 소식이다. 더구나 사랑하는 사람의 친필을 대함이랴?! 나이가 젊은 분수로는 성질이 너무 가라앉은 동렬이건만 세정에게 처음 편지를 부친 뒤로는 마음을 졸였다. 현주소를 숨기고 밥 먹는 집으로 통신을 하는 터이라 아침저녁은 물론 우편 배달시간만 되면 궁금증이 나서 앉아 배길 수가 없었다. 중국말에 전력을 기울이는 한편으로 날마다 늘어가는 공상을 머릿속에서 정리하느라고 자정이 넘어서야 잠이 들었다. 진이의 코고는 소리를 들으면서

‘오늘도 하루를 잡아먹었구나!’

하며 벽에다가 금 하나를 손톱 끝으로 드윽— 그어놓고 이불자락을 뒤집어썼다. 벽에 금을 긋는 것은 날짜를 잊어버리기 쉬운 감옥에서 하던 버릇이었다. 그 ‘금’이 여덟 아홉 열이 넘도록 안타깝게 기다리는 답장은 오지 않았다.

‘웬일일까? 진이 말대로 우표딱지를 삐뚜로 붙였더란 말인가? 그동안 주소를 옮겼을 리도 없겠고— 압수를 당했나? 그렇지만 안부편지까지야

설마….'

하다 못하여 중간에서 누가 가로채지나 않았나? 하는 의심까지 났었다. 잠만 어렴풋이 들면 장마 걷힌 하늘에 구름장이 떠돌 듯 흰옷 입은 세정의 그림자가 오락가락 하였다. 깨어보면 허무하기 짝이 없다. 어느 날 밤에는 별안간 곁에 누운 진이의 배를 깔고 올라앉아서

"이놈 그 편지를 내놓아라!"

하고 호령호령 하다가 어깨를 흔드는 사람이 있어 눈을 번쩍 뜨니

"이 사람 무슨 잠꼬대를 그렇게 하나?"

하고 내려다보는 것은 우정이 가득한 진이의 얼굴이었다. 동렬이는 의처증(疑妻症) 있는 사람의 심리가 이러한가 보다 하면서도 꿈에도 그런 줄은 알지 못하는 진이에게 대하여 미안한 생각도 나고 근래에 와서 퍽 심약해진 것을 속으로 꾸짖기도 하였다. 그러다가 하루는 저 혼자 불란서 공원으로 산보를 나갔던 진이가 터덜거리고 돌아오더니 동렬이를 보고는 공연히 싱긋벙긋한다.

'저 친구가 실성을 했나?'

하면서도 동렬이는 벌써 눈치를 채었다. 진이는 동렬의 앞뒤로 왔다 갔다 하면서

"오— 행복한 사람이여, 그대의 이름은 동렬이로다!"

하고 두 손을 가슴에다 얹고 허리를 제치며 신파배우의 흉내를 낸다. 그것도 학창 시대에 동기 편지가 오면 한턱내라고 을러메칠 때에 하던 장난이었다. 동렬이는 참다못하여

"여보게— 그러지 말고 내놓게"

하고 슬슬 달래보았다.

"무얼 내놓아? 이것 말이냐?"

하고 바지 주머니에서 불쑥 내미는 것은 유난히 큰 주먹이다.

"아서라 죄로 간다. 그만 편지를 내놓아 응—"

하고 어린애를 꼬이듯 하니까

"그럼 내 소청은 무엇이든지 듣지?"

"아무렴. 중의 상투라도"

"어디 두고 보자!"

하고 안 포켓에서 봉함엽서를 꺼내며 종이비행기를 날리듯 하였다. 편지는 방 안을 한바탕 휘돌아서 동렬의 무릎 위에 떨어졌다. 먹을 것을 시새기는 동물처럼 동렬이는 편지를 움켜쥐고 돌아앉으며 겉봉만 엎어보고 제쳐보고 하면서 차마 뜯지를 못한다. 진이는 속으로

'너도 그럴 때는 어린애 같구나.'

하면서 담배꽁지 모았던 것을 신문지에 말아서 퍽퍽 피웠다.

편지의 내용인즉

"[前略]…왜 그곳으로 떠나신다는 계획을 저에게도 말씀하지 않으셨습니까? 그만 일을 떠나시는 날까지 속이신 것을 보면 세정이를 동지로서 믿지 못하시는 것이 분명하지요. 섭섭하고 야속합니다. 동렬 씨의 친필은 아버지가 돌아가셨을 때도 홀려보지 못한 저의 눈물을 뜨거운 눈물을 몇 방울이나 받았습니다. 저도 떠나겠어요! 당신네들이 의를 위하여 피를 흘리실 때면 붕대(繃帶) 한 조각이나마 감아드릴 사람도 필요하겠지요! 지난날의 약속을 이행하기 위하여 당신의 뒤를 따른다는 것보다도 저는 이 땅의 이슬을 받고 자라난 한 사람의 여자로서 마땅히 밟아야 할 길을 찾기 위하여 그곳으로 가겠습니다. 편지하지 마십시오. 하셔도 받아보지 못

49

할 것입니다… 박진 씨에게도 안부 여쭈어주십시오….”

동렬이는 편지를 몇 번이나 되풀이하다가 쾅— 쾅하고 소리가 나도록 머리로 벽을 들이받았다.

😊 012회, 1930.11.09.

⑥ “오는 것은 반갑지만 이 판에 달려들면 어쩐단 말인가?”

진이도 동렬이 못지않게 염려하였다. 편지 끝에 “박진 씨에게도 안부를 여쭤십시오” 한데 마음이 돌아앉았고, 동렬이가 자기 애인의 편지를 숨기지 않고 털어 보인 것이 고맙기도 하였다. 그뿐 아니라 평상시에는 공연히 불평이 많고 조금만 제 비위를 거스르면 땅땅 부딪는 성질이건만 두 사람 사이에 무슨 어려운 일만 생기면 이마를 마주 비비며 똑같이 걱정을 하였다.

“글쎄, 벌써 떠난 눈치니 오지 말라고 전보를 칠 수도 없고 야단났구나.”

“걱정 말게. 여자가 있으면 냄비 밥을 끓여 먹더라도 되려 경제가 되지 않겠나?”

하고 이번에는 동렬이를 위로하였다. 동렬이는 진이의 어깨에 손을 얹으며

“이렇게 우리끼리만 벙어리 냉가슴 앓듯 할 게 아니라 오늘은 ×씨를 찾게. 그밖에 도리가 있나.”

“그럼 이번에는 우리 단 둘이만 가세. 한가는 어째 사람이 간나위로 생겨서 재미없더라.”

하고 그날 야학을 마친 뒤에 ×씨를 방문하기로 하였다. 그동안 그의 집을 세 번이나 찾았건만 문을 겹겹이 잠그고 속으로 무장한 사오 명의 청

년이 파수를 보는 것이 무슨 비밀한 회의를 하는 눈치였다.

두 사람은 길거리로 나섰다. 안개를 머금은 밤바람이 동렬의 머리를 식혀주었다. 그날 야학에는 웬일인지 중국옷을 입은 여자는 발그림자도 안했다. 진이는 또 두 볼이 고무풍선처럼 부어올랐다. 더구나 의심스러운 것은 머리에 기름을 지르르 흐르도록 바르고 다니는 그 남자도 결석을 한 것이었다.

"어디 내일 두고 보자!"

하고 음분한 제 계집을 벼르듯 하고는 야학이 끝나자 동렬이와 어깨동무를 하고 ×씨의 집으로 향하였다.

마침 그날 밤은 계엄령이 풀리고 이 층에서 쾌활한 웃음소리가 골목 안까지 들렸다.

'학의 다리'를 지닌 청년이 다녀 올라가자 위층이 조용해지더니 불러 올리고 안 올리는 것으로 잠시 문제가 되는 모양이었다. 귀를 기울이고 있자니까

"괜찮다. 올라와도 좋아."

그것은 틀림없는 ×씨의 목소리였다. 조심스러이 층층대를 밟으니 응접실은 탁 터놓았는데 배반이 낭자하다. 이글이글한 화로에서는 갈비와 염통 굽는 냄새가 코를 찌른다. 손들은 ×씨를 중심으로 칠팔 인이나 모였는데 모두 중늙은이들이요 대개는 중국옷을 입었다. 거의 다 배갈 기운이 얼근히 돈 모양이다.

×씨의 소개로 두 사람은 일일이 세배 절을 하듯 하며 인사를 올렸다. 저편의 이름을 듣고 보니 평시에 만나 뵈었으면 하고 추앙하던 선배들이었다. '좋은 기회에 낯을 익히게 되었구나' 하고 잠시도 한눈을 팔지 않

고 그들을 주목하였다. ×씨는

"역경에 처한 사람이 이런 잔치가 당한 일이겠소만 오늘이 내 생일이라서 여러분이 손수 술 한 병씩을 들고 오셨구려. 허허 그래서 나도 한잔했소"

하고 친히 철철 넘도록 한잔을 따라 권한다. 동렬이는 사양하는데 진이는 냉큼 받아서 돌아앉으며 단숨에 마셨다. 그리고 염치불구하고 두 팔을 걷고 대들어서는 연거푸 갈빗대로 하모니카를 불었다.

"사나이로 태어나서 술 한두 잔쯤 불급난이면"

하고 의자 위에 도사리고 앉아 마른 수염을 쓰다듬는 것은 ×씨였다. 그의 내력을 아는 동렬이는 '양반의 티는 어디를 가든지 못 벗는구나…'

하였다.

…서북간도서 마적에게 붙잡혀 갔던 이야기며, 시베리아에서 전쟁하던 추억담으로 좌석은 꽃이 피었다. 나중에는 '영변의 약산 동대동대'가 나오고 육자배기도 한몫을 보았다. 끝으로는 '동해물과 백두산'의 합창이 어울려서 나왔다. 청년들은 일어서서 선배들을 에워싸고 팔을 내저었으며 발을 구르며 목청이 찢어지도록 그 노래를 불렀다. 후렴을 부를 때에는 누구의 눈에나 눈물이 괴었다. 한평생 고국의 산천을 다시는 보지 못하리라고 비통한 각오를 한 그네들을 주름살 잡힌 그 얼굴에 참다못해 흐르는 눈물 흔적이 불빛에 번득였다. 동렬이와 진이는 그네들의 가슴에 붙안겨 어린애처럼 엉엉 울고 싶었다. 그와 동시에

"우리들은 젊다! 청춘이다!"

하고 주먹을 쥐며 부르짖었다.

013회, 1930.11.10.

연애와 희생

① 그날 밤 술김에 더욱 흥분된 진이는 열에 뜬 사람 모양으로 ××가를 부르며 큰길을 휩쓸었다. 밤새도록 돌아다니겠다고 떼를 쓰는 것을 동렬이가 간신히 부축을 하여 집으로 데리고 왔다.

"너 내 소청은 무에든지 듣는다고 했겠다? 홍 남의 염병이 내 고뿔만 못하다고 네가 내 속을 알아주겠니? 그만둬라 그만둬."

생트집을 하며 동렬이의 머리를 쥐어뜯고 발길로 이불을 걷어차며 들부딪는다.

"그놈하고 부동을 해서 돌아다니더라… 그깟 놈의 자식 한칼에 죽여버리면 그만이지… 야 동렬아 그렇지 않으냐? 그래 이렇게 울퉁불퉁하게 생긴 놈은 연애도 한 번 못해보고 치— 칠성판을 져야 옳단 말이냐."

탄하지도 않는 말을 한참이나 지껄이다가 방구석에 머리를 틀어박고는 일 분도 되지 못하여 드르렁드르렁 코를 곤다. 잠자코 진이의 거동만 살피던 동렬이는 베개를 베어주고 어린애를 재우듯 진이의 머리를 쓰다듬는다. 배갈 냄새가 그저 코를 찔렀다. 방안은 귓바퀴에서 이—ㅇ 이—ㅇ 소리가 나도록 조용해졌다. 동렬이는 두 무릎을 일으켜 세워 얼싸안고서 앞일을 곰곰이 생각해보았다.

'자— 진이가 그 중국옷 입은 여자에게 마음이 끌리는 것은 확실하다. 교제는 앞으로 더 가까워지겠는데 만약 여의치 못하면 저 불같은 성질에 가만히 있지를 않을 테니 그—예 큰일을 저지르고야 말 것이다. 더구나 장가를 든 사람으로서.'

진이의 일도 딱하려니와 실상인즉 자기 자신에게도 새로운 고민이 싹트기를 시작하였다. 그것은 세정이 편지를 받은 뒤에 더욱 심해졌던 것이다.

'상해까지 뛰어나와 이다지 고생을 하는 목적이 과연 무엇인가? 연애는 인생에게 큰일인 것이 틀림없다. 그러나 우리는 달콤한 사랑을 속삭이고 있을 겨를도 없거니와 큰일을 경륜하는 사람으로는 무엇보다도 여자가 금물이니 가장 큰 장애물이다. 도를 닦는 중과 같이 제 몸을 간직하더라도 그 한 몸뚱이조차 의지할 곳이 바이없는 조선 놈의 신세가 아닌가. 세정이가 오고 진이마저 그 여자와 관계가 깊어간다면 우리 두 동지는 상해까지 연애를 하려고 원정(遠征)을 나온 셈이다. 무슨 면목으로 다른 동지들을 대하겠는가? 변명할 도리조차 없다.

아아 큰일을 위하여는 이 육신을 산 제물로 바치려고 맹세한 우리로서 해외에 나와 첫 번으로 착수한 사업이 연애란 말이냐?

아니다 안 된다! 우리는 여자와 관계를 맺을 자격이 없다. 나도 없거니와 아내가 있는 진이는 더구나 없다. 어느 때든지 귀신도 모를 죽음을 하면 뼈도 찾지 못할 놈들이 아닌가….'

동렬이는 가슴을 움켜쥐었다. 벌룽거리는 심장의 고동(鼓動)이 유난히 크게 방아를 찧는다.

'세정이는 이 하트를 이해할 이성의 동지다. 그밖에는 아무것도 아니다!'

그는 아랫입술을 깨물었다.

'동지의 경계선을 넘어 혈기에 쓸리고 정욕의 노예가 된다면 그때는 내 성격이 파멸을 당하는 날이다. 한 개의 타락한 존재로는 내 몸을 살려 두고 싶지 않다!

지금 세정의 몸을 실은 기차가, 혹은 기선이 각 일각으로 이 땅을 향하여 달리고 있을 것이다. 그와 동시에 그 여자의 그림자가 내 머리 위를 엄습하고 있는 것도 사실이다. 그러나 일개 여자에게 사로잡힐 나도 아니다. 그를 악마와 같이 경계하리라. 얼음과 같이 쌀쌀하게 대하리라―'

하고는 마른 침을 삼켰다. 콘크리트로 땅을 다지듯이 결심만은 무슨 일이 있든지 변하지 말리라고 몇 번이나 속으로 맹세하였다.

어느덧 밤은 깊었다. 바람이 길거리의 낙엽을 몰아다가는 깨어진 유리창으로 우수수하고 끼었는다. 멀리서 전차가 커브를 도는 소리만 모기소리만치 들릴 뿐… 동렬이는 이불자락을 끌어서 진이의 어깨를 덮어주고 그 곁에 누우며 다리를 뻗었다. 그 바람에 진이가 눈을 떴다. 속으로 아까부터 깨어 있었던 모양 같다. 네 활개를 벌리고 한바탕 도지개를 켜고 나서는 초침한 동렬이의 얼굴을 한참이나 바라보더니 별안간 바싹 달려들어 동렬이의 손을 움켜쥐고는

"동렬이! ××운동을 하는 사람이 연애해도 괜찮은가? 여편네가 있어도 말이다…."

하고는 어머니에게 보채듯 응? 응? 하고 대답을 재촉한다.

😊 014회, 1930.11.12.

55

② 동렬이는 진이의 하소연을 무어라고 대답해주어야 좋을는지 몰랐다. 한참이나 입맛만 다시고 있다가

"나 역시 해결 못한 문젤세. 생각하는 바는 있네마는…."

더 길게 말하기가 싫은 듯이 돌아누웠다. 속으로는 '장래를 두고 보아라. 내 앞길부터 닦아 놓은 뒤에 네게 충고를 해야 성금이 서리라' 하고 미리부터 말만 내세우기를 꺼렸던 것이다.

진이도 동렬의 대답을 더 추급하지 않았으나 초저녁에 취했던 술이 깨어서 눈이 말똥말똥해졌다.

'꿍꿍이셈만 대는 저 친구에게 묻는 것이 쑥스럽다. 내 문제는 내 손으로 해결을 지어야지…. 그렇지만 사실인즉 나는 난생 처음으로 연애를 하는 것 같다. 첫사랑에는 생목숨도 끊는다더라…만은 사내자식이 계집애 하나 때문에 죽고 산단 말이냐. 손아귀에 우그려 넣으면 고만이지…. 나중 일까지 생각하는 것은 주판[珠盤]에 묻은 손때를 핥아먹고 사는 놈이나 할 노릇이다.'

하다가도 생각은 다시 지름길로 새었다.

'나는 그 여자에게 대한 예비지식이라고는 아주 제로다. 상큼하게 패인 모가지에 날씬한 허리와 그리고 살빛이 희고 또 그리고 야학의 출석부를 뒤져보아서 '배영숙'이라고 적힌 그 이름밖에는 아무것도 모른다. 나는 그 스마트한 외모에 반한 셈이다. 그렇다. 그뿐이다. 이것이 연애일까? 세정이는 우리와 공통된 사상과 여무진 성격이 동렬의 영혼을 끌어당기지만 영숙이는 그 매끈하고 복스러워 보이는 육체가 젊고 외로운 내 정욕을 유혹할 뿐이다. 물론 비교가 되지 않는다. 그렇지만 정신과 육체, 사상과 정욕, 이것을 과연 사람이란 동물에게서 저울질을 하여 쪼개낼

수가 있을 것인가? 모르겠다. 난 모르겠다. 키스하는 순간에도 계집의 침 맛을 분석하려는 놈도 '빠가'다. 되는 대로 되려무나.'

진이 딴은 어지간히 냉정하게 생각한 것이었다. 그러나 결국 그 문제에 대하여서는 일종의 숙명론자(宿命論者)가 되고 말았던 것이다.

…그러다가 둘이 다 늦잠이 들어서 이튿날 오정 때나 되어 밥집으로 갔다. 고리대금업자 같은 주인영감이 그날은 마주 나와 굽실거리며

"댁에서 전보가 왔나보외다. 피차에 대단 옹색한 판에…"

하고 허리춤에서 전보를 꺼내어 받들어 올린다. 진이가 보기에는 전보를 뜯는 동렬의 손이 약간 떨리는 것 같았다.

"금야 구시 반 도착 세정"

뜻밖에 당한 일은 아니건만 실상인즉 날벼락을 맞는 데 진배없었다. 밥이 모래알을 씹는 것처럼 깔깔하였다. 진이는 "삼수갑산을 가더라도 먹고 볼 일이다" 하는 듯이 동렬이가 남긴 밥까지 찻물에 말아서 후룩후룩 마셨다.

"정거장에는 나가 보아야지 초행인데…"

동렬이는 심상한 태도를 지으며 일어섰다. 입장권, 전찻삯, 짐이 있으면 인력거 삯, 두 사람이 마중을 나가서 세 사람이 들어오면 적어도 이 원은 부스러진다— 이것이 우선 발등 위에 떨어진 불똥이었다. 그러나 이 원은커녕 단 이 각(角)도 없었다. 진이도 슬그머니 걱정이 되건만 어제 저녁에 제 일을 묻는데 시원치 않게 대답을 한 것이 아직도 뱃속에 트릿해서 '생각한 바가 있다'는 사람이니 하는 꼴을 내버려 두고 구경이나 하리라 하였다. 둘이가 나오다가 동렬이는 잠자코 다른 길로 빠져 나간다. '×씨에게로 가는구나' 하면서도 진이는 못 본 체하고 앞만 보고 걸

었다.

한 시간이나 지난 뒤에 동렬이는 눈살을 펴지 못한 채로 돌아왔다. 그를 만나지 못한 눈치였다. 모자를 벗어던지고 이마에 송송 내배인 땀을 소맷자락으로 씻으면서도 꿀 먹은 벙어리처럼 입을 떼지 않는다. 진이는 흘금흘금 눈치만 보고 있다가

"나도 그동안에 생각한 바가 있다."

하고 한 마디 오금을 박고 나서 입고 있던 중국 두루마기를 훌훌 벗더니 뚤뚤 말아서 동렬의 앞에다 내던지며

"땅—ㅇ(전당잡힌다는 말)하면 전찻삯은 될라."

하고 방백(傍白)하듯 한다.

진이의 체온이 채 식지 않은 옷자락을 뒤적거리던 동렬이는 두 눈이 승먹승먹해져서 고개를 돌렸다. 그 찰나에 동렬의 눈에서 눈물을 발견하기는 이번이 처음이었다.

동렬이가 정거장에 나간 동안에 진이는 담요자락을 두르고 앉아서 저녁도 못 얻어먹고 덜덜덜 떨었다.

015회, 1930.11.13.

③ 기차는 삼십 분이나 연착이 되었다. 승객들은 쏟아져 내리는데 세정은 그림자조차 찾을 수 없다. 동렬이는 객차 속으로 플랫폼으로 출찰구(出札口)로 갈팡질팡하며 젊은 여자만 내리면 그 뒤를 밟았다.

'저것이 세정이다.'

입 속으로 부르짖으며 한 여자의 뒤를 쫓아가

"여보세요"

하고 불렀다. 홱 돌아다보는 것은 앞머리를 나풀나풀하게 자른 중국여자
다.

"싸스티아?"(무슨 일이냐)

하고 톡 쏘아 붙이는 바람에 멀쑥하여 돌아서려니 다리를 어느 쪽으로
떼어놔야 할는지 몰랐다. 삼등 찻간에서 맨 나중으로 레인코트를 입은
양장을 한 여자가 바스켓을 들고 찬찬히 층층대를 내렸다. 동렬은 무심
코 그 앞을 지나쳐서 그 다음 찻간으로 달려가는 것을 그 여자는 쫓아가
며

"김 선생님!"

하고 나직이 불렀다. 틀림없는 세정이었다. 두 사람은 팔을 벌리고 얼싸
안을 듯이 달려들었다. 세정이는 두어 걸음 뒤로 물러서며 허리를 굽혀
공손히 예를 한다. 동렬이도 모자를 벗고 예를 맞았다. 어깨를 나란히 하
고 구름다리를 건너면서

"저는 꼭 양복을 입으신 줄만 알았어요"

"나 역시 조선옷이나 중국옷을 입은 여자만 찾았습니다."

"상해는 서양 같다고 하길래 어울리지도 않는 것을…"

"짐은 그것뿐입니까?"

"따로 부쳤어요 당장 입을 옷가지하고 이부자리뿐이야요"

이부자리를 가지고 왔다는데 우선 안심이 되었다. 짐을 찾아가자고 나
오려니까 왕뽀처[黃包車]꾼들이 벌떼처럼 두 사람 앞으로 달려든다. 덮어
놓고 올라타기는 했으나 어디로 가랴고 묻는 말에는 얼핏 대답이 나오지
를 않았다. 진이와 같이 있는 곳으로 데리고 갈 용기는 차마 나지를 않았
던 것이다. 동렬이는 불란서 조계로 가자고 명령하였다.

"참 박진 씨는 어디 계세요?"

인력거는 앞서거니 뒤서거니 하며 달린다.

"마침 볼일이 있어서 못 나왔습니다."

세정이는 '어디로 데리고 가는 셈인고?' 하면서도 주마간산 격이나마 전등불이 휘황한 시가 풍경에 상하 좌우로 눈 굴리기가 바빴다.

그동안 인력거는 황포탄공원을 끼고 돌아서 불란서 조계로 접어들었다. 키가 멋없이 크고 이마에 수건을 칭칭 감은 인도(印度) 순사도 이상하거니와 송낙 같은 모자를 쓰고 방망이를 젓는 안남(安南) 순사도 허재비 같아서 우스웠다.

미구에 어느 조그만 여관 옆에 인력거는 머물렀다. 보이는 이층으로 올라가서 침대가 하나 밖에 안 놓인 조용한 뒷방을 잡고 가방을 내려놓더니 눈을 찌긋찌긋하며 침대를 가리킨다. 두 분이 주무시는 데 침대가 좁아도 괜찮으냐는 눈치다. 동렬이는 못 본 체하였다.

"우리가 묵고 있는 데는 방 하나밖에 없어서…."

같이 가지 못하는 사정을 변명하였다.

두 사람은 탁자를 격하여 마주 앉았다. 원체 둘이 다 말이 적은 사람이건만 그래도 만나기만 하면— 하고 벼르던 터이라 이야기가 혀끝에서 "나도 나도" 하고 튀어나올 듯하면서도 좀체로 말문이 열리지 않았다. 너무나 무미한 듯하여

"저녁을 잡수셔야지요?"

하고 보이를 부르려고 한다. 세정이는

"싫어요 속이 메스꺼워서 못 먹겠어요…. 그런데 신색이 퍽 상하셨구먼요."

"뜻밖에 큰 고생은 안 했습니다. 하여간 말도 모르시는데 용하게 오셨습니다."

동렬은 그제야 세정의 얼굴을 바로 쳐다보았다. 한쪽 눈은 매어달려서 쌍꺼풀이 졌다. 그때에 보이는 차와 수박씨를 날랐다.

"어디나 다 내 집이거니 하고 나섰건만 뱃속에서는 퍽 들볶였어요 풍랑도 심했지만 그자들은 여자에게는 더 짓궂게 굴더구면요"

동렬이는 여관에 며칠 동안 묵을 것쯤이야 저 찬찬한 여자가 지니고 왔으리라고 마음을 놓았으나 세정이를 여관 구석에다 혼자 두고 차마 발길을 돌릴 수도 없고 그렇다고 곁방에서 숙직을 하잘 수도 없다. 한편으로 저녁도 굶은 진이가 떨고 앉아서 궁금해 할 생각을 하니 더 오래 앉았기도 불안스러워서 한참이나 머뭇머뭇 하다가

"박 군이 대단 궁금해 하겠어서 가봐야겠습니다. 우리 있는 곳과 가차우니까 내일 일찍이 오지요."
하고 모자를 집고 일어서며

"피곤하실 텐데 일찍 주무십시오."
하고는 보이를 불러 무어라고 분부를 하였다. 세정이는 동렬이를 전송한 뒤에 방문을 안으로 잠그고 나서 침대 위에 펴놓은 이불을 걷어내고 가지고 온 자기의 자리를 끌러서 폈다. 자리 속에서 솜같이 피곤한 사지를 뻗으면서

'그이가 원체 잔재미는 없는 이지만 해외에 나온 뒤에는 더 거북해졌구나'
하였다.

나무판장 하나를 격한 곁방에는 아편을 빠는 남녀가 들어서 밤새도록

침대바닥이 덜컹거리는 소리에 잠이 깊이 들지를 못했다.

016회, 1930.11.14.

④ 그 이튿날 아침이었다.

"나도 가보기는 해야 할 텐데 속옷 바람으로야…."

진이가 중얼거린다. 동렬이는 제가 입고 있던 두루마기의 단추를 끄르며

"이걸 입고 가게."

한다.

"이건 하나씩 번을 드나? 궁상 떨지 말고 자네나 어서 가보게."

하고 쫓아가서 말렸다.

'이런 때에 누구나 왔으면 껍데기를 벗기겠다만….'

하고 엉터리 부릴 궁리를 하였다.

"내 다녀오는 길에 변통을 할게. 안 됐네."

동렬이는 몹시 미안쩍게 여기며 세정의 여관으로 향하였다.

'이런 망할 놈의 팔자가 있나? 남은 연애를 하는데….'

진이는 추위를 쫓느라고 "하나 둘! 하나 둘!" 해가며 저고리 바지가 한바탕 운동을 한다.

그때에 노크하는 소리가 났다. 문을 여니 ×씨의 집에 있는 '학의 다리'를 지녔던 청년이 들어선다. 진이는 '옳다구나' 하였다. 그 청년은 인조인간(人造人間)처럼 말없이 편지를 내놓는다.

'몇 번 찾아 온 것을 이야기도 조용히 할 기회가 없어서 미안했으니

오늘 저녁에 두 사람이 와 달라'는 ×씨의 친필이었다.

"네 알겠습니다."

고개를 끄떡이고 나서 진이는 그 청년을 붙잡고 속옷만 붙고 앉은 전후사정을 허풍을 떨어가며 가림새 없이 털어놓았다. 그 청년은 '나도 그런 경험이 있다'는 듯이 싱끗 웃는다. 진이는 그때를 놓쳐서는 안 될 것 같이

"이것 큰일 났쇠다. 당장에 나도 가봐야 할 일이 있는데 잠깐만 빌리시오."

하고는 다짜고짜 달려들어 포로병(捕虜兵)의 무장을 해제시키듯 외투를 벗긴다. 그 청년은 진이가 어찌도 서두르는지 얼떨떨해서 하는 대로 내버려두었다. 속바지 저고리 위에다가 외투를 두르고 나니 모양이 더 말씀이 아니다. 아래를 굽어보더니 양복을 가리키며

"이왕이면 이거마저 벗어 주시오"

명령하듯 하고는 돌아앉아서 제 옷부터 부둥부둥 벗는다. 그 청년은 어처구니가 없건만 벌거벗고 대드는 사람을 어쩔 수가 없어 주머니 세간만 꺼낸 뒤에 양복을 벗어 입히고

"외툴랑은 두고 가시오"

하였다.

승마복에 번쩍번쩍하게 닦은 장화를 신고 큰길로 떡 버티고 나서니 훌륭한 젊은 사관이다. 진이는 일부러 구두소리를 내면서 세정의 여관으로 찾아갔다. 면도나 마저 했으면— 하고 턱을 쓰다듬으면서 방문을 두드렸다.

들어서자 일어서 반색을 하는 세정에게 손을 불쑥 내밀며 악수를 청한

다. 세정이는 미소를 띠면서 손을 주었다.

"이게 상해식입니다."

여자의 손을 쩔레쩔레 흔들고 나서 다리를 꼬고 비스듬히 걸어앉아서 이죽거리는 것을 보고 동렬이는 소매로 얼굴을 가리고 킥킥킥 웃었다. '학의 다리'를 지닌 청년이 걸려들어 껍데기를 벗고 어제 저녁의 진이 모양으로 앉았을 생각을 하니 웃음을 참을 수 없었다.

진이는

"어이 시장해. 조반 전이시지요?"

손뼉을 쳐서 보이를 불러 세 사람분의 아침을 시켰다.

…진이는 다섯 공기나 단숨에 먹고 나더니 혁대를 늦춰 놓으며

"지금 우리들은 지내는 게 말씀 아닙니다. 한 달이 넘도록 외상 밥만 무쪽같이 먹고…."

동렬이는 식탁 밑에서 진이의 발등을 몇 번이나 눌렀다.

"괜찮다. 속이다가 드러나면 더 창피하지."

하고는 더 굵은 목소리로

"실상인즉 이내가 입고 온 양복도 잠깐 실례한 것이요. 주머니 속은 아주 빈털터리입니다. 그런 줄이나 아십시오."

눈살을 찌푸린 동렬이의 눈치를 흘금흘금 곁눈질을 하면서 밥통 밑바닥을 드—ㄱ 드—ㄱ 긁었다.

017회, 1930.11.15.

5 첫 겨울 오후의 뉘엿뉘엿 넘는 햇발이 불란서공원의 무성한 숲 사이로 부챗살같이 퍼졌다가 연당(蓮塘)의 잔잔한 물결 위에 눈이 부시도

록 편편이 금비늘을 굴리고는 전기불과 교대하여 지평선을 넘었다.

온 겨울 눈 구경을 하기 어려운 강남의 기후나 그날 저녁은 겨드랑이로 스며드는 바람이 해빙머리와 같이 쌀쌀하면서도 부드러웠다.

털외투를 벗어들고 단장을 젓는 노랑머리들의 팔에는 숭어같이 매끈한 다리를 무릎까지 드러나는 짧은 스커트 밑에서 비꼬며 비스듬히 매어달리는 젊은 계집이 반드시 따랐다.

저녁 안개 속에 거슴츠레한 전등불 밑으로 한 쌍 두 쌍 쌍쌍이 모여들었다가는 숨바꼭질을 하듯 으늑한 숲 사이로 흩어진다. 나무 끝을 희롱하는 바람소린 듯 그들의 속삭이는 이야기는 들릴 듯 말듯 귓바퀴를 간지럽힌다. 불란서 사람들이 모이는 구락부에서는 슈베르트의 세레나데 독주가 이었다가는 끊어지곤 한다. 동렬이와 세정의 그림자도 연당가에 나타났다. 깨끗한 흰옷이 검푸른 물속에 어른거려 더욱 청초해 보인다. 한참이나 돌아다닌 듯 구부러진 소나무 밑에 레인코트를 벗어 깔고 동렬이에게 앉기를 권한다. 발밑에서는 우거진 갈대 잎이 우수수 소리를 내며 주인을 반기는 강아지처럼 꼬리를 흔든다.

조금 있으려니 여기저기서 이상한 소리가 들린다. 그것은 연못 속의 금붕어들이 뛰어올라 던져주는 미끼를 따먹는 소리 같으나 구석구석에 숨어 앉은 남쪽 구라파의 젊은 남녀들이 정열을 식히는 소리였다.

동렬이는 그 곁에 수건을 깔고 앉으며 심호흡을 하듯 기다란 한숨을 내뿜는다. 그 한숨은 '우리가 언제까지나 이렇게 로맨틱한 풍경화 속에 들어 있을까?' 하는 달콤하고도 묵직한 탄식이었다.

세정이는 발끝으로 갈대 잎새를 가닥질하면서

"여기 형편이 그렇도록 한심한 줄은 몰랐어요. 무슨 파(派) 무슨 파를 갈라 가지고 싸움질을 하는 심사도 알 수 없지만, 북도 사람이고 남도 사람이고 간에 우리의 목표는 꼭 한 가지가 아니에요? 왜들 그럴까요?"

"모두 각자위대장이니까 우선 앞장을 나선 사람들의 노루꼬리만한 자존심부터 불살라 버려야 할 것입니다. 다음으로는 단체운동에 아무 훈련도 받지 못한 과도기(過渡期)의 인물들이 함부로 날뛰는 까닭도 있지요."

"몇 시간 동안 말씀 들은 것만으로는 쉽사리 이해할 수가 없지만 제 생각 같아서는 그네들의 싸움이란 전날의 ××를 망해놓던 그 버릇을 되풀이하는 것 같구먼요. 적어도 몇 만 명이 ×린 붉은 ×를 짓밟으면서 그 위에서 싸움이 무슨 싸움이야요?"

"나는 그들이 하는 일은 듣기만 해도 속이 상합니다. 가공적(架空的) 민족주의! 환멸(幻滅)거리지요. 우리는 다른 길을 밟아야 할 것입니다!"

동렬이는 구두 뒤축으로 나무뿌리를 걸어찬다. 세정이는 몸이 다 붙으리만큼 다가앉으며

"그 다른 길이라니요?"

하고 대답을 재촉한다.

"이 자리에선 말씀할 수 없습니다. 앞으로 기회 있는 대로 토론합시다."

그는 입을 다물어 버렸다.

두 사람이 이야기를 하는 동안에 진이는 세정이 덕택에 잡혔던 옷을 찾아 입고 두 사람의 뒤를 밟아오는 길에 몇 번이나 공원을 지키는 순사와 싸움을 했다. 공원 문 앞에 '개와 중국인은 들어오지 말라'고 써 붙인 간판을 보고 분개했던 것이다. 진이는 몇 번이나 격투를 한 뒤에 뒷문으로 빠져 들어왔다. 그때 마침 맞은편 잔디밭 위로 어깨를 겯고 거니는 두

여자와 마주쳤다. 영숙이와 또 한 여자였다. 영숙이는 낯익은 진이에게 반사운동(反射運動)적으로 가벼이 인사를 하며

"야학에 안 가십니까?"

한다.

"파수를 좀 보느라고요"

"네? 파수라니 무슨 파수에요"

"아따, 연애의 파수병정 말씀이요"

두 여자는 허리를 펴지 못하고 달음질을 쳤다.

🐵 018회, 1930.11.16.

6 그날 밤부터 야학에는 학생 한 사람이 또 늘었다. 세정이도 다니게 된 것이었다. 진이의 소개로 세정이와 영숙이는 인사를 하였다. 영숙이는 만세운동이 각 남녀학교를 중심으로 불 일 듯할 때에 남대문 앞에서 잡혀서 난생 처음으로 경찰서 구경을 한 일도 있었고, 그 당시에 ××학당은 세정이가 지휘를 하고 있었으므로 연락을 취하던 동무들에게서 '강세정'이란 이름만은 익숙히 들었었다. 그 이듬해 감옥에서 나올 때에 신문에 난 사진도 보아서 세정이가 어떠한 여자라는 것은 기억에 새로웠던 것이다.

공부는 제쳐놓고 피차에 상해까지 나온 동기며 앞일을 주거니 받거니 이야기하였다. 세정이는 영숙의 재빠른 어조로 물 퍼붓듯 하는 이야기를 귀담아 듣기만 하는데 영숙이는 세정이를 믿음성스럽게 보았든지 나중에는 머리에 기름을 바르고 다니는 남자가 뒤를 밟으며 성가시게 군다는 이야기까지 일사천리로 쏟아 놓았다. 같은 여자면서도 수다스러운 사람

을 싫어하는 세정이건만 영숙이가 첫눈에 자기에게 호감을 가지고 속을 주는 것이 한편으로는 고맙기도 하고 종달새같이 애티 있는 목소리와 솜씨 있는 말에 재미가 나서 웃음을 참으며 들었다. 영숙이는 서울 어느 유여하게 사는 기독교 장로의 무남독녀로 아버지를 따라 상해까지 왔다가 아버지는 한 달 전에 ××정부의 어떠한 사명을 띠고 하와이를 거쳐 미주로 건너간 뒤에 홀로 떨어져서 오는 봄 학기에는 음악학교에 입학을 하려고 그 준비를 하고 있는 중이었다.

야학이 파해서 나올 때에 영숙이는

"언니! 참 인제부터는 세정 씨를 언니라고 부를 테야요, 괜찮지요? 나보다는 두 살이나 위가 아니세요? 그런데 지금 우리 집으로 놀러가지 않으시겠어요? 퍽 조용한 데에요. 참 같이 있던 이도 내일 아침에 남경(南京)으로 떠나게 됐어요, 아까 짐까지 옮겨 갔는데, 그러니 나 혼자 외로워서 어떻게 지낼지 몰라요. 형님! 나하고 같이 있지 않으시겠어요? 여관에는 오래 있을 데가 못 됩니다. 단 둘이 밥을 지어 먹고 살면 재미나지요. 아버지가 주고 가신 것이 있어서 얼마 동안 지내기는 괜찮아요"

세정이는 대답하기를 망설였다. 동렬이가 어떻게 생각하는지도 모르거니와 저렇게 고생을 모르고 자라난 여자와 같이 있으면 속이 상할 것 같았다. 그러나 그 대신에 처녀답고 순진한 점이 동생처럼 귀엽기도 하였다.

진이와 동렬이는 ×씨의 집으로 가느라고 중도에서 여자들과 헤어지고 세정이도 영숙의 뒤를 따라갔다.

"글쎄요. 나도 하루바삐 거처를 정해야 할 텐데 마땅한 데가 없어요. 그렇게까지 말씀하니 퍽 고맙군요. 내 내일 저녁에 회답해 드리지요"

한참이나 생각해 본 후에 친절히 대답하였다.

영숙이가 묵고 있는 집은 그의 아버지와 숙친한 친구의 아내만이 지키고 있는 집으로 그 위층이 영숙이가 쓰는 방이었다. 커다란 철침대가 놓였고 새털베개와 값진 서양 이부자리며 방 안을 꾸며 놓은 것이 분수에 과한 듯하였다. 테이블 위에는 만돌린과 보표가 어지러이 놓였고 벽에는 알마 글루크이니 까리 그르치니 하는 세계에 이름난 여류음악가들의 사진이 걸렸다. 영숙이는

"혼자 살림이 돼서 아쉬운 것이 많아요."

하면서 석유풍로에 불을 다려 커피를 끓여 대접한다. 베개 밑에 감추고 몰래 먹던 초콜릿도 꺼내 놓았다.

"저기다가 침상 하나만 놓으면 우리 둘이는 넉넉히 지냅니다. 이건 아버지가 쓰시던 침대구요, 내 것은 또 하나 있어요."

하고 침상으로 깡충 뛰어오른다. 용수철의 쿠션이 녹신녹신한 세정의 몸을 싣고 가벼이 아래위로 까불어준다.

—밤이 이슥해졌건만 길을 모르는 세정이는 두 사람 중에 누구나 와서 데려다 주기를 기다리고 있었다. 열두 시나 되어서 문을 두드리는 소리가 났다.

"밤이 늦었는데…. 여자의 방에 실례합니다. 네 실례합니다."

연해 연방 굽실거리며 들어오는 것은 진이었다. 영숙이는

"들어오십시오. 괜찮습니다."

하고 반기면서도 얼굴은 빨개졌다. 동렬이는 ×씨의 집에서 무슨 의론이 그저 끝이 나지 않아서 궁금해 할듯하여 먼저 데리러 왔다는 말을 진이는 세정이에게만 하였다. 진이가 두리번거리며 방 치장을 둘러보는 동안

에 영숙이는

"저이가 형님의 파수병정이에요?"

하고는 세정이의 옆구리를 꼭꼭 찔렀다.

019회, 1930.11.17.

세정과 영숙

1 그런 지 며칠 뒤에 세정이는 영숙이 집으로 짐을 옮겼다. 처음에는 동렬이가 반대를 하였다. 그것은 첫째 진이와 영숙의 사이가 더 가까워지게 될 것을 염려한 까닭이었다. 그러나 비용도 많이 나려니와 온갖 잡탕패들만 드나드는 여관 구석에 젊은 여자 혼자 기거를 하는 것도 재미적거니와 그렇다고 한집에서 동거를 할 수도 없는 사정이라 어련히 알아서 하랴 하고 굳이 말리지는 못했다.

동기가 없이 고단하게 자라난 영숙이는 진정으로 세정이를 형과 같이 섬겼다. 아침 일찍 일어나서는 두 손을 혹혹 불어가며 쌀을 일어 손수 밥도 짓고 창피해서 나가지 못하는 줄만 여겼던 채장에도 바구니를 끼고 예사로이 반찬거리를 사러 다니게 되었다. 어쩌다가 동렬이도 만나지 못하는 날이면 세정이가 울적해 하는 눈치를 보고 만돌린을 뜯으며 찬송가를 불러서 들려주었다. 쉬운 찬송가면 세정이도 나직이 합창을 하였다.

"영숙이는 음악에 퍽 소질이 있어요"

하고 칭찬을 해주면

"무얼 언니도…. 비행기를 막 태우는구려."

하면서 제가 가장 좋아하는 <깊은 데 숨은 장미화야>도 부르고 조세란의 자장노래는 눈물까지 글썽글썽해지면서 불러주었다.

　…세정이가 집을 옮기던 그 이튿날 저녁때였다. 동렬이와 진이는 다른 일로 숙소에는 들리지 못하고 바로 밥집으로 갔었다. 문을 들어서니까 날마다 욕설까지 해가며 밥값을 졸라대던 수인이 눈살을 펴고 나오며 고맙다는 인사를 한다. 두 사람은 까닭을 몰랐다. 주인의 말을 듣고 보니 오후에 여자 둘이 찾아와서 그 중에 조금 나이가 들어 보이는 여자가 두 사람의 밀린 밥값을 갚아주고 갔다는 것이었다. 진이는

　"거— 안 됐군. 미안한 걸."

하면서도 여전히 저 먹을 것은 다 찾아먹는데 동렬이는 그 밥이 모래알 같이 깔깔하였다.

　'자기 집도 구차한 줄 아는데 가지고 나온 돈도 얼마 남지 못했을 걸 더구나 턱없이 여자의 신세를 지다니….'

하고 몇 번이나 입맛을 다셨다.

　그날 밤 야학에서 세정이를 만나서

　"감사합니다. 뵈올 낯이 없소이다."

하고는 '무엇으로든지 호의를 갚아드리지요' 하는 말이 뒤를 대어 나오는 것을 끌어들였다. 세정이는

　"그런 말씀을 왜 하세요? 실렌 줄은 알지만 그만 것에는 네 것 내 것이란 관념이 없습니다."

　냉정히 대답하고는 중국말 책을 펴들고 전에 배우지 못한 과정을 딴전을 붙이듯이 듣는다. 그 사이에 진이는 영숙의 곁자리에 앉아서 중국말이면 내가 낫게 한다는 듯이 영숙에게 이것은 순치음(脣齒音)이요, 그것

은 권설음(捲舌音)요 해가며 발음을 알으켜 주고 있다. 그동안에 머리에 기름 바른 남자의 눈총이 몇 번이나 진이의 머리 위를 스치고 지나갔다. 정식으로 인사도 안하고 슬그머니 넘어갔건만 극히 자유로운 분위기(雰圍氣)는 그들로 하여금 며칠 동안에 서로 웃고 이야기할 만큼 사이를 가깝게 하였다.

야학이 끝난 뒤에 두 사람은 두 여자를 집 앞까지 바래다주고 숙소로 돌아왔다. 문을 열고 보니 방안에 적지 않은 변동이 생겼다. 진이는 남의 집으로 잘못 들어오지나 않았나 하고 눈이 휘둥그레졌다. 새 것은 아니나마 널따란 침대가 놓이고 그 위에는 두툼한 이불이 깔렸다. 또 그 위에는 베개들이 나란히 놓였는데 조그만 종이쪽지에 아래와 같은 글월이 적혀 있다.

'자리는 좁지만 두 분이 끌어당기지 마시고 의좋게 주무십시오.'

그리고 그 끝에는 '주인 없는 방에 몰려 들어온 사람 C, Y'라고 만년 필로 곱다랗게 쓴 여자의 글씨였다.

세정이는 그들이 거처하는 모양을 보살피기도 하고 인사도 할 겸 한 번 찾으려 하였으나 오라는 말도 없는데 여자 혼자 찾아가기가 무엇해서 주저하던 차 그날 오후에는 영숙이를 앞장을 세우고 찾아갔었다. 마침 두 사람이 나가고 없는데 포대기만한 자리가 깔렸을 뿐이요 도적맞은 집 모양으로 방안은 텅 비어서 찬바람이 돈다. 잠시 보기에도 어찌나 딱하든지 그 길로 나와서 영숙이는 침대를 실어다가 기부하고 세정이는 이불 한 채를 사서 지워가지고 왔다가 내친걸음에 밥값까지 치러주었던 것이었다.

두 사람은 어안이 벙벙하여 마주 쳐다볼 뿐이었다.

한참 있으려니 등덜미가 으스스해져서 새 이불 속으로 기어들지 않을 수 없었다. 진이는 머리만 긁적긁적 긁고 있는 동렬이를 보고

"자네 처덕을 나까지 처덕처덕 입네그려."

한 마디 비위를 긁어주고는 이불자락을 끌어 덮고 돌아누웠다.

⊙ 020회, 1931.11.18.

② 그 이튿날 저녁은 선생의 결석으로 야학은 모이기만 했다가 흩어졌다. 두 사람이 날마다 오후면 출근 하듯이 가는 ×씨의 집에도 두 번씩 들리기는 어려웠다. 큰길로 나서면서 진이는 동렬이의 옆구리를 찌르며

"여보게 이사한 뒤에는 가보지도 못했고 자네와도 달라서 나야 고맙다는 인사 한 마디쯤은 해야 옳지 않겠나? 우리 잠깐 그 집에 들르세." 하며 팔을 끌어당긴다.

동렬이는 "이놈 인사가 그리 급하냐?" 하면서도 실상인즉 저 역시 가보고 싶던 터이라 다른 길로 한참이나 돌아서 마지못해 끌려가는 체 하였다. …세정이는 책을 읽고 영숙이는 털실로 재킷을 짜고 있었다. 동렬이는 세정이가 보다가 감추는 붉은 겉장 한 책을 힐끗 보았다. 로자 룩셈부르크(독일의 유명한 사회주의 여성으로 관헌의 손에 참혹히 죽은 사람)의 전기를 적은 팸플릿이었다.

둘이서 번차례로 치사를 하고 나니 좌석은 피차에 무료해졌다. 그렇다고 시국에 관한 이야기나 정치담을 꺼낼 수도 없었다. 이런 때에는 진이가 내달아서 연극 한 막쯤은 꾸미련만 영숙이 앞에서는 어쩐지 수줍은 모양이다.

그때에 문밖에서 두런두런하더니 형식으로만 문을 두어 번 두드리고

는 머리에 기름을 바르고 다니는 청년이 "굿 이브닝"하고 들어선다. 다른 남자들이 있는 것을 보고 주춤하고 물러서는 것을 영숙이가

"들어오십시오. 다 동학하는 사인데요. 참 그저들 인사가 없으셨던가요?"

너스레를 놓으면서 두 사람에게 인사를 시킨다. 그날 저녁에는 홍두깨기름 냄새가 유난히 풍겼다. 진이는 그 냄새가 맡힐 때마다 말 모양으로 코를 씰룩씰룩한다.

진이는 끝으로 악수를 하게 되었는데 어찌나 몹시 쥐고 흔들었던지 그 청년은 '아야야!' 하고 소리를 지를 뻔하였다. 그의 이름은 조상호라고 불렀다. 서울서 영숙이와 같은 예배당에서 찬양대에 끼어서 테너로 한몫을 보았고, 영숙이가 독창을 할 때면 반드시 상호가 풍금 반주를 하였다. 그 역시 고생 모르고 자라난 응석받이로 영숙이에게 은근히 연정을 두고 지낸 지도 여러 해나 되었고 상해로 나온 것도 영숙이를 못 잊어 뒤를 따라온 것이었다. 동렬이와 세정이는 해끄무레하게 생긴 남자가 여자만 거처하는 방에 무상시로 출입하는 것이 못마땅해서 한편 구석에서 책만 뒤적거린다. 영숙이는

"왜 그렇게 이야기도 않고 앉으셨어요?"

하고는 진이와 조상호를 좌우편으로 갈라 앉히더니 두 사람의 연인 중에 하나를 점쳐내던 애급(埃及)의 여왕처럼 트럼프를 꺼냈다.

"심심하니 우리 이거나 장난할까요?"

하고 세정의 눈치를 본다. 먼저 달려든 것은 진이었다. 화투판이 벌어져 도둑놈잡기를 하는 데 노래 한 마디씩 하는 내기였다. 맨 먼저 걸린 것이 조상호다. 그는 일어서서 두 손을 쥐어 가슴에 대고 스테이지에나 나선

것처럼 뽐내며 그의 단골인 듯한 <리골레토>를 불렀다. 간드러진 목소리에 얄상궂은 표정을 보고 진이는

'조놈의 것도 사내자식으로 생겨먹었나?'

하였다.

그 다음 도적놈은 동렬이었다. 이 멋다리 없는 친구의 아는 것이라고는 학교의 교가와 '미레도레미솔솔솔'에 맞춘 ××가뿐이었다. 한참 사양을 하다가 그나마 반도 못 부르고 주저앉았다.

세정이는 약삭빨리 조커를 돌려서 한 번도 걸리지를 않고 쏙쏙 빠지는데 그 다음에 걸려든 것은 진이다. 벌떡 일어서며 우렁찬 바리톤으로 목청을 내뽑는 서슬이 그럴 듯하더니

"산악이 잠영하고 음풍이 노호헌데…."

하고는 식어져버린다. 이 친구도 음악에는 손방이었다. 진이는 심통이 나서 세정에게 눈짓을 하여 영숙에게로 도적놈을 몰렸다. 석양판에 매미 소린 듯 <메기의 노래> 한 곡조를 속눈썹이 기다란 은행꺼풀 같은 눈을 아래로 살살 감으면서 피아니시모로 은실을 뽑듯이 불렀다. 동렬이도 세정이도 손뼉을 쳤다.

그 다음에는 팔뚝맞기를 시작했다. 대번에 영숙이가 졌다. 상호는 영숙의 희고 매끈한 팔을 조심스러이 받들고 때리는 흉내만 내었다.

😊 021회, 1930.11.19.

③ 영숙이가 연거푸 또 졌다. 이번 형(刑)의 집행자는 진이었다. 남의 팔을 때리는 데 제 팔부터 걷고 덤비는 바람에 영숙이는 겁이 나서 옴질옴질 꽁무니를 뺀다. 진이는 영숙이의 손목을 덥석 쥐더니 떡메로 흰 떡

을 치듯이 인정사정없이 처덕처덕 이겼다. 그래도 영숙이는 안간힘을 쓰고 꽁꽁 참는데 곁에서 상호가 눈살을 찌푸리며 대단히 안타까워하는 모양이다. 진이는 힐끗 쳐다보며

"왜 노형의 가슴속이 찌르르 하오?"

하고는 화투를 다시 탁탁 쳐서 돌렸다.

×

그날 밤 자정이 넘어서 헤어진 후 영숙이는 이상히 흥분이 되어 눈이 감기지를 않았다. 보드라운 새털베개에 머리와 어깨를 파묻고 반듯이 누우며 두 다리를 쪽 뻗었다. 나른한 피곤이 전신의 곡선을 어루만지며 흘렀다. 연둣빛 삿갓을 씌워놓은 등불 밑에서 진이에게 얻어맞은 팔을 꺼내보고는 싹싹 부볐다. 손가락 자국이 또렷또렷이 나고 피가 맺혀져 빨개졌다. 옆에 침대에서 책을 읽으며 잠을 청하는 세정이도 팔을 쉬이고 커다란 하품을 조그맣게 씹으며

"아이 가엾어라. 내 호—호— 불어 줄까?"

한다.

"어쩌면 그이가 그렇게 무지스럽게 때릴까요? 난 그이처럼 무섭게 생긴 남자는 처음 보았어요."

"그래도 그 조 씨보다는 사내답지 않아? 박진 씨는 쾌활하고 모험성이 있어 남의 앞장을 서서 큰일 한 번을 할 사람 같아요."

하며 세정이는 돌아누웠다. 영숙이는 상호와 진이를 두 손바닥에 올려앉히고 마음속으로 달아보았다. 조가보다는 진이가 훨씬 무게가 나갔다.

실상인즉 다른 여자보다도 성(性)에 조숙한 영숙이가 애가 마르도록 따라다니는 상호에게 여러 번이나 마음을 허락할 뻔하였다. 맵시가 똑똑

듣는 양복 스타일이며 양초로 빚어낸 듯한 용모도 제 곁에 세우기에 부끄럽지 않거니와 주야로 꿈을 꾸고 있는 성악가로 이름을 날리게 되는 날이면 제 감정과 기량을 잘 이해하는 상호와 같은 반주자(伴奏者)가 반드시 필요하다고 생각한 것이었다.

그러나 그것만으로 험난한 인생의 길을 서로 의지하고 걸어나아갈 진실한 반려(伴侶)가 되지 못하리라고 생각하기 전에 앞으로 상호보다 더 훌륭한 남성이 나타나면 어찌할까 하는 일종의 허영심으로 당분간 숙제는 풀지 말고 내버려 두리라 하였던 것이다.

한편으로는 그와 반대로 운동장에 가면 볼 수 있는 체격이 건장하고 팔다리의 근육이 살아서 꿈틀거리는 씩씩한 남자, 검붉은 혈색의 주인공을 배우자로 상상해본 적도 있었다. 그런 남자와 살면 얼마나 마음에 든든하고 믿음성스러우랴 하였다. 그러나 그런 생각도 하늘거리는 생초 모기장 바깥으로 초승달을 내다보는 듯한 환상(幻想), 즉 성악가가 돼야 만 사람의 시선을 받으며 일세의 인기를 한 몸으로 끌어보겠다는 욕망 때문에 깨뜨려지고 말았던 것이다.

—잠은 어렴풋이 들려는데 천정 위에서 진이가 커다란 눈을 부릅뜨고 내 팔에 와 안겨라! 하며 젖가슴을 내려누르는 듯하여 영숙이는 이불자락을 끌어당겨서 얼굴을 덮었다.

이번에는 시꺼먼 양자강(揚子江)의 물결이 용솟음치는데 실연당한 상호가 고국으로 돌아가는 기선 갑판 위에서 뛰어내려 자살을 하는 꼴이 눈앞에 선—하여 몸서리를 쳤다.

훈둔 장수의 딱따기 치는 소리도 끊겼을 때에는 밤은 삼경도 넘은 모양이다. 바람이 창밖에서 드설레는 소리에 소름이 오싹오싹 끼쳐서 영숙이는 이불 속으로 자꾸만 파고 들어갔다.

…그와 같은 시간에 진이도 잠이 들지 않았다. 영숙의 손목을 꼭 쥐고 끌어당기는 찰나에는 그야말로 전기가 통한 듯이 전신이 찌르르 하였다.

사막을 걷는 듯이 메말랐던 신경줄에 불이 붙는 듯 잠들었던 젊은 사나이의 정열을 끌었다. 가슴이 울렁거리며 상기가 되어 얼떨김에 힘껏 후려갈겼던 것이다. 그러나 나중에 생각하니 무안스럽고 가엾기도 하였다.

영숙이는 아직도 천진이다. 종달새와 같이 재치 있는 어여쁜 처녀다. 피어오르는 풋솜 같아서 마음대로 반을 지을 수도 있고 또한 끊어지지 않은 비단 옷감 같아서 소용 닿는 대로 마름질을 할 수도 있었다. 더구나 세속에 더럽히지 않은 마음바탕은 검든지 붉든지 간에 물을 들일 수도 있으리라 하였다.

'돼지에게 진주는 물리지 않으리라. 상호란 놈에게 유혹 당하는 것을 보고 있을 나는 아니다. 우선 그의 허영심을 깨뜨려주리라. 우리와 손을 맞붙잡고 나설 수 있는 새 시대의 여성을 만들어 놓고야 말리라—'
하고 진이는 제 자신의 힘을 믿었다.

022회, 1930.11.20.

새로운 길

[1] 네 사람의 관계가 점점 복잡하게 얼크러져가는 동안에 한 달이 가고 두 달이 지났다.

그 사이에 동렬이는 불란서공원에서 세정에게 언명한 바와 같이 새로운 길을 밟을 준비를 하고 있었다. 그 '새로운 길'이란 여기서 작자가 그 역로를 길게 설명은 하지 못한다. 그러나 동렬이와 진이가 여러 달 동안 ×씨의 집을 출입하여 여러 사람 틈에 끼어서 지극히 엄숙한 태도로 토론하고 세밀히 사색하는 동안에 시국에 관한 의견이 서로 맞고 장래에 취할 방책과 이상이 부합되었던 것이다.

그렇게까지 되기에는 두 청년이 평소에 보아온 해외에서 운동을 하는 사람들의 대개가 일시에 흥분되었던 기분에 너나할 것 없이 들떠서 군중심리(群衆心理)와 같은 감정만을 가지고 그나마 중구난방으로 날뛸 뿐이요, 좀 더 깊게 뿌리가 박힌 근본문제에 들어가서는 서로 등한하였던 것을 깨달은 것이었다.

열병에 걸려 펄펄 뛰는 사람의 행동인지라 신열이 내리고 이마가 식어서 사물의 인과관계(因果關係)를 냉정히 살필 때에는 회복할 수 없는 후

회만이 뒤를 따르지 않을 수 없었다. 그네들은

"우리는 ××××와 같은 대우를 받는다!"

하고 부르짖으며 분개는 할 줄 알았으나 어째서? 무엇 때문에? 그렇게까지 되었나하는 원인을 역사적으로 고찰하고 반성할 여유를 가지지 못하였다. 따라서 상대자를 대항하기에는 빈 입으로만 떠들고 글발을 박혀 돌리는 수단쯤으로는 너무나 우리의 힘이 비교도 할 수 없이 미약한 것을 깨닫지 않을 수 없었다. 그때는 벌써 실망과 환멸이 커다란 입을 벌리고 달려들고 있었던 것이다.

O씨를 중심으로 동렬이와 또 진이와 그리고 그들의 동지들은 지난날의 모든 관념과 '삼천리강토'니 '이천만 동포'니 하는 민족에 대한 전통적 애착심까지도 버리고 새로운 문제를 내걸었다.

그 문제 밑에서 머리가 터지도록 싸우듯 하여 몇 달을 두고 토론하였다.

"왜 우리는 이다지 굶주리고 헐벗었느냐?"

하는 것이 그 문제의 큰 제목이었다. 전 세계의 무산대중이 짓밟히는 계급이 모두 이 문제 밑에서 신음하고 있는 것은 확실하다. 이 문제를 먼저 해결치 못하고는 결정적 답안이 풀려나올 수가 없다 하였다. 따라서 이대로만 지내면 조선의 장래는 더욱 암담할 뿐이라 하였다.

'왜 ××를 받느냐?'

하는 문제는 '왜 굶주리느냐?' 하는 문제와 비교하면 실로 문젯거리도 되지 않을 만한 제삼 제사의 지엽 문제요, 근본 문제가 해결됨을 따라서 자연히 소멸될 부칙(附則)과 같은 작은 조목이라 하였다.

—과학적으로 또는 논리학(論理學)적으로 설명은 되지 못하여 대단히

간단하나마 그럭저럭하여 그 당시 그 곳에 재류하던 일부의 지도자들과 또 그들을 따르는 청년들은 앞으로 나아갈 목표를 바꾸고 의식(意識)을 전환하였던 것이다.

그 새로운 길로 매진하기 위하여는 무엇보다도 굳은 단결과 세밀한 조직이 필요하였다.

×

얼마 후에 동렬과 진이와 그리고 또 세정이는 ×씨가 지도하고 모든 책임을 지고 있는 ○○당 ××부에 입당하였다. 세정이는 물론 동렬의 열렬한 설명에 공명하고 감화를 받아 자진하여 맨 처음으로 여자 당원이 된 것이었다.

…어느 날 깊은 밤에 ×씨의 집 아래층 밀실에서 세 사람의 입당식이 거행되었다. 간단한 절차가 끝난 뒤에 ×씨는 세 동지의 손을 단단히 쥐며 (그때부터는 '동포'니 '형제자매'니 하는 말을 집어치우고 피차에 '동지'라고만 불렀다)

"우리는 이제로부터 생사를 같이 할 동지가 된 것이요! 동시에 비밀을 엄수할 것은 물론 각자의 자유로운 행동은 금할 것이요 당의 명령에 절대로 복종할 것을 맹세하시오!"

하고 다같이 ×은테를 두른 ××의 사진 앞에서 손을 들어 맹세하였다. 그 뒤로부터 그들의 생활비는 약소하나마 ×씨의 손으로 보장되었다.

023회, 1930.11.21.

② 그 뒤로부터 ×씨는 동렬이와 진이를 신임하여 당의 중요한 일까지 맡겼다. 아라사를 가겠으니 소개장을 써달라는 둥, 당장에 밥을 굶으니

동정을 하라는 둥 온갖 핑계거리를 장만해 가지고 오는 수많은 청년들 가운데 끝까지 신의를 지키는 사람은 별로 보지 못하였다. 도리어 외국 사람들에까지 신용을 잃고 심하면 ×씨의 신변에 적지 않은 누를 끼쳐주는 사람이 대부분이라 해도 과언이 아니었다.

두 사람의 위인은 거듭 말할 필요도 없거니와 ×씨가 동렬이를 처음 대할 때에는 사나이로 내뛸성이 적은 것 같았으나 여러 달을 두고 같이 지내오는 동안에 시속 청년들에게서는 볼 수 없는 미덕을 발견하였다. 무엇보다도 몸 가지는 것이 침착하고 두뇌가 면밀하여 책임비서감이라 하였다. 그와 반대로 진이는 사람 된 품이 걱실걱실하여 겉으로 보기에는 덤벙대는 듯하나 의롭지 못한 일을 보면 물불을 사리지 않고 싸움터로 나설 수 있는 정의감이 굳센 용감한 청년이라 군인 재목이라고 하였다. ×씨는 동렬이를 믿고 진이는 그 성격을 사랑하였다.

나이 육십이 가깝도록 슬하가 고적하여 일점의 혈육과도 생이별을 한 ×씨는 세정이를 친딸과 같이 사랑하였다. 세정이도 홀로 늙는 시아버지를 모시듯 틈 있는 대로 속옷도 빨아 나르고 음식범절까지 보살펴드렸다. 동렬과의 관계도 눈치를 채고 있는 능갈친 노인이라

"너희 둘이 다 내강한 사람이 되어서 앞으로 좀 갑갑하리라."
하면서도 두 남녀가 하루바삐 꽃다운 인연을 맺었으면— 하고 속으로 축복하였다. 그러나 좀 더 두고 시기를 엿보아 중이 제 머리를 깎지 못하는 경우에는 내 손으로 매듭을 지어주리라 하였다.

또 한편으로 진이는 영숙이마저 '동지'로서 결합되지 못한 것이 섭섭하였다. 그러나 영숙이는 아직도 두드러지게 개성(個性)에 눈을 뜨지 못한 것과 예수교의 장로인 그의 아버지와 ×씨는 사상적으로 정반대편에

서 있는 터라 영숙이가 여간해서 ×씨의 눈에 들어서 어린 동지로 인정을 받기는 어려울 것을 알고 문제를 삼지 않았다. 그러나

'조만간 영숙이마저 우리 그룹에 끌어넣고야 말리라.'

하는 것은 진이의 야심이었다.

×

그럭저럭 또 몇 달이 달음박질을 쳤다. 조용히 수양을 하기에는 ×씨의 집은 이목이 번다하고 이따금 재미없는 놈까지 출입한다는 소문이 나서 조심스러웠다. 그네들 몇몇 동지는 으슥한 중국 지계에다가 집 한 채를 빌렸다. 우선 비밀히 출판되는 각종의 팸플릿과 내외의 신문잡지를 모으는 것이 그들의 일이었다. 아침부터 책 속에 파묻혔다가 다저녁때에야 만터우 한 개씩으로 끼니를 때우는 날도 많았다.

세정이는 동렬이가 지시하는 대로 스크랩북에 무산계급운동에 관한 기사를 오려 붙이기도 하고 세계 약소민족의 분포(分布)와 생활 상태며 지역을 따라 생산과 소비되는 비교표를 꾸며나갔다. 그보다도 더 복잡한 각 도시의 공장 노동자들의 노동시간과 임금 기타에 관한 통계를 세밀하게 뽑는 것이 한 가지 학과였다. 또 어떤 날에는 컴퍼스 질을 해가며 인도나 애란 같은 나라의 지도를 진종일 그리느라고 눈이 캄캄하고 머리가 몹시 아플 적도 있었다.

그러는 동안에 진이는 밖으로 돌아다니며 각처에 연락을 취하는 외무를 맡아보았다. 저녁마다 꾸준히 계속하는 중국말 강습에는 (그동안 학생 수는 반이나 넘어 줄었지만) 상치되는 일이 있으면 대표로 다녀와서 여전히 꺼떡거리며 두 사람의 선생노릇을 하였다.

그뿐이면은 그다지 바쁘지는 않을 터인데 영숙의 행동을 감시하는 것

이 큰일이었다. 틈이 있는 대로—가 아니라 없는 기회를 만들어 가지고 찾아가서는 한바탕씩 연설을 해주고 돌아왔다. 그 연설의 내용인즉 지난밤에 읽은 책을 곱삶거나 그렇지 않으면 동지들과 토론하던 것을 되풀이하는 것이었다. 진이의 열렬한 웅변이 영숙의 귀에는 어렵기는 하나 모두 새롭고 그럴듯한 말이었다.

그러다가 조상호와 마주치는 날이면 짓궂게 끝까지 뭉개고 앉아서 세정이가 돌아오기 전에는 먼저 일어서는 법이 없었다.

024회, 1930.11.22.

싹 트는 사랑

1 겨우내 음산하고 침울하던 상해의 하늘에도 봄기운이 떠돌았다. 아침저녁으로 문틈을 새어드는 실바람이 살에 부딪쳐도 쌀쌀치 않고 벌써 중국 사람의 집 추녀 끝에는 조롱(鳥籠) 속의 종달새들이 새봄을 맞고자 목청을 가다듬었다. 거리에서 가화(假花) 장수들의 땡그렁땡그렁 하는 쇠북 소리에 웅기종기 모여들어 제비같이 재깔거리는 한 두름 두 두름은 이웃 나라의 귀여운 아이들이다.

…세정의 가슴 속에도 새 봄이 싹트기 시작하였다. 동렬에게 위안을 받고 ×씨의 총애를 입어 기나긴 해외의 첫 겨울을 그다지 쓸쓸한 줄은 모르고 지냈다. 그러나 동지로서의 위안이나 늙은 선배의 귀염을 받는 것쯤으로는 도저히 만족할 수 없는 오뇌(懊惱)가 마음 한구석에서 움돋기 시작하였던 것이다.

어느 날 오후였다. 동렬이는 밖에 나가고 진이는 ×씨의 심부름으로 남경에 가서 돌아오지 않았다. 그날 세정이는 저녁때까지 홀로 집을 지키고 있었다. 우중충한 방안에는 오후의 햇발이 가로세로 실려서 뽀얗게 먼지를 풍기고 유리창에 반사된 광선이 아롱아롱 오색의 무늬로 수를 놓았다. 맥 놓고 앉았으려니 이웃집 소녀가 군소리처럼 강남의 민요를 읊는 소리가 담을 넘어 들려온다. 세정이는 턱을 고이고 가늘게 한숨을 내쉬었다. 고국이 그리운 생각이 불현듯 났던 것이다.

이맘때쯤 우리 고향에는 바구니를 낀 계집애들이 벌판에 널려서 냉이를 캐느라고 자줏빛 댕기를 날리고 나무하러 동산에 오른 머슴애들은 산기슭에서 버들피리를 구슬피 불었다. ─시냇가 잔디밭에는 바둑이란 놈이 뒹굴고 우리 집 싸리문에는 우리 어머니가! 가엾은 홀어머니가 기대서서서 나를 생각하시렷다─ 하루갈이밖에 남지 않은 밭까지 몰래 팔아 가지고 도망한 이 불초한 딸의 안부조차 모르셔서 어제도 오늘도 낮과 밤을 이어 눈물에 젖으셨으리라─ 생각이 여기까지 이르러서는 시름없는 눈물이 방울방울 손등 위에 떨어졌다.

이웃집 계집애의 노래 소리는 끊쳤다 이었다 하며 그 곡조는 더욱 애련하다. 세정이는 떨리는 목소리로 나직이 뽑아

"내 고향을 이별하고 타관에 와서 적적한 밤 홀로 앉아서 생각을 하니 아아 답답한 마음 뉘라서 위로해 주나? 우리 집을 떠나올 때 내 어머님이 눈물을 흘리며 잘 다녀오라 하시던 그 말씀. 아아 귀에 쟁쟁하구나!"

망향가는 끝을 마치기도 전에 눈물이 앞을 가려서 소매로 얼굴을 파묻었다. 튼튼하던 사람이 병이 나면 호되게 앓듯이 모든 감정을 억지로 참아오던 세정이도 시시로 북받쳐 오르는 설움을 언제까지나 참기에는 너무나 그 나이가 젊었다.

그때에 문을 슬며시 열고 들어와서 들먹거리는 세정의 등에 은근히 손을 얹는 사람이 있다. 문밖에서 세정이가 부르는 노래를 듣고 섰던 동렬이었다.

깜짝 놀라 어른거리는 눈으로 동렬이를 쳐다본 세정이는 울음을 참으려고 할수록 더욱 흑흑 느껴졌다. 동렬이는 세정의 곁에 다가앉으며

'센티멘털한 감정은 우리의 금물입니다. 우리보다 더 비참한 경우에 처한 사람도 많지 않아요?'

하고 위로해주려 하였으나 저 역시 그 말의 하반은 코 먹은 소리로 변하였다. 세정이는 눈물을 씻으며

"동렬 씨!"

하고 바라보는 그 얼굴은 무엇인지 간절히 애원하는 듯하다. 동렬이는 세정의 허리를 힘껏 껴안았! 눈물 흔적이 어룽어룽한 세정의 입과 코와 이마에는 뜨거운 키스가 소나기 쏟아지듯 하였다.

불길이 활활 붙어오르는 청춘의 용광로(鎔鑛爐) 속에는 '김동렬'이도 '강세정'이도 한 몸으로 뭉친 채로 녹아버렸다.

…딱―딱― 문을 두드리는 소리가 났다. 두 사람은 소스라쳐 떨어졌다. 옷깃을 바로잡는 두 사람 앞에 거침없이 나타난 커다란 사람은 ×씨 바로 그 사람이었다.

☺ 025회, 1930.11.23.

② ×씨는 겸연쩍은 듯이 미소를 띠우며

"허― 늙은 사람은 못 올 데를 왔군. 진이가 오늘도 안 돌아오기에 궁금해서 들렀더니…"

세정이는 얼굴빛이 변하여 몸 둘 곳을 알지 못하는 눈치요 동렬이도 고개를 들지 못한다. 가슴 속에서 두 방망이질을 하여 쉽사리 진정이 되지 않았다. ×씨는 그렇다고 멋쩍게 돌아서 나갈 수도 없어서

"거기들 앉게. 무슨 죄를 졌나?"

여전히 웃으며 자기부터 걸어앉는다. 동렬이는 머리를 숙인 채로

"죄를 졌습니다. 제 자신의 약속을 범했습니다."

그 목소리는 약간 떨렸다.

"암 죄야 큰 죄지. 이렇게 늙은 홀아비 앞에서 그런 광경을 보였으니
…."

하고 껄껄껄 웃어넘긴다. 옷고름만 해지도록 만지작거리고 있던 세정이
가

"선생님은 왜, 인기척도 없이 다니세요?"

곁눈으로 흘겨보며 한마디를 쏘아붙였다. 야속지도 않은 일에 포달을
부리는 버릇없는 막내딸의 응석 같다.

"그럼 세정이는 왜 소문도 없이 연애를 하나?"

일부러 위엄을 보이며 꾸짖듯 하는 것은 또한 이런 등사에는 실없어지
는 아버지의 행패였다. 잠자코 있던 동렬이는 떠듬떠듬하나마 저력 있는
어조로

"선생님 용서해 주십시오! 저희 둘은 벌써 사랑한 지가 오래였습니다.
그러나 남의 앞장을 서서 한 몸을 희생으로 바치려는 사람으로 여자와
가까이 하지 말 것을 계명처럼 지켜왔습니다. 선생님! 저 사람의 몸에는
아까 그 순간까지 손가락 하나도 대어보지 않고 지냈습니다. 참았습니다.
저희 둘이 청춘이라는 것도 잊어버리려 했습니다."

하고는 목소리를 한층 높여서

"'조선 놈'이란 것이 사랑하는 사람을 껴안지도 못하게 했습니다. '무
산자'라는 것이 여자를 거느릴 자격까지 우리에게서 빼앗고 말았습니다.

선생님! 그렇지만 세정이를 잠시도 떠나서는 살지 못할 것 같습니다. 저 사람에게도 더 오래 고통을 주고 싶지 않습니다!"

×씨의 눈에는 눈물이 핑—돌았다. 생각은 지나간 그 옛날을 더듬어 자기의 처자가 눈앞에 너무나 똑똑히 나타났던 것이다. 그는 동렬의 어깨에 손을 얹으며

"동렬이, 내게도 사랑하던 아내가 있었네. 살았으면 세정이와 같은 딸이 있었네. 마누라는 북간도서 십 년이나 넘는 고생살이에 토질에 걸려 죽은 것을 유언대로 그 시체도 내 나라 땅에 묻어주지 못해서 까마귀밥이 되었네. 딸자식은 ××사변 통에 사람으로는 못 당할 욕을 보고 생목숨을 끊었네. 들지도 않는 칼로 목을 난도질해서…."

가슴 속에서 무슨 덩어리가 북받쳐 오르는 듯 말끝을 맺지 못하고 헉헉 느끼기만 한다. 세정이는 참다못하여 어린애처럼 엉엉 울며 ×씨의 무릎에 매달리면서

"아버지! 아버지!"
하고 연거푸 불렀다.

"선생님을 이제부터는 아버지라 부르겠어요! 전에도 말씀했지만 저도 어려서 아버지가 돌아가셨어요. 의병대장으로 총에 맞아서…. 저는 아버지의 얼굴도 모릅니다. 그렇지만 선생님은 제 아버지가 되시기에는 너무나 크십니다. 수많은 젊은 여자의 아버지시지요 저희는 아무것도 모르는 철부지지만 선생님 한 분을 아버지로 섬길 정성만은 있습니다. 아버지!"

×씨는 손수건을 꺼내어 세정의 눈물을 씻어주고 자기의 눈도 비볐다.

"세정아! 그럼 내 이제부터는 네게 '해라'를 하마. 내게는 과분한 귀여운 딸이다. 동렬에게 좋은 아내가 되려니와 조선의 모—든 여자에게 모

범이 될 만한 훌륭한 여성이 되어라. 그리고 훌륭한 ××꾼을 낳아라!"

××군이란 '군' 자에다가 쌍기역을 써서 '꾸—ㄴ'하고 힘을 들여 불렀다. 그리고 동렬과 세정의 손을 갈라쥐더니

"간략하나마 내 불원간 예식을 지내게 해주마. 형식이지만 늙은 내가 한번 보고 싶구나— 왜 그저 울기만 하느냐? 시집을 보내준다는데 허— 미거한 자식이로군."

하고는 여전히 씨의 독특한 쾌활한 웃음을 웃는다.

세정이도 웃었다. 동렬이도 웃었다. 모두 눈물을 흘려가며 웃었다. 그들의 머리 위에는 이른 봄 저녁 햇발이 눈이 부시게 비쳤다.

026회, 1930.11.25.

진이와 영숙

①　온다던 날짜가 이틀이나 지나서 진이가 돌아왔다. 떠날 때에는 남경까지 다녀온다 하였으나 실상인즉 그곳보다 더 먼 곳에 가서 괄목(刮目)할 만치 모양이 변해가지고 동지들 앞에 나타났다. 여러 사람들은 놀라지 않을 수 없었다. 다 떨어지고 때 묻은 중국 두루마기로 초라하게 몸을 담아가지고 갔던 사람이 황갈색 군복에다가 붉은 줄진 바지를 금이 버지도록 팽팽하게 다려 입고 무릎 아래까지 철떡거리는 털 망토를 둘렀는데 한 자락은 멋있게 뒤로 제쳤다. 더욱 이상한 것은 삐딱하게 쓴 모자에는 중국 군인의 별표가 붙은 것이다. 다른 동지들은 의심이 더럭 나서 번갈아가며 그 이유를 캐물었건만 진이는 싱글벙글 웃기만 하고 말하지 않는다.

"저 친구가 또 누구의 껍데기를 벗겨 입구 왔노?"

하며 자기네들의 짐작이 틀리지 않으리라 하였다. 동렬이까지도 그 연극의 내막은 알 수 없었다.

진이는 한 걸음으로 ×씨의 집으로 갔다. ×씨는 굳은 악수를 주며

"그래 어떤가? 소원성취를 했으니 한턱내야지."

앞으로 세우고 돌려 세우고 하면서 복장검사를 한다.

진이는 기계 모양으로 '도라웃!' '도라웃!'을 몇 번이나 하다가 ×씨 앞에서 직립부동의 기착 자세를 하고 섰다. ×씨는 진이의 어깨를 딱딱 두드려주더니

"거— 훌륭하군 훌륭해. 그래 고생은 과히 되지 않겠던가? 거기 앉게."

그때야 진이는 휴식을 하며

"선생님 어쩌면 그렇게 저를 속이셨습니까?"

책망하듯 질문하는 어조였으나 그 말 속에는 감사하다는 의미가 포함된 것이었다.

"이 사람아! 눈치를 그렇게 못 채서야 수많은 병졸을 거느리겠는가? 꼭 될 줄로 자신하지 못한 일을 미리 말할 수가 없었지."

그는 번쩍거리는 모자표를 유심히 바라본다.

실상인즉 박진이는 그동안 ×씨의 소개로 ○○군관학교에 입학을 한 것이었다. 상해에 아직 큰 볼일은 없고 진이의 성격과 소원이 군인이라 사람의 장처를 따라 그를 지도한 것이었다.

또 한편으로 중국 학생들의 사상경향이 급격히 변해가는 때라 그들과 깊이 사귀어 연락을 취하는 동시에 유위한 인재가 그들의 속으로 파고들어가서 따로 당의 프랙션을 하나씩 조직해두는 것이 일조에 유사할 때에는 큰 힘이 되리라는 계획이 든 것도 사실이었다.

○○군관학교에는 ×씨와 일본 어느 학교에서 동급생으로 의지가 상통하여 지내던 중국인 친구가 그 학교의 수석교관으로 있었던 것이다. ×씨는 그에게

"이 청년은 군인으로서 매우 소질이 있으니 학기는 지났더라도 특별

보결생으로 편입시켜 주면 귀형의 우의를 감사하겠노라."

라고 간단히 쓴 소개장을 당자를 시켜서 전하게 한 것이었다. 진이는 그런 줄은 까맣게 모르고 비밀서신인가보다 하고 조심스러이 전했다. 사람이 무한 호인으로 생긴 군관학교 교관은 우선 진이의 체격을 검사하고 말을 시켜보았다. 진이는 문법은 틀리든 말든 그동안 배운 말 들은 말은 모조리 복습을 하듯 뱃심 좋게 지껄였다. 그는 빙긋이 웃더니

"하우아(好邪)!"

하고 언하에 하관을 시켜서 입학 수속을 하는 한편 군복으로 갈아입히고

"이제부터는 이 학교의 특별보결의 관비생으로 입학된 것이니 학교의 규칙은 군대와 조금도 다름없이 지키라."

는 부탁을 한 후 자기 주머니에서 노자까지 후히 꺼내 주면서 ×씨에게 답장을 전하고 돌아오라고 사흘 동안의 휴가를 주어 보냈던 것이다. 진이는 고두백배로 사례하고 그날 밤차로 떠났었다.

'군인? 중국 군인의 후보생?! 불과 몇 달 동안에 몇 차례나 내 몸이 변했노?'

기차 속에서 남의 나라의 군복을 어루만지며 감개무량하였다.

…×씨에게서 나온 진이가 먼저 달려간 곳은 영숙의 숙소였다. 영숙은 신을 거꾸로 끌면서 내달아 그를 반겼다.

027회, 1930.11.26.

② 진이의 신변이 너무나 급격히 변한 것을 본 영숙이도 눈이 둥그레졌다. 진이는 간단히 그동안의 경과를 이야기하였다. 그리고 앞으로 이틀 동안밖에 더 만나볼 기회가 없으리라는 것을 선고하였다.

"이틀이요? 단 이틀밖에 안 남았단 말씀이야요?"

영숙이는 손가락 둘을 펴들어 보이며 다져 묻는다. 진이는 잠자코 머리를 끄떡였다. 영숙이의 눈에는 금세 눈물이 글썽글썽해졌다. 속눈썹에 매어달린 이슬방울이 하나 떨어지고 둘이 떨어졌다.

"내가 떠나는 것이 그렇게 섭섭하실까요? 조상호가 시종노릇을 더 잘 할 테니까 적적치는 않을 텐데…."

그 말에 영숙이는 고개를 살짝 돌렸다. 한참이나 외면을 하고 있다가 도리질을 치며

"참 정말이지 그이는 싫어졌어요. 어쩌면 남자가 그렇게 귀축축하게 굴까요? 이제는 집에 와두 따버리지요. 오늘도 땄어요. 몸살이 났다고요."

조상호에게 대하여는 조금도 미련과 애착이 없다는 것을 극구로 변명한다. 진이는 머뭇머뭇하다가 벌떡 일어서며

"우리 나갑시다."

하고 침상 머리에 걸렸던 여자의 목도리와 웃옷을 집어서 끼얹어준다.

"별안간 어디를 가요? 네?"

"어쨌든 따라만 오시구려. 처음 겸 마지막 소청이니—"

영숙이는

'저이가 설마 나쁜 데야 끌고 가려고'

하면서 등을 밀리듯 군복자락에 매달리듯 진이만 믿고 나섰었다.

인적이 드물어진 아스팔트 위에는 갓 들어온 거리의 등불이 두 사람의 탐탁한 그림자를 기다랗게 끌어당겼다. 황포탄공원을 끼고 돌려니 안개를 머금은 저녁 바람이 두 사람의 뺨을 촉촉이 어루만져준다. 부두에 들

어와 닿은 기선 객실의 수없는 등불이 얕은 하늘에 별이 깔린 듯 검푸른 물 위에서 지글지글 끓고 멀리 포구에 닻[錨]을 준 외국 군함에서는 유량한 군악소리가 바람결을 따라 울려오는 것을 항구의 상공을 나는 갈매기떼가 가로채어가지고 몇 번이나 사람의 얼굴에 똥을 깔겼다. 밤을 숨어 다니는 포도아(葡萄牙) 계집들이 술 취한 해군의 팔에 매달려 아양을 떨며 지나가는 것을 몇 축이나 지나쳤다.

북사천로(北四川路)를 지나 진이가 앞장을 서서 들어가는 곳은 서양 요릿집이었다. 두 사람은 신혼한 부부 모양으로 즐거이 식사를 마쳤다. 진이는 고기를 두 사람 분이나 더 시켜서 감추듯 하였다. 그동안에 얘기한 것은 동렬이와 세정이가 정식으로 약혼했다는 것을 양념을 쳐가며 영숙이가 보고했을 뿐이었다. 그 얘기를 듣는 진이는 표정이 몇 번 이상스럽게 변했을 뿐이오 쓰다 달다는 말도 없이 먹기에만 급한 것 같았다. 차를 단숨에 들이키고 나더니

"실상인즉 노자가 좀 남아서 한턱내는 것이니 자— 이젠 구경 갑시다."

음식 값을 치러주고는 또 멋없이 앞장을 서서 나간다. 새끼에 매달린 돌멩이처럼 따라갈 수밖에 없으면서도 영숙이는 저다지 사내답고 건강한 체격의 주인공과 작별할 생각을 하니 몹시 섭섭도 하려니와 상해 한편 구석이 훤하게 비이는 것도 같았다… 활동사진은 구라파전쟁을 배경으로 한 군사극이었다. 아슬아슬한 장면이 전개될 때마다 영숙이는 손에 땀을 쥐며

"에그머니나 저를 어쩌나?"

소리를 곁의 사람이 들리리만큼 연발한다. 청년 사관이 사랑하는 아내

와 작별하는 마당인데 서로 껴안고 차마 떨어지지를 못한다. 타고 온 말은 창 밖에서 굽질을 하며 주인이 나오기를 재촉하고 곡호수는 취군나팔을 몇 번이나 불었다. 그때에 오케스트라의 코—넷잡이는 그림과 맞추어 청승맞게 나팔을 분다. 영숙이는 수건을 뗄 사이도 없이 운다. 사진 속의 사관은 억지로 아내를 뿌리쳤다. 그때에 그의 인형과 같은 딸이 달려들어 아버지 무릎을 얼싸안고 앵두를 똑똑 따더니

　[英文 略] (당신도 나와 같은 조그만 다른 계집애들의 아버지를 죽이러 가십니까?)

라고 쓴 자막이 비친다. 영숙이는 두 번 세 번 읽어보더니 진이의 소매를 끌어당기며

　"박진 씨도 군인이 되시면 수많은 젊은 여자의 사랑하는 남편을 죽이시겠지요?"

　진이는 소매를 뿌리치고 화를 더럭 내며

　"그 따위 하나님 냄새 나는 인도주의는 걷어치우시오. 우리는 눈은 눈을 빼서 갚으면 그만이지요!"

하고 부르짖듯 하였다.

　　　×

　두 사람이 나란히 서서 극장 문을 막 나서려 할 때에 위층에서 내려오는 칠피 구두에 하—얀 각반을 친 청년과 마주쳤다. 조상호였다. 영숙이는 진이의 등 뒤에 숨는 것을

　"영숙 씨는 활동사진을 못 보아 몸살이 났다길래 이렇게 동행이 되었소"

　한 마디를 내던져주고 진이는 망토 자락을 펼쳐 영숙이를 에워싸듯 하

고 전찻길로 뚜벅뚜벅 걸었다.

③ 진이가 떠나는 날 새벽 정거장에는 동렬이와 세정이와 영숙이가 전송을 나왔다. ×씨 (이제부터는 부르기가 불편하겠으므로 '모씨'라고 쓰기로 한다)는 번잡한 곳에는 유표하여 출입을 하지 못하는 몸이라 그 전날 밤이 늦도록 여러 가지로 앞일을 분부한 후 미리 작별한 것이었다.

동렬이와도 마지막으로 세정이가 사준 이불을 둘이 덮고 누워서 장래에 관한 의견을 주고받으며 그 실행 방침을 의논하느라고 날밤을 밝히다시피 하고 잠깐 눈을 붙였던 것이다. 그러나 동렬이는 세정에게 대한 이야기는 끄집어내지도 않았고 진이 역시 영숙에 대한 자신의 향념을 토로하지 않았다. 머리터럭의 수효까지라도 서로 알만치 절친한 사이건만 어쩐지 여자의 말이 나면 피차에 불유쾌하였다. 동렬이와 세정의 관계는 이미 작정된 사실이건만 두 남녀의 결합은 동렬에게서 진이의 우정을 반 이상이나 빼앗아가는 듯하여 마음이 서어해지고 진이와 영숙이의 사이는 아직 두드러지게 나타난 그 무엇이 없다 하더라도 동렬이는 먼저 말을 꺼내기를 꺼렸다. 제 자신의 굳은 약속을 깨뜨리게 된 것과 진이에게 아내가 있는 것은 별문제로 치더라도 영숙이란 여자는 물이 갓 오른 버들가지와 같아서 바닷가의 등 굽은 소나무처럼 때 아닌 풍우를 꿋꿋이 배겨낼 수 있는 사람으로는 인정이 되지를 않기 때문이었다.

…출발 시간을 기다리는 동안 두 동지는 팔을 끼고 포도(鋪道)를 거닐며 아직도 미진한 이야기를 계속하였다. 차에 오르자 세정이는 책보에 싸가지고 나온 것을 진이의 가방 위에 얹어놓으며

"변변치 못한 솜씨지만 차 속에서 시장하시거든 잡수세요."

그것은 그 전날 밤 정성을 다하여 점심을 준비한 찬합이었다. 그 다음에는 영숙이가 색스러운 종이로 싸고 또 싸고 한 조그만 상자를 진이의 무릎 위에 올려놓으며

"이것요 거기 가셔서 아무도 없는 데서 상해 생각이 나시거든 열어보세요. 비밀상자에요. 꼭이요."

묵묵히 앉았던 진이는

"네 고맙소이다."

하고는 두 여자의 얼굴을 번차례로 유심히 바라본다. 그때에 차장은 호각을 불었다.

"나는 이것밖에 없네."

동렬이는 붉은 손을 내민다. 진이는 일어서 그 손을 떨리도록 쥐었다.

"잘 있게. 내 자네 혼인날 옴세."

차는 움직이기 시작하였다. 세 사람은 황급히 내렸다. 두 여자는 기차에 붙어서 따라가며

"편지나 자주 하세요."

"언니 혼인날은 도망이라도 쳐 오셔요."

하면서 수건을 흔들었다.

진이는 승강구로 나와서 자세를 바로잡으며 손을 올려 동지들에게 경례를 붙였다.

출정하는 군과 같이 그를 전송하는 가족과 같이 떠나고 떠나보냈다. 기다란 기차가 꿈틀거리며 멀리 서북쪽으로 향하고 돌아갈 때까지 팔짱을 끼고 초연히 바라보던 동렬이는 숙소로 돌아올 때까지 입을 열지 않

았다.

장례 날이 되어 상여머리에 요령소리가 들릴 때보다는 반우의 행렬이 들어와 죽어나간 사람이 생시에 거처하던 곳을 보면 상제의 정말 울음이 터지듯이 동렬이가 방에 들어서자 휴지 쪽만 흩어진 텅 빈 방안을 둘러보니 이곳까지 같이 나와서 알몸뚱이로 고생하던 생각이 새삼스러이 나고 개지도 않은 이부자리며 방구석에 벗어던진 양말 쪽까지라도 마음을 찔러 눈물을 자아내었다. 한바탕 울고나 싶은 것을 세정이를 보아 입술을 깨물며 꽉 참았다. 거기까지 따라왔던 세정이는 그 눈치를 채고

"참 아까 정거장에서 수상한 사람을 보았어요."

"누구 말씀이오?"

"왜 상해에 처음 오시던 날 영대마로에서 의외로 만나서 신세를 졌다고 하시던 한윤식이라는 사람 말씀이에요. 그 사람이 아까 정거장에 나왔어요. 중국옷에 목도리로 얼굴을 가리고요."

"그자가 확실하지요?"

"그럼요. 그자가 우리 뒤를 따라다니는 게 벌써 여러 번째가 아니에요?"

"네 압니다. 그자의 손에 벌써 여러 사람이 결딴이 났는데 만일 우리가 사무 보는 곳을 알면 큰일입니다."

예사로이 대답하나 그자를 대단히 경계하고 있는 것은 사실이었다.

029회, 1930.11.28.

4 그동안에 이야기할 것을 하나 빠뜨린 것이 있다. 그것은 한윤식에게 관한 사실이다. 내지에서 무작정하고 떠난 사람이 동서를 분간할 수

없는 상해 바닥에 내려서 방황하다가 이 한윤식이라는 사람의 손에 걸려들어 여관을 정하는 것이나 또는 지도분자들에게 소개를 받는 신세를 입은 사람이 적지 않았다. 진이와 동렬이도 그 중의 하나였던 것이다. 그러나 그는 ××운동에 참가하여 얼마 동안 미결감에서 고생을 했다는 이력 밖에는 그의 신분을 똑똑히 아는 사람이 없어서 두고 볼수록 그의 정체가 몽롱해질 뿐이었다.

동렬이와 진이에게도 처음에는 입의 혀처럼 부닐며 친절히 굴더니 두 사람이 다 주머니 속이 빈털터린 줄을 알고는 발을 끊었다. 그 뒤에 다른 동포들이 전하는 말을 들으면 그 한가의 하는 일이라고는 ××정부 외교부에 이름을 걸어놓고 일을 보는 체하나 실상은 별로 볼일도 없이 운동의 거두라고 지목을 받는 이들의 집을 무상시로 출입하며 파벌을 까 입을 놀려서 중상을 시키는 것이 일이었다. 더구나 수상한 것은 심심하면 산보 다닐 데도 많겠는데 하필 우편국과 부두와 정거장에는 매일 출근 듯 하는 것이었다. 들고 나는 사람을 일일이 훑어보다가 행색이 서투른 조선 사람이 내리면 그곳에 거류하는 동포를 대표하여 마중이나 나온 듯이 따라 대섰다가 여관을 잡아주고 성명과 이력을 안 뒤에는 종적을 감추는 것이 버릇이었다. 그러다가 근래에 와서는 깊은 밤이나 새벽녘에 발착되는 기차까지도 검찰을 하는 것이었다.

그는 하루에 두 번 혹은 세 번 옷을 갈아입었다. 생활비는 어디서 생기며 어디서 자고 어디서 먹는지 알 길이 없고 이따금 일본 총영사관이 있는 홍커우[紅口] 근처에서 그림자가 사라지더라는 소문이 들릴 뿐이었다. 두 사람은 처음부터

"한가는 수염 붙인 꼬락서니하고 간나위새끼로 생겨 먹었다."

하고 경계를 하였다. 한 번은 뽀판집에서 술이 얼근히 취한 그자와 만났었는데 제 생색을 너무도 더럽게 내는 것이 알미워서 성미 괄괄한 진이가

"조놈의 자식 대갈통을 부셔 놓고 말겠다."

고 의자를 둘러메치려는 것을

"어쨌든 신세를 진 사람인데."

하고 동렬이가 뜯어말렸었다. 그 뒤로부터 그자는 더욱 지궁스러이 두 사람의 뒤를 밟았다.

어느 몹시 춥던 날 밤에는 두 사람이 묵고 있는 집 뒷문 앞에서 외투 자락을 세워 얼굴을 가리고 감시병 모양으로 왔다 갔다 하는 것을 유리창 틈으로 내어다보고 진이가 위층에서 발 씻은 물을 한 대야 뒤집어 씌워놓은 일까지 있었다.

그자는 그네들이 낮이면 모여드는 비밀한 장소를 알지 못하여 애가 마르는 눈치였다.

모씨도 그자를 뱀과 같이 싫어하였다. 찾아와도 면회를 거절하였다. 아까도 말했거니와 이 집 저 집에 박쥐 모양으로 돌아다니면서 이간을 붙이는 것이 일쑤요 그네들끼리 오해를 했다가 풀고 보면 대개는 그자의 말전주로 터무니도 없는 일을 꾸며낸 것이 탄로되었던 것이다.

상해는 더구나 각국의 혁명객들이 보금자리를 치는 불란서 조계는 대단히 음험하였다. 오흥리(吳興里)나 보강리(寶康里) 같은 데는 집을 수리하려고 마루청을 뜯으면 그 속에서 암살을 당한 시체가 뼈만 앙상하게 남아서 누워 있는 것을 발견하고 몸서리를 쳤다는 사람도 한 둘이 아니었다. 진이는

"그깐 놈의 자식 하나쯤이야…."

하고 제 손에 걸리기만 하는 날이면 요정을 내고야 말겠다고 벼르고 있다가 떠나버렸다. 사실 그때 그곳에는 신분이 분명치 못한 자가 어름어름 돌아다니다가

"저 자의 행동이 수상하다"

고 일반에게 인정을 받기만 하면 며칠이 못되어 어느 귀신에게 등덜미를 잡혀가는지도 모르게 그림자와 아울러 없어지고만 일도 종종 있었다.

그러나 한윤식이는 표면으로 열렬한 ××운동자였다. 또는 동지였다. 말 잘하고 수완 있는 사람이라 하여 모모한 사람밖에는 일반이 그때까지 그를 그다지 의심하지는 않았다.

030회, 1930.11.29.

한 쌍의 동지

[1] 한 달 또 두 달이 유랑하는 나그네의 흐트러진 머리 위를 흘렀다. 양수포(楊樹浦)의 수양버들은 잔잔한 물결 위에서 신록의 아지랑이를 피어올리고 용화사(龍華寺) 고탑 위에 아침저녁 울리는 종소리는 선남선녀에게 강남의 꽃소식을 퍼뜨렸다.

동렬이는 눈을 딱 감고 그 봄을 보지 않으려 하였다. 세정이도 고개를 돌려 봄바람의 유혹을 받지 않으려 하였다. 아침 일찍 자리를 걷어차고 일어나서는 일정한 일과표 밑에서 근근자자히 그날의 직책을 다할 뿐이었다.

절기가 바뀌기로서니 꽃이 피기로서니 그것은 인력으로 변동할 수 없는 자연의 현상일 뿐이다. 그렇다고 사람의 마음이 공연히 시룽새룽해지랴. 줏대가 서지 못한 사람들이 제줄물에 놀아나는 것이라 하였다.

진이에게서는 일주일에 한 번씩 편지가 왔다. 영숙이에게도 오고 영숙의 조그만 꽃봉투도 온 수효보다는 갑절이나 진이의 군복 호주머니 속에서 연분홍빛의 꿈을 꾸었다. 어떤 날 동렬에게 온 편지는 대강 아래와 같았다.

"[前略]…닥치는 대로 막 먹고 뛰고 오후에는 안장도 짓지 않은 말의 갈퀴를 움켜쥐고 올라서 채찍질하여 중원의 벌판을 살같이 달린다. 중국의 씨말[種馬]은 거세(去勢)를 안 해서 여간 사납지 않고 요새는 새 풀을 뜯어먹어서 밤이면은 암내를 맡고 마구간에서 쿵쾅거려 홀아비의 꿈길을 짓밟는다― 왜 청첩이 그저 오지를 않느냐? 책상머리에서 둘이 붙어 앉아서 꼬물거리지만 말고 스피드를 내어라. 갑갑하구나. 나는 그동안 체중이 한 관이나 늘고 중국말도 많이 늘었다. 연습을 나가서 병졸들을 모아놓고 한바탕 딱딱 얼러붙이면 내 앞에서는 모두 설설 긴다.

…이곳 일은 잘 되어간다. 이 학교 안에 동지가 서너 사람이나 된다. 여름 안으로는 무엇이 하나 될 듯싶다. 까딱하면 큰일 나니 편지는 순국문으로 써라. 참 세정 씨에게 거듭 부탁해서 영숙의 감화 운동을 좀 더 맹렬히 해주기 바란다. 어제는 편지 속에 꽃 한 송이를 넣어 보냈는데 사연은 간이 간지러워 못 읽겠더라. 어쨌든 죄 없는 처녀다. 우리는 모――든 사람을 포용할 필요가 있지 않느냐? 취침나팔을 불어서 그만 쓴다. 요새는 통이불을 하고 자니까 편하겠다."

×

한편으로 모씨는 두 사람도 모르게 결혼식의 준비를 진행시켰다.

"두 손목 마주 잡고 살면 그만이지 주의자가 예식이 아랑곳인가."

하다가도 그들을 친자녀와 같이 사랑하는 노인의 마음이라 한 쌍의 동지를 자기 앞에 나란히 세워놓고 연설 한 마디쯤은 해보고 싶었다. 또는 그런 기회에 오래 흩어져 있어 격조하였던 동지들이 한 마당에 모여서 저녁이나 같이 먹으며 화기애애한 하룻밤을 보내는 것도 결코 무의미한 일은 아니라 하였다.

장소는 어느 예배당을 빌려 놓았다. 혼수라고는 이불 한 채 반지 하나 그것밖에는 없었다. 자기 혼자의 생활비도 제때에 생기는 것이 아니라 그도 매우 옹색하였다. 그 다음에는 두 사람이 들어있을 집이 문제였다. 모씨는 자기가 거처하는 뒷방을 치웠다. 방은 좁아도 의초 좋은 내외의 보금자리로는 도리어 아늑한 맛이 있었다.

뺑키칠을 새로이 하고 자기 방에 놓였던 간략한 세간을 나누어 손수 끙―끙― 소리를 내며 옮겨다 놓았다. 물론 두 사람에게는 몰래하는 비밀행동이었다.

모씨는 두 사람의 생월생시를 보아 길일을 택하였다. 그것도 젊은 동지들에게 흥을 잡힐까 보아 주먹구구식으로 자기 속으로만 따져본 것이었다.

그는 사람이 없을 때면 그 방에 홀로 들어가서 애꿎은 담배만 퍽퍽 피우며 뒷짐을 지고 방 안을 거닐었다. 몇 번이나 죽은 자기의 딸을 생각하였던 것이다.

―혼인날은 앞으로 닷새밖에 남지 않았다.

😀 031회, 1930.11.30.

② 결혼식 날은 돌아왔다. 청첩도 없이 서로 입으로만 전한 것이었건만 정각인 오후 여덟 시에는 한 시간 전부터 남녀 동지들이 각처에서 모여들기 시작하였다. 백 명 남직이 수용될 만한 조그만 장소는 벌써 사람의 머리가 우글우글하고 떠들썩하여 운김이 돌았다. 전등불은 짙은 미색으로 장내를 은은히 비추고 천장에는 오색의 만국 국기를 우산살같이 널었는데 내지에서는 구경할 수 없는 선명히 물들인 '옛날기'도 한몫 끼어

서 '나도 여기 있다'는 듯이 너펄거렸다. 문밖에는 건장한 청년들이 서서 모양이 수상한 잡인의 출입을 금하였다.

식장 안의 화형은 영숙이었다. 야들야들한 흰 비단으로 위아래를 내려 감고 뾰족한 구두부리를 재끼며 장내를 분주히 들락날락한다. 발을 옮겨 놓을 때마다 얇은 옷자락이 살에 스치는 소리가 사각사각하고 났다. 여러 사람의 시선은 더구나 야회복을 입고 참례한 조상호의 눈은 신부보다도 어여쁜 영숙이만 앞으로 뒤로 따라다녔다.

영숙이는 팔뚝시계를 몇 번이나 내어보면서 안절부절을 못 하는 눈치다. 시간이 되어 풍금 앞에 앉으면서도 삐걱 소리만 나면 정문 편을 바라보았다. 신랑신부가 들어오는 것보다도 진이가 달겨들 것을 고대하는 것이었다. 이틀 전에 전보를 쳤으니까 아니 올 이치는 없다. 정 오지 못할 사정이 있으면 답전이라도 있을 텐데… 노자까지 부쳤는데… 차 시간은 지났는데… 지금쯤 자동차를 내렸을까? 문을 열고 들어설까? …영숙이는 기다리다 못하여 암상이 나서 두 볼에 눈깔사탕을 물었는데 진이는 그저 오지를 않았다.

정각이 이십 분이나 지나서 식장 정면에 주례자인 모씨가 나타났다. 처음에는 얼핏 보아 누구인지도 모르리만치 모양이 변하였다. 불빛에 눈이 부시도록 흰 설백색 조선 두루마기를 입은 까닭이다. 예복을 입지 않은 그는 세정이를 시켜 조선옷 한 벌을 지어 입었다. 그는 이십 년 만에 흰옷을 몸에 걸친 것이었다. 반백이 된 머리털이 벗어진 것과 여덟 팔(八) 자로 뻗친 수염이 그날 저녁은 그의 풍채가 한층 더 위엄이 있어 보였다.

…풍금의 건반(鍵盤) 위를 달리는 영숙의 손가락에서는 장중한 결혼행진곡이 울려 나왔다. 정문이 열렸다. 여러 사람은 모두 기립을 하였다.

신랑은 검정 무명 두루마기를 입고 면사포를 벗어버린 신부는 그 대신 흰 장미꽃을 한 아름 안았다. 눈을 아래로 깔고 발을 조심스러이 옮겨놓는 그날의 세정이는 백합꽃과 같이 청초하였다.

신랑신부는 모씨의 앞에 나란히 섰다. 음악은 멈추었다. 진이의 그림자는 그저 찾을 수 없었다. 모씨는 우렁찬 목소리로 일반을 향하여

"지금부터 김동렬, 강세정 두 동지의 결혼식을 거행합니다."

선언이 끝나자, 몇 사람의 청년은 앞으로 나서며 <인터내셔널>을 부르기 시작하였다. 여자의 새된 목소리도 섞였다. 여러 사람은 그에 화하여 목청껏 불렀다.

몇 십 년 동안 찬송가 소리에만 젖었던 예배당의 천장과 마루와 십자가를 새긴 유리창은 처음 듣는 <인터내셔널>에 놀래어 움쭉움쭉 사개가 물러앉는 것 같았다. 그때였다. 정문이 드르륵— 열리며 끼끗한 군인 한 사람이 유난히 큰 목소리로 그 노래를 맞추어 부르며 거침없이 들어섰다.

"박진 씨다! 진 씨가 왔다!"

영숙의 눈은 그를 맨 먼저 발견하였다. 진이는 여전히 그 노래를 부르며 두어 걸음 다가서더니 기착을 하고 모씨와 신랑신부를 향하여 손을 들고 경례를 붙였다. 모씨는 고개를 끄덕여 답하였다. 그때에 뒤를 돌아본 신랑은 진이가 온 것을 알고 신부의 곁을 떠났다. 두 사람은 부지불식 중에 달려들어 서로 어깨를 껴안았다.

"좀 늦었네."

"고마우이! 퍽 기다렸네."

두 사람의 우정을 찬미하는 듯 만당의 동지들은 부르던 노래를 더 높

이 불러주었다. 신부도 좌우를 불계하고 자리를 떠나 진이에게 악수를 주었다. 그 광경을 본 영숙이는 풍금 위에 엎드려 흑흑 느꼈다.

③ 예식은 간단한 절차를 따라 진행되었다. 모씨의 의미심장한 식사와 여러 동지들의 축사도 주의! 중지! 없이 무사히 마쳤다. 식은 이십 분도 못 되어 끝이 났다.

뒤를 이어서 해삼위나 하바롭스크 근처에서 생장하여 상해까지 떠들어 온 청년들의 주최로 그곳의 습관을 따라 피로연을 겸한 무도회를 열었다. 그 중에는 아라사 여자의 몸에서 난 튀기 여자들도 오륙 명이나 섞였다. 구름 같은 곱슬머리에 눈동자는 흑진주를 박은 듯이 윤택하고 살결은 말갛게 들여다보이도록 희멀건데다가 체격은 서양여자 그대로 뽑아낸 듯 매끈매끈하였다. 그들은 "이래씀둥" "저래씀둥" 하고 함경도 사투리도 아니고 아라사 말도 아닌 이상한 악센트로 지껄였다. 루바시카를 입은 청년들은 악기 한 가지씩은 제일히 만질 줄 알았다. 식장의 의자를 한편으로 몰아 둥그렇게 둘러놓고 마룻바닥에는 양초가루를 뿌렸다. 한편으로 그 중에서 가장 나이가 어리고 밀동자같이 생긴 색시가 내빈들에게 꽃을 팔아 다과며 소시지(돼지순대)와 보드카(아라사 소주)를 사들여다가 한편 구석에 식탁을 벌여놓고 밤을 새일 준비를 하였다.

임시로 조직된 관현악대가 왈츠[圓舞曲]를 불었다. 그 곡조는 일로전쟁 때에 패전한 아라사 군인들이 서백리아 눈벌판을 지나며 전사한 형제를 생각하고 군악대의 악장이 작곡한 것으로 창자 밑바닥을 훑어내는 듯이 그 멜로디는 구슬펐다. 그네들은 그 곡조만 들으면 신이 저절로 나는 모양이었다. 쌍쌍이 껴안고 원(圓)을 그리며 뺑글뺑글 돌았다. 남자는 더운 입김을 담배 연기처럼 토하고 여자는 남자의 가슴 속에 머리를 파묻고 실눈을 감으며 할딱거리는 호흡을 머리에 서리는 입김을 받아서 잇는다.

이때까지 상대가 없어서 칠피 구두부리로 발장단만 맞추고 있던 조상호는 맞은편에 앉은 영숙의 눈치만 살폈다. 교회에서 자라난 영숙이가 무도를 배웠을 리가 없었다. 영숙이는 남들이 발을 떼어놓는 것만 유심히 내려다보며 걸상 밑에서 발을 들먹거리며 가만히 흉내를 내어본다. 상호는 용기를 내어 영숙의 앞으로 가더니 공손히 허리를 굽힌다. 영숙이는 머리를 짤래짤래 흔들었다. 그때에 동렬이와 나란히 앉아서 들러리 노릇을 하던 진이가 벌떡 일어서더니 상호의 앞으로 가서 가로막으며

"나하고 춤시다."

다짜고짜 영숙의 손목을 끌어당겨 일으켰다. 영숙이는 팔뚝을 맞던 생각이 나서 겁이 나건만 상호를 따돌리는 피난처로는 진의 가슴밖에 없었다.

"춤출 줄 몰라요. 정말 몰라요."

사양을 하면서도 팔을 걷고 앞으로 나섰다. 신랑과 신부는 손뼉을 쳐주었다. 진이의 춤은 뱃심 춤이었다. 음악박자에는 발이 맞든 안 맞든 고추 먹고 맴맴 하듯 붙안고 돌기만 하였다. 스텝이 맞지 않아서 영숙의 신코만 납작하게 밟혔다. 영숙이는 얼굴이 능금빛처럼 빨갛게 달아서

"고만이요. 네 고만이요."

하고 뒷걸음질을 치면 진이의 널따란 손바닥이 겨드랑이로 숨어들어 끌어당기는 통에 몽클한 젖가슴이 잔지러지도록 간지럼을 탔다.

상호는 멀쑥하여 제자리에 가서 앉으려니까 사십이나 넘어 보이는 절구통같이 뚱뚱한 마나님이

"나하고서 추겠소 꼬마?"

하고 뒤룩거리며 달려든다. 상호는 홧김에 그 절구통을 굴리느라고 땀을 수십 그램이나 흘린 것 같았다.

한편에서 손뼉 치는 소리가 일어났다.

"이번에는 신랑신부가 추겠습니다."

어느 한 사람이 외쳤다. 여러 사람은 물결처럼 갈라서며 손뼉을 쳤다.

끌어 내세우는 바람에 할 수 없이 동렬이와 세정이는 서로 옷소매를 맞붙잡고 한바탕 돌았다. 여기저기서 끼얹어주는 종이꽃과 테이프가 폭풍우에 낙화가 흩어지듯 두 사람 머리 위에 쏟아졌다.

조선 두루마기를 입고 서양 춤을 추는 꼴이란 참으로 가관이었다. 여자들은 새우처럼 허리를 펴지 못하고 웃었다. 세정이는 현기증이 나서 몇 번이나 동렬이와 이마뚝을 할 뻔하였다.

…자정이 넘도록 봄날의 하룻밤을 마시고 노래 부르고 먹고는 뛰고 하였다. 츠카노스까, 띠리쇠불, 꼽바크 갖은 춤을 번차례로 추었다. 자기네의 세상인 것처럼 만판 뛰고 놀았다…. 모씨와 신랑신부는 먼저 빠져 나갔다. 신방에는 붉은 촛불이 깜박거리며 나란히 놓여서 새 주인을 기다리는 베갯머리를 밝히고 있었다.

"아들 낳을 꿈들이나 꾸어라."

하고 방문의 자물쇠를 침대 위에 던져주고 쓸쓸히 돌아서 나갔다. 십 분도 못 되어 그 방의 촛불은 꺼졌다….

―그날 밤 진이와 영숙이는 제가끔 외로운 꿈을 꾸게 되었다. 영숙이

는 세정이가 침상까지 떠메어간 쓸쓸한 방 안을 한숨으로 지키고 진이는 여관 구석에서 구두도 벗지 않은 채로 쓰러졌다. 온 세상 사람이 저 하나만을 배반한 것같이 졸지에 참을 수 없는 고적을 느꼈다.

전전반측 한 시간이나 뒤에 그는 최후의 결심이나 한 듯이 문을 박차고 거리로 나섰다. 실성한 사람처럼 급히 걸었다. 어디선지 선잠을 깨인 닭 우는 소리가 들렸다.

😊 033회, 1930.12.03.

④ 첫날 밤 신방에는 쥐 한 마리가 들어서 엿을 보았다. 오래 비었던 방에 인기척이 나니까 혹시 갉작거릴 것이나 있나 하고 마루 틈바구니로 머리를 내밀고 정경을 살폈다.

촛불은 꺼졌어도 밤눈이 밝은 터이라 신랑은 침대 위에 비스듬히 누웠고 신부는 그 곁에 앉아서 이마로 신랑의 손등을 비비며 울고 있는 눈치였다. 소곤소곤 이야기하는 소리는 들리건만 원체 중화민국 태생인 쥐가 되어서 어느 오랑캐의 말인지 도무지 알아들을 수가 없었다. 그래서 소설을 쓰는 사람이 불가불 통역을 하기로 한다.

—세정의 눈물은 사랑하는 사람과 결혼하여 기쁨에 겨워서 또는 동지들의 호의에 너무 감격하여 흘리는 것도 아니었다. 그렇다고 천사와 같이 순진하였던 처녀시대와 작별을 하는 것이 새삼스러이 섭섭한 것도 아니었다. 이날 이때까지 가지가지로 근심만 끼쳐드린 고향에 계신 홀어머니를 생각한 것이었다.

'인생의 제일 행복하다는 혼인 날 밤에 방자스럽게 내가 왜 눈물을 흘릴까 보냐.'

하면서도 주름살 잡힌 어머니의 얼굴이 활동사진의 환상 장면처럼 머리를 들면 천장에서—고개를 돌리면 맞은 쪽 벽에서 너무나 똑똑히 나타났다. 그의 표정은 바로 볼 수가 없이 측은하였다. 그 어머니는 유복자와 같은 외딸의 장래를 생각하고 고달픈 봄밤에도 졸음을 참고 누에를 치고 길쌈한 것을 푼푼이 모아 처음에는 돼지를 샀다. 몇 해 후에는 송아지를 암놈 수놈 하여 두 마리나 매게 되었고, 또 몇 해 후에는 밭이 하루갈이가 이틀갈이로 불었다. '이것은 우리 세정이 시집보낼 사천이라' 하여 흉년이 들어 피죽으로 연명을 하던 해에도 한사하고 팔지를 않았던 것이다.

그 눈물 나는 밑천을 팔아가지고 몰래 상해로 도망을 와서 시집을 가게까지 되었고 마침내 첫날을 치르게 된 것이었다.

그 고마운 어머니에게는 결혼한다는 통지조차 아니하였다.

'저것을 시집은 잘 보내야 할 텐데….'
하던 것이 그의 마지막 발원이었고

'사위 재목은 어떻게 생겼을까?'
하는 것은 그의 공상의 전부였다. 그다지 인자한 어머니도 모르게 혼인을 하였다. 효심이 부족하다느니보다는 만리타국에서 불경 모양으로 성례한 것을 아시면 도리어 큰 유한으로 여기실 터이요 그나마 당신의 눈으로 친히 보지 못하시는 것을 무한히 섭섭하게 생각하실 듯싶어서 그저 몸 성히 있다는 엽서만 이따금 부쳐드렸을 뿐이었다.

동렬이는 등 뒤로 세정이를 안아주며

"누구나 다 마찬가지요. 우선 나부터도 그런 설움을 가진 사람이오 그렇기로서니 그런 생각만 자꾸 하기 시작하면 우리는 눈물에 파묻힐 수밖에 없지 않소? 잊어버립시다! 서로 참읍시다! 강철처럼 우리의 의지(意志)와 이성(理性)만을 날카롭게 벼려서 죄 없이 들볶이는 그네들 전체를 위하여 죽을 때까지 일합시다! 글쎄 고만 그쳐요. 저 선생님 같으신 분도 조금도 비관하지 않고 일하시는 것을 보구려."

그래도 세정이는 눈물을 거두지 못하고 울음을 참느라고 가늘게 느끼기만 한다. 동렬이는 더 다가앉아서 세정의 두 손을 잡고

"당신의 어머님과 같은 설움을 당하고 있는 이가 조선에는 몇 만 명이나 되지 않겠소? 그러니까 그 분네들의 자손인 우리의 대(代)에나 기를 펴고 살아보려고 이렇게 고생들을 하는 것이 아니요. 우리들은 그 중에 가장 행복스러운 사람이지요. 자— 이젠 우리 다른 이야기나 합시다."

세정이는 아무것도 아니라는 듯이 고개를 들고 한 가닥 두 가닥 흐트러진 앞머리를 쓰다듬어 올리며 딴전을 붙인다.

"참 영숙이는 가엾어요. 오늘 밤엔 혼자서 어떻게 잘까요?"

"진이는 어디로 갔을까? 아까는 부산한 통에 인사도 못했는데 또 골딱지가 났을 걸. 그 사람은 고적하면 사뭇 몸부림을 하는데…."

"왜 영숙이하고 걸맞지 않아요?"

"문제도 있지만 고생을 모르는 여자가 되어서…."

실상인즉 진이와 영숙이의 이야기를 길게 늘어놓고 있을 겨를은 없었다. 세정이는 그제야 구두끈을 끄르며

"지금 몇 시나 됐을까? 저것 보세요 유리창이 벌써 훤해졌어요"

멀리 항구에서는 기선이 떠나는지 맥주병을 부는 듯한 기적소리가 새벽하늘의 괴괴—한 공기를 헤치고 은근히 울려왔다.

동렬이의 손은 조심스러이 세정의 허리를 더듬었다….

이때까지 빠쭈—하게 뻗친 수염을 쫑긋거리며 두 사람의 거동을 엿보느라고 숨을 죽이고 있던 쥐란 놈은 이 위에 더 볼 것이 없다는 듯이 꼬리를 끌고 헛간 구멍으로 제 마누라를 찾아 들어갔다.

034회, 1930.12.04.

벼락혼인

⚀ 진이의 급한 걸음은 영숙이의 집 들창 밑까지 와서 멈추었다. 가쁜 숨을 돌리려니까 위층의 불은 그저 꺼지지 않았는데 남자의 목소리가 들렸다. 진이는 쓰레기통 위로 성큼 올라서서 벽에다가 귀를 바싹 붙였다.

"글쎄 그만 일어나세요. 그렇게 눈물을 질질 흘리는 남자는 난 싫어요 벌써 닭 우는 소리가 들렸는데…."

"그럼 곧 갈 테니 한 마디만— 한 마디만 들려주세요 네 영숙씨! 죽든 살든 간에 이 자리에서 결딴이나 내게요."

"글쎄 더 말씀할 게 없다니까 어린애 보채듯 하시는구려. 고만 졸려서 자야겠어요."

남자의 목소리는 울음을 섞어 떨려 나온다.

"여기까지 당신만 믿고 따라온 사람을…. 영숙 씨! 영숙 씨는 너무나 심하시구려."

"왜 그렇게 말귀도 못 알아들으실까요. 내지서 지낼 때는 몰랐어도 이제 와서는 벌써 속으로 사랑하는 사람이 있다니까요."

"네 병정 댕기는 박진이 말씀이구려? 무지막지하게 불상놈같이 생긴 놈을…"

창밖에서 엿듣던 진이의 눈꼬리는 금세로 샐룩해졌다. 그러자 조금 있더니

"아 이게 무슨 짓이에요? 놓으세요 놔요!"

철성을 띤 여자의 목소리가 진이의 귀를 찔렀다. 진이는 뛰어내려 어깨로 문짝을 들이받고 단숨에 위층으로 뛰어 올라 방문을 활짝 열어제쳤다.

조상호는 선불 맞은 짐승 모양으로 비슬비슬 침대 곁으로 가더니 할딱할딱 숨을 몰아쉰다. 영숙이는 얼굴빛이 창백해지다 못하여 제 정신을 잃고 책상 모퉁이에 쓰러졌다. 진이는 상호의 앞으로 달려들더니

"너 이리 좀 나오너라!"

소리를 지르고는 상호의 목덜미를 바싹 추켜들고 층층대로 앞뒤잡이를 시켜 질질 끌고 내려갔다.

"이런 ××같이 생긴 놈의 자식 같으니라고 너 무지막지한 놈의 주먹맛 좀 보려느냐?"

무쇠장도리 같은 주먹이 한 번 올려붙자 상호의 눈에는 번갯불이 번쩍하였다. 상호는 한 대에 끽소리도 못하고 그 자리에 거꾸러졌다. 진이는 바로 돌아서서 이층으로 올라가려다가 내려다보니 상호 꼴이 한편으로는 가엾기도 하였다. 그는 상호의 스프링코트를 내다가 들씌워주며

"아따 이 못생긴 놈아, 네 다시 이 집에 발그림자를 했다가는 새 다리 같은 걸 꺾어놓고야 말테다."

상호는 한참이나 무어라고 중얼거리다가 일어나더니 옷을 털면서 비틀거리고 바깥으로 나갔다. 속으로는 갖은 욕을 다하는 모양이나 범같이

무서운 진이의 앞에 달려들 용기는 없었다.

진이는 방 안으로 들어서자 문을 잠갔다. 그저 머리를 들지 못하는 영숙의 어깨를 잡아 일으키며

"여보 못생긴 흉내 내지 말고 일어나 앉으시오 오늘밤 안으로 꼭 할 말이 있어서 왔소이다."

슬리퍼를 신은 걸상 밑에서 영숙의 발가락이 꼼지락거리는 것을 보니 기절한 것은 아니었다. 그래도 영숙이는 죽은 체하고 일부러 숨을 죽였다. 몇 번이나 흔들어도 대답이 없다.

"내 말을 안 들을 테요? 안 듣는다면 당장에…"

하더니 머리맡에서 별안간 콰―ㅇ 하고 벼락 치는 소리가 났다. 영숙이는 얼떨결에 놀라서 머리를 들었다.

애지중지하던 만돌린이 산산조각이 났다.

"이까짓 건 밤낮 만지고 있으면 밥이 생기오? 우리네 팔자엔 되지도 않은 음악이란 다― 뭐 말라 뒈진 게요? 걷어치워요. 걷어치워."

진이는 만돌린 조각을 쓸어내리더니 발바닥으로 우지끈 우지끈 밟는다. 영숙이는 하도 어처구니가 없어서 게슴츠레한 눈으로 만돌린의 무참한 시체를 내려다보았다. 그러나 이상스러이 깨어진 것이 그다지 아까운 줄 몰랐다.

진이는 의자를 들고 바싹 다가앉으며

"이제 정신이 났거든 이야기합시다. 당신은 나를 사랑하시지요?"

당장에 무슨 일이나 저지를 듯이 위협하는 태도다. 영숙이는 비쌔듯 입을 꼭 다물었다.

"당신만 진정으로 나를 사랑한다면 난 오늘 밤에 장가를 들고 갈 작정

이오. 예—스든 노—든지 간에 대답하시오!"

단도직입이다. 대답 아니 하고는 배겨내지 못할 줄 안 영숙이는 한참이나 흥분된 진이의 얼굴을 말끄러미 쳐다보더니

"저 같은 게 무슨 자격이 있어야지요."

하고는 머리를 푹 수그렸다. 진이는 영숙이의 떨리면서도 그지없이 부드러운 그 목소리와 몸을 가누지 못하는 수태(羞態)를 보자 싱글벙글하면서 천천히 그러나 힘 있게

"그만하면 알았소이다!"

하고 커다란 손을 영숙이의 무릎 위에까지 닿도록 내밀었다— 영숙이는 가만히 손을 들어 남자에게 주었다….

😊 035회, 1930.12.05.

2 진이의 여자에 대한 관념은 보통 남자와는 달랐다. 진이의 눈에는 제아무리 똑똑한 체하는 여자라도 고양이 이상의 아무것도 아니었다. 빛깔이야 누르든 검든 간에 털을 그슬리면 좁은 이마를 찌푸리고 쓰다듬어 주기만 하면 함함해지며 다소곳하고 있다. 신기한 것을 쫓아서 하루도 몇 번씩 눈동자가 변하나 실상인즉 따뜻한 양지쪽을 찾아서 낮잠 잘 생각과 어떻게 하면 수챗구멍에서 나오는 쥐를 힘 안들이고 잡아먹을까 하는 궁리뿐이다. 같은 가축 중에도 개처럼 충직하지도 못하고 돼지처럼 잡아먹지도 못하는 치렛거리요 그보다 지나치면 장난감밖에는 되지 못하는 것이라 하였다.

암상이 나면 아웅 하고 할퀴는 버릇이 있으나 그런 버르장이를 할 때에 목덜미를 쥐어 팽개를 치면 다시는 달려들 용기가 없다. 그야 외양을

119

따라서 또는 경우를 좇아서 조금씩 다르기는 하다. 젊은 과부나 올드미스의 겨드랑이 밑에서 자라나서 고기접시만 핥는 고양이도 있고 곡식도 없는 광 속에 갇혀서 햇빛도 못 보는 팔자 사나운 고양이도 있기는 있다. 그러나 동물학상으로 분류를 하면 그 본질에 있어서는 고양이 이외의 아무것도 아니다. 그와 마찬가지로 여자들도 근래에 와서는 '해방'이니 '경제적 자립'이니 하고 노—란 기염을 토하긴 하여도 결국은 선천적으로 남자에게 종속된 사람의 반편 이외의 아무것도 아니라 하였다.

남자의 곁에서 잠동무나 해주고 밥 짓고 자식 낳고 하는 천직 이외에는 특별한 일에는 영리한 사람이면 이용이나 할 수 있을까.

한 걸음 나아가서 이성간에 영혼이 서로 교통하고 빨간 하트와 하트가 서로 가락지를 끼듯이 결합된다는 것은 망령된 생각일 뿐 아니라 저 스스로 제 자신을 마취시키는 아편적 관념이라 하였다.

실상 그 당시의 진이는 연애 길에 들어서는 제국주의자였다. 연애는 일종의 전쟁이다. 탐나는 것이 있으면 폭력의 무기를 휘둘러 빼앗아가지고는 제 물건을 만들면 고만이다. 그래서 차차 길을 들이면 따르지 않는 여자가 없으리라 하였다.

먹기 싫은 음식은 개나 주려니와 사람이 싫은 것이야 어찌하랴. 목장(牧場)의 소나 말과 같이 부모가 억지로 접을 붙여 놓은 소위 아내라는 명색이 있어도 나와는 밞는 길이 천리만리나 되는 것을 어찌하랴. 귀머리를 맞풀었기로서니 사랑이 없는 바에야 무엇이 그다지 소중할 것이냐. 불쌍하고 가엾다고 멀쩡한 나까지 따라서 불쌍하고 가엾어지란 말이냐? 그 따위 온정주의(溫情主義)는 내게는 비상이다. '조강지처'니 '해로동혈'이니 하는 것은 케케묵은 수작이요 썩어 문드러진 관념이라 하였다—

그러한 여성관의 발동이 진이로 하여금 영숙이를 조상호에게서 전취하게 한 것이었다.

그 이튿날 이른 아침 진이는 영숙이는 죽어라고 싫다는 것을 인력거에 태워가지고 모씨의 집으로 달렸다. 방문을 열고는 영숙의 등을 밀어 모씨의 앞에다 세우더니 굽실하고 예를 하며

"선생님 저도 엊저녁에 장가를 들었습니다."

막 세수를 하고 수건질을 하던 모씨는 지난밤의 꿈인 듯 정말 같지 않았다. 하룻밤 사이에 두 볼이 여윈 듯한 영숙의 수그린 얼굴을 유심히 보더니

"뭐? 장가를 들었어?"

"선생님께서 하루에 두 번씩 주례를 해 주시기가 어려우실 듯해서 저희끼리 그렇게 됐습니다."

모씨는 어제 저녁의 경과가 눈앞에 보이는 듯하였다.

"나도 짐작한 바는 있었지만… 너무 속했는걸. 저 영숙이 아버지 배장로가 알면 펄펄 뛰겠다. 하여간 모두 앞일이 걱정이다."

"실컷 뛰라지요. 하나님의 턱 밑까지 치받으라지요"

영숙이는 '장인에게 그게 무슨 버릇없는 소리냐'는 듯이 진이에게 눈을 살짝 흘겨보았다.

그때야 동렬의 내외는 아침을 먹으려고 식당으로 쓰는 응접실로 들어왔다. 영숙이는

"언니!"

하고 세정에게로 달려들어 웃는 것도 아니요 우는 것도 아닌 눈 표정으로만 간밤의 지낸 일을 하소연한다. 동렬이는 진이와 영숙이를 번갈아

보더니

"자네 웬일인가?"

"나도 선생님께 결혼 토도케를 하러 왔네. 자네 결혼은 '진눈깨비' 결혼이요, 내 결혼은 '벼락결혼'일세."

…모씨의 좌우에서 두 쌍의 동지는 둥근 식탁을 에워싸고 조반을 마쳤다—

그리하여 동렬과 세정과 진이와 영숙이 사이에 얼크러졌던 상해를 배경으로 한 로맨스도 이로써 끝을 마쳤다.

036회, 1930.12.06.

삼년 후

[1] 세월은 똑같은 걸음으로 달려들어 누구에게나 똑같은 시간을 빼앗아서 가건만 바다 밖에서 그날그날을 일에만 골몰하고 갈수록 신산한 생활에 쪼들려 지내는 사람들에게는 파발걸음으로 달리는 것 같았다.

그 뒤에 이태가 지나고 삼년 째 되는 여름철이 접어들었다. 그러나 그동안 모씨와 두 쌍의 동지에게는 신변에 별로 큰 변동은 없었다.

겉으로 보기에는 모씨의 머리에는 흰 터럭이 삼분의 이나 점령한 것과 여러 군데로 그들이 웅거하는 집을 옮겼을 뿐이었다. 그러나 그는 여전히 원기가 왕성하여 광동(廣東) 향항(香港) 등지로부터 북으로는 멀리 해삼위나 니콜리스크 부근까지 다리 아래에 걸치고 동치서구(東馳西驅)하여 그야말로 자리가 더울 날이 없었다.

동렬이는 세정이와 여전히 상해를 지키고 모씨와 연락하여 뒷일을 보살피고 한편으로는 어학을 계속하여 공부하였다. 그동안에 새로이 시작한 아라사말이 주의에 관한 새로이 출판되는 책을 뜯어 볼 만큼이나 늘었다. 그가 거처하는 방에는 마르크스의 『자본론』을 위시하여 길책이 둘러싸이고 신문잡지로 벽을 바르다시피 하였다. 그와 동시에 동렬이가 모씨의 대신으로 책임을 지고 지휘하는 당의 일은 그 세력이 내지에까지 뻗치고 그곳의 청년당원만 하여도 오륙십 명이나 되었다. 그들의 노력은 그동안 여러 파로 분열이 되어 서로 싸우는 중에서도 그 중의 대표적 존재로서 국제당의 인정을 받았다.

한편으로 진이는 오는 가을이면 그 군관학교를 졸업하게 되었다. 그동안 몇 번이나 갑갑하다고 상해로 뛰어 올라와서 함께 고생을 하며 일을 하겠다고 떼를 쓰는 것을 모씨와 동렬이가 성심으로 말렸다. 특별한 호의로 입학을 시켜준 것인데 당장에 나서야 할 형편이 되지 못하는 바에야 꾸준히 다녀서 업을 마치는 것이 그네들에게 대한 의리로나 또는 조선 사람의 신용상 좋으리라 하여 굳이 계속하게 한 것이었다.

진이는 그 학교에서 인심을 얻었다. 그동안 중국말은 그네들과 조금도 다름없이 지껄이게 되었거니와 말 잘 타고 총 잘 쏘는 것으로는 진이를 누를 사람이 없었다. 춘추로 대연습 때면 그들은

"퍼―진! 퍼―진!(중국 발음으로 박진)"

하고 앞장을 내세워 전교 학생에게 호령하는 영광을 입혔다. 처음 입학을 허락해준 교관은 교장으로 승차하여서 진이에게는 더구나 극진히 굴었다. 조선 사람으로 기병대의 반장이 된 것도 처음이요 청하는 대로 특별한 휴가를 주는 것도 학교 규칙에는 없는 일이었다. 사실 중국인 학생 중에는 진이처럼 민활호협한 청년은 드물었고 더구나 군인은 위풍을 숭상하는 터이라 진이만큼 늠름한 체격을 가진 사람이 없었던 것이다.

영숙이는 그때에 울며불며 진이를 떠나보낸 후, 세정의 동서와 같이 또는 새로운 동지로서 서로 일을 도왔다. 만돌린이 깨어지는 통에 음악가가 되겠다는 공상도 깨어지고(그리고 이따금 꼬임을 받는 것이 사실이

지만…) 그네들의 영향으로 이삼 년 전과는 사상이 사뭇 바뀌었다. 그의 아버지 배 장로에게까지 주의 선전을 하게 되었고(돈이 아쉬울 때만은 편지 끝에 '하나님의 은혜가 영원히 아버님의 곁을 떠나지 마시압소사' 하고 써 보내지만…) 이따금 모이는 당의 회합에도 참예하여서 어조가 빨라서 알아듣기는 어려우나마 짤막한 연설까지 할 만큼 단련이 되었다.

진이와는 삼 주일에 한 번 어쩌다가는 한 달에 한 번씩 몇 백 마일을 격하여 장거리 연애를 계속하였다. 진이가 몰래 다녀가기도 하고 정 만나고 싶으면 영숙이가 학교로 찾아가서 그 근처 여관에서 이틀 사흘 묵고 오기도 하였다. 그동안에 몸이 무거워졌다. 산삭은 차오는데 수토불복으로 위병까지 생겨서 할 수 없이 서울 어머니에게로 돌아간 지가 한 달이나 되었다. 처음에는

"조년이 우리 교인의 집안을 망해놓았다"

하여 천장이 얕아라고 뛰는 그의 어머니도 달이 가니까 한풀이 꺾여서

"순산이나 했으면"—

"이왕이면 아들이나 낳았으면"—

하고 하루바삐 외손자의 얼굴이 보고 싶어 하였다.

그 뒤에 조상호는 담배를 피우고 술을 배웠다. 이따금 앞을 가누지 못하도록 취해가지고는 영숙의 집 들창 밑까지 와서 외마디 소리를 지르고

"아아 찢어진 나의 심장이여!"

"오오 시들어버린 청춘이여!"

하고 시(詩) 같은 글줄을 써 보냈다. 그러다가 나중에는 화류병까지 걸려서 입원을 했다는 소식이 들렸다. 영숙이는 상호를 생각할 때마다 꺼림칙하고 가엾은 생각이 나서 마음을 괴롭게 구는 것도 사실이었다.

또 한 가지 남았다. 그동안 한윤식은 제 버릇은 개도 못준다고 여전히 그따위 행동을 계속하다가 그곳 동포들에게 쫓겨났다. 신변이 위험하니까 내지로 불고폈다.

떠난 지 얼마 아니하여 월급을 백 원씩이나 먹는다는 소문이 상해바닥에 쫙 퍼졌다.

😊 037회, 1930.12.07.

2 그해 칠월 상순 어느 날 동렬이와 그밖에 두 동지(소설에 나오지 않은 사람)는 모스크바를 향하여 비밀히 떠났다. 십여 일 후에 그곳에서 열리는 국제당 청년대회에 참예할 조선인 대표로 뽑혔던 것이다.

중국 철도로 만주리(滿洲里)를 거치려면 관헌의 조사가 엄밀하여 무사히 넘을 수가 없으므로 자동차로 고비사막을 뚫고 몽고(蒙古)를 지나서 치타까지 도착하는 노정을 밟았다.

일망무제한 사막! 뿌―연 하늘과 싯누런 모래벌판 이외에는 아무것도 보이는 것이 없었다. 바람이 어찌나 세차게 부는지 타고 가는 자동차는 성냥갑같이 휩쓸려 갈듯 하였다. 몇 번이나 자동차 바퀴가 깊이도 모르는 모래물결 속에 파묻혀서 죽을힘을 들여 파내면 뒤에 따르는 가솔린만 실은 자동차에서는 기관에 고장이 생겨서 반나절이나 뜯어 고치기도 여러 차례 하였다.

카라반[隊商]들의 낙타(駱駝)의 잔등 위에서 연인을 찾는 애달픈 갈잎 피리 소리가 들리기는커녕 희멀끔한 밤이 깊어 가면 어디선지 송아지만 큼이나 큰 승냥이[狼]가 수십 마리씩 떼를 지어 으르렁거리며 자동차를 에워싸고 달려들었다. 처음에는 헤드라이트를 켜고 "부―ㅇ 뿌―ㅇ"

소리만 내면 놀라서 흩어지더니 나중에는 사람의 살냄새를 맡았는지 극성스럽게 기어오르는 놈도 있었다. 그들은 일제히 육혈포를 빼어들고 앞장 선 놈을 쏘았다. 하나 쓰러지고 둘이 거꾸러지는 것을 보고 그제야 이상한 비명을 지르고 흩어졌다.

…치타에서 기차로 바꾸어 타고 북쪽 '외몽고'를 지날 때에는 사막에 자루를 박은 회오리바람이 천지가 막막하도록 모래알을 끼얹어 차 속에서 두세 번씩이나 옷을 갈아입었다. 귀를 우비면 먼지가 한 움큼씩 나왔다.

전속력으로 달리던 기차는 풍광이 명미하기로 유명한 바이칼 호수 근처에 다다라서는 천천히 그 주위를 돌았다.

하늘을 찌를 듯한 삼림이, 고기떼가 노니는 것까지 말갛게 들여다보이는 새파란 수면에 그림자를 거꾸로 잠그고 고풍범선이 한두 척 아득히 수평선을 넘는 것이 보였다. 그러나 여름철이 되어서 천고의 비밀을 감춘 듯한 '서백리아'의 눈벌판이 오로라[極光]의 밑으로 끝없이 퍼진 경치를 보지 못한 것이 유감이었다.

혁명 당시에 극동정부(極東政府)가 있던 이르쿠츠크를 거치고 '서백리아'에서 제일 큰 도회였던 톰스크를 지났다.

정거장마다 노―란 곱슬머리를 어깨까지 흩뜨린 채 맨발로 하얀 종아리를 부끄럼 없이 내놓은 시골 처녀들이 소시지와 삶은 달걀을 사라고 차창으로 몰려드는 것도 볼 만하였다.

…치타를 떠난 지 엿새 되는 날 일본 시간으로 아홉 시쯤 하여 오랫동안 동경하였던 모스크바 중앙 정거장에 도착하였다. 여러 날 같은 기차 속에서 기거를 하면서도 서로 모르고 있었던 다른 나라의 대표들도 십여

명이나 함께 내렸다.

국제당 동양부에서는 환영하는 기를 들고 나와서 그들을 맞았다. 대표들은 서로 잃어버리지 않도록 팔에 붉은 휘장을 두르고 그들의 선도로 십여 대나 되는 자동차를 별러 탔다. 좌우를 두리번두리번하고 따라다니는 것이 여불없는 공진회 보따리였다. 마중 나온 사람 중에는 조선 사람도 한 사람이 끼어 있었다. 그는 얼굴을 살펴 일행 중에서 동포를 찾아냈다. 말을 잘못 알아들어서 큰 고통으로 지내던 동렬이와 다른 동지는 그제야 마음을 놓았다. 그 중에 제일 모양을 낸 것은 세일러팬츠에 가죽 윗옷을 걸친 미국 대표요 가장 협수룩하기는 머리에 수건을 칭칭 감은 인도(印度) 대표와 아래윗니를 까맣게 물들인 안남(安南) 대표였다.

자동차는 서울로 치면 남대문통 같은 트베르스카야 거리를 지나 유명한 시인 푸시킨의 동상이 침침한 공중에 높이 솟은 그 밑을 몰아서 모스크바에서도 가장 큰 뉴스호텔로 들어가 여장을 풀었다. 그 호텔은 제정시대에 각국의 사절이나 귀빈들만 두류시키던 치레를 다한 여섯 층이나 되는 거각(巨閣)이었다. 벽은 전부 어른어른하는 대리석이요 층층대는 밟기가 황송하도록 무늬가 찬란한 융(絨)을 깔아 놓았다. 구석구석이 촛대모양으로 아로새긴 전등 바탕은 황금칠을 하여 눈이 부시어 바로 볼수가 없었다. 일행은

'혁명의 나라 같지 않구나!'

하는 첫인상을 받으면서 여러 날 기차 속에서 삐친 몸을 푹신한 침대 위에서 두 다리를 뻗고 하룻밤을 쉬었다.

😊 038회, 1930.12.09.

③ 그 이튿날 제일 먼저 안내를 받은 곳은 레닌의 무덤이었다. 혁명 전까지 황제가 거처하여 궁사극치를 다하던 크렘린 궁궐의 성벽을 돌아서 레닌의 무덤이 있는 탑 아래까지 다다랐다. 안내자는 경건한 태도로 고인의 간단한 이력과 생시의 몇 가지 일화를 들려주었다. 일행은 대낮에도 전기불이 껌벅이는 층층대를 밟고 지하실로 내려갔다. 장방형 유리관 속에 조금 뚱뚱하고 동이 짧은 레닌의 몸이 생시와 같은 모양으로 누워 있었다. 유명한 생물학자의 손으로 방부제(防腐劑)를 써서 살은 조금도 썩지 않은 채로 있으나 얼굴빛은 흰 납[白蠟]과 같이 창백하였다. 군복을 입고 훈장을 차고 발에는 슬리퍼를 꼬인 채 과격한 사무에 몹시 피곤한 몸을 잠시 침대에 눕힌 것같이 반듯이 누워 있다. 온 세계를 뒤흔들던 이십세기가 낳은 [검열로 인해 8자 정도 삭제] 시체 앞에 그들은 모자를 벗고 이 분간 묵도를 올렸다. 종교를 배척하는 그네들이건만 신앙의 대상자 앞에 무릎을 꿇는 것과 같이 묵묵한 기도로 그의 정령을 위로하였다.

레닌의 무덤을 에워싸고는 그 좌우에 화단이 있는데 거기에는 혁명 당시에 시가전을 하다가 희생당한 사백여 명 용사들의 무덤이 나란히 묻혀 있었다. 그 맞은짝 편에는 차르의 전제정치가 마지막으로 극성을 부릴 때에 반역하는 자면 닥치는 대로 잡아 죽이던 교수대가 보였다. 벽은 층층하게 돌로 쌓았는데 항쇄족쇄를 하던 기구가 그대로 남아 있는 것을 보고는 일종의 '아이러니'를 느끼지 않을 수 없었다.

궁전의 광장을 나서려니 열두 시나 되었는데 공중에서 난데없는 노래소리가 들렸다. 그것은 궁성의 높은 시계탑 위에서 종을 치는 대신에 기계장치로 <인터내셔널>이 울려 나오는 것이었다.

…일행은 그 맞은편에 있는 국영상점(國營商店)을 위시하여 노동국(勞動局) 농민박물관(農民博物館) 등을 참관하였다. 동렬이는 수첩을 꺼내들고 그네들의 새로운 문화시설과 소비에트 정부가 생긴 지 불과 몇 해 동안에 피와 땀으로 건설한 모든 기관이며 놀라울 만한 치적(治績)을 일일이 적어 넣고 일행의 맨 뒤에 떨어져서 중요한 통계표까지 베꼈다.

　오후에는 속칭 공산대학이라는 K·Y·T·B대학으로 갔다. 기숙사까지 돌아나오려니까 안내하던 일본말 강사인 조선 사람이

　"우리 동포도 오십 명 가량이나 이 학교에서 공부하는 중입니다."
하고 일러주었다. 드나드는 학생들을 보아도 그들의 얼굴은 찾을 수 없었다.

　…어느덧 전기불이 들어왔다. 팽이를 거꾸로 꽂아놓은 것 같은 사원의 뾰족집은 황혼의 붉은 노을을 배경으로 그 윤곽만이 어렴풋이 솟아 있다. 까마귀가 한 마리 두 마리 역사 깊은 그 탑 위에서 배회하며 날개질을 치는 것이 아득히 바라다보였다.

　이번에는 대외문화협회(對外文化協會)의 지휘로 가등이 휘황찬란한 말렌스키— 극장 거리로 들어가 제일 크다는 볼쇼이극장에서 하룻밤 연극을 구경하였다. 만원인데도 장내는 쥐 죽은 듯이 조용한데 관객의 대개는 도시 노동자와 근처의 농민들이었다. 그날 밤의 예제는 <황제와 이발사>였는데 무엇보다도 무대가 엄청나게 크고 장치가 어마어마한 데는 모두 혀를 빼물었다. 동렬이는 프로그램의 설명을 읽지 않고도 연극의 내용을 짐작할 수 있었다.

　…대회는 사흘 후 크렘린궁전 안에서 열렸다. 장내는 모두 새빨간 포장을 두르고 중앙에는 레닌과 마르크스의 사진을 건 것을 위시하여 각국

말로 쓴 슬로건이 빽빽하게 가로세로 붙었다. 모여든 대표는 일백오십 명가량인데 방청자는 세 갑절이나 되었다.

그들은 에스페란토로 혹은 제 나라 말로 그 나라 그 지방의 정세를 보고하고 장래의 방침과 전술에 관한 토론을 하느라고 사흘이나 보냈다. 나흘 되는 날 동렬이는 조선말로 간단명료히 보고와 격려하는 연설을 하였다. 동양대학의 교수가 통역을 하자 만장은 박수로써 알아들은 표시를 하였다.

—그리하여 일주일 후에 대회는 끝났다— 또 그리하여 십여 일 후에 동렬의 일행은 짧은 시일이나마 많은 실제의 견문을 얻고 상해로 돌아왔다. …이렇게 간단히 그 노정만을 적고 여행 중의 여러 가지 감상은 쓰지 않기로 한다—

😀 039회, 1930.12.10.

불사조

음악회

[1] 지루하던 장마가 들었다. 한 주일 동안이나 퍼붓던 비는 서울 한복판을 지글지글 끓이던 더위와 후터분한 티끌을 한바탕 흩부시어 내었다. 얕은 하늘에 칡넝쿨같이 서리었던 구름장은 선들바람에 쫓기어 바닷속의 풀잎처럼 흐느적거리다가는 스러지는 저녁노을에 물이 들어서 산호(珊瑚) 가지같이 빨갛게 타는 상 싶다.

남대문통 시멘트를 깔아놓은 길바닥은 걸레질을 쳐 놓은 것처럼 윤이 흘렀다.

"애 좀 찬찬히 가자꾸나. 아직도 한 시간이나 남았는데."

새로 약칠한 흰 구두부리를 맵시 있게 제기면서 걸어가던 같이 가던 여자가 동무의 소매를 끌어당겼다.

"벌써 표는 죄다 팔렸다는데 어서 따라와요."

앞서 가던 여자는 팔뚝시계를 들여다보며 사뭇 달음박질을 한다. 잠자리날개같이 다려 입은 불란서 깨끼적삼에 땀이 배어 등허리의 하얀 살이 내비쳤다. 그들의 뒤에도 젊은 남녀가 쌍쌍이 따랐다.

전차 속도 부폈다. 손잡이에 매달려 가는 사람이 적지 않다.

"요새 돈 삼원이면 쌀이 반 가마닌데 밑천이나 뽑을까?"

"나 역시 큰 오입인걸. 그렇지만 독일 본바닥에서 공부를 했다니까 상당할 테지…."

입장권을 떼어 맡기니까 체면상 참석 안할 수가 없어서 나선 교역자 비슷한 사람들의 주고받는 말이다.

전차에서 쏟아져 내리는 사람들은 기마순사에게 몰리는 군중처럼 허겁지겁 큰길을 건너 공회당 속으로 빨려 들어간다. 문 밖에서는 어른들 틈바구니에 끼어서 비명을 지르는 소녀도 있고 고무신짝을 잃어버리고 사나이들의 가랑이 밑으로 숨바꼭질을 하는 아낙네도 있다.

정각은 여덟 시인데 이십 분 전에 만원패가 걸리고 경관은 정문을 닫으라는 명령을 내렸다. 장내는 송곳 하나 꽂을 여지도 없다기보다 산 사람의 숨이 턱턱 막힐 지경이다.

―'조선이 낳은 세계적 천재 바이올리니스트 김계훈 군의 귀국 제1회 독주회'―가 첫 막을 열게 된 것이었다.

근래와 같이 불황한 때에 이 원 삼 원씩 받는 음악회가 그와 같이 의외의 성황을 이룬 데에는 여러 가지 이유가 있다. 김계훈이가 독일로 유학의 길을 떠나기 전부터 제금(提琴)의 천재라고 일반의 칭찬을 받았던 만큼 매우 숙련한 기술을 보였다. 독일로 건너간 뒤에는 유명한 음악교수의 총애를 받아서 몇 해가 못 되어 그곳의 제일 큰 심포니 오케스트라 단의 가장 명예 있는 제일악수로 출연하였다. 그의 뛰어난 묘기에는 구라파 사람들도 혀를 빼문다는 소식이 가끔 고국에 전파된 것이었다. 얼마 전 귀국하였을 때에는 신문의 선전도 굉장하였다. 그뿐 아니라 그는 나이가 아직 삼십도 채 되지 못한 드물게 보는 미남자였다. 그래서 독일 여자들의 연모를 한 몸에 받아 삼각 사각 관계가 얼크러져서 머리를 앓을 지경이라는 로맨스를 고국까지 흘렸던 까닭도 있을 것이다.

여학생들은 단체로 밀려들어서 회장을 반이나 점령하였다. 이날 밤은 서울장안에 돈 있는 사람 지식계급 모던걸이 총출동으로 한자리에 모였다 하여도 지나치는 말이 아니다.

장내는 몇 번이나 박수소리가 일어났다. 시간은 십오 분이나 지났다. 관계자들은 협문으로 들락날락하며 대단히 초조한 모양이다.

"왔다!"

"길이 막혀 사다리를 타고 들어갔다."

이런 소리가 자리가 없어 들창으로 기어오른 학생들 사이에 들렸다. 여자들은 손수건으로 부채질을 해가며 한눈도 팔지 않고 방금 무대 위에 나타날 주인공을 제각기 상상해보는 모양이다.

사회자가 공손한 태도로 단에 올랐다.

"…김계훈 씨와 같은 위대한 예술가를 가진 것은 우리 민족의 영광이요 그와 같은 보배를 낳은 것은 세계에 자랑할 만한 우리의 기쁨입니다."

이런 뜻으로 땀을 흘려가며 백 퍼센트의 소개를 마치고 내려가자 장내는 우레와 같은 박수소리가 일어났다.

연분홍 장밋빛의 야회복 자락을 잘잘 끌며 피아노 반주자인 독일 여자가 무대 위에 크고 작은 화환 사이로 미소를 띠우며 나타났다. 그 뒤를 따르는 것은 물론 이날 밤 인기의 초점인 연주자— 김계훈이었다. 몸에 착 달라붙는 연미복에 백림(伯林)서 이천 마르크나 주고 장만하였다는 바이올린을 끼고 경쾌한 걸음으로 무대 중앙에 칠피 구두를 옮겼다.

😊 001회, 1931.08.16.

137

② 계훈이가 무대 위에 올라서자 모든 사람의 시선은 그의 한 몸을 일제히 쏘았다. 그 찰나에 별안간 여기저기서

"탕— 탕—"

폭발탄 터지는 소리가 났다. 유리창에 들러붙었던 사람이 둘이나 떨어졌다. 여자들은 깡충 뛰어 올랐다가 주저앉았다. 피아노 앞에 앉으며 악보를 들치던 독일 여자도 두 손으로 젖가슴을 움켜쥐며 활동사진 배우같이 놀랐다. 음악회의 정숙한 기분을 깨뜨리기를 예사로 아는 신문 사진반들이 터뜨리는 마그네슘 소리였다. 그 소리가 오늘 밤에는 유난히 컸다.

계훈이는 잠시 눈살을 찌푸렸다. 장내가 진정됨을 기다려 반주자에게 눈짓을 하였다. 반주하는 여자는 웃통을 벌거벗다시피 하여 등허리는 온통으로 드러났다. 이윽고 흰물 생선 같은 두 팔이 백납(白蠟)으로 뽑아 놓은 듯한 손가락을 따라서 피아노의 건반(鍵盤) 위를 어루만진다.

계훈이는 악기를 들어 턱으로 느슨히 누르고 감흥을 자아내다가 조심스레 활을 당기기 시작한다. 베토벤의 유명한 크로이체르 소나타[奏鳴樂]가 연주되는 것이었다.

이날 밤 음악회의 순서지는 전부 독일말로 박아 놓았다. 꼬불꼬불한 곡목을 알아보는 사람이 있을 성싶지 않았다. 더구나 콘체르토니 소나타니 하는 고상하고도 대단히 어렵다는 곡조를 알아들을 만한 전문적인 조예(造詣)가 있는 사람도 그 많은 청중 속에 몇 사람 되는 것 같지 않다. 그러나 앞줄에 점잖이 버티고 앉은 신사들은

"깡깽이나 가야금 소리보다 무엇이 나을꼬?"

하면서 그래도 체면상

"거— 미상불 훌륭한 걸."

—하고 고개를 끄떡여 알아듣는 모양을 꾸미지 않을 수 없다. 어떤 젊은 사람은 손가락으로 턱을 고이고 앉았다. 이따금 머리를 숙이면서 아랫배가 아픈 듯한 심각한 표정으로 귀를 기울인다.

더구나 여자석에서는 얼빠진 것처럼 무대 위를 멀거니 바라보고 앉은 사람이 태반이다. 그 중에도 입을 헤— 벌리고 앉은 마나님들의 귀에는 그 미묘한 멜로디가 모기소리나 풍뎅이가 나는 소리와 다름없이 귓바퀴를 싸고 돌 따름일 것이다. 계훈이의 길쭉하게 빗어 넘긴 곱슬머리와 희고도 준수하게 생긴 용모와 새끼손가락으로 가는 줄을 훑어 올릴 때면은 살살 감았다 내리깔았다 하는 눈초리의 표정과 불빛에 반짝거리는 보석 반지를 낀 손가락이며 폈다 오그렸다 하는 팔의 운동이 시각(視覺)을 착란시킬 뿐이다.

더구나 계훈이는 한참 신이 나서—고상하게 말하면 인스피레이션에 겨울 때에는 좌우로 몸짓을 한다. 날씬한 키에 어깨로부터 잔허리로 엉덩이에서 연미복 꼬리로 부드럽게 흘러내리는 곡선(曲線)! 거기에는 젊은 여자들의 마음 괴로운 시선이 덕지덕지 달라붙은 게 보이는 듯하다.

한 곡조가 끝이 났다. 숨을 죽이고 앉았던 여자들의 입이 풀렸다.

"저이가 저 반주하는 독일 여자하구 약혼했다는 게 정말일까?"

"조선까지 따라왔을 때에는 벌써 알조지. 왜 너 배가 아프냐?"

먼저 말을 건넨 색시는 조금 얼굴을 붉혔다. 그리고 동무의 넓적다리를 살짝 꼬집었다. 피차에 흥분된 것만은 숨길 수 없는 사실이다.

"애, 그렇지만 저이는 장가처가 있단다. 커다란 아들까지 있다는데…."

"저를 어쩌나! 그럼 서양 여자가 첩 노릇을 하겠네."

성화를 하는 품이 남의 일 같지 않은 모양이다. 호기심에 불타는 그들의 눈은 연방 계훈이와 독일 여자의 사이를 부지런히 달린다.

순서는 거의 끝이 나게 되었다. 계훈이는 여러 번이나 재청을 사양하다가 마지막 번외(番外)로 육년 전 고국을 떠날 때에 송별연주회에서 눈물을 흘려가며 타던 고별의 노래를 아뢰려고 줄을 골랐다. 고요하고 느리고 애련한 이 곡조만은 누구나 다 알아들을 수 있었다. 곡조가 거의 끝이 날 임시에 부인석 한편 구석에서 흑흑 느끼는 소리가 들렸다.

계훈이는 무심코 부인석을 바라보다가 얼굴에 손수건을 대고 앉은 여자를 발견하였다. 머리를 쪽진 삼십 남짓한 여자였다. 두 번째 흘낏 계훈의 눈에 뜨인 것은 그 여자의 빨개진 눈이다. 눈과 눈이 이상스러이 마주치고 말았다. 계훈이는 갑자기 무엇에 찔린듯하여 얼떨결에 바이올린의 줄을 헛짚었다. 활을 급히 당기는 그 순간에 '탁—' 소리가 나며 굵은 줄[G線]이 끊어졌다. 그 소리는 천장까지 울렸다. 일동은 무슨 불길한 조짐을 듣는 듯 가슴이 선뜻하였다.

002회, 1931.08.17.

③ 그다지도 성황을 이루었던 음악회는 싱겁게 끝이 나고 말았다. 계훈이는 인사도 없이 휴게실로 꽁무니를 빼고 독일 여자 역시 뒤도 아니 돌아보고 내려가 버렸다.

장내는 모자를 집어쓰고 일어서는 사람에, 곡절을 몰라서 두리번거리는 사람에, 무슨 일이나 생긴 듯이 수선수선하였다. 그래도 한편 구석에 진을 치고 있던 학생들은 요란스러운 박수로 짓궂게 재청을 청하고 있다. 연주자는 으레이 악기에 새 줄을 메어가지고 다시 나오거나 고맙다는 인사라도 있어야 옳겠건만 관계자들이 여러 번 권하여도 못 들은 체하고 박아 놓은 듯이 앉았다. 흥분이 가라앉지 않아서 숨만 씨근씨근 쉬는 것을 본 독일 여자는

"왜 그러세요? 그러는 수가 흔히 있는데요. 자 나가서 우리 인사나 하고 들어옵시다."

앞을 서며 계훈의 팔을 거든다. 물론 독일말이다. 계훈이는

"기분이 나빠서 못 나가요."

잡힌 팔을 뿌리치며 통명스럽게 대꾸를 하고는 아랫입술만 깨물고 있다. 독일 여자는 여러 사람 앞에서 처음으로 무안을 보았다. 큰 수치나 당한 듯이 금세로 얼굴이 홍당무가 되어 파—란 눈꼬리가 샐쭉해졌다.

"난 먼저 갈 테야요!"

쏘아붙이듯 하고는 덧옷을 걸치며 뒷문으로 종종걸음을 친다. 계훈이는 새끼에 맨 돌멩이처럼 여자의 뒤를 따르지 않을 수 없었다.

손뼉만 부르트도록 두드리고 앉았던 학생들은

"건방진 자식 같으니 서양 갔다 온 놈은 저따위 꼬락서니 아니꼽더라."

"가만 둬라. 요담 음악회에 두고 보자."

하고 게두덜거리면서 나가버렸다.

머리를 쪽진 여자는 사람들이 일어서기 전에 그의 오라버니 되는 사람에게 꺼둘리다시피 하여 나왔다. 전차 속에서도 정거장에서 섭섭한 작별이나 하고 들어오는 사람처럼 눈물이 듣거니 맺거니 한다.

"글쎄 이 미거한 것아 그만 그쳐라. 만인좌중에서 그게 무슨 창피한 짓이냐."

어린애 달래듯 한다. 말리는 사람이 있으면 더 서러워지는 법이라 창밖으로 고개를 돌리고 숨을 죽이며 참으려 할수록 설움이 북받쳐 오르는 것 같다.

"그럴 걸 무슨 좋은 꼬락서니를 보겠다고 나섰니? 방구석에나 죽치고 들어앉았지."

오라버니는 같이 탄 사람들이 자기네의 행동만 주목하는 양 싶어서 입을 다물었다. 그는 서른서너 살쯤 되어 보이는 청년이다. 얼굴에는 별로 이렇다 할 특징은 없으나 양미간과 이마에 잔주름살이 잡힌 것은 고생에 찌든 표적이다. 나이로는 겉늙은 편이었다. 그러나 수수하게 차렸으나마 옷매무새라든지 몸 가지는 것을 잠시 보아도 지식계급에 처한 사람인 것이 틀림없다. 그의 본명은 따로 있으나 '정혁'이라고 외자 이름을 불러야 동지들 간에 통한다. 일본 어느 사립대학 출신으로 잡지사에도 오랫동안 관계를 맺었다가 이 사건 저 사건으로 이삼 차나 큰집 출입을 하였다. 아직도 그의 머리털은 한 치밖에 자라지 않았다. 머리를 쪽진 여자는 계훈의 아내였다. 그는 양반의 집 딸이 대개 그러한 모양으로 아명밖에는 이름이 없었다. 그래서 결혼신청을 할 때에 임시로 지은 정희라는 이름을 부르기로 한다.

집(친정)으로 돌아온 정희는 중문을 들어서며 집안사람은 거들떠보지도 않고 자기가 거처하는 아랫방으로 들어갔다. 문턱을 넘다가 문지방에 채여 엎드러질 뻔하였다.

"형님 어디서 인제야 오셨어요? 아버님은 이때껏 주정을 하시고 형님을 찾아오라고 걱정걱정하시더니 그만 잠이 드셨나 봐요."

건넌방에서 모기를 쫓으며 어린애를 재우던 혁이의 아내가 추녀 밑으로 신도 안 신고 내려왔다. 정희는 여전히 입을 다물었다. 사람의 얼굴을 대하는 것도 이야기를 하는 것도 만사가 다 귀찮은 모양이다. 그의 결곡한 성미를 잘 알고 시누이의 사정을 자기 일이나 다름없이 동정하는 혁이의 댁내는

"그렇게 새삼스럽게 언짢아하시면 무얼해요. 늦었는데 어서 주무시지요"

하고는 아랫목으로 요를 펴주고 자리끼를 다가놓고는 슬며시 일어섰다.

밤은 자정이 넘었다. 정희는 옷도 끄르지 않고 구들장이 꺼질 듯한 한숨과 함께 자리 위에 몸을 던졌다.

이웃집에서 새로 한 시를 치는 소리가 어렴풋이 들렸다. 그때 정희가 누운 머리맡에 한길로 뚫린 들창을 똑똑 두드리는 사람이 있다. 정희는 소스라쳐 깨었다. 다시 한 번 똑똑똑 소리가 났다.

😊 003회, 1931.08.18.

④ 계훈이와 독일 여자 줄리아는 그 길로 바로 공회당에서 길 건너인 조선호텔로 빠져나갔다. 계훈이는 귀국하면서 한 달 동안이나 호텔에 유숙하고 있다. 이층 남향 방이라 방값만 하루에 십이 원이다. 양식이 아니면 먹지 못하니까 아침에 일 원 오십 전, 점심에 이 원, 저녁에 삼 원 오십 전 합하면 하루에 식가만 칠 원이요, 심심해서 여자 혼자는 먹을 재미가 없어 하니까 계훈이까지 두 사람에 십사 원이다. 방세까지 어르면 하루의 비용이 먹고 자는 데만 이십육 원이다. 그밖에도 보이에게 이 할 이상의 팁을 주어야하고 한두 차례 택시 값이 나가고 손이 오면 접대 안할 수 없으니 줄잡아도 하루에 다른 비용 없이 삼십여 원은 가져야 한다. 삼

삼은 구, 한 달에 구백 원이니 백 원이 없는 천 원이다. 제아무리 조선서 몇째 안가는 이른바 백만장자의 외아들인 계훈이라도 언제까지나 이 비싼 호텔에서 양코배기들과 어깨를 겨누어가며 생활을 계속할는지 의문이다.

전라도 아전이던 그의 아버지가 두 번 만날 수 없는 좋은(?) 기회에 땀 한 방울 흘리지 않고 갈퀴질을 해 들인 재산이지만도 새는 동이에 물 퍼붓듯 할 수는 없다. 계훈의 아버지 김 장관(경술년 전 해에 삼백석지기 땅을 바치고 산 벼슬이지만…)은 계훈이가 양녀를 데리고 온다는 소식을 듣고 펄펄 뛰었다. 일가친척간의 시비도 성이 가시려니와 첫째 십여 년이나 거느리고 있던 죄 없는 며느리—더구나 종부의 처지 문제도 대단 거북한 노릇이었다. 그러나 소첩을 두셋씩이나 갈아들여도 씨를 받지 못하니 맏아들겸 막내아들인 계훈이의 비위도 덧들이기는 어려웠다. 설사 그가 반대를 하더라도 그의 아내인 대방마님이 남유다른 자애로 무슨 변통이든지 해서 여율령시행을 하는 데는 자기로서도 일일이 참견할 수가 없었다. 그뿐 아니라 세상에서 자기 아들을 천재니 세계적 음악가니 하고 굉장히 떠받드는 데는 미상불 어깨가 으쓱해질 때가 없는 것이 아니었다. 이현부모(以顯父母)가 첫째가는 효도인 까닭이다. 그래서 새로 양실 한 채를 지어줄 때까지 하루에 사오십 원씩을 꼬박꼬박 물어 주는 것이다.

호텔로 돌아온 그들은 피차에 말이 없었다. 바이올린 줄이 연주 중에 끊어졌기로서니 계훈이가 그다지 흥분이 된 까닭을 줄리아는 도무지 이해할 수가 없었다. 그렇다고 다시 물어보기에는 자존심이 허락지 않았다. 계훈에게는 장가든 아내와 아들까지 새파랗게 눈을 뜨고 있는 사실을 절대 비밀에 부쳐 쉬— 쉬— 하는 터이라 더구나 말을 통하지 못하는 줄리아는 감쪽같이 속고 있을 수밖에 없었다.

계훈이는 신도 벗지 않고 침대 위에 머리를 짚고 쓰러져 있는 판에 방문 밖에서 떠들썩하는 소리가 들렸다. 그날 밤의 후원자들이 (대개는 독일 유학생들과 음악가 축인데 그 중에는 스투핀이라는 바이올린 교사 노릇하는 독일 사람도 끼었다) 보이의 안내로 몰려들었다. 그들은 말없이 두 사람을 자동차에 담아가지고 백화원으로 달렸다. 백화원은 하루 한 끼라도 양접시를 핥지 않으면 소화와 영양상 중대한 이상이 미친다는 미국 출신의 신사들이 점심때면 모여들어서 와글와글 한바탕 영어 복습을 하는 레스토랑이다.

"대단히 피곤하시겠습니다."

"우리 조선서는 처음 되는 훌륭한 음악회였습니다."

"미리 주의를 시켰건만 상식 없는 사진반이 큰 실수를 해서 매우 놀라셨겠지요?"

연거푸 독일말로 조선말로 사과도 하고 현기증이 나도록 추켜올리는 바람에 계훈이도 눈살을 펴고 사교에 능란한 줄리아는 있는 대로의 애교를 떨어 손들을 접대한다. 더욱이 바이올린 교사 노릇을 한다는 스투핀은 동포인 여자 앞에 더욱 은근한 태도를 짓는다.

포도주 잔이 몇 번이나 부딪히고 도토리만한 잔에 오륙십 전이나 받는 양주가 기울이는 대로 따라졌다.

백림(伯林)서 지내던 일이며 하이델베르크의 로맨틱한 학생 생활이며 이야기에 꽃이 피어서 독일나라 한 모퉁이가 떠들려 조선으로 이사를 온 듯하다.

"자! 이것은 뮌헨에서 수입한 맥주입니다."

그 중에 한 사람은 손수 마개를 뽑아 줄리아에게 권하였다. 줄리아는

"김이 다 빠져서 무슨 맛인지 모르겠다."

하면서도 유리컵에 철철 넘치는 고향의 물을 높이 들어 한숨에 마셨다. 여러 사람은 일제히 '브라보—'를 불렀다.

그때였다. 문 밖에서 왁자지껄하는 소리가 들리더니 앞을 가누지 못하는 주정꾼이 사오 인이나 작당을 하여 의자를 발길로 차며 들어섰다.

☺ 004회, 1931.08.19.

⑤ 일동은 그들을 마주 보는 것조차 창피한 듯이 고개를 돌렸다. 먼저 들어왔던 사람이 비틀거리고 다시 나가더니 아예 마다고 달아나는 친구 한 사람을 끌어들였다. 그는 정혁이었다. 혁이는 정희를 데려다주고 홧김에 길거리로 바람이나 쏘이려고 나왔다가 야시장 앞에서 그 전에 잡지사에서 고생을 같이 하던 사람들에게 꺼들리어 들어온 것이다. 그들은 어디서 한잔하고 돌아가는 길에 혀끝이 촉촉해서 제이차로 발전을 하는 눈치였다.

혁이는 계훈이와 바로 맞은쪽 식탁에 자리를 잡았다. 오륙 년 만에 얼굴을 가까이 대하는 매부와 처남! 그들은 전자부터 사상상 감정상 피차에 담을 쌓고 지내오던 사이다. 그러나 외나무다리에서 딱 마주치고 보니 원수가 아닌 다음에야 아는 체 하지 않을 수도 없는 경우였다. 혁이는 자리도 거북하거니와 저 혼자 맨송맨송하게 앉았기도 멋쩍었다. 그렇다고 길이 막혀 앉았으니 빠져나갈 수도 없다. 계훈이도 혁이를 못 보았을 리가 없다. 그러나 인사를 하게 되면 서양 예법상 줄리아에게도 말해서

소개를 안 할 수 없다. 서로 눈에 띄지 않으려고 외면을 하고 있으려니 혁이의 날카로운 시선이 자꾸만 뒤통수를 쏘는 것 같아서 송구해 견딜 수가 없다.

"어— 세계적 천재가 나타나셨군."

넥타이를 풀어헤친 그 중의 한 사람이 돌아앉은 채 한 마디 비꼬아 던졌다.

"쉬— 프 프러시아의 여왕도 왕림하셨다."

혀 꼬부라진 소리가 뒤를 이었다.

"그럼 저 친구는 독일 공주에게로 데릴사위로 들어간 셈일세그려. 흥 여덟팔자가 늘어졌구나."

이번에는 그 중에도 상통이 험상스럽게 생긴 사람이 왕방울 같은 목소리로 떠들어 젖혔다. 이런 수작이 계훈이와 여러 사람의 귀를 거슬렸겠지만 외국 사람의 눈앞이라 꿀꺽 참고 앉은 모양이다. 신경질인 계훈의 얼굴빛은 몇 번이나 변하였다. 줄리아는 일종의 호기심으로 그들의 행동만 바라본다.

잡지사 축은 테이블을 두드려 맥주를 청하였다. 그 중에 좀 채신없이 생긴 사람이 가슴츠레한 눈으로 혁이와 계훈이를 번갈아 보더니 큰 발견이나 한 것처럼

"참 저 사람과 자네가 남매간이 아니던가?"

묻지 않는 소리를 불쑥 한다. 혁이는 식탁 밑으로 그 사람의 발등을 꽉 눌렀다. 함구령(緘口令)을 내리고는 혁이도 한잔을 마셨다.

저편 식탁에서는 또 독일말이 어우러졌다. 험상스럽게 생긴 친구가 듣다 못하여

"에— 비위가 역한걸."

하고 벌떡 일어서더니

"내 저자들한테 경의를 표하고 옴세."

하고 맥주병을 들고 계훈의 테이블로 갈 지(之) 자 걸음을 걷는다. 그 사람은 공회당에도 갔었던 모양이다.

'허— 저 사람이 또 탈선을 하는군.'

하면서 혁이는 혀를 찼다. 그 사람은

"여 여러분 실례 많이 하겠습니다."

하고 식탁 모서리와 이마뚝을 할 만큼 머리를 숙이고 나서는 허리를 뒤로 제치고

"김계훈 씨! 당신과 같은 위대한 예술가를 가진 것은 (가슴에 손을 얹으며) 우리 민족의 영광이요…."

하다가 콧소리를 섞어 야릇한 기침을 두어 번 하고 나서

"또한 당신의 대부인께서 당신과 같은 보배를 빠트린 것은 세계에 자랑할 우리의 기쁨입니다."

공회당에서 사회하던 사람의 구조로 몸짓까지 흉내를 내니까 줄리아는

'옳지 술 취한 사람까지도 우리를 축복해주는구나.'

하는 머리 숙여 알아들었다는 표시를 한다.

그는 또 최경례와 함께 맥주 한 잔을 따라서 계훈의 앞에 공손히 바쳤다. 그리고 좌우를 돌아보며

"자— 여러분 시종(侍從)들도 한잔 드시지요"

하고는 잔마다 술을 엎질러 놓는다. 저편 식탁에서는 깔깔 웃으며 손뼉

을 치며 응원을 한다. 하도 어이가 없어 바라보고만 앉았던 계훈이는 몇 잔 마신 술이 빨끈 올랐다. 얼굴의 근육이 씰룩 씰룩 떨리더니

"너희들이 누구를 놀리는 셈이냐?"

새되게 소리를 지르며 입술을 악물더니 맥주잔을 힘껏 내던졌다. 술잔은 험상한 얼굴을 정통으로 맞췄다. 흰 양복에 피가 흐른다. 식탁이 엎어지며 그릇이 와르르하고 깨어졌다. 그 사품에 줄리아는 "으악!" 소리를 지르며 요릿간으로 몸을 피하였다. 계훈이는 날쌔게 달려들어 저를 모욕한 사람의 멱살을 추켜잡고 바른손으로 식탁 위의 나이프를 번쩍 들었다.

내려찍으려는 순간에 그의 팔은 혁이의 손에 잡혔다.

005회, 1931.08.20.

정희

① 정희가 거처하는 방의 들창을 두드린 사람은 정희를 길러낸 늙은 유모였다. 그는 김 장관 집에서 정희가 떼어놓고 온 계훈의 아들 영호를 보아주고 있었다. 정희가 반색을 하며

"이 밤중에 웬일이요?"

하고 앞문으로 들어오라고 손짓을 하려니까 어두침침한 쓰레기통 뒤에서 영호가

"엄마!"

하고 내닫더니 들창으로 두 손을 벌린다. 정희는 잠자코 대문의 빗장을 소리 없이 벗기고 유모와 영호를 방으로 데리고 들어왔다. 유모는 앉을 새도 없이

"아기가 선잠이 깨서 잠꼬대하듯 자꾸만 엄마를 찾아오라고 사뭇 떼를 쓰니 어떻게 해요 나중에는 심술이 나서 할퀴고 쥐어뜯고 하니 사람이 견딜 수가 있어야지요 대방마님이 아시면 큰일 나겠지만 내일 아침에 일찌감치 데리고 갈 밖에요"

정희는 풀이 죽어 앉은 어린것의 머리를 쓰다듬어 주며

"엄마가 그렇게도 보고 싶든?"

하고는 얼굴의 눈물 흔적을 지워준다.

"그럼 자꾸만 보고 싶어. 난 이제 집에 안 가고 엄마하고 여기서 살 테야."

영호는 엄마의 무릎 위로 깡충 뛰어오르더니 복성스러운 뺨을 어머니 얼굴에다 대고 부빈다.

그 따스하고 보드라운 촉감(觸感)은 사랑덩어리인 어머니의 눈물을 자아냈다. 누르면 터질듯하던 눈물이 좌르르 쏟아졌다. 따끈한 자애의 결정(結晶)이 토실토실한 영호의 손등 위에 방울방울 떨어졌다. 정희는 어린 것에게 언짢아하는 눈치를 보이지 않을 양으로 소매로 얼굴을 가렸다. 유모도 덩달아 훌쩍훌쩍 우는 모양이다. 영호는 엄마의 팔을 끌어당기며 말끄러미 쳐다보더니

"으응 엄마가 우네. 그럼 나도 울 테야."

입을 삐죽삐죽하며 금세로 울음이 터지려고 한다.

"아니다. 내가 울긴 왜 울겠니. 며칠 만에 너를 보니까 반가워서 그랬지."

아직도 목 메인 소리로 영호를 달랜다. 이번에는 유모가 다가앉으며

"글쎄 모자의 정리를 별안간 떼려니 될 뻔이나 한 일이에요? 핏줄이 켕기는 걸입쇼. 낮에는 장난감 속에 파묻혀서 군것질하는 맛에 어머니 생각을 못하지만 밤만 되면 아주 사람을 못살게 굴어요. 이것 좀 보세요 생으로 물어뜯어서…"

하소연하듯 하여 말라붙은 젖꼭지를 내어보인다. 영호는 제 딴에는 가엾은 듯이

"엄마만 데려다주면 안 그러지. 내 다시 안 그럴께에."

응석부리듯 하며 발갛게 부르튼 젖꼭지를 '쎄— 쎄—' 하고 만져준다. 유모는 영호의 등을 가벼이 두드려주며

"참 아씨! 아까 음악회에 가셨더라지요? 마님께서 먼발치로 보셨대요 그리고 아주 못마땅해 하시겠지요 아드님도 소중하지만 종부님을 죄 없이 친정으로 쫓으신 것만 해도 복 못 받으실 장본인데 뭣이 유위부족해서 아주 불상견을 하시려는지 몰라요 그럼 아주 끝끝내 의절을 하시나요? 단 하나밖에 없는 손주님까지 누구를 내주나요? 정씨 댁 같은 예문가에서 삼, 사대씩이나 한 집안에 모시고 이렇게 늙었지만 난 그런 일은 처음 당하는 걸입쇼 그까짓 귀신같이 생긴 양녀하고 며칠이나 부지를 하실라구…. (한숨을 한바탕 쉬고 나서) 서방님이 서양 가신 뒤에 참 뜻밖에 태기가 계셔서 유복자처럼 낳으신 아기지만 그래도 당신 혈족인데 아기를 보시고는 어쩌면 손목 한 번 안 만져보셔요? 그 양반도 아마 환장을 하셨나 봐요."

정희는 듣다 못하여

"아이구 수다스럽소 어린애 듣는데…."

유모에게 눈짓을 한다. 어머니 무릎을 베고 누워서 두 눈만 깜짝깜짝하고 듣고 있던 영호는

"참 그이가 빠오롱 썩 잘한대. 나도 하나 사줘 응 엄마!"
하고 조른다.

"그래 크면은 사주고 말고 그런데 너 누구더러 '그이'라고 그러니?"

"집에 날마다 오는 키 커—다란 사람 말야. 접때는 그이가 양녀하고 와서 화채하고 수박하고 먹고 갔다우. 난 유모가 업고 나가서 얻어먹지

도 못하게 하고"

원망스러이 유모에게 눈을 흘긴다. 정희는 다른 말은 못 들은 체하고

"글쎄 '그이'가 뭐냐? 아버지라고 부르지?"

영호는 고개를 갸우뚱하더니

"아버지? 참 할머니가 그이더러 자꾸만 절하고 아버지라고 그러래. 그렇지만 난 싫어. 양녀도 무섭고"

하더니 또 무슨 생각이 나는 듯

"참 엄마 그 양녀 봤수? 눈깔이 '딸래'[人形]처럼 파—랗겠지—"

하면서 손가락으로 제 눈을 꼭 찔러 보인다.

006회, 1931.08.21.

② 짤막한 여름밤도 눈뜨고 새기에는 삼동같이 길었다. 두 시 치는 소리를 듣고 정희는 어린것을 자리에 눕혔다. 영호는 다시는 놓치지 않으려는 듯이 엄마의 젖가슴을 꼭 끌어안고 조그맣게 하품을 깨물더니 금세로 다르랑 다르랑 코를 곤다. 오래간만에 제 보금자리에 품기고 보니 제 딴에도 안심이 된 모양이다.

'저 눈, 저 코, 어쩌면 저렇게도 네 아버지를 닮았니?'

정희는 영호의 자는 얼굴을 언제까지나 언제까지나 들여다보고 앉았다.

천사의 날개에 고이 덮인 듯한 어린것의 얼굴을 유심히 들여다볼수록 사랑하던 남편의, 지난날의 모습이 고대로 떠오른다. 장성해진 영호의 얼굴이 뒤를 이어 나타난다. 그 두 가지 환영(幻影) 속에서 자기 자신의 신세도 비추어 보았다. 그 그림자만은 오만상이나 찌푸린 하늘같이 흐려서

153

앞으로 조그마한 광명조차 비쳐 올 것 같지가 않다. 오직 시꺼면 구름장이 가슴 한복판을 짓누를 따름이다.

'내가 왜 음악회엔 갔던고?'

차라리 그 꼴을 보지나 말았다면 하였다. 이제 와서는 모든 것이 돌이킬 수 없는 후회뿐이었다.

—생리적으로 아무 결함이 없는 정희는 오륙 년이나 공규(空閨)를 지켜왔다. 시부모를 받들고 어린것을 기르느라고 청춘의 가장 꽃다운 시절을 허송하였다. 모든 것을 참고 남편이 성공한 뒤에 하루바삐 돌아오기만 손꼽아 기다렸다. 성공했다는 전문을 굉장히 놓고 돌아오긴 하였다. 그러나 짝 잃은 갈매기와 같이 외롭고 고달픈 자기에게는 하룻밤의 위안조차 주지 않았다.

남편이 상해(上海)까지 와서는 어머니에게 기다란 편지를 보냈고, 그 편지를 받던 날 시어머니는 기쁜 빛을 숨기지 못하는 며느리를 불러세우고

"그 애가 불일간 온다는데 네가 집에 있으면 대단히 거북한 일이 있다고 특청을 했으니 며칠 동안만 눈에 띄지 않게 네 집에 가 있거라."

천만꿈밖의 명령이었다. 정희는 가슴이 덜컥 내려앉았다.

"매우 섭섭하리라마는 무슨 일인지 서서히 눈치를 봐서 기별하마. 너도 알다시피 성미가 괴팍한 애가 돼서…."

천지가 아뜩하여 그 자리에 쓰러질 듯한 며느리를 흘낏 쳐다보고는

"네 집에 무에 있겠니?"

하고 주머니를 끄르더니

"이걸로 용돈이나 써라."

내미는 것은 십 원짜리 지전 다섯 장이었다. 어느 영이라 거스를 수도 없었다. 정희는 남편이 오기 전에 친정 뜰아랫방으로 예비검속(豫備檢束)을 당하였다. 그의 시부모는 오십 원의 입원료를 선대하여 전염병 환자를 몰아내듯이 살을 저며 먹이고 싶도록 귀여운 아들과도 격리(隔離)를 시켜 놓았다.

"오십 원 받고 쫓겨났구나!"

생각을 하면 할수록 앙가슴을 쥐어뜯고 싶도록 분하고 절통하였다. 그러나 점잖은 집안에 태어나 양반의 범절이 골수에 박힌 정희는

"십여 년 동안이나 아침저녁 너희들에게 문안을 하고 조석을 받들고 온갖 시중을 다 하고 심지어 반빗아치, 침모 노릇까지 하고 그뿐이냐 사대나 독신으로 지내는 집에 아들을 낳아 손을 이어주고 오륙 년이나 생과부 노릇을 한 그 값이 단돈 오십 원이란 말이냐?"

하고 발악을 하며 지전장을 갈가리 찢어 그 피둥피둥한 시어머니 상판에다 끼얹어버리지도 못하였다. 반항은커녕 죽으라면 죽는 시늉까지는 내야하는 것이 현부(賢婦)의 자랑스러운 도덕(道德)인 것이었다.

그리하여 계훈이가 귀국하던 전전날 밤 정희는 조그만 보자기에 당장 아쉬운 옷가지만 꾸려가지고 휘장을 씌운 인력거에 몸을 담았던 것이었다.

…전등불이 나갔다.

물장수의 삐걱거리는 소리가 골목 안의 새벽 공기를 흔들어 놓는다. 정희는 그때야 눈을 좀 붙여 보려니까 대문소리와 함께 마당에서 인기척이 나더니 아랫방 미닫이를 불쑥 열며

"정희야!"

하고 들여미는 것은 혁이의 해쓱한 얼굴이었다.

그도 날밤을 새우고 그때야 돌아온 것이었다.

😊 007회, 1931.08.22.

③ 백화원에서 벌어졌던 싸움은 혁이가 간신히 뜯어 말렸다. 험상한 친구는 분이 머리끝까지 올라서

"독일 학생이 결투 잘한다는 건 들어서… 흥 갖가지로 흉내를 내는구나."

하면서 싸움패 모양으로 웃통을 벗어 제치고 범같이 뛰는 것을 혁이 혼자 방패 노릇을 하느라고 모시두루마기가 부싯깃이 다 되었다.

계훈이는 진흙발로 기어오른 개발자국이나 닦듯이 흰 건으로 연미복 자락을 툭툭 털면서 혁이에게는 미안하다는 말 한 마디 없이 뒷문으로 빠져나가려 한다. 문간에는 줄리아와 스투핀이 택시를 불러놓고 기다리고 있었다. 자동차는 골목 밖에서 뿡뿡거리며 손을 재촉한다. 계훈이가 문을 열고 발 하나를 내디디려하니까 등 뒤에서

"계훈이!"

혁이의 노기를 띤 목소리였다. 계훈이는 발길을 멈추었다.

"이리 좀 오게."

계훈이는 오도 가도 못하고 엉거주춤하고 섰다가

"내게 할 말이 있소?"

마지못해 입을 열었다. 십여 년 전 장가를 들러 갔을 때에는 마주 '허게'를 하던 터이었으나 저보다 서너 살이나 손위요 노성한 처남에게 '허게'는 할 수 없었다.

“할 말이야 있고 없고 간에 싸움을 말리느라고 이 모양이 됐으니 인사 한 마디쯤은 하고 가야 도리에 옳겠지.”

“미안하오.”

모자에 손이 닿을락 말락 하였다. 혁이는 ‘엎드려 절 받기로구나’ 하고 곁의 자리를 가리키며

“여기와 앉게. 할 말이 있네.”

“볼일이 있어 가야겠는데….”

한 마디를 내던지고 또다시 돌아선다.

“여보게—”

언성이 높았다.

“볼일이란 자는 볼일밖에 없겠지. 하루저녁 잠 좀 덜 자는 게 문제가 아니야.”

자못 흥분된 어조다. 그때 줄리아가 기다리다 못하여 들어오더니 다짜고짜 계훈의 팔을 끌어당긴다. 혁이는 벌떡 일어서며

“당신에게 꼭 일러 둘 말이 있소이다.”

영어로 명령하듯 하였다. 피차에 발음은 서투르나마 간단한 영어회화는 주고받을 줄 알았다.

두 사람은 어쩐지 혁이에게 일종의 위협을 느끼는 듯하였다.

‘서로 말이 소통되고 보면 저 사람의 입에서 무슨 말이 나올지 야단났다’

하는 생각에 계훈이는 찔끔하였다. 그는 줄리아의 귀에다가 무어라고 속살거렸다. 줄리아는 하릴없는 듯이 풀이 죽어 나갔다. 스투핀과 같은 자동차를 타고 인적이 거의 끊긴 큰길을 달렸다.

혁이는 이층 조용한 방으로 계훈이를 끌고 올라갔다. 약점을 잡힌지라 제아무리 자존심이 센 계훈이라도 매어달린 처남의 뒤웅박 모양으로 뒤를 따라 올라가지 않을 수 없었다.

심문을 당하는 용의자(容疑者)처럼 식탁을 격하여 앉았다. 혁이는 담배를 무척 길게 흡연을 하고 나더니

"자네는 원체 인사를 모르는 사람이니까 탄할 거리가 못 되네마는… 그까짓 형식은 다 집어치우세. 그런데 자네 내 누이는 어떻게 할 텐가?"

단도직입으로 급소(急所)를 찔렀다.

'이혼하면 고만이지 어떡하긴 어떡해.'

말이 계훈의 혀끝까지 날름날름하다가 쑥 들어갔다.

"어떡하다니?"

그제야 처남의 얼굴을 바로 쳐다보았다. 혁이의 두 눈에는 심상치 않은 광채가 떠돈다.

"첫째 무슨 까닭으로 내 누이를 쫓아보냈나?"

계훈이는 어물어물하다가

"난 모르겠는데…. 오기 전에 어떻게 된 셈인지."

"남편이 제 아내의 일을 모른다는 게 어디 당당 수작인가?"

말대답할 여유를 얻으려고 계훈이는 손뼉을 쳐서 보이에게 술을 청한다.

"술 마시며 대답하기엔 너무 엄숙한 사실이다."

"그만 둬라."

계훈이를 빗대어 놓고 보이를 꾸짖었다.

"이 집에 미안하니까…."

"자네 언제부터 요릿집 사폐까지 그렇게 잘 보나?"

이번에는 정면으로 핀잔을 주었다. 혁이는 바싹 다가앉으며

"그래 어떡할 셈인가? 내 누이를."

바른대로 불지 않으면 달려들어 밥[拷問]이라도 내리려는 형리(刑吏)의 태도다. 계훈이는 대답이 군색해져서 손톱여물만 썰고 앉았다가

"얘, 술 가져오너라."

하고 반발적(反撥的)으로 소리를 질렀다.

😊 008회, 1930.08.23.

④ 혁이는 그렇게 위협하듯 한다고 고분고분히 속이야기를 할 상 싶지 않아서 말머리를 슬쩍 돌렸다. 혁이의 이력을 짐작하는 계훈이도 마주 대어들 이유와 용기가 없었다.

"자네의 재주라든지 예술을 나 역시 탄복치 않는 바는 아닐세. 따라서 자네의 예술을 잘 이해하고 손이 맞는 반주자가 반드시 필요할 것도 아네. 또는 이왕 내 누이를 출가시킨 다음에야 자네 집에서 어떠한 처치를 하던 내가 상관할 바도 아니요, 대표적 구식여자인 내 누이와 눈 높은 자네가 의취가 맞지 않아서 탐탁하게 지내지 못할 것도 무리가 아닐세. 그러나 그 애는 자네 집에서 큰 허물은 없이 지내온 모양이요 더구나 소생까지 있지 않은가?"

혁이는 '구구히 집안 사정까지 말해서 동정을 구하는 것은 창피하다' 하면서도

"그 애는 단 두 남매라 의지가지가 없는 고단한 사람인 것도 알겠지. 어머니가 돌아가신 뒤에 집안 형편은 말이 아니요 아버지는 인제는 노망

이 나셨는지 색주가 지친 계집을 떼어 들어서 허구한 날 술타령이나 하시니 앞뒤 사정이 딱하지 않은가? 나 역시 집안일만 보살피고 들어앉지 못할 처지에 놓인 사람이라. 그러니 그 애가 누구를 믿고 살겠나? 남의 일이 아니니 좀 신중히 생각을 해보게."

슬며시 달래보았다. 계훈이조차 마음이 괴로운 듯이 위스키를 제 손으로 따라서 반 컵이나 들이켰다.

"나도 괴롭소! 그렇지만 내가 보낸 건 아니니까…."

독한 알코올 냄새와 함께 한숨을 길게 내쉰다. 혁이의 눈은 다시 빛났다.

"자네가 보낸 게 아니라면 남편과 얼굴을 대하지 못할 무슨 큰 죄를 짓고 제 발로 어정어정 걸어왔단 말인가? 계획적으로 쫓아보낸 것을 뉘 앞에서 속이려 드나? 자네는 비교적 정직한 사람이라고 나는 지금도 믿고 있는데…."

혁이는 여전히 흥분하지 않을 양으로 애를 쓴다. 속으로는 '네 배알을 뽑아 보는 것쯤이야' 하면서도 조금씩 추켜올리는 것을 잊지 않는다.

계훈이도 혁이의 기세가 좀 수그러든 눈치는 보았으나 워낙 상대자가 여간내기가 아니라 여전히 언질(言質)을 잡히지 않으려고 경계를 한다.

"사랑이 없는 걸 어쩌겠소"

한참 만에 애소하듯 입을 벌렸다.

"사랑이란 인력으로 좌우하지 못하는 노릇이니까 사랑을 강제할 권리는 누구에게나 없겠지. 또는 자네가 서양 여자와 연애를 하든지 신마찌 갈보를 얼싸안고 쥐 잡는 약을 삼키든지 그 역시 막을 수 없는 자네의 자유겠지. 연애에는 국경이 없다든지 사랑이 절정에 다다르면 생명까지라도 초개같이 버릴 수도 있다는 케케묵은 상식쯤은 나도 주워들었으니까 ….”

하고는 껄껄껄 선웃음을 웃었다.

“허나 과거에는 금슬이 과히 나쁘지 않았기에 자식까지 낳았겠고 하여간 자네 집안을 위해서 십여 년이나 이름 좋은 종노릇을 해온 사람을 귀국한 뒤에 한 번 만나지도 않고 원수치부를 하는 것이 인정상 또는 사리에 옳단 말인가?”

그는 점점 언성을 높이며 또다시 흥분이 되어

“사람을 버러지처럼 무시하는 건 돈 있는 놈들의 벼락 맞을 행투지만 그래 자네 집에서 소용없는 물건을 내어다 버리는 장소가—쓰레기통이 내 집으로 알았더란 말인가?”

꾸짖듯 한다. 감정을 덧들여 놓으면 누이의 신상에 도리어 해롭지나 않을까? 하는 염려만 없으면 “너까짓 장마통에 자라난 버섯 같은 인물 따위야…” 하고 당장 주먹 따귀가 올라붙었겠지만 꿀꺽 참고 추켜올리기도 하고 타이르기도 하려니 오장이 썩는 것 같다.

계훈이는 술이 얼근히 돌수록 혁이의 떠드는 소리는 귓바퀴에서만 돌 뿐이요 줄리아가 금세로 못 잊혀졌다. 그 능글능글하게 생긴 스투핀이란 놈하고 같은 자동차를 타고 갔으니 그자가 호텔까지 따라갔을까 봐 몹시 불안하다. 포켓 속에 손을 넣어 방문의 자물쇠를 찾아보았으나 자물쇠까지 줄리아가 가지고 갔다. 혁이를 떠박지르고 도망이라도 할 생각이 간절하나 혁이는 담배가 손가락까지 타들어 가도록 재도 떨지 않고 바윗돌처럼 가로막아 앉았다.

“왜 대답을 못하나? 정 그럴 터면….”

마지막으로 따지려는 말이 끝나기 전에 아래층에서 따르르 따르르 종소리가 요란히 난다. 보이가 황급히 올라와 손길을 마주 비비며

"호텔에서 전화가 왔습니다. 당초에 말을 알아들을 수가 있어야 합죠"

계훈이는 꽁무니에 용수철이나 달린 것처럼 벌떡 일어났다. 혁이의 곁을 떠나는 것이 화덕 속에서 튀어나오는 것만큼이나 시원하였다. 두 층계 세 층계씩 밟고 층층대를 뛰어내렸다.

009회, 1931.08.24.

추억

[1] 계훈이는 전화통을 다가쥐고 아무리 흔들어도 사람은 나오지 않았다. 저편에서 먼저 끊은 모양이다. 그는 더욱 의심이 나서 호텔로 몇 번이나 걸어도 새로 세 시를 친 지도 오래라, 교환수도 사무원도 나오지를 않는다. 그러나 줄리아에게서 온 전화인 것만은 확실하였다. 계훈이는 보이에게

"위층 손님에게 급한 일이 생겨서 먼저 실례한다."

라고 전갈을 시켜 올려 보내고 모자도 쓸 사이가 없이 종로 큰길로 빠져나갔다.

거리에는 전등불이 졸고 있을 뿐이요, 전차는 물론, 인력거도 택시도 그림자를 감추었다. 걸어가더라도 호텔까지 한 십여 분밖에 아니 걸리련만 마음이 훤—하게 뚫린 남대문통 큰길이, 높다란 고개나 넘는 것처럼 타박타박하였다. 그러나 술이 약간 취하고 흥분되었던 얼굴에 부딪치는 새벽바람이 시원하지 않은 것도 아니었다.

"그자의 눈치가 아무래도 수상하던걸. 유명한 색마라는데…."

독일 있을 때에 줄리아와 또 다른 그곳 청년과 삼각관계가 얼크러져서

몹시 고민하던 질겨운 생각이 머릿속에서 되풀이한다. 그것은 계훈이가 잊으려고 애를 쓸수록 더욱 또렷 또렷이 눈앞에 나타나는 지난날의 추억이었다.

× ×

독일 땅에 발을 들인 뒤에 계훈이는 그곳의 조선 유학생들과는 될 수 있는 대로 추축을 하지 않았다. 마르크 시세가 한참 여지없이 떨어질 판에도 계훈에게는 다달이 일본 금화로 사오백 원이나 되는 학비가 왔다. 제 아버지와 작정하기는 매삭 삼백 원 평균이었지만 어머니가 입맛에 맞는 음식이나 사먹으라고 남편 몰래 뒷구멍으로 보내주는 돈이 이백 원이 넘으면 넘었다. 그러고도 가끔 고추장 볶은 것과 자반, 어란 같은 마른 반찬을 소포로 몇 만 리 밖에 부쳤다. 그렇건만 학비에 군색한 동포들에게 뜯길까 보아서 유학생회에도 이 핑계 저 핑계로 출석하기를 회피하였다.

그곳의 유학생들도 계훈이가 큰 부자의 아들이란 소문을 듣지 않았을 리가 없지만 위인이 교만스럽고 연구하는 과목도 과학(科學) 방면과는 달라서 상대하기를 즐기지 않았다.

한 번은 유학생회에서 무슨 기념날 긴급히 쓸 일이 있어서 많지도 않은 돈을 계훈에게 청하였다가 면전에 거절을 당한 이후로는 그들의 그룹에서 돌려내고 말았다. 너무나 저밖에 사람이 없는 듯한 태도에 분개하여 혈기 있는 학생들은

"저깟 놈의 자식 한 번 붙잡아다 놓고 주먹세례를 주자!"
고 벼르는 것을

"그까짓 철부지에게 손을 대선 무얼 하나. 동족끼리 싸운다고 외문이나 사납지."

하고 굳이 말리는 사람도 있어서 몇 번이나 욕을 면하였었다.

많지 않은 조선 사람과 교제가 끊긴 대신에 독일 사람 음악가들과 주야로 추축을 하게 되니까 어학만은 놀라울 만큼 늘었다. 워낙 바이올린에는 재주가 비상한 계훈이라 그곳 유명한 교수의 눈에 들어서 그의 집에 유숙까지 하면서 전심으로 기술을 닦았다.

"인제 이삼 년만 더 배우면 세계적 무대에 내놓아도 부끄럽지 않겠다." 라고 칭찬이 자자하였다.

그 교수의 문하에 모여드는 젊은 남녀가 수십 명이나 되었다. 줄리아도 그 중의 한 사람이었다. 그와 같이 피아노를 배우는 동무도 사오 인이나 있었으나 계훈이와 가장 사이가 가깝게 사귄 것은 줄리아였다.

어느 해 가을 늙은 선생의 사은회(謝恩會) 겸해서 열린 음악회 때에 줄리아는 자청하여 계훈의 반주를 해주었다. 그것이 인연이 되어 그들은 날마다 만나서 연습을 하고 외국 사람이라 고독하겠다고 자별히 위안을 해주었다. 산보를 나가도 두 사람의 그림자가 떨어질 때가 없었고 계훈이가 몸이 불편할 때면 줄리아가 베갯머리에서 밤을 새워가며 시집과 소설을 읽어 극진히 간호를 해 주었다.

'동양사람 중에도 저렇게 미끈하게 생긴 사람이 있을까? 조금도 곤 데가 없는 체격에 그려 놓은 듯한 양복 스타일! 더구나 싹싹하고 여자에게 친절한 그 성격 그 재주!'

어느 한 모퉁이나 줄리아의 마음을 끌지 않는 것이 없었다. 젊은 여자가 남자의 외화에 먼저 반하는 것은 양의 동서가 없었다. 노블한 그의 행동거지만 보아도 저이는 틀림없는 동양의 귀족이리라 하였던 것이다.

황인종에게 우월감(優越感)을 가지는 그네들이지만은 다른 인종에게 대한 호기심도 없는 것은 아니었다. 더구나 계훈이가 항상 '나는 코스모폴리탄이요' 하고 자처하는 데는 적잖이 집시적 매력까지 느꼈다. 코스모폴리탄이란 나라도 없고 민족도 초월한 자유로운 세계인(世界人) 즉 하늘 아래에 매인 데가 없는 백성이란 말이다. 이윽고 그들은 달 밝은 밤이면 라인강변에 우거진 숲 사이로 사람의 눈을 피하여 거닐게까지 되었었다.

😊 010회, 1931.08.25.

② 줄리아가 계훈이를 통하여 보는, 조선은, 매우 아름다운 것이었다. 튜튼족이나 유대 사람의 피가 섞인 줄리아는 '조선'이란 나라에 국기가 따로이 없는 것이 그다지 큰 흠이 되는 것은 아니었다. 줄리아는 계훈이와 가까이 된 뒤로부터 처음으로 '조선'에 대하여 흥미를 느끼게 되었다. 지도를 얻어 보고 아시아 대륙에 조그맣게 달라붙은 반도가 어여쁜 듯이 손가락으로 그려도 보고 중학교 교과서에 실린 간단한 역사를 읽고는 깎은 머리를 흔들며 입맛도 다셨다.

어떤 책에서 커다란 질그릇 같은 것을 머리에 이고 장죽을 물고 앉은 노인의 사진을 보고는

"조선 사람은 단장을 입으로 짚고 다니나 보다."

하며 저 혼자 그 풍속이 재미있었다. 그들의 조선에 관한 지식이라고는 인도(印度)나 안남(安南) 마찬가지로 남의 나라 그늘에서 지내는 미개한 족속이라는 짐작밖에 없었다.

일본만 하여도 그렇지 않다. 사쿠라꽃이 곱고 무스메가 인형같이 어여쁘고 하부다에가 몸에 걸치면 보드라운 것과, 키가 난쟁이 쉼직하고 까

무잡잡하게 생겼지만 일본 병정이 고추씨같이 매섭다는 것쯤은 '청도' 전쟁도 치러보아서 일반적으로 아는 상식이었다.

줄리아는

"조선은 경치가 퍽 좋지요? 노 말씀하시는 금강산에 한 번 가고 싶어요"

계훈이와 산보할 때면 입버릇처럼 하는 말이었다.

라인강 위에 금비늘같이 뛰노는 잔물결을 굽어보며 계훈이와 어깨를 걸고 앉았을 때는 보지 못한 동양에 대한 동경(憧憬)으로 가슴이 가득하였다.

계훈이가 이따금 고국 생각이 나서 오리엔탈 같은 곡조를 시름없이 타는 것을 그 곁에서 천천히 반주할 때에 그 유원(幽遠)하고 무엇을 호소하는 듯 애달픈 정서(情緒)에 넋을 잃은 사람처럼 먼 산만 바라볼 때도 있었다. 끝닿은 곳을 알 수 없이 싯누런 모래만 굽이치는 사막(砂漠)을, 황혼이 둘러쌀 때 아득히 지평선을 기어 넘는 낙타(駱駝)의 등 위에서 카라반(隊商)들이 멀리 두고 떠나온 애인이 그리워 처량스럽게 부는 피리 소리! 생각할수록 공연히 눈물을 자아내는 광경이었다.

그밖에도 계훈이가 즐겨서 뜯는 <치고이너바이젠>(流浪民의 노래) 같은, 흑흑 느끼고 싶도록 구슬픈 곡조라든지 <인디언 라멘트>에 보채는 듯한 멜로디가 어떤 것이나 줄리아가 알지 않는 것이 없었다.

"난 당신을 따라서 동양에 가 살 테야요 좁아빠진 독일, 전쟁만 해서 아버지와 오라버니를 죽인 지긋지긋한 독일, 밤낮 재정에 쪼들려만 지내는 독일, 난 그만 내 나라가 싫어졌어요. 같이 가 주세요! 네."

계훈의 팔에 매어달리며 응석하듯 조르기를 한두 번이 아니었다. 줄리아는 아직도 울 밖을 모르는 순진한 처녀였다.

　사랑이 겨울 때면 농익은 수밀도와 같이 성숙한 그의 육체는, 뿔이 날 임시의 암송아지 모양으로 계훈이를 외양간에 기둥삼아 그대로 들비볐다. 연애의 삼매경(三昧境)에 도취한 그들의 눈에는 백인종도 황인종도 없이 똑같은 원숭이의 자손이요, 독일 사람 조선 사람의 구별도 없이 오직 심장이 같은 박자(拍子)로 방아를 찧는 청춘이었을 뿐이었다. 그들은 새로운 세기(世紀)에 자라나서 숨 가쁜 현대의 공기를 호흡하면서 아직도 하이네, 바이런 같은 시인이 헤엄치던 묵은 연못 속에서 꼬리를 젓는 누르고 흰 한 쌍의 금붕어였다.

　귀국하기 일 년 전에 그들은 기어코 결혼을 하였다. 죽은 남편의 은급으로 사는 늙은 어머니밖에 없어서 줄리아의 신변은 가뜬하였다. 계훈이는 아내가 있든 자식이 있든 그것은 언제든지 처치할 수 있는 문제라고 생각하였다. 아버지의 돈의 힘을 믿고 어머니의 맹목적인 자애를 믿고 정희가 절대로 인종(忍從)할 것을 믿었다. 그리하여 나이로 보아도 으레이 아내가 없는 사람이어니 하고 그런 등사에는 입 벌리지 않는 줄리아인지라 자는 호랑이에게 코침 주기로 미리 말할 필요가 없었다.

　그들은 로렐라이의 전설로 유명하여 세계의 유람객이 발을 멈추는 옛 도읍 쾰른성으로 신혼여행을 떠났다. 동무들은 속으로는 시기하며 겉으로는 그들을 축복하였다. 한 달 동안이나 여행을 하는 데는 물론 막대한 비용이 들었다. 그러나 그 몇 천 원이나 되는 돈이 공부를 과도히 하다가 신경쇠약에 걸려서 전지요양을 하겠다 하여 김 장관이 전보환으로 부쳐 준 돈이었다는 것은 계훈이 이외에 아는 사람이 없었다.

　　　　　　　　　　　　　　　　　　😊 011회, 1931.08.26.

③ 신혼여행을 마친 뒤에 그들은 백림으로 돌아왔다. 아파트에 방을 빌려가지고 신접살이에 재미를 붙이자 계훈에게는 남에게 하소연도 할 수 없는 고민이 싹트기 시작하였다. 그것은 결단코 생활에 대한 걱정은 아니었다. 줄리아에게 사오 년 동안이나 열렬히 외쪽사랑을 해오던 청년이, 결혼을 한 뒤에도 추근추근히 줄리아의 뒤를 따라다니는 것이었다. 사랑은 하지 않을망정 항상 그 청년을 가엾게 생각하고 그가 괴로워하는 것을 미안쩍게 여기는 줄리아는 몸에 달라붙는 거머리처럼 그 청년을 떼어버리지도 못하는 눈치였다. 계훈이가 없는 사이에 틈틈이 찾아와서 단 둘이 이야기하는 장면을 여러 번이나 들켰다. 또 한편으로는 계훈이를 흠모하던 트루데니 마냐니 하고 부르는 줄리아의 동무들이 야릇한 시기로 두 사람 사이에 이간을 붙이는 것이었다. 그 까닭에 신혼한 부부는 싸움이 잦았다. 그러나 그들은 날마다 추축하지 않을 수도 없는 음악동지였다.

계훈이는 몹시 고민하던 끝에

"갑시다. 당신이 가고 싶어 하는 내 고향으로!"

하고 귀국을 결심한 뒤에 줄리아의 손을 끌었다. 피차에 사랑하는 사람을 영원히 차지하려면 그 땅, 그 분위기(雰圍氣)속에서 벗어나는 것이 상책이었다. 그것이 계훈이가 급히 귀국하게 된 동기였다.

가난하고 더럽고 음악을 모르는 미개한 백성이, 구더기 끓듯 하는 조선의 상판대기를 줄리아에게 보여주고 싶지는 않았다. 그러나 어머니가 "살아생전에는 너를 못 보고 죽겠구나" 하고 그만 돌아오라는 재촉이 성화같기도 하고, 한편으로는 성공한 자신의 기술을, 옛날 친구와 여러 사람 앞에 (알아들을 줄은 모를지언정) 한 번 뽐내고 싶은 생각이 없지도 않았다. 더구나 자기의 예술이 구라파를 정복한 살아있는 증거로 독일 미인을 끼고 들어갈 생각을 하면 개선(凱旋)한 장수만치나 미리부터 어깨가 으쓱하였다. 그러나 한 가지 마음 구석에 꺼림칙한 것은 눈엣가시 같은 정희의 존재(存在)였다. 그래서 상해까지 와서는 일부러 여러 날을 묵으면서 아내를 쫓아 보낼 음모를 꾸민 것이었었다. …경성역에는 가족과 친구들이 플랫폼에 그득히 마중을 나갔다. 차가 들어와 닿았다.

"김계훈 군 만세!"

를 불렀다. 어머니는 찔끔찔끔 울면서 아들의 손목을 잡았다. 계훈이는, 방긋이 웃으며 찻간에서 내리는 줄리아를 어머니에게 소개하였다. 줄리아는 이상스러이 아래 위를 훑어보는 마나님 앞으로 달려들며 제 나라 말로 무어라고 주절거리더니 다짜고짜 시어머니라는 마나님을 얼싸안았다. 마나님은 키가 자기의 갑절이나 되는 양녀의 가슴에 안겨서 어쩔 줄을 모르는 모양이다. 그 바람에 느슨히 썼던 조바위가 홀떡 벗겨지며 땅위에 굴렀다. 거의 동시에 줄리아는 비슬비슬 피하는 그의 이마와 뺨에 소리를 내어 입을 맞췄다. 마나님은 소매로 얼굴을 닦으며

"이게 무슨 해괴한 짓이냐?"

하고 소리를 지를 뻔하였다. 계훈이는 조바위를 집어서 흙을 털어 씌워주며

"서양선 반가운 사람을 만나면 그러는 법이라우."

하며 웃었다. 줄리아는 어안이 벙벙하여 말없이 서 있는 마나님의 표정을 읽고 얼굴이 빨개졌다. 마나님은 둘의 뒤를 따라 구름다리로 올라가면서도

"아이고 망측해라. 아랫도리는 사뭇 넓적다리꺼정 벗었구나."

하며 혀를 끌끌 찼다. 그래도 자기붙이라니까 한편으로는 귀여운 생각도 들지 않는 것은 아니었다. 그러나 그 시간에 눈물에 젖어 있는 정희를 생각이라도 한 사람은 하나도 없었다.

호텔에 행장을 끄른 뒤에 옷을 갈아입고는 그의 아버지 김 장관에게 보이러 가는 것이 순서였다.

김 장관 집에서는 마중하는 사람이 대청에 차고 마당에도 가득하고 청지기, 상노며 비복들은 대문 좌우에 벌려 서서 기다렸다. 이웃 여편네와 아이들은 무슨 큰 구경이나 난 듯이 담에까지 기어올랐다.

어제까지도 아들의 이야기만 하면 눈살을 찌푸리던 김 장관은 어느 틈에 벼슬 다닐 때 입던 꾸깃꾸깃한 프록코트를 꺼내 입고 양관 응접실 한가운데 뚱뚱한 배를 내밀고 앉아서

"어떤 것이 오길래 그리 수선스러운고?"
하며 눈동자 새파란 며느리를 기다렸다. 바로 외국사신이나 접견하는 차림차림이다.

계훈이와 줄리아를 태운 자동차는 권농동 김 장관의 집을 향하여 통안 큰길을 북으로 치달았다. 계훈이의 아버지가 조선의 큰 부자요 귀족(?)이라는 말을 귀에 젖도록 들어온 줄리아는, 자동차 속에서 앞을 내어다보다가 계훈의 옆구리를 찌르며

"저 집이지요? 아마 저 막다른 집이지요?"
부르짖는 듯하며 파수병정이 마주 서 있는 창덕궁 대궐문을 가리켰었다 ….

호텔의 밤

[1] 이 생각 저 생각을 하며 호텔까지 돌아온 계훈이는 현관의 초인종을 눌렀다. 보이는 나오지를 않는다. 한참동안이나 서성거리며 위층의 동정을 살피었다. 줄리아가 거처하는 방에는 불이 꺼졌다. 들창의 휘장까지 내린 모양이다. 줄리아가 그저 잠을 자지 않고 저를 기다리고 있을 양이면 불을 껐을 리가 없다.

손가락이 아프도록 초인종을 눌러도 여전히 문은 열리지 않는다. 계훈이는 정원으로 내려서며 위층을 향하고 휘파람을 획— 획— 불어보았다. 줄리아와 산보할 때에 숲 속에 몸을 가리고 서로 군호를 하던 버릇이었다. 그래도 위층에서는 소식이 감감하다. 계훈이는 참다못하여 발길로 대문짝을 걸어찼다. 그러나 겹겹으로 유착하게 닫힌 문이 뼈개질 리가 없다.

십분 동안이나 문짝과 초인종과 승강이를 한 뒤에야 문지기 보이가 눈을 비비며 문을 열었다. 계훈이는 그자에게 달려들어 화풀이를 하려다가 더 궁금하고 급한 일이 있는지라 꿀꺽 참고 한 달음에 위층으로 올라갔다. 기다란 복도를 숨이 턱에 닿도록 달음질을 해서 자기가 거처하는 방문의 손잡이를 비틀었다. 문은 잠겨 있다. 어깨로 힘껏 떠다밀어도 꼼짝도 아니 한다. 계훈이는 불길같이 타오르는 질투에 전신을 부르르 떨었다. 저를 그때까지 붙잡고 있던 혁이가 단매에 때려죽이고 싶도록 미웠다. 그는 다시 돌아서서 층계의 난간을 붙잡고 미끄러지듯이 아래층으로 내려갔다. 숙직원을 꺼둘러 깨워서 그 방에 맞는 다른 열쇠를 빼앗듯 해가지고는 또다시 위층으로 뛰어 올라갔다. 그동안의 동작이야말로 활동사진의 활극배우라도 따르지 못할 만큼 민속하였다.

무슨 큰일이나 당하는 듯이 조마조마하여 가슴 속에서는 두방망이질을 하는 것을 간신히 진정하고 떨리는 손으로 도어를 열어젖뜨렸다. 어두침침한 방 안에는 아무 인기척도 없다.

휘— 도는 바람과 함께 독한 술 냄새가 코를 찌를 뿐이다.

시체를 둔 덩그러니 비인 방 안에 촛불도 없이 들어간 것 같아서 계훈이는 머리끝이 쭈뼛하였다. 그는 황급히 벽을 더듬어 전기단추를 눌렀다. 전등불이 환하게 켜졌다. 상상하던 것과는 딴판으로 누워 있는 사람이 없다. 둘은커녕 사나이도 계집도 그림자조차 없을 뿐 아니라, 커다란 새털베개가 나갈 때와 같이 그대로 놓여 있고 침상보도 반듯이 덮인 채 주름살 하나 아니 잡혔다.

그 다음에는 화병이 놓인 탁자 위에 조그만 방구리처럼 생긴 양주병이 기울어진 채 놓여 있는 것이 눈에 띠었다. 술은 칠 홉이나 융(絨)탄자 위에 쏟아져서 냄새가 물큰하고 맡인다.

"그놈이 여기까지 온 것만은 확실한데…."

더욱 의심스러웠다. 그러면 두 말할 것 없이 연놈이 권커니 잣거니 술을 마시다가 차마 이방에서는 양심에 찔리니까 다른 방으로 부동을 해간

것이 틀림없다. 그러나

"줄리아는 결단코 그런 행동을 할 여자가 아니다. 내게 불만을 가질 아무 조건도 이유도 없다."

하고 돌이켜 생각도 해보았다. 바깥으로 끌고 나가지나 않았나 하고 줄리아의 옷을 조사해 보느라고 양복장을 열었다. 입던 옷이라고는 전부 고스란히 걸려있다. 백화원 갈 때에 입었던 저고리까지 침대 모서리에 걸려있는 것을 보니 살이 내비치는 속옷 한 벌만 입고 종적을 감춘 것이 더욱 의심쩍다.

"그렇다면 어째서 전화는 걸었을까? 다른 장소로 끌려 나갔다손 치더라도 설마 자리옷 바람으로야…."

하면서도 계훈이는 여전히 줄리아가 사랑이 변치 않은 것과 교양 있는 여자라는 것을 또다시 믿었다. 억지로라도 믿지 않고는 당장에 미쳐날 듯하였다.

"그자가 아무리 교묘한 수단으로 유혹을 하더라도 설마 하루 이틀 동안에야 탈이 날라고"

하고 스스로 제 마음을 위로도 해본다. 그러나 아무리 궁금증이 나기로서니 오경이나 넘은 아닌 밤중에 객실 문마다 두드리고 돌아다니며

"내 여편네 거기 있소―?"

"줄리아란 여자를 보았소?"

하고 고함을 지를 수도 없는 노릇이었다.

계훈이는 그저 숨을 몰아쉬며 안락의자에 털썩 주저앉았다. 널따란 방 안은 별안간 화장터의 새벽녘과 같이 괴괴해졌다. 가슴속에서 쿵쿵쿵 하고 염통 뛰는 소리가 제 귀에도 들리는 것 같다.

조금 앉았으려니 방 한 구석에서 이상스러운 소리가 들린다. 계훈이는 귀를 바싹 기울였다. 여부없는 코 고는 소리다. 계훈이는 발끝을 제기며 소리 나는 방향으로 가까이 갔다.

😊 013회, 1931.08.28.

② 핏줄이 가로질린 계훈의 눈은 한 간 통이나 되는 화장대 옆으로 침침한 구석에 머리를 틀어박고 있는 괴물을 발견하였다. 음악회에서 가져온 화환들 속에 몸을 가리고 더위 먹은 하마(河馬)처럼 씨근씨근 숨을 몰아쉬고 엎드린 것은 틀림없는 스투핀이었다. 계훈이는 이를 부드득 갈았다.

"이놈아!"

소리와 함께 계훈의 발길은 스투핀의 꽁무니를 힘껏 걷어찼다. 그자는 '낑' 하고 몸을 뒤쳤다. 혁대가 끌러지고 바지 밖으로 뀌어져 나온 와이셔츠 속으로는 털이 숭숭 난 배꼽이 드러났다.

원체 육중하여서 냉큼 일어나지를 못하고 여전히 뒤치락거린다. 계훈이는 고깃덩이가 굵다랗게 주름이 잡힌 그자의 목덜미를 칼라째 얼러서 바싹 추켜잡고 전신의 힘을 다해서 방 한복판으로 낚아챘다. 스투핀은 의자에 한 팔을 짚고 쓰러지며 그제야 눈을 게슴츠레하게 떴다. 앞머리가 말갈기처럼 일어선 계훈이의 독이 오른 눈과 마주쳤다.

"이 돼지 같은 놈아!"

소리를 지르며 귀싸대기를 후려갈겼다. 스투핀은 그제야 정신이 번쩍나는 듯이 손으로 뺨을 가렸다. 반항도 하지 않고 바지를 추켜 입고 허리띠를 조르고는 의자를 찾아 커다란 궁둥이를 걸친다. 계집 싸움에는 동

175

서고금에 짐승의 탈을 뒤집어쓰고 덤비지 않는 인간이 없지만 말도 안하고 꾸물거리며 제 몸도 추스르지 못하는 스투핀이 사람 같지 않아 보였다. 더구나

"여기가 어딘가"

하는 듯이 방 안을 둘러보는 음흉한 표정이 목줄띠라도 눌러 죽이고 싶도록 밉살스러웠다.

스투핀은 문 여는 소리가 날 때사 실눈을 떴다. 술이 진흙같이 취해서 쓰러졌던 것만은 사실이지만 줄리아가 들어오는 줄만 알고

'옳다구나 이번에야 설마…'

하며 숨을 죽이고 있다가 불이 확 켜질 때에 곁눈에 뜨인 것은 검정바지에 칠피 구두였다. 그만 움찔해서 두 다리를 화장대 뒤로 오그려 넣고 머리를 틀어박은 채 동정만 살피다가 꽁무니뼈가 으스러지도록 발길에 채었던 것이다. 그래도 아픈 체도 못한 것은 이왕 이렇게 된 다음에야 술이 엉망으로 취해서 인사정신을 못 차릴 지경이었다는 표시나 하고 술에게나 모든 죄를 돌려서 모면해보려던 것이다.

"이놈아— 줄리아를 어쨌느냐?"

칼날 같은 계훈의 눈은, 개기름이 이드르르하게 흐른 스투핀의 얼굴을 깎고 저몄다.

"난 모르겠소 거기서 못 먹는 술이 몹시 취해서 부인을 여기까지 모셔다 드린 생각까지는 나는데…."

"그럼 저 술은 웬 것이냐? 밤중에 남편 있는 여자의 침실에 들어와서 술을 처먹은 것은 사실이지?"

혀끝에서 불똥이 뛰는 것 같다.

"퍽 유쾌한 밤이길래…. 마신 끝에… 저— 부인도 같이 마시며 고향 이야기나 하자고 하시길래…."

머리가 수그러들며 입 속으로 중얼거리다가

"참 부인은 어딜 가셨을까?"

하고 되짚어 물으며 짐짓 염려를 하는 눈치를 보인다. 그때에 새로 네 시치는 소리가 들렸다. 스투핀은 '벌써 네 시가 되다니' 하는 듯이 놀라며 급히 제 시계를 꺼내어보고는 시간이나 틀리는 것처럼 귀에 대고 흔들어본다. 어이가 없어 하는 꼴만 바라다보던 계훈이는 너무나 흉물스럽게 구는 데 더한층 화가 치밀어서

"에끼 개자식!"

부지중에 조선말로 욕을 하고 침을 탁 뱉었다. 스투핀은 태연히 손수건을 꺼내어 침을 닦으며

"당신이 나를 오해하는 것이 대단 섭섭하오"

하고 싱그레 웃는다. 추근추근히 골을 올리는데 계훈이는 더욱 쌍심지가 돋았다.

'줄리아가 있는 곳을 알려면 이놈을 족치는 수밖에 없다.'

하고

"너 이놈, 줄리아를 내놔라!"

소리를 새되게 지르면서 별안간 발길로 앙가슴을 질러 자빠뜨리고 배를 깔고 앉으며 십육 호 반이나 되는 목줄띠를 눌렀다. 한참 엎치락뒤치락 하는 판에 문 밖에서 엿듣고 있던 보이들이 우르르 달려들어서 간신히 쌈닭을 떼어놓듯 하였다.

014회, 1931.08.29.

③ 줄리아와 같은 자동차를 타고 호텔까지 온 스투핀은 방문 앞까지 따라 들어와서 은근히 손을 쥐며 잘 자라는 인사를 하였다. 비록 잠시라도 계훈의 곁을 떠나지 않던 줄리아는 금세로 신변이 허전한 것도 같아서

"찬 차나 한 잔 잡숫고 가시지요"

하고 머뭇머뭇하고 섰는 사나이를 가벼이 끌었다. 스투핀은

"밤이 늦었는데— 정 그렇게 말씀을 하시면 잠깐만…"

하며 속으로는 불감청(不敢請)이다 하고 들어섰다. 방에 들어와 앉으면서부터는 조선의 험담이요 음식 타박이다.

"서울서 제일 낫다는 레스토랑의 음식 맛이 그 모양이지요? 아까 치즈 먹은 게 아니꼬워서…"

하고는 줄리아가 아이스커피를 청하니까 속이나 거북한 것처럼

"난 위스키를 좀"

하고 보이에게 눈짓을 하였다. 그 눈치는 나중에 팁을 두둑이 주겠다는 암호다.

줄리아는 스투핀이가 조선 와서 처음 만나는 같은 나라 사람이요, 음악가라니까 남보다 친절히 굴었고, 사십이 넘도록 독신으로 지낸다는 말을 들어서 고적할 상도 싶었다. 그래서 계훈이도 기다릴 겸 이야기나 할까 하고 불러들인 것이었지만 스투핀은 아주 채를 잡고 앉아서 술을 들이부어가며 이야기판을 벌였다. 그는 조선까지 굴러들어온 내력과 신세타령을 한바탕 하고나더니

"조선의 문화정도가 그다지도 얕을 줄은 상상 밖이었다는 것과, 더구나 서양음악 중에도 독일의 독특하고 클래식한 악풍(樂風)을 이해하는

사람이 없을 뿐 아니라, 조선서 음악가라는 사람들은 그저 흉내나 내려고 들뿐이지 머릿속은 텅 비었다는 것과, 자기가 바이올린 개인교수를 여러 해 동안 해왔지만 끝까지 끈기 있게 배우는 사람이 하나도 없었고 그동안 월사금 떼어먹힌 것을 다 받을 양이면 집 한 채는 넉넉히 지었겠다는 이야기로, 당신도 얼마만 있으면 사막 같은 조선이 싫증이 나고 아무 취미도 없어져서 고국으로 돌아가고 싶으리라, 난 그것을 꼭 증명한다."

는 사실을 입에 침이 고일 사이도 없이 지껄였다. 줄리아는 저 혼자만 떠들어대는 것이 불쾌도 하지만 그는 그러리라하고 귀담아 들었다.

그럭저럭 한 시간이나 지났다. 스투핀은 술을 제 손으로 연방 따라가며 거의 반병이나 마시고 나더니 눈초리가 게슴츠레해지며 줄리아를 바라보는 눈이, 각각으로 음침한 빛을 띄워 왔다. 민감한 여자는 벌써 낌새를 차렸다.

"왜 그저 안 올까? 잠깐만 이야기를 하고 온댔는데…."

하고 슬며시 스투핀이 그만 돌아가기를 재촉해보았다. 그렇다고 늦장을 부리고 앉은 놈팽이가 얼핏 일어날 리가 없었다. 그자의 눈은, 기다란 속눈썹에 졸음이 달라붙어서 침대를 찾는 줄리아의 눈과 빨갛게 익은 자두를 반에 쪼개놓은 듯한 입술과 그리고 얇은 속적삼 속에 생물처럼 발룽발룽 숨을 쉬는 탐스러운 젖퉁이만 번갈아 훑어보고 앉았다. 더구나 바람결에 그윽이 풍겨 오는 분향에 섞인 여자의 살 냄새— 그자는 점점 숨이 가빠오는 모양이다. 줄리아는 보다 못하여

"내 전화를 걸고 올께요"

하고 일어서 사나이의 앞을 질러 나가려니까

"우 우리 이야기나 더 합시다."

일부러 혀 꼬부라진 소리를 하며 줄리아의 손목을 끌어당겼다. 여자는 곱게 뿌리치고 돌아서 나가려 할 때에 날씬한 허리는 구렁이 같은 남자의 팔에 휘감겼다. 던적스럽게 땀까지 흘리며 눈자위가 개개 풀려서 쳐다보는 스투핀의 얼굴은 암내를 맡은 동물의 상통 바로 그것이었다. 줄리아는 숨이 막힐 듯한 것을 참고

"이것이 무슨 실례의 짓이에요"

부르짖듯 하며 몸을 틀어 빠져나가려니까 남자의 팔은 낙지의 흡반(吸盤) 모양으로 살에 들러붙어서 떨어지지를 않는다. 줄리아는 곁에 놓인 술병을 번쩍 들었다. 이마빼기를 후려갈기려다가 제 손목을 잡는 스투핀의 손등을 짓찧었다. 그 순간에 줄리아는 몸을 빼쳐 아래층으로 뛰어 내려가 백화원으로 전화를 걸었다. 번호만은 불렀으나 당초에 말이 통하지를 않으니까 전화통을 던지고 위층으로 올라갔다. 그러나 방으로 들어갈 용기는 없었다. 악에 받친 줄리아는 스투핀이가 들어 있는 채 불을 끄고 도어를 바깥으로 잠가버리고 삼층 꼭대기 빈 방에서 계훈이를 원망하면서 새우등 모양으로 꼬부린 채 하룻밤을 새웠던 것이었다.

😀 015회, 1931.08.30.

④ 스투핀은 보이들이 달려들어서 뜯어 말리니까 그제야 되짚어 계훈에게

"이게 무슨 야만의 짓이냐?"

소리를 버럭 지르며 대들었다. 호텔은 제가 일상 출입하는 데요 한두 번 조선 기생을 연회 끝에 끌고 들어간 일도 있었는지라 보이들 보기에

제게는 잘못이 없다는 변명도 할 겸 또는 서양사람 된 체면상 가만히 있을 수는 없었던 것이다. 넥타이를 바로 매며 무어라고 계훈이를 꾸짖듯 하면서 쾅— 소리가 나도록 문을 떠다밀고 나갔다. 그러나 복도로 나오면서 보이들에게 웃음을 지으며 지전장을 쥐어주는 것은 잊어버리지 않았다.

아래층에서 떠들썩하는 소리에 놀라서 삼층 난간 너머로 머리만 내놓고 동정을 살피던 줄리아는

"스투핀 씨! 잠깐만"

눈 아래로 지나가는 사나이를 불렀다. 스투핀은 발을 멈추고 유심히 쳐다보더니

"용서하시오. 다음에 만날 날이 있겠지요"

냉정히 한 마디를 던지고는 뒤도 아니 돌아다보고 층층대로 내려간다. 그 '다음에 만날 날이 있겠지요' 라는 말 속에는 '어디 두고 보자'고 위협하듯이 벼르는 의미가 들어 있는 것은 확실하였다.

줄리아는 쫓아내려가서 스투핀을 꺼둘러 가지고 제 방으로 들어가서 계훈의 눈앞에 무릎맞춤을 시켜 어젯밤 지난 일을 탁변할 필요가 있었다. '내게 잘못이 없다는 발뺌을 하려면 단 둘이서는 될 수 없다' 하면서도 두어 층계 쫓아내려가다가 발길을 멈추고 말았다. 머리는 쑥방석같이 흐트러지고 자리옷만 입은 터이라, 벌써 사무원과 보이들이 들락날락하는 아래층까지 쫓아 내려갈 수는 없었다. 줄리아는 어쩐지 계면쩍고 무안해서 방으로 걸음이 걸리지 않는 것을 '그래서는 정말 오해를 받는다' 하고 용기를 내어 방문을 열고 들어섰다. 연극 한판이 벌어질 것을 미리 짐작하고 문을 안으로 걸었다. 계훈이는 맞은편 안락의자에 몸을 기대고

비스듬히 누워서 눈 한 번 깜짝거리지 않고 줄리아를 노려보고 있다. 정말 제 비위에 틀리는 일이 있으면 하루 종일이라도 입술만 자근자근 깨물고 쓰다 달다 말을 하지 않는 계훈의 성미를 잘 아는 줄리아는 잘못 건드리다가는 도리어 동티가 날까 보아 저 역시 새침해졌다. 화장대 앞으로 가서 머리를 매만지고 옷을 갈아입으려니까

"저게 무슨 꼬락서니야?"

등 뒤에서 모지게 한 마디를 쏘았다. 줄리아는 전신이 움찔하였다. 그래도 안차게 못들은 체하고 옷을 다 주워 입으면서 생각해보았다.

'오해는 꼭 받게만 되었다. 그렇다고 져서는 안 된다. 이런 경우에는 무엇보다 무기(武器)가 필요하다'는 듯이 체경 모서리를 짚고 눈물을 짜내었다. 한편으로는 거울에 비치는 계훈의 동작을 살피면서…여자와 대단히 거리가 가까운 눈물— 마음대로 흘릴 수 있는 본능을 정히 발휘할 때였다. 설혹 제게는 잘못이 없더라도 이런 판에 남성에게 달려들어서 발악을 하거나 빠득빠득 제 변명만 하는 것이 불리한 것을 여자는 선천적으로 잘 알고 있다. 다소곳하고 죽은 체하거나 그렇지 않으면 상대자가 골이 난 정도를 보아서는 울어야 한다. 눈물이 잘 나오지 않으면 동네 집에서 초상이 났을 때 생각이라도 하면서 울어야만 한다. 그래서 남자에게 가엾고 애처롭다는 생각을 자아내기만 하면 그만이다. 우는 방법, 즉 설워할 때의 표정과 동작이 썩 맵시가 있고 시간적으로 남성의 심리의 기미(機微)를 교묘히 붙잡고만 보면 강철 같다는 의지(意志)가 엿가락 휘듯 한다. 잘하면 싸움을 하지 아니한 것보다도 이상의 효과를 얻을 수도 있는 것이다. 속으로는 남자의 마음을 측량하면서도 쉽사리 눈물을 그쳐서는 안 된다. 나중에는 화로 곁에 양초가락 모양으로 제풀에 녹으

라져서

"그만 둬요. 내가 잘못했구료"

하고 백기(白旗)를 드는 법이니 좀 섭섭하더라도 참고 울음을 계속할 일
이다.

줄리아는 계훈의 발치에 엎드러지며 울었다. 하얀 목덜미와 어깨를 가
늘게 떨며 흐느껴 우는 것을 계훈이는 안 보는 체하면서도 슬금슬금 내
려다보았다. 줄리아는 그래도 사나이에게 감응(感應)이 없으니까 어린애
모양으로 엉엉 소리를 내가며 옷자락을 물어뜯으며 울었다. 계훈의 똘똘
뭉쳤던 감정은 얼레에 감긴 연실이 풀려 내려가듯 한다.

'만리타국에 나 하나 믿고 온 사람인데'

하였다.

⑤ '스투핀이란 놈이 죽일 놈이지.'

하였다. 그 다음에는

"그만 둬요. 내가 늦게 온 게 잘못이요"

하며 줄리아의 어깨에 손을 얹었다. 들먹들먹하는 등을 어루만졌다. 그
다음에는 허리를 껴안아 일으켜 주었다.

정 진사 집

[1] 정희는 친정 아랫방에 감금을 당한 채 한숨과 눈물로 그날그날을 보냈다. 유치장에나 갇힌 것 같으면 도적놈이든 아편침쟁이든 말동무가 있겠고 사나이 같으면 친구의 집으로 길거리로 돌아다니며 시원한 바람이나 쏘이련만 원수의 여자로 태어난 정희는 낮이면 낮, 밤이면 밤을 좁아터진 단칸방 구석에서 별로 하는 일도 없이 맥 놓고 두 눈만 멀거니 뜨고 앉았으려니 숨이 끊이지 않은 사람으로는 견디기 어려운 노릇이었다.

전에는 이른 아침 나가기 전부터 일어나 소제하고 크나큰 집 안의 대소범절을 보살피느라고 온종일 잔걸음을 치다가 자정 때나 되어서 시부모의 잠든 것을 알고야 자리에 누웠었다. 소설이나 읽고 영호의 자는 얼굴이나 들여다보고 남편이 돌아오면 옷은 무엇을 대령하며 그동안 식성이나 변하지 않았을까하고 잠들기 전에 천장에다가 단순한 공상이나 그려보는 것이 둘도 없는 낙이었다. 근래는 유모도 며칠 만에 한 번씩 밤중에 몰래 다녀갈 뿐이다. 시어머니가

"눈치를 보아서 기별하마."

한 지도 십여 일이 지났건만 기별은커녕 저번에 유모가 영호를 데리고 왔다가 하룻밤 자고 간 것을 안잠자기가 대방마님에게 고해바쳐서

"내 눈을 기고서 갔다 온 데가 어디야? 더구나 아기까지 데리고 정가의 집엔 뭘 찾아 먹으러 갔던가?"

나이 값도 안 해주고 늙은 유모를 개 꾸짖듯 하였다. 그래서 밤마다 영호가 꿈에 밟히건만 몰래 데려다보지도 못한 지가 여러 날 되었다.

하도 무료해서 밥이나 같이 짓고 반찬 만드는 것이나 거들어주려고 반빗간으로 내려서면

"형님까지 손대실 게 뭐 있어요?"
하고 혁이의 댁내가 행주치마를 벗기며 굳이 말린다.

'구차한 친정으로 죄 없이 쫓겨 온 것만 해도 가엾은데 허드렛일까지 시킬까 보냐'
하는 것이 오라범댁의 동정이었다. 그렇지 않아도 바로 엊그제까지 유두분면을 하고 은근짜 노릇을 하던 동막집(나이가 거의 동갑이라 서모란 말도 아니 나오지만)이 궐련을 피워 손가락 사이에다 끼고 무릎을 세우고 툇마루 끝에 앉아서 "찌개 하나 맛깔스럽게 못 끓이느냐"는 둥 "푸성귀 나물은 삼삼하게 무쳐야지 그렇게 반찬 솜씨가 없이 어떻게 늙은 시아버지를 받들어왔느냐?"는 온갖 잔소리를 한다. 그러니 그 밑에서 꿈지럭거리기도 싫었다.

아무리 오장육부를 빼어놓은 체하고 살아가는 사람들이지만 동막집이 나서서 서홉에 참견 닷곱에 참견을 하는 데는 작년에 먹은 오례송편이 기어 올라오는 것 같았다. 참다못해서 말대꾸나 하면 그날은 야단이 난다. 정 진사 귀에 소곤소곤 베갯머리송사가 들어가고만 보면 집안이 온

통 뒤집히는 것이다.

정 진사는 환갑 진갑을 다 지냈건만 한 가지 근력만은 아직도 좋은 모양이다. 술친구들이

"술심부름이나 하고 다리나 쳐 드리렴."

하고 동막집을 정 진사에게 떠다 맡겼다. 동막집이란 출신은 나이가 삼십에도 귀가 달렸으니 젊은 서방도 해갈 수 없었다.

"그 집이 벼 백이나 족히 하니 그걸랑은 네 수단껏 하려무나."

그 말 한마디에 귀가 솔깃해서 나룻이 허연 정 진사의 턱 밑으로 기어든 것이었다.

정 진사는 아직도 양반의 버릇은 그대로 남아서 밤에는 세상 한탄이 아니면 술타령이나 하고 애꿎은 며느리만 들볶다가 이튿날은 오정 때나 되어야 기침을 한다. 자리 속에서 눈곱도 안 떼고 조반을 먹고는 수전증이 난 손을 벌벌 떨면서 글씨나 묵화 치는 것으로 (그는 서화로 이름이 있었다) 소일을 하다가 같은 축을 만나면 또 술상을 벌이고 잔소리로 안주를 하다가 자고 또 마시고 하는 것이 그의 일이다. 그는 세상만사가 도무지 귀찮았다. 불효막심한 자식(혁이)이 보기 싫고 소견머리 없는 며느리가 못마땅하고 동막집을 얻은 뒤부터는 손자들까지도 귀여워할 줄 몰랐다. 그러나 노망은 났을망정 정희에게는 화풀이를 못한다. 간단히 말하면 정씨의 문벌과 양반을 탐내는 김 장관에게 십여 년 전에 백 여석지기 땅을 교환조건으로 정희를 시집보냈던 까닭이다. 지금 들어있는 집도 김 장관이 가옥세까지 물어주는 집이었다.

017회, 1931.09.01.

② 정 진사가 혁이를 불효막심한 자식이라고 거들떠보지도 않는 데는 여러 가지 용서할 수 없는 조건이 있다.

一, 천주학도 안하면서 봉제사를 아니하고

一, 사회주의니 데카당주의니 하고 돌아다니며 집안 살림을 돌보지 않고

一, 감옥 뒤치다꺼리를 여러 번이나 시켰고

一, 형사들이 풀 방구리에 쥐 드나들듯해서 자다가도 놀라는 때가 많고

一, 은혜를 입은 김 장관 집에는 일 년에 한 번 세배도 아니 가고…

헤면 열손가락이 모자라도록 많았다.

혁이는 옷이나 갈아입으러 들어오거나 그렇지 않으면 일주일에 한 번쯤 마지못해서 자고 나간다. 전에는 동지들이 모이는 회관이나 있더니 요새는 잡지사로, 친구의 집 사랑으로 (사랑을 쓰는 사람도 없지만) 떠돌아다닌다. 그래도 집과 처가속이 있으니까 남 보기에는 의지할 곳이 있는 사람 같으나 실상인즉 거리의 룸펜이다.

아버지는 처음부터 문제도 아니 되려니와 정신상으로 양극단(兩極端)에 서 있는 아내와의 사이도 시들부들한 것이었다. 여섯 살 먹은 아들놈이

"아버지 나 학교 다닐 테야."

하고 보기만 하면 매어달리며 조르는 것도 귀찮고 제— 아비건만 며칠 만에 들어오면 "아빠!" 하고 덤비지도 않고 울다가도 움찔해서 비실비실 피해 가는 딸년도 보기 싫었다. 떳떳하게 남편 노릇, 아비 노릇을 못하니 처자를 대하기에도 염의가 없을 때도 없는 것은 아니다. 더구나 동막집

이라는 요물은 바른 발치로 보기도 싫었다.

그와는 이때까지 말 한마디 주고받은 일이 없었다.

정희가 쫓겨 온 뒤에는 더구나 집구석이라고 발을 들여놓을 생각이 없다. 그러나 허구한 날 걸객 모양으로 얻어먹으며 다닐 수도 없었다.

"저 사람은 집도 있고 권속도 있는 사람이 왜 저렇게 떠돌아다니는지 몰라."

하고 속사정 모르는 사람들은 혁이를 비웃듯 한다. 그런 소리를 들을 때마다 혁이는 우울해질 뿐이었다.

정희와는 같이 자라난 단 두 남매니까 우애가 자별할 듯도 하나 정희의 머리가 너무나 시대에 뒤떨어져서 이야기가 어울리지를 않는다. 그러나 나이가 삼십이 넘도록 순진한 채로 있고 남을 미워할 줄 모르는 참을성이 있는 정희가 돈 있는 놈의 희생을 당하는 것이 가엾고 불쌍하였다. 무조건하고 착하기만 한 것은 약(弱)한 것을 의미하는 것이요, 마땅히 미워할 것을 미워할 줄 모르는 것은 멸망할 장본이지만 정희의 경우에 있어서는 제 손으로 앞길을 열지 못하고 따로 일어설 능력이 없게 된 것이 제 자신의 잘못이 아닌 다음에야 사람으로서의 동정을 아니 할 수 없던 것이다. 혁이의 댁내는 남편이 들어오면 반가워하기는커녕 '부자가 또 맞장구나 치지 않을까?' 하고 먼저 겁이 난다. 그러니 아내의 표정이 정다울 리가 없다. 그러나 아랫방 문을 열면

"아이고 오빠 오세요?"

진종일 갇혀 앉았던 정희가 반색을 한다. 비록 쓸쓸한 웃음이나마 찌푸리지 않고 혁이를 맞아주는 사람은 그래도 정희이다. 정희는 혁이의 말대로 실행할 용기는 없어도 오라비의 성의껏 일러주는 말귀를 못 알아

들을 만큼 아둔한 여자는 아니었다.

…오늘도 정 진사는 대청에 술상을 벌여 놓고 혁이의 말을 빌면은, 죽으면 거름[肥料]도 못할 인생의 쭉정이들이 모여 앉아서 양반 논란과 보학(譜學) 자랑이 한바탕 벌어진 판에 혁이가 쑥 들어섰다. 들어서자 모자를 벗어 대청과 채면을 하고 마당을 지나 아랫방 문을 열었다.

"아이고 오빠 오시네."

정희는 여전히 반겼다. 그러나 무엇인지 조그만 것을 꿰매고 앉았다가 황급히 치마 뒤로 감춘다. 그것이 오라비의 눈에 들키고 말았다.

"그게 뭐냐?"

혁이는 달려들어 이손 저손으로 번갈아 쥐며 한사코 보이지 않는 것을 억지로 빼앗아 보았다. 정희 얼굴은 빨개졌다. 그 조그만 물건을 한참이나 말없이 내려다보던 혁이는 눈두덩이 뜨거워지는 것을 깨달았다.

😊 018회, 1931.09.02.

③ 혁이의 손에 쥐어진 것은 조그만 각시[人形]이었다. 연두저고리에 분홍치마를 입힌 각시는 손바닥 속에서 머리가 부러지고 허리가 무참히도 꺾어졌다.

"원 이게 다 뭐냐?"

혁이는 끔찍스러워서 각시를 방구석에 팽개쳤다. 정희는 장난감의 시체를 멀거니 내려다보고만 앉았다.

'여북이나 고적해야 저것을 만들고 앉았으랴? 오죽이나 어린것이 보고 싶어야 나이 삼십이나 먹은 여자가 저것을 만들어 마음을 붙여보려고 하랴?'

혁이는 누이의 마음속을 들여다보는 것 같았다. 둘이 다 어리고 어머니가 생존해 계셨을 때였다. 봄날 따뜻한 양지쪽에 앉아서 풀각시를 만들어가지고 머리를 쓰다듬어 주고 있는 정희의 등 뒤로 가서 지금처럼 그 각시를 빼앗은 적이 있었다. 정희는 어렸을 때부터 순하고 착하였다. 심술 사나운 오라비 앞에는 감히 달려들지 못하고 홀짝홀짝 울면서

"오빠가 내 각시를 빼앗아 갔다우."

하며 어머니에게 하소연할 뿐이었다. 그러면 어머니는 색상자 속에서 각시 옷감을 꺼내며

"다시는 뺏기지 말어라 응."

하시고 저고리 치마를 조그맣게 말아 주시던 것이었다. 그때 생각이 어제이런 듯 눈앞에 보는 것 같았다. 그 자애 깊으시던 어머니가 살아계셔서 오늘날 정희의 신세를 보실 것 같으면 얼마나 애달파 하실까? 하는 생각이 불현듯이 나고 근심이 가득한 어머니의 얼굴이 뵈옵는 듯해서 마음이 언짢아졌다.

'내가 왜 이렇게 센티멘탈해졌노?' 하리만치 거친 생활에만 젖어온 혁이로서는 오래간만에 느끼는 감정이었다.

정희는 무엇을 애원하듯이 오라비의 얼굴을 쳐다보고 앉았다. 정희 역시 오라비의 찌든 얼굴에서 아득히 지난날의 정다운 그림자를 비추어 보는 모양이다. 그 말없는 표정이 더한층 가엾어 보였다. 혁이는 이 당장에서 정희가 가장 기뻐할 말이 무엇일까 하고 찾아보았다.

"내 영호 데려다주랴?"

하였다.

"정말? 어떻게?"

정희는 꿈속에서 소스라쳐 깬 듯 귀가 번쩍 띄어 다가앉는다.

"오빠! 난 영호만 데리고 있으면….."

금세로 목이 메어 말끝을 여물리지 못하고 오라비의 소매에 매달리듯한다. 혁이는 바로 보기 어려워 눈을 꽉 감았다. 정희는 어린것을 데려다 볼 생각밖에는 없는 모양이다. 혁이는 누이를 빈말로나 위로해줄까 하고 '내 영호를 데려다 주랴?' 한 것인데 정희는 그립고 아쉬운 마음에, 정을 붙여 가지고 놀다가 잃어버린 구슬을, 찾아내라고 어른에게 보채는 어린애 모양으로 오라비를 조른다.

"영호만 데리고 있으면— 데리고 있지는 못하더라도 하루 한 번 고것을 만나보게나 해줬으면… 난 아무도 원망 안 할 테야요 평생을 이렇게 살아도 좋아요."

혁이는 '제 혈속이란 저렇게도 못 잊힐까?' 하면서도 선뜻 대답해줄 말이 없었다.

"오빠가 꼭 해주시려면 무슨 일은 못하시겠어요. 모두 남의 일처럼 아시니까 그렇지요"

반은 폭백하는 듯한 어조다. 오라비의 능력을 과도히 믿고 원망까지 하는 것이 혁이에게는 더구나 괴로웠다.

한편으로는 어려운 책임을 진 것 같아서 어깨가 무거웠었다.…전기불이 들어왔다.

안마루에서는 술이 거나하게 취한 동막집이 마루청을 장구 삼아

"인생 한 번 늙어지면… 아니 놀고 무엇하리."

암탉 모가지를 비트는 소리로 노랫가락을 부른다.

늙은 축들은 '좋다!' 하고 무릎을 치는 모양이다.

눈살을 찌푸리고 한참이나 침울하게 앉았던 혁이는

"얘!"

위엄 있는 목소리로 정희를 불렀다.

"좋은 일이 있으니 너 나 하라는 대로 할 테냐?"

"그러고 말고요."

"정말이냐?"

재처 묻고는

"그럼 앞으로 무슨 일이 생기든지 내 탓은 안 할 테지."

하고 뒤를 다졌다. 혁이의 얼굴에는 비상한 결심의 빛이 떠돌았다.

😀 019회, 1931.09.03.

④ 혁이가 이 세상에서 가장 미워하는 것은 투쟁(鬪爭)의 상대자보다도 억울한 일, 분한 일을 당하면서 반항하고 싸워 이기려는 의지(意志)와 용기를 가지지 못한 사람이다. 지렁이도 밟으면 꿈지럭거린다. 버러지만도 못한 인생은 짓밟혀 죽어도 아까울 것이 없다 하였다. 정희도 물론 그 중의 하나다. 그러나 정희의 경우에 있어서는 그 당자만을 미워할 수가 없다. 정희를 그와 같이 반역하려는 의식(意識)조차 갖지 못한 인생의 반편을 만들어놓은 죄는 시대와 부모와 가족제도가 마땅히 질 것이다. 그럴수록 반항할 능력이 없는 사람인 것을 번연히 알고서 압박하고 의식적으로 사람의 권리를 짓밟는 인간과, 특수한 계급에 처한 자가 한층 더 이가 갈리도록 미운 것이었다.

혁이가 누이의 억울한 사정을 동기로서 동정하는 것도 사실이지만 그보다는 김 장관의 집과 계훈이가 미워서 싸울 결심을 한 것이다.

불타는 의분(義憤)으로써 끝까지 승부를 결하기에는 여러 가지 곡절과 지금보다 이상의 비극이 정희의 신변에 일어날 것도 각오하고 있다.

다만 이제까지 정면으로 충돌하는 것을 피하고 백화원에서 계훈에게 욕을 보고도 참은 것은 다음날을 기다리기 위함이었다.

그러나 그 싸우는 결과가 분풀이는 될지언정 정희에게 유리하게 될 것 같지는 않다. 한 번 변한 계훈의 마음이 정희에게로 돌아오리라고 보증할 수는 없다. 원체 내외간에 사랑이 없는데다가 계훈의 눈은 높을 대로 한껏 높았고 생활과 감정이 하늘과 땅같이 판이한 다음에야 제삼자가 나서서 아무리 권고를 하고 또는 다른 여자와의 관계에 발기를 놓는다 하더라도 기적(奇蹟)이 나타나기 전에는 도저히 정희와 의취가 맞아질 수 없는 것만은 분명하다. 그나마 계훈의 성격이 제법 두 여자를 좌우에 거느릴 만한 포용성이나 있느냐 하면 그것은 절망이다.

이왕 정희는 희생을 당한 것이다. 그러면 앞으로 혁이가 싸워보려는 것은 정희의 원한을 갚아주기 위하여 김계훈이란 한 개인을 상대로 하는 것이 아닌 것은 물론이다.

묵묵히 앉아서 생각에 잠긴 오라비에게 일종의 위협을 느끼면서 정희는 나직이 입을 열었다.

"그럼 그이에겐 해가 돌아가지 않겠지요?"

"못난 소리 마라! 지금 네가 당하는 고통만큼은 계훈이도 당해야 옳지."

혁이는 정희가 아직까지도 계훈이를 마음 깊이 사랑하고 있는 것을 안다. 계훈의 신변에 위험과 불행한 일이 일어나지 않기를 바라는 것도 짐작하고 있다. 지금도 정희는 계훈의 행복을 자기의 행복으로 알고 일점

의 혈육인 영호로 말미암아서라도 계훈의 마음이 자기에게 돌아오고야
말 것을 믿고 있다. '시부모도 설마 언제까지나 나를 내버려두기야 하랴'
하는 생각도 없는 것은 아니다. 정희는 오라비가 '무슨 일이 있든지 다음
에 탓하지 않겠느냐'고 뒤를 다지는 말에 대답한 것을 후회하였다. 그러
나 옷고름만 매무작거리다가

"오빠…."

하고 간신히 입을 열고는 말을 꺼내지 못한다.

"못생긴 소리 마라!"

하고 당장에 윽박지를 것을 아는 까닭이다. 더구나 자기가 한 번 하려고
들면 곁의 사람이 콩으로 메주를 쑨대도 곧이듣지 않고 끝장을 내고야마
는 오라비의 성미를 꺾을 수는 없다.

"설마 오빠야 내게 해로운 일을 저질러 놓으실라고."

하고 막연히 믿고 스스로 안심할 뿐이다. 정희는 '설마'라는 가정(假定)을
미신처럼 믿고 살아왔고 또 살아간다.

"설마 시부모가…."

"설마 그이가…."

"설마 영호까지야…."

그러고 보니 오라비에 대한 '설마'가 또 하나 는 셈이다.

혁이는 아랫방으로 저녁상을 내려오라고 하였다. 찬 없는 밥이나마 두
남매가 머리를 맞모으고 앉아서 먹기도 오래간만이었다. 숭늉을 마실 때
까지 혁이는 아무 말도 아니했다. 그러나 앞으로 할 일을 여러 가지로 곰
곰 생각해보느라고 머리는 쉴 사이가 없었다.

"저녁에 볼일이 있어서…."

하고 혁이는 벌떡 일어섰다.

마당을 지나자 정 진사가 안마루에서 동막집의 무릎을 베고 누워 코를 드르렁 드르렁 고는 것이 아들의 눈에 언뜻 띄었다.

☺ 020회, 1931.09.04.

⑤ 혁이는 대문 밖으로 나섰다. 언제나 안 그런 것이 아니지만 집 대문을 나설 때에는 한 십여 일 구류를 당하다가 나오는 것처럼 시원하였다. 바깥으로 나간대도 무슨 신신한 꼬락서니라고는 얻어 볼 것이 하나도 없다. 그러나 유치장의 철창을 벗어져 나오는 것만 해도 우선 마음이 가뜬하였다.

아버지는 오래 살아서 걱정이요, 어머니는 일찍 돌아간 것이 원통하고, 어떤 아비는 자식이 원수같이 보기 싫고, 어떤 어미는 아들이 그리워 죽으려고 든다. 남편은 아내가 있다는 존재부터 창피하게 여기는데 그 아내는 과부가 아니 되었다는 명색만 가지고도 살려고 든다. 늙은 사람과 젊은 사람 사이에는 천 길이나 되는 함정이 파졌고 남자와 여자의 사이는 피차에 이따금 생리적으로 초점(焦點)을 맞추기 위한 도구(道具)의 교섭이 있을 뿐이다.

'지옥이다! 조선 놈의 가정이란 생지옥이다!'

어두침침한 골목 속에서 혁이는 새삼스러이 부르짖었다. 그러한 불평 덩어리를 제가끔 품고 있는 개인들이, 죽지 못해서 자고 먹기 위하여 기어드는 곳이 이른바 가정이요, 알맹이는 벌써 곯아터진 달걀껍질로 어부렁하게 쌓아 놓은 것 같은 것이 조선의 사회다.

서까래마다 뒤틀리고 기둥마다 밑동이 썩어 들어간다. 주춧돌 몇 개의 힘으로써 금방 사개가 물러나려는 집채를 언제까지나 떠받들고 있을 것인가!

'무너질 건 하루바삐 무너지려무나! 거꾸러질 건 당장에라도 거꾸러지고 말려무나!'

혁이는 길바닥의 돌멩이를 구두 부리로 힘껏 걷어찼다. 큰길로 나서면서도 혁이는 생각을 계속한다.

'이제까지 우리의 목표(目標)는 너무나 컸다. 눈앞에 닥치는 조그만 일은 거들떠보지도 않고 엄청나게 큰 것만 바라보고 대들었다. 그 결과 상한 것은 내 몸뿐이다. 이를테면 사람 없는 벌판에서 맹수의 떼를 만났다고 하자. 우리는 눈앞에 달려드는 조그만 새끼 짐승은 업신여겨 내버려두고 큰 짐승이 웅거하고 있는 굴(窟)을 향해서 돌을 던졌다. 활(弓)의 시위를 당겼다. 그동안에 조그만 짐승들에게 몸뚱이는 둘러싸이고 말았다. 눈은 아직도 먼 곳을 바라다보나 손발이 어느 틈에 꼼짝도 못하게 된 바에야 쓰러지는 수밖에 없다. 어리석었다! 과연 어리석었다!'

혁이는 저 혼자 흥분이 되어 지난 일을 뉘우쳤다.

'발등 위의 불부터 끄는 것이 순서다. 내 신변에 달려드는 놈은 크나 작으나 닥치는 대로 물어박질러야 한다. 큰 것만 바라다보고 주저하다가는 나 자신이 먼저 거꾸러진다.'

길거리에 어른거리는 수없는 전등불과, 어깨를 스치고 지나가는 사람이 혁이의 눈에는 어른어른하여 똑똑히 보이지를 않는다.

'김계훈이란 얼간망둥이는 조선이 어느 모퉁이로 돌아가는지도 모르는 한갓 부르주아의 자식이다. 대적하기에는 창피하도록 작은 인물이다. 그러나 실뱀 한 마리가 온 바닷물을 흐려놓는다고 그대로 내버려만 두면 정희와 같이 일평생을 희생당하고 그 칠피 구두 밑에 짓밟힐 사람이 앞으로 얼마가 되는지 모른다. 열 번 찍어 아니 넘어가는 나무가 어디 있더냐? 김가의 집 하나쯤 넘어뜨리기도 힘만 모으면 여반장이다!'

하였다. 혁이는 동관 넓은 길로 뚜벅뚜벅 걸어 올라갔다. 김 장관의 집 못미처까지 올라가려니까 앞을 딱 막아서는 사람이 있다.

"어디 가십니까?"

쳐다보니 홍룡이라고 부르는 정희의 유모의 아들이다. 유모가 정희를 따라 김 장관의 집으로 갈 때까지 혁이의 집 행랑채에서 자라난 젊은 인쇄직공이다.

"그렇지 않아도 홍룡이를 좀 만나려고 가는 길인데."

"그럼 잠깐 들어가실까요? 오늘 밤에 여럿이 모인다고 해서 가는 길이지만요."

"아니 내가 그 집에 들어가긴 싫은데… 나하고 좀 같이 걸으면서 이야기하지."

하고 혁이는 오던 길로 돌아섰다.

021회, 1931.09.05.

197

협박장

[1] 며칠이 지났다. 하루아침은 계훈이가 줄리아와 식당에서 아침을 먹고 위층으로 올라가려니까 사무원이 뒤를 따라오며

"긴상 잠깐만…."

하고 불러 세운다. 그들은 계훈에게 일본말이나 영어를 쓰는 것이었다.

사무원은 들고 있던 편지를 내밀면서

"이 편지가 부족으로 왔는데… 실례지만…."

부족을 물어달라는 말이다. 일전에 대여섯 장이나 하는 값싼 봉투에다가 피봉에는 먹 글씨로 '시내 조선호텔 제이십삼호 감방 내 김계훈 전"이라고 함부로 갈겼다. 겉봉 뒤에는 발신인의 주소 씨명도 없다. 계훈이는 편지를 안 받을 수 없어 받기는 했지만 당장에 구겨버리고 싶었다. 사무원은 비웃는 듯이 싱글싱글 웃으며 처분을 바라고 섰다. 계훈이는 바지 주머니에서 십 전짜리 백통전을 한 잎 꺼내서 사무원의 손바닥에 던져주고는 제 방으로 올라갔다.

"'제이십삼호 감방'이라니 여기가 감옥으로 알았더란 말인가? 어떤 놈이 이따위 장난을 했노"

하고 미리부터 불쾌한 것을 그래도 내용이 궁금해서 뜯어보았다.

"제번하고 급한 소용이 있으니 오는 ○○일까지 현금 ○백 원을 준비해놓아라. 물론 사사로 쓰려는 돈은 아니다. 만일 그 날짜에 우리의 청구대로 시행치 않거나 이 편지 받은 것을 경찰에 밀고하기만 하면 너희의 신변이 위험할 뿐 아니라 너와 서양 여자 사이에 가장 큰 비밀을 당자와 세상에 발표할 것이다. 돈을 받는 날 장소와 시간을 다시 통지하겠다."

반지에다가 굵다랗게 갈긴 글씨다. 편지 끝에는 사인인지 무엇인지 알 수 없는 것을 그려 놓았을 뿐이다. 계훈이는

"별 미친놈이 다 많다."

하고 편지를 북북 찢어서 방구석의 쓰레기를 담는 조그만 용수 속에다 틀어박았다.

곁에서 차를 마시고 앉았던 줄리아는 계훈의 행동이 수상하니까

"그게 무슨 편지에요?"

하고 쓰레기통을 바라다본다.

"어떤 놈이 장난을 했어."

"무어라구요?"

"그까짓 건 알아 뭐해."

핀잔을 주듯 하고는 눈살을 찌푸린다. 줄리아는 글씨를 못 알아보니까 더 궁금한 모양이다. 조선 여자에게서 온 것이나 아닌가 하는 의심도 없지는 않다. 계훈의 말대로 어떤 사람의 단순한 장난 같으면 그렇게 짜증을 낼 리가 없다. 수상하기는 하지만 다시 그 내용을 채근할 수도 없었다.

계훈이는 요즈음 독일서 온 음악잡지를 뒤적거리는 체하나 그 불쾌한

편지에만 마음이 켕긴다. 전자에도 발신인 모르는 편지를 몇 장 받은 일이 있었다. 그러나 그 내용인즉

"서양여자를 끼고 호텔에서 버티고 있기만 하면 세상이 태평할 줄 아느냐?"

그리고 편지 끝에는 바로 볼 수 없는 외설(猥褻)한 그림을 그려 보낸 것도 있었고

"서양 가서 음악만 배워가지고 오면 네 눈앞에 사람이 없느냐? 이 건방진 놈아! 다시 음악회에 나오기만 하면 다리를 분질러 놓을 테니 정신 차려라."

그런 따위의 이를테면 히야카시 편지였다. 계훈이 생각에도 음악회 날 분개해서 돌아간 학생들의 장난이거니 하고 문제도 삼지 않았다.

그러나 이번 편지만은 돈을 내라느니 비밀을 폭로하겠느니 한 내용을 보면 그 성질이 다르다. 협박장인 것이 분명하다. 또는 자기의 생활내용을 잘 알고 있는 사람의 짓이라고 짐작할 수밖에 없다.

돈을 변통해 놓으라는 날짜는 불과 닷새밖에 남지 않았다. 비록 한 조각의 종이쪽이라 하더라도 그대로 내버려둘 수도 없는 것 같았다.

😊 022회, 1931.09.06.

② 그날 밤 자리에 누워서도 계훈이는 잠을 이루지 못하였다. 보드라운 새털베개가 목침처럼 박히는 것 같고 용수철을 깐 푸근한 침대의 쿠션도 전날처럼 편치가 않았다. 이리 뒤척 저리 뒤척 하고 부스럭거리니까 곁에 누운 줄리아도 덩달아 잠을 자지 못한다.

"왜 어디가 불편하세요?"

하고 머리도 짚어주고 베개도 고쳐 베어준다. 그것이 도리어 계훈에게는 귀찮았다.

어느덧 밤은 깊었다. 밖에는 전차가 커브를 도는 소리조차 끊기고 넓은 호텔 안은 아래 위층이 죄다 잠이 들었다. 현관에 큰 시계가 새로 한 시를 친 지도 오랜데 대리석으로 깔아 놓은 층층대에 사람의 발자국 소리가 어렴풋이 들렸다. 그 소리가 위층으로 올라와서는 융탄자 위에서 저벅저벅하더니 계훈이가 자는 방문턱까지 와서 멈춘다. 조금 있으려니까 그 발자국 소리는 기다란 복도를 도느라고 아득히 사라지더니 얼마 안 있다가 계훈의 머리맡 들창 밖으로 '쿵' 하고 떨어지는 소리가 들렸다. 쇠난간을 붙잡고 베란다 위를 몇 번 왔다 갔다 하는 모양이더니 남향한 들창을 더듬더듬하다가 손잡이를 비트는 소리가 났다. 그 소리는 마치 교수대 위에서 사형당할 죄수의 목을 얽어놓고 검은 휘장 뒤에서 간수가 스위치를 트는 소리처럼 깊은 밤의 공기를 찢어질 듯이 긴장시켰다. 계훈이는 몸서리를 쳤다. 이불을 끌어 덮고 두더지 모양으로 이불 속으로 파고 들어갔다. 학질 앓는 사람처럼 온몸은 우들우들 사시나무 떨리듯 한다.

두어 번 그 지겨운 소리가 삐걱삐걱하고 나더니 덧문이 열리고 유리창이 안으로 덜커덩 하고 넘겨졌다. 밤바람이 쏴— 하고 방안으로 쏟아지듯이 흘러들었다. 계훈의 몸뚱이는 불에 그슬린 버러지처럼 옴찔하고 발과 머리가 이불 속에서 마주 닿았다. 그런데 이상한 것은 조금 아까까지 깨어있던 줄리아가 태연히 제자리에 누워 있는 것이다. 잠이 깊이 들어 있을 리도 없는데…꼼작도 아니하고 가슴까지 드러내놓고 반듯이 누웠다. 계훈이는 아래윗니[齒]가 딱딱딱 마주치는 것을 간신히 숨을 죽이고 있으려니까 들창 밖에서 시커먼 그림자가 둘이나 어른거리더니 그 중에 큰 그림자가 뒤를 휘휘 돌아다보고는 방 안으로 성큼 들어선다. 계훈이는 간이 콩만 해졌다.

시커먼 그림자의 주인공은 들어서자 방안의 동정을 살피는 모양이다. 캡을 쓰고 검정 보자기 같은 것으로 얼굴을 가렸는데 두 눈만 툭 불거져 나와서 이상스러운 광채로 번득인다. 그 무서운 눈방울은 회중전등처럼 이 구석 저 구석을 휘둘러보며 목적물을 찾는 모양이다.

발자국 소리가 침대의 주위로 몇 번이나 돌더니만 계훈의 머리맡에 와서는 멈춘다. 계훈의 머리는 줄리아의 발치에 틀어박혔다. 줄리아는 여전히 제자리에 반드시 누워서 눈을 곱게 감은 채 숨결 부드럽게 호흡을 한다. 첫 잠이 깊이 든 모양이다. 계훈이는 떨리는 손으로 줄리아의 발, 다리를 잡아 흔들었다. 그래도 달싹 아니하니까 꼬집어 뜯었다. 여전히 아무 감각이 없었다.

그때 복면한 사람은 별안간 둘이 덮은 이불자락을 활딱 벗겨 제쳤다. 희고 탐스러운 서양 여자의 나체와 그 발치에 여자의 두 다리를 끌어안고 볶아 놓은 새우처럼 온몸을 돌돌 말고 있는 계훈의 몸뚱이가 드러났다. 계훈이는 아무리 애를 써도 소리도 지를 수 없었다. 전기침에 찔린 것같이 몸도 움직일 수 없다. 복면한 사람은 계훈에게로 달려들더니 품었던 단도를 번쩍 뽑았다. 동시에 창 밖에 있던 조그만 그림자까지 달려들었다. 그것은 머리를 갈가리 풀어 산발을 한 여자였다. 그 여자는 발가 벗은 줄리아에게로 아귀 귀신같이 달려들었다. 서릿발 같은 칼끝은 계훈의 가슴을 겨누고 높이 쳐들었다. 내려찍으려고 벼르는 순간이다. 계훈이는 전신의 마지막 힘을 다하여

"으어—ㄱ"

하고 비명을 질렀다.

😀 023회, 1931.09.07.

③ 줄리아에게 어깨를 흔들려 일어난 계훈이는 얼굴과 등에 식은땀을 주르르 흘렸다. 열병이나 앓고 난 사람모양으로 얼굴빛조차 해쓱해졌다.

계훈이가 무슨 소린지 잠꼬대를 자꾸 하며 이불 속에서 허우적거리는 통에 줄리아는 깜짝 놀라 일어났었다. 계훈이는 한참만에야 정신이 들었다. 도깨비에게나 홀렸던 것처럼 눈을 멀거니 뜨고 방안을 둘러보았다. 단도를 뽑아들었던 남자와 머리를 풀어헤치고 줄리아에게로 달려들던 여자는 홀연히 그림자조차 사라지고

"왜 그러세요? 네? 나에요. 내가 여기 있어요."

하고 머리를 꺼두르며 줄리아가 놀라운 표정을 하고 눈앞에 있었던 것이다. 생각할수록 너무나 똑똑한 꿈이었다. 음악회에 출연하기 전에 연습을 너무 골똘히 하거나 심려되는 일이 있을 때면은 더러 가위를 눌려본 적이 있었지만 이번처럼 혼이 나기는 처음이다. 담 너머로 희미하게 들이비치는 전등불이, 머리맡 유리창에다가 얼룩덜룩하게 묵화(墨畵)를 치는 것이 아직도 무서웠다. 창틈을 새어드는 바람에 흰 휘장이 펄렁펄렁 날리는 것도 그 여자의 기다란 치맛자락만 같아서 고개를 돌렸다. 복면을 했던 사람은 얼굴의 윤곽이 몽롱하나 머리를 풀어헤친 여자는 확실히 정희였다. 공회당 음악회 날에 먼발치로 마주쳤던 우는 얼굴이 아니요, 육년 전 집을 떠날 때 중문간에 기대서서 섭섭한 것도 아니요 원망하는 것도 아닌 얼굴로 떠나가는 자기를 바라보고 있던 얼굴과 그 모습이 비슷

하였다.

평생 보지 말았으면— 하던 그 표정 없는 얼굴, 언제까지나 마음 한편 구석에 채를 잡고 앉아서 양심을 들볶는 그 얼굴! 그 지긋지긋한 환영이 꿈속에까지 찾아왔던 것이다.

"왜 그러셨어요? 꿈속에 사자하고나 격투를 하셨어요?"

줄리아는 계훈의 꼴이 가엾기도 하고 한편으로는 우습기도 하였다. '무슨 꿈을 꾸었기로 그다지 벌벌 떨고 식은땀을 흘리고 얼이 빠져 앉았을까?' 하고 바라다볼수록 계훈이가 도무지 사나이답지 않았다. 지나볼수록 마음이 약하고 신경질인 것은 알겠지만 그다지 얼뜨고 겁쟁인 줄은 몰랐다.

동정은커녕 도리어 업신여겨졌다.

"저번에 본 활동사진이 눈에 밟혀서…."

계훈이는 그제야 '휘유—' 하고 한숨을 몰아쉬며 우물쭈물 대답을 하였다. 그는 몽유병자(夢遊病者) 모양으로 머리맡으로 기어올라서·탁자를 더듬어 담배를 찾아서 붙여 물었다.

'내가 신경쇠약에 걸린 것이나 아닐까?' 하는 의문표를 저 자신에 붙여 보았다. 무슨 까닭이든지 기허(氣虛)해진 것만은 사실이라고 진찰도 해보았다. 그러나 삼백 원씩이나 월급을 먹는 유명한 쿡이 입속에서 슬슬 녹도록 요리하고 영양가치가 오히려 넘치는 양식만 하루 세 끼씩 다 지르고, 백설같이 깨끗하고 부드러운 더블베드 위에서 밤이 길어서 걱정일 만큼 잠을 자고, 보이를 두세 명씩이나 입의 혀같이 부리며 무엇 한 가지 아쉬운 일이 없는 생활을 하는 터에, 신경쇠약 같은 병이 걸리다니 그 원인을 알 수 없었다.

요전번 스투핀 사건이 있을 때에 너무나 오랜 시간을 극도로 흥분했던 까닭이나 아닌가? 하는 염려도 없는 것은 아니다. 전신의 신경줄이 가닥가닥 불에 타는 것처럼 긴장했었던 것이 암만해도 좋지 못했던 것 같았다.

줄리아는 아무 말도 안하고 하품만 두어 번 하고는 돌아 누워버렸다.

계훈이는 도리어 두 눈이 말뚱말뚱해졌다. 이런 생각 저런 생각이 휑한 머릿속으로 좁혀 들었다. 궐련을 곱빼기로 피어 물고는 '어차피 아주 깨끗하게 처단을 해버려야 하겠다. 하루바삐 정희와의 관계를— 민적까지도…' 하는 결론을 얻고야 다시 잠을 청하였다.

4 이튿날 아침 보이가 들어와서 방을 치기 전에 계훈이는 무슨 생각을 하였는지 그 전날 찢어서 용수에 틀어박았던 편지를 꺼내어 줄리아도 모르게 안 포켓에 감추었다.

아침을 먹은 뒤에 계훈이는

"집에 볼일이 있어 잠깐 다녀오마."

고 이르고 총총히 바깥으로 나갔다.

…김 장관은 열 시가 넘도록 기침을 하지 않았다.

안사랑은 그저 덧문이 첩첩이 닫힌 채로 있다. 청지기에게 물어보니 청지기 역시 밤을 새운 듯이 선하품을 하며 손길을 펴서 휘휘 저어 보인다.

"또 마—짱을 하신 게로군."

한 마디를 던지고 계훈이는 안채로 들어갔다.

김 장관은 근래에 외간 소문과 같이 저녁때만 지나면 깊숙한 안사랑의 덧문까지 안으로 잠그고 마—짱판을 벌였다. 모여드는 축은 이름을 발표하기는커녕 노름을 하러 다닌다는 소문만 나도 큰일이 날 사람들이다. 그러나 모 방면에 행세하는 이른바 거두(巨頭)들인 것은 틀림없다. 물론 현금을 걸어놓고 표면으로는 끝수내기를 하는 것이다. 적어야 몇 백 원, 많으면 수 천 원씩 지전뭉텅이를 손수 차고 가서 이르면 새로 한시 두 시요, 주인이 돈을 잃어서 몸이 달은 눈치를 보면 날밤을 홀짝 새우는 날도 적지 않다. 그러니 김 장관의 생활은 밤과 낮이 바뀌지 않을 수 없다. 큰 사랑에서 시중을 드는 상노들과, 참참이 다과나 밤참을 대령해야 하니까 차집과 반빗아치도 서너 사람이나 부엌 속에서 몸을 뒤틀면서 밤을 새우는 것이었다.

　　계훈이는 안대청 분합마루에 모자를 던지고 걸터앉으며

　　"어머니!"

하고 불렀다. 대방마님도 그때에야 조반상을 받은 모양이다. 덥지도 않은데 상머리에 모시고 서서 부채질을 하던 계집종이

　　"서방님 오셨습니다."

　　마님께 고하였다. 뚱뚱마님은 나이 오십이 훨씬 넘었건만 분을 하얗게 뒤발을 하고 대궐 나인처럼 남치맛자락을 휘감아 쥐고 대청에 나서서 집안일을 총찰하는 것이었다. 인력거에 앞뒤 패를 질러 출입을 할 때면 머리에 분실까지 놓아서 그럴 때마다 아랫것들이 구석구석이 모여 낄낄거리고 흉을 보는 것이었다.

　　"오늘은 일찌감치 출입을 했구나."

　　어머니는 상을 물리고 나서 발[簾]을 쳐들고 내어다 본다. 아들의 얼굴

을 물끄러미 보다가 갑자기 놀라며

"너 얼굴빛이 왜 저러냐? 몸이 거북하냐? 무슨 일이 생겼니?"

연거푸 묻는다.

"아니요."

계훈이는 귀찮은 듯이 대답을 하고

"얘 나 숭늉 한 그릇 다오."

계집종에게 명령하였다.

이따금 구수한 숭늉이 마시고 싶었던 것이다.

어머니는 마루로 나와 아들과 마주앉아서 이 사이를 쑤시며

"아닌 게 뭐냐? 두 볼이 다 쑥 들어갔는데— 이렇게 일찍 온 것도 이상하고…."

하고는 아들의 귀밑까지 다가앉으며

"너 아마 노랑머리하고 다퉜지?"

넌지시 묻는다. 그는 줄리아를 노랑머리라고 불렀다.

"아니요."

계훈이는 여전히 머리를 흔들었다.

"그럼 용돈이 아쉬워서 왔니? 그저께 백 원 가져간 걸 벌써 다 썼단 말이냐?"

돈 이야기가 나오는 바에야 "아니요" 하고 머리를 흔들 필요가 없다.

"아무리 숙식이 부드럽더라도 어쨌든 객지로구나. 만장 같은 내 집을 비워두고 왜 여관 구석으로 떠돌아다닌단 말이냐? 너도 적지 않은 오입이다. 그만 데리고 들어오너라. 양관은 요새 통 쓰지도 않으시는데…. 아무래도 제 어미 아비 그늘에 있어야 먹는 것이 살로 가느니라."

말이 다른 방면으로 틀어지니까

"어머니는 퍽도 성화를 허슈."

핀잔을 주듯 하고는

"오늘은 아버지한테 이야기할 일이 있어서 왔어요."

하고 외면을 해버렸다.

😊 025회, 1931.09.09.

5 "아버지는 아직도 일어나실랑 멀었다."

어머니는 못마땅한 듯이 사랑 편으로 입을 삐쭉해 보였다.

"큰일 났다. 주색잡기란 늙기에 혹하면 아주 빠지고 마는 법인데…. 허고한 날 마—쨩판을 벌이시니— 그나마 소일삼아 하시는 것도 아닌 모양이고 적지 않은 걱정이다."

계훈이는 어머니의 잔사설이 듣기 싫어서

"늙으나 젊으나 저 하고 싶은 것 하면 그만이지요 몇 백 년이나 살라고"

"너나 네 아버지나 이 집 전량이 '화수분'에서 솟듯 하는 줄만 아니 딱한 노릇이다. 근래엔 집안 꼴이 말이 아닌데 정신 차리는 사람이 하나나 있어야 하지 않느냐."

아들의 얼굴만 보면 몇 해나 벼르고 있었던 것처럼 잔소리(계훈에게는 잔소리로밖에 아니 들린다)를 퍼붓는데 귀를 막고 싶었다.

어머니는 더 바싹 다가앉으며 은근히

"이애야 그만 네 댁을 불러오자. 아무래도 귀밑머리를 맞푼 조강지처란 함부로 다루지 못하느니라. 어쨌든 이 집에 유공한 사람이 아니냐? 나도 늙어서 이젠 살림이 힘에 부치고…. 죄 없는 사람한테 그렇게 죄악을 하면 네 신상에도 좋을 것이 없느니라. 첫째 영호란 놈이 어미를 찾아달라고 보채는 게 애처로워 차마 볼 수가 없구나. 요새는 유모가 데리고 유치원엘 다니니까 좀 덜한 모양이다만…"

입에 침이 고일 사이도 없이 듣기 싫은 소리를 쏟아 놓는다. 줄리아를 집으로 데리고 들어오랬다가 금세 그 입으로 정희를 도로 불러오자고 하니 어머니의 말은 종잡을 수가 없었다.

"쓸데없는 말씀 마세요. 다시 데려올 테면 애당초에 보내지를 않았게요. 내버려두고 시량이나 대주시구려."

계집애처럼 톡 쏘아붙였다. 그러다가 큰 사랑에서 왝─왝─하고 유난히 양치질하는 소리가 나니까 구두짝을 찍찍 끌고 사랑으로 나가버렸다.

김 장관은 수건질을 하다가 아들을 흘깃 쳐다보고 그때야 세수를 하는 것이 아들에게도 면구스러운 듯이

"밤중까지 손들이 안 가서"

군소리하듯 묻지 않은 변명을 한다. 계훈이는 아버지를 따라 방으로 들어갔다. 상노가 방을 치는데 반침구석에 흐트러진 마─짱 짝이 눈에 띄었다.

장관은 반 넘어 빠진 대머리에 빗질을 하고 여송연 끝을 질겅질겅 씹어 상노가 켜 올리는 불에 붙였다. 파란 연기를 뿜고 안석에 기대어

"왜?"

하고 아들에게로 턱을 쳐들었다.

"넌 좀 나가 있거라."

계훈이는 상노를 물리쳤다.

"어떤 놈이 장난을 했는데요. 내버려 둘 수도 없어서…"

안주머니에서 조각이 난 편지를 자개문갑 위에 모아서 내밀었다. 장관은 다붙은 목을 자라처럼 내밀고

"그건 또 뭐냐?"

편지를 한참이나 들여다보더니 눈살을 잔뜩 찌푸리고 입맛을 쩍쩍 다신다.

"단순한 장난 같지도 않지요?"

계훈이는 아버지 의향을 떠보았다. 장관은 그 편지를 접어서 보료 밑에다 집어넣고

"내게 맡겨두어라. 이런 일은 따로 맡아 보아주는 사람이 있으니까…."

자기도 종종 그런 편지를 받는 눈치였다. 계훈이는 '그런 일까지 따로 맡아서 처리하는 사람이 다 있구나' 하고 아버지가 처세하는 것이 빈틈없이 굼튼튼한데 감심하였다. 장관은 사방침에 팔베개를 하고

"양관이 비었으니 내일이라도 집으로 끌고 들어오너라. 그런데 오래 있는 게 재미없어."

하고 수염을 꼬아 올리며 위엄을 꾸몄다.

026회, 1931.09.10.

6 돈을 내라는 날이 왔다. 세력 있는 아버지가 뒷배를 보아준다 하더라도 폭력단이 불시에 우르르 쳐들어올 것만 같아서 계훈이는 아침부터 불안하였다. 바지 주머니에 두 손을 찌르고 방 안을 거닐려니까 보이가 요전번과 똑같은 봉투의 편지를 가지고 올라왔다. 이번에는 속달우편으로 왔다. 계훈이는 가슴이 털컥 내려앉았다. 편지를 받는 손은 약간 떨렸다. 줄리아에게는 등을 향하고 편지를 부—ㄱ 찢었다. 눈은 황급히 종이

위를 달렸다. 저번과 똑같은 글씨다.

"오늘 오후 여덟 시 정각에 장충단 연못가로 현금을 가지고 오라. 당자 이외에 사람을 데리고 오면 위험할 것을 각오하라."

라는 내용이다. 계훈이는 편지를 바지 꽁무니에다 구겨 넣고 안락의자에 털썩 주저앉았다. 편지가 올 때마다 수상한 눈치를 본 줄리아는 눈을 파랗게 뜨고

"그게 무슨 편지에요? 난 못 볼 비밀이에요?"

질문하듯 한다. 계훈이는 잠깐 망설이다가 의혹을 사는 것보다는 털어놓고 이야기를 해서 오해를 푸는 것이 좋겠다 생각하고 돈을 내라고 공갈을 한편지의 내용을 이야기해서 들려주었다. 줄리아는 잠자코 고개만 끄떡였다. 김 장관이 조선서 제일가는 세력과 재산을 가진 사람인 줄만 아는 줄리아는 계훈이가 "아버지가 맡아서 처리해줄 테니 염려 말라"고 하더란 말을 듣고는 그다지 걱정은 되지 않는 눈치였다. 그래도 어쩐지 '오늘밤은 호텔에 있지 말고 어디로 피해갔으면' 하였다.

문을 똑똑 두드리는 소리가 나더니 보이가 또 들어선다. 두 사람은 우선 보이의 손을 살폈다. 편지는 없었다.

"댁에서 전화가 왔는데 곧 나와 받으시랍니다."

보이의 뒤를 따라가 받으니 김 장관이 친히 건 전화였다. 전화로 아버지의 목소리를 듣기는 처음이다.

"양관을 다 치워 놓았으니 오늘 해를 넘기지 말고 급한 것만 꾸려가지고 오라."는 명령이었다. 계훈이는 아니 간다고 할 수도 없었다. 전화가 끊기려 할 때에

"저 그 편지가…."

하다가 좌우를 돌아보고

"또 왔어요."

하였다.

"내버려 두라니까 그러는구나. 편지만 없애지 말고 곧 가지고 와!"

대답할 사이도 없이 전화는 탁 끊어졌다. 계훈이는 줄리아에게 전화 내용을 보고하였다.

"여기 더 있으면 피차에 편하지만…. 줄리아에겐 여간 미안한 게 아니지만…."

사정 이야기를 해서 양해를 구해보았다. 줄리아는 고개를 비꼬고 잠깐 생각해보더니

"난 좋아요"

하고 쾌히 승낙을 하였다.

제가 고집을 하다가 무슨 일이 생길는지 보증할 수 없고 하루 한 번씩이나 오는 스투핀의 전화를 받기도 대단 거북한 일이었다. 스투핀은 그 뒤에 매일같이 전화를 걸었다. 보이와 무슨 짬짜미가 있는지 계훈이가 외출했을 때면 전화가 걸렸다.

"그날은 참 미안했습니다. 실례가 많았습니다."

하는 말을 두고두고 곱삶는 것이었다. 나중에는 차나 같이 마시고 싶다느니, 산보하러 나갈 수 없느냐느니, 당신의 목소리만 들어도 온종일 유쾌하다느니 하며 아주 연애하는 사람에게나 하는 말을 기다랗게 늘어놓았다. 줄리아는 듣다 못하여 '실례합니다' 하고 끊어버렸다.

그럴 때면 스투핀은 계훈이가 들어온 줄만 짐작하였다. 또 한 가지 호텔을 그만 떠나보고 싶은 것은 아침에 한 시간쯤 피아노를 두드려보고

읽고 난 잡지나 되풀이하다가 그것도 싫증이 나면 쇠털같이 많은 날을 진종일 맞붙어 앉아서 트럼프 장난이나 하는 것이 인제는 아주 진력이 났다. 장소를 옮기면 기분도 변하고 새로운 자극도 받을 수 있을 성싶었다. 또 한편으론 더럽기는 하나 조선 사람과 생활을 같이 해보고 싶은 호기심도 없지 않았다. 그러나 김치 깍두기를 입에도 못 대는 터라 음식만은 제 손으로 만들어 먹어야겠으니까 그 준비만 해달라는 조건으로 호텔을 떠났다.

저녁 안으로 떠나가느라고 부랴부랴 짐을 묶었다.

7 자동차 두 대로 짐을 옮겨다놓자 숨도 돌릴 사이가 없이 아버지는 아들을 불렀다.

"응접실에서 아까부터 너를 기다리는 사람이 있으니 나가보고 묻는 대로 경과를 이야기한 뒤에 그 사람이 지휘하는 대로 하라"는 분부다.

응접실에는 범인 잡는 데는 귀신같다는 삼정(三井) 경부가 부하 한 명을 데리고 와서 기다리고 있었다. 협박장을 보낸 조그만 사건쯤에 자진해서 출동할 사람이 아니지만 김 장관의 집일이라면 청지기 이상으로 대소사를 보살펴주고 김 장관이 당일 다녀올 데를 가도 그는 정거장까지 나와서 전송을 하고 마중을 나왔다. 명절이라든지 정초에는 누구보다도 먼저 김 장관 집에 인사를 오고 코가 땅에 닿도록 세배를 하는 겸손하고 친절한 사람이다. 김 장관도 서투른 사람이 오면 김 장관은 신분 여하를 물론하고 면회를 거절하건만 삼정 경부에게만은 무상시로 출입하는 것을 도리어 반겼다. 그러나 그 두 사람 사이의 관계는 당자 두 사람밖에는 아는 사람이 없다.

계훈이가 응접실로 들어서자 삼정 경부는 허리를 굽혀 상관에게나 인사하듯 꼬박이 예를 하였다. 명함을 통하고 계훈의 재주를 한껏 추켜올린 뒤에 유창한 조선말로

"요새 시국을 표방하거나 주의를 팔고 재산가들에게 협박장을 보내는 나쁜 놈들이 있어서 대단 유감입니다. 그런 자는 앞으로도 엄중히 취체할 방침이니까"

하고 양미간을 찌푸리더니 안주머니에서 편지 두 장을 꺼내 놓는다. 협박장이 벌써 그자의 수중으로 들어간 데는 계훈이도 놀라지 않을 수 없었다. 삼정이는 누구와 척진 일이 있고 없는 것을 묻고 편지를 받은 일 날짜와 시간과 그밖의 지난 일을 미주리고주리 캐어 묻고는

"그럼 오늘 저녁 꼭 여덟 시에 이것을 가지고 장충단으로 가서 기다리시오."

손가방에서 꺼내는 것은 지전뭉텅이다. 받아서 엄지손으로 훑어보니까 겉에는 앞뒤로 십 원짜리 지전을 덮었으나 속에는 수십 장이나 되는 휴지를 지전처럼 오려서 배접을 한 것이다.

"아무 염려 말고 먼저 가서 연못가에서 거닐고 있으면 누구든지 돈을 받으러 오는 사람이 있을 테이니 아무 말 말고 그자에게 넌지시 주고만 돌아오시오."

그리고 나서 주의할 일을 또 몇 가지 일러준다. 똑같은 말을 몇 번이나 부탁하고 머리를 열 번 스무 번이나 숙이고는 부하를 데리고 나갔다.

…계훈이는 발이 내키지 않는 것을 누구의 명령이라고 거역할 수도 없어서 여덟 시가 좀 못 돼서 전차로 장충단 공원 앞에 내렸다. 저편 쪽

어귀에는 누가 타고 왔는지 운전수도 없는 자동차 한 대가 머물러 있다.

계훈이는 시킨 대로 지전뭉텅이를 품고 연못을 향하여 천천히 걸었다. 그러나 발이 저절로 걸어갈 뿐이요 몸뚱이는 뒤에서 무엇이 끌어당기는 것 같았다.

공원 안은 황혼이 지나서 검푸른 숲 사이에는 전등불이 구석구석이 끔뻑거린다. 사람은 운동장 근처에서 희뜩희뜩 보일 뿐이요 연못가에는 그림자도 없었다. 쏴—하고 바람 부는 소리만 들려도 등덜미가 선뜩하고 가랑잎만 밟혀도 머리끝이 쭈뼛한다. 어두침침한 숲 사이에서 '이놈 게 있거라' 하고 시꺼먼 사람이 달려드는 것만 같아서 조마조마해 견딜 수가 없다. 그러나 내친걸음이라 어느덧 연못가까지 왔다. 가슴속에서 두방망이질을 하는 것을 간신히 진정하고 다리 위에서 서성서성 하려니까 버스럭거리는 소리가 나더니 다리 밑에서 캡을 푹 숙여 쓰고 검정 학생복 같은 것을 입은 노상 젊어 보이는 사람이 난간을 붙들고 선뜻 뛰어오른다. 그 사람은 말없이 계훈의 앞으로 바싹 다가서더니 좌우를 휘휘 둘러보더니 손을 불쑥 내민다. 계훈이는 얼떨결에 벌벌 떨리는 손으로 지전 뭉치를 꺼내주었다. 그 사람은 사냥하는 매(鷹)가 새를 채치듯이 날쌔게 지전 뭉치를 빼앗아가지고는 몸을 날려 다리 밑으로 뛰어내렸다. 동시에 여기저기 숲 속에 매복했던 시꺼먼 사람들이 뛰어나와 그 뒤를 추격한다. 청년은 앞장을 서오는 자를 본때 있게 메어다꽂고 언덕 위로 쏜살같이 치달았다. 조금 있다가 숲 속에서는 호각 소리가 획—획— 났다.

028회, 1931,09,12.

215

산송장

1 정희는 며칠째 몸이 불편해서 자리에 누웠다. 어느 한 군데 몹시 아픈 것도 아니건만 기동할 수 없을 만치 전신이 나른하고 머리가 무거웠다. 눈을 붙이면 꿈자리가 사납고 깨어도 정신이 들지를 않았다. 혁이가 지어다준 한약을 두 첩이나 먹었으나 약 먹고 조섭한다고 나을 병이 아니었다. 정희는 이렇게 시름시름 소리 없이 앓다가 잠들 듯이 죽어버렸으면 하였다. 그러나 죽는 것은 더구나 임의로 못하는 노릇이었다. 진종일 볕을 보지 못하고 장마에 물이 새어 얼룩이가 진 천장과 빈대 피묻은 바람벽만 멀거니 바라다보고 누웠으니 숨 쉬는 송장이요 굳어지지 않은 '미라[木乃伊]'다.

혁이는 바쁜 일이 있는지 이틀 사흘씩 아니 들어왔다. 무슨 일이 생겨서 또 몸을 피해 다니는 것 같기도 하였다.

…저녁때가 되어서 이 골목 저 골목에서 두부장사 외치는 소리가 들리는데 뜻밖에 영호가 벤또 소리를 달랑달랑 내며 뛰어들었다. 대문간에서부터 엄마를 부르며 유모의 손을 끌고 들어왔다. 참당나귀가 주막을 그저 지나가지 못하듯 그날은 유치원에서 동물원으로 원족들을 갔다가

돌아오는 길에 정 진사 집 앞을 지나려니까 영호가

　"저기가 엄마 집이다. 우리 엄마 저기 있다!"

하고 동무들에게 손가락질을 하며 자랑하더니 깡충깡충 뛰어 골목 안으로 앞장을 서서 들어왔던 것이다. 영호는 안채에 있는 사람은 본 체도 아니 하고

　"엄마!"

하고 아랫방 미닫이를 열어젖혔다. 정희는

　"너 웬일이냐? 너 혼자 왔니?"

　일어나 바깥을 내어다보니 유모가 따라 들어온다. 유모는 정희를 보기만 하면 눈두덩이 슴벅슴벅해져서 우는 얼굴이 되는 것이 인사였다. 영호는

　"엄마 어디 아프우?"

　엄마의 무릎 위에 올라앉으며 흐트러진 머리를 쓰다듬어준다. 정희는 한숨을 섞어 나직이

　"아니다"

하고 메고 있는 가방을 벤또 뚜껑을 열어보았다. 밥을 하나 아니 남기도 먹은 것을 보니까 군것질 안 한 것이 우선 신통하였다.

　"참 엄마! 그이가 저… 참 아버지가 양녀하고 집에 와서 산다우. 그게 어저께유?"

　유모에게 묻는다. 유모는 고개를 끄덕여 보인다.

　"영감마님께서 들어오라고 허셨대요."

　유모는 자기에게나 무슨 잘못이 있는 듯이 자세한 말을 해서 들려주고 싶지가 않았다.

"그런데 저어 그 아버지가 양관에서 양녀하고 자겠지. 그런데 할머니는 나더러 거기는 가지 말구 그래. 왜 그러우?"

"내가 어떻게 아니? 할머니께 여쭤보렴."

정희는 무어라고 대답하기가 어려웠다.

"그러구 또 집을 짓는다나. 또 그러구 아침엔 번쩍번쩍하는 그릇을 자동차로 막 사와서"

영호가 줄 없는 전화통이다. 눈에 띄는 대로 주위들은 대로 말이 모자라면 손짓 발짓으로 시늉을 해가면서 보고를 한다.

정희는 여전히 고개만 끄덕여 보일 뿐이다. 시름없이 앉아 있는 것이 어린애 보기에도 가엾은지

"내 창가 할까? 유희도 새것 또 배웠다우."

하더니 발딱 일어나서 꾸벅하고 예를 하고 나서

"여보 여보 거북님 내말 들어보"

하다가 금세

"뽀 뽀 뽀 하도 뽀뽀"

하더니

"둥근 달 밝은 밤에 바닷가에는 엄마를 찾으려고 작은 물새가…"

하며 고사리 같은 손을 쥐었다 폈다 하면서 유희를 제법 어우러지게 하다가 그만 말을 잊어버렸나 손가락을 물고 서서 고개를 갸우뚱하고 생각하는 모양이 한 입에 꼴딱 삼키고 싶도록 귀여웠다. 정희는 영호를 덥석 껴안고 소리를 내지 않으려고 애를 쓰면서도 흑흑 느꼈다.

🙂 029회, 1931.09.13.

② 정희는 또 한 가지 희망이 뜻밖에 끊어졌다. 이제까지 누구에게든지 입 밖에 내지는 않았지만 속생각으로는 계훈이가 양녀를 집에까지 끌고 들어오지는 못할 줄 알았다. 손이 들이곱지 내곱는 법 없다고 아무리 자기네의 귀한 외아들이기로서니 명색만이라도 며느리가 눈을 뜨고 멀지 않은 곳에 살아있는 터에 십여 년이나 한 솥에 밥을 먹던 정리로나, 일가친척의 시비가 성이 가시어서라도 오랑캐 계집을 큰집에는 발도 들여놓지 못하게 할 줄만 알았다. 유학을 갔다가 돌아오면 으레이 본처를 이혼하고 멀쩡한 집을 뜯어고치는 것이 그들의 가장 긴급한 사업이라는 말은, 들어왔지만 계훈이와 줄리아의 관계는 첫 서슬이니까 잠시도 떨어지지를 못하는 것이지 몇 달만 지내고 보면 인정풍속도 딴판인데다가 호랑이 새끼를 길들이는 것 같아서 조만간 제 나라로 달아나고야 말 것이라고 믿었다. 그 뒤에는 남편이 고적해서라도, 또는 핏줄이 켕겨서라도 어린것에게 정만 붙이게 될 양이면 자연히 줄이 달려서 자기도 옛날의 금슬을 회복할 수 있으려니— 하고 막연하게나마 심중에 믿어왔던 것이다. 정희는 마음 변한 남편보다도, 사정 모르는 양녀보다도, 시부모가 야속하였다. 작죄한 것이 없으면서도 그들의 눈앞에서 거적대죄를 하고 몸부림을 쳐가며 실컷 통곡이라도 하고 싶은 생각에 가슴이 벅차올랐다. 그러나 정희는 제 마음을 꼬집어 뜯으며 참았다. 지금 품안에 안겨 있는 어린것에게까지 제 설움을 물려주는 것 같아서 쏟아지려는 뜨거운 것을, 눈방울을 굴려 눈두덩 속에서 으깨어버렸다.

멋모르는 영호는 원숭이가 이 나뭇가지에서 저 나뭇가지로 뛰어다니며 놀듯이 엄마의 무릎으로 유모의 등으로 안겼다 업혔다 하며 갖은 재롱을 다 부린다. 며칠만 데리고 있으면 제집 일은 까맣게 잊어버릴 것 같았다.

유모는 영호를 업고 끄덕끄덕 하다가

"아씨! 그런데 흥룡이가 이틀째 집에 들어오지를 않으니 웬일인지 궁금해 죽겠어요. 인쇄소로 쫓아가 물어봐도 거기도 안 왔다는데. 추축해 다니는 애들 집에를 가 봐도 모두 못 만났답니다그려. 술은 근처도 못가고 더구나 잡기란 손에 대지도 않는 애가 무슨 낭패스러운 짓을 했을 리도 만무한뎁쇼…. 어젯밤도 앉은 채로 꼬박이 새웠어요."

한숨을 치쉬고 내리쉬고 한다.

"염려 마우. 제 지각 다 난 사람이 설마 어떨라고 오늘이래도 들어오겠지. 걱정 마우."

정희는 그제야 입을 열어 유모를 위로해주었다. 흥룡이는 유모가 데리고 들어와서 정 진사 집에서 눈칫밥을 먹여 기른 천덕구니의 자식이지만 자라갈수록 위인이 범상치 않았다. 정희와는 유모의 젖을 나눠먹고 자라났으니까 반상의 구별만 없으면 의남매라도 했을는지 모를 만큼 정이 들었다.

속으로는 남유달리 가까운 사이건만 한 사람은 '흥룡아' 하고 해라를 하고, 한 사람은 '아씨'라고 불러야만 하는 것이었다. 그러다가 정희가 시집을 간 뒤로부터는 피차에 서름서름해질 수밖에 없었다. 더구나 흥룡이는 김 장관 집에서 행랑살이를 하게 된 뒤부터는 외양만으로라도 상전과 비복과의 구별이 없을 수 없었다.

흥룡이는 한 달에 이십 원 남짓한 돈에 목을 매달고 인쇄소에 다니는 이름 없는 직공이다. 그러나 조합에 들어가서는 중요분자요 열렬한 투사(鬪士)였다. 어머니의 속을 태운 것이라고는 동맹파업에 앞장을 서다가

서너 번이나 유치장 신세를 진 것밖에 없었다. 나이 스물다섯이나 되도록 장가를 안 들었다. 유모가 혼인말만 꺼내면

"왜 어머니가 더 급허슈?"

하고 입을 다물어버리는 것이었다.

030회, 1931.09.14.

③ 유모는 무슨 이야기를 하려고 말을 입 속에다 넣고 우물거리더니 정희의 앞으로 다가앉으며 귓속 하듯

"그런데 이상한 일이 있어요. 저번 날 저녁에 이 댁 서방님이 오셔서 흥룡이를 골목 밖으로 불러내가지고 한참이나 쑤군쑤군하시는 눈치더니 그 이튿날부터 그 애가 안 들어와요."

슬그머니 혁이의 탓을 한다.

"글쎄 오빠는 흥룡이 이야기만 나면 믿음성스럽고 건실한 사람이라고 칭찬을 하시니까…그렇지만 흥룡이를 데리고 무슨 위험한 일이야 하실라고"

"아예 입 밖에도 내지마세요. 그 애는 제 동무가 찾아 왔었다고 쉬— 쉬— 하는 걸 내가 목소리를 듣고 짐작한 것이니까요."

유모의 얼굴은 적잖은 근심이 주름을 잡았다.

…영호는 전기불이 들어올 때까지 가려고만 하면 발버둥질을 치며 엄마의 손과 옷자락을 감아쥐고 놓지 않았다.

"네가 그렇게 심술을 부리고 어른의 말을 안 들으면 이담엔 다시 못 오게 할 테다."

그 말은 영호에게 큰 위협이었다. 달래도, 얼러대도 막무가내로 떼를

221

쓰다가

"내일 또 데려다 주마"

하는 말을 듣고 몇 번이나 다짐을 받고야 간신히 떨어졌다. 영호는 대문 간으로 나가면서 엄마를 다시는 만나보지 못할 것처럼 뒤를 돌아다보고 돌아다보고 한다. 생선처럼 팔딱팔딱 뛰놀던 어린것이 금세로 풀이 죽어서 고개를 폭 수그리고 훌쩍훌쩍 울면서 주먹으로 얼굴을 가리고 쫓겨나가는 뒷모양을 정희는 차마 볼 수가 없었다. 영호가 대문턱을 넘기도 전에 미닫이를 탁 닫아버렸다.

정희는 졸지에 지옥의 밑바닥으로나 떨어진 것 같았다. 화—ㄴ한 전깃불 밑으로 캄캄한 고적의 밤이 정희의 가슴속으로 옥죄어 들었다. 그때에 안채에서 동막집이 혁이의 아내를 데리고 또 잔소리판을 벌이는 모양이다. 정희는 일어나 덧문을 첩첩이 닫고 불까지 꺼버렸다. 산송장은 다시 관(棺) 속으로 찾아들어가려는 것이다.

─부모가, 더구나 어머니가 자기의 피와 살을 나눈 자녀에게 대한 사랑! 그것은 인생에게 있어서 또는 생물에게 있어서 가장 원시적(原始的)인 굳센 힘이다. 하늘이 무너지고 땅덩이가 갈라지는 한이 있더라도 목숨이 끊어지는 최후의 순간까지 변하지 않는 것은 자애(慈愛)가 있을 뿐이다.

자기의 혈속을 위해서는 물불을 사리지 않는 자기희생과 용기는, 잔약한 여성에게서만 볼 수 있는 이적(異蹟)인 것이다.

사랑은 인생의 영혼을 지배한다. 뜨겁고 깨끗하고 변함이 없는 사랑은 우리에게 둘도 없는 가장 거룩한 행복이다!

그 행복을 빼앗는 놈이 누구냐? 거룩한 에덴의 동산을 진흙발로 짓밟는 것이 어떤 놈이냐? 농민과 노동자의 피와 땀의 결정(結晶)으로, 손가락 하나 움직이지 않고 앉아서 맘 편하게 사는 그런 놈들이 [中略] 적(敵)이라 할 것 같으면 저 한 개인의 정욕을 채우기 위하여 또는 체면을 세우기 위하여 직접 혹은 간접으로 죄 없는 사람의 영혼을 들볶고 인생의 거룩한 본능(本能)을 짓눌러서 피가 식지 않은 사람을 산송장으로 만드는 그 상대자도 특수한 계급과 함께 우리의 적이 되지 않을 수 없는 것이다.

밥을 빼앗기는 것과 사랑을 빼앗기는 그 설움은 마치 한 가지다. 먹기만 하면 사람은 살 수 있다. 그러나 사랑을 모르고 사는 인생은 돼지의 사촌이다.

이것은 움직이지 못하는 자연의 법칙이요 또한 진리(眞理)다.

그러나 정희는 그 상대자를 미워하지도 원망하지도 못한다. 더구나 계훈이를 적으로 삼아 싸우려는 생각은 털끝만큼도 없다. 그러면 정희라는 여자에게는 신경과 뼈가 없느냐하면 그렇지 않다. 아직도 마음 깊이 계훈이를 사랑하고 일생을 의탁하려는 생각이 변하려도 변하지를 못하는 까닭이다. 희미하나마 한 줄기 희망이 정희에게 일찌감치 독약사발도 안겨주지 않는 것이다.

빈대 소동

☐ 줄리아가 조선집으로 들어온 지 사흘 되는 날 양관에서는 적지 않은 소동이 일어났다. 그 전날 밤중부터 몸이 근질근질해서 잠이 들지를 않았다. 어깨가 뜨끔하다가는 발바닥이 가렵고 발바닥을 한참 긁고 나면 등허리가 스멀스멀해진다. 불을 켜고서 요 이불을 뒤쳐보고 침의를 털어 보아도 아무것도 눈에 띄는 것은 없는데 다시 눕기만 하면 새털 끝으로 겨드랑이와 다리 사이를 간질이는 것 같았다. 이따금 바늘 끝으로 찌르는 것처럼 따끔하게 쏘는 놈도 있다. 고생 고생하다가 새벽녘에야 눈을 붙여 보려니까 이번에는 동침을 맞는 것처럼 뜨끔해서 잠결에 벌떡 일어났다. 골이 머리끝까지 올라서 근처를 모조리 검사하다가 희멀끔한 넓적다리에 들러붙은 이상한 버러지를 발견하였다. 벼룩이란 것은 서양 가극(歌劇)에도 <벼룩이 노래>까지 있어서 알았지만 빈대는 보았을 리가 없다. 줄리아는 경풍하는 사람처럼 '앗' 소리를 질렀다. 징그러워서 손은 대지도 못하고 큰일이나 난 듯이 곁에 누운 계훈이를 잡아 흔들었다.

난생 처음으로 자양 많은 서양 여자의 맛있는 피를 실컷 빨아먹은 커다란 빈대는 희고 보드랍고 살이 통통히 찐 줄리아의 넓적다리로 흐벅진

궁둥이로 유유히 식후의 산보를 하는 중이었다. 계훈이는 줄리아의 과장된 행동이 우스웠다.

"그건 '빈대'라는 조선의 특산물로 유명한 것인데 이제야 인사를 했구면…."

하고 빈대를 소개하였다. 줄리아가 빈대를 종이에 싸서 내버리려니까 '툭' 하고 소리가 나더니 새빨간 피가 터져 나오면서 지독한 냄새가 코를 찔렀다. 줄리아는 콧등에 주름을 잡으며 질겁을 해서 종이를 내던졌다. 그 고약한 냄새가 손에서도 나고 온몸에 배어든 것 같아서 구역이 난다. 당장에 제 가죽을 한 꺼풀 벗겨버리고 싶었다. 가방에서 무슨 약을 꺼내어 빈대에게 키스 당한 자국을 바르고 손을 닦느라고 야단법석이 났다.

김 장관이 쓰던 침대는 좁고 더러워서 새 침대를 주문했는데 아직 가져오지를 않아서 할 수 없이 줄리아는 마룻바닥에 자리를 깔고 잤던 것이다. 땅바닥에서 잠을 자보기도 생후 처음이다. 천장이 까맣게 높아 보이고 땅바닥이 솟아오르는 듯해서 첫날은 역시 잠을 이루지 못하였다. 자리는 호텔에서 덮던 것을 가지고 온 것이니까 물것이 있을 리가 없지만 큰 사랑 반침에서 옮겨다 놓은 양복장에서 틈틈이 끼어 있던 주린 빈대가 살 냄새를 맡고 일시에 습격을 하였던 것이다. 줄리아는 변소에 뿌리는 석탄산수를 갖다가 한 동이나 풀어서 전염병자나 죽어나간 방 모양으로 양복장과 세간을 소독물로 목욕을 시키고야 조금 안식을 하였다.

조금 있다가 안채에서 계집종들이 교자상을 마주 들고 나왔다. 아직 서양식 주방의 준비가 덜 되어서 청목당 같은 데서 음식을 시켜다 먹다가 오늘은 조선 음식을 처음으로 먹게 된 것이다. 계집종들이 줄리아 앞을 스치고 지나갈 때 땀에 전 머리냄새가 혹 끼쳐서 속이 또 아니꼬웠다.

행주치마가 벌어지면 꾀죄죄한 때 묻은 속옷자락과 무릎을 꿇을 때면 새 까만 버선바닥이 줄리아의 눈에 띄었다. 그럴 때마다 그는 고개를 돌렸다. 보이는 것마다 구역이 나지 않는 것이 없어서 줄리아는 아침을 안 먹겠다는 것을 안 먹으면 아버지가 걱정을 한다는 말에 마지못해서 상 앞으로 다가앉았다. 장작개비 같은 두 다리를 상 밑으로 꺾어 넣는 것도 큰 고통이다. 한참이나 벌을 쓰고 나니까 다리에서 쥐가 오르고 발을 빼내려다가 꼬부렸던 다리가 퉁겨지며 상발을 쳐서 국을 엎질렀다. 계훈이는 줄리아의 하는 양이 우스워서 일부러 골을 올리느라고 빨갛게 익은 깍두기를 한 젓가락 집어서

　"이건 '폭발탄'이란 음식인데…"
하고 줄리아의 입에 털어 넣어 주었다. 멋모르고 어적어적 씹던 줄리아는 당장에 얼굴이 홍당무가 되어서 말도 못하고 일어나 펄펄 뛰며 무도를 한바탕 하였다.

　　　　　　　　　　　　　　　　😊 032회, 1931.09.16.

　2 그 후 며칠 동안 줄리아는 새 침대를 들여다 놓고 방 치장을 하느라고 분주하게 지냈다. 주방도 양식으로 꾸며서 간단히 요리는 만들어 먹을 만큼 차비가 되었다.

　그러고 나니 심심해서 견딜 수가 없다. '빈대' '깍두기' '서울' '조선' 같은 말을 하루 몇 마디씩 배운 것이 큰 공부요 그밖에는 할 일이 없다. 활동사진 구경을 몇 번 가보았지만 아래층에서 올라오는 더러운 냄새를 섞은 운김과 담배연기에 골치가 아프다고 한 시간도 못 되어 나왔다. 나와서는 종로 야시로 산보하는 것밖에 바람 쏘일 데도 없는데 계훈이와

둘이 어깨를 걷고(사람 드문 곳에선 팔까지 끼지만) 걸어가면 지나가는 사람마다 한 번 쳐다볼 것이라도 두 번 세 번 쳐다보며 줄줄 쫓아오는 것이 불쾌하였다. 줄리아의 벌겋게 드러내놓은 팔을 일부러 스치고 지나가는 주정꾼도 있고 여편네들은 앞을 막아서서 빤히 쳐다보는 것이 면구스러워 견딜 수가 없다.

혹시 신기한 물건이나 없나하고 야시장으로 들어서면 고무신짝, 곰팡이 슨 과자부스러기며, 반은 썩은 실과 등속을 너저분하게 좌판에 벌여놓은 것이 여불없이 쓰레기통을 엎어놓은 것 같다.

흰 휘장을 삿갓가마처럼 둘러치고 그 속에서 '싸구려 싸구려'를 부르며 종까지 흔드는 것을 들으면 조선 사람이 보기에도 장님도가가 출장을 나온 것 같다. 줄리아는 모든 것이 살풍경으로 보였다. 후줄근한 흰옷을 걸치고 어슬렁어슬렁 거니는 사람들 틈에 끼어서 걸어가려면 땅바닥이 자꾸만 뒤로 물러나는 것 같았다.

줄리아의 뒤를 별배처럼 따라다니는 계훈이도 야시장에 들어서면 빈혈증(貧血症)에 걸린 조선이, 오장까지 드러내 놓고 자빠져 있는 것 같아서 창피한 생각에 머리를 돌렸다. 더구나 줄리아는 극성스럽게 따라오며 엉엉 우는 소리로 구걸을 하는 거지, 깍쟁이가 빈대만큼이나 싫었다. 그럴 때면 단장을 휘둘러 거지를 쫓아주는 것이 계훈의 역할(役割)이다.

그러다가는 이틀에 한 번은 호텔이나 정거장 식당으로 가서 차를 마시고 오는 것이 큰 운동이다. 줄리아는 집에서나 길가에서나 입버릇같이

"왜 그저 안 올까? 벌써 몇 달인데…."

하고 손가락을 꼽아 달수를 세며 기다리는 것은 백림의 유명한 악기점으로 주문한 피아노다.

"오륙백 원만 주어도 쓸 만할 텐데 이천 원씩이나 주고 사서 뭘 한단 말이냐?"

며칠을 두고 졸라도 김 장관은 소절수를 떼어주지 않는 것을

"그까짓 이천 원 쯤이야 며칠 저녁 아버지 마—짱 밑천밖에 못 되지 않아요?"

하고 역습(逆襲)을 하고 어머니를 들볶아서 간신히 돈을 부친 것이었다.

그러나 그동안에도 적적하겠다고 해서 진고개 악기점에서 칠팔백 원이나 하는 전기유성기를 외상으로 들여다 놓았다. 장사치들은 김 장관의 집에서 물건을 써주지 않는 것이 걱정이라 외상이라도 현금 받고 파는 것 이상으로 머리를 골백번이나 숙이고 갖다 바치는 것이다.

'엘만' '하이페츠' '크라이슬러' '쳄버리스트' 할 것 없이 세계서 이름 난 '바이올린'잡이가 넣은 소리판은 물론 '심포니 오케스트라'는 길을 낮추어 쌓아 놓았고 최근 미국서 발매하는 '재즈 레코드'까지도 미츠코시(三越)로 전화만 하면 삼십 분이 못 되어 굴러들었다.

밤늦도록 양관에서는 계훈이가 유성기를 틀고 줄리아를 껴안고 좁은 방에서 댄스를 하느라고 야단법석이요, 큰 사랑에서는 장관이 기생들까지 불러다가 한 몫을 끼어놓고 마—짱 짝을 제치느라고 정신이 없다. 깊숙한 안채에서는 대방마님이 대갓집 늙은 첩들과 어울려 '쌍륙'을 치고 골패를 젓느라고 대그락대그락 밤새는 줄을 모른다. 마누라는 영감이 못마땅해서 한술 더 뜨는 것이다.

장관은 유성기 소리가 시끄러워서 눈살을 찌푸리고 계훈이는

"흥 이건 온통 노름판이로구나."

하고 부모를 빈정대는 것이다. 　　　　　　　😀 033회, 1931.09.17.

③ 가을 하늘은 우러러 볼수록 높고 맑고 깨끗하였다. 겨드랑이로 스며드는 산들바람이 옷깃을 가벼이 날리고 숨을 깊이 들이쉬면 묵은 세포(細胞)가 호흡에 녹아버릴 것같이 그 바람은 신선하였다.

줄리아는 양관의 유리창을 활짝 열어놓고 의자에 몸을 기대어 구름 한 점 없는 시퍼런 하늘바다를 넋을 잃은 사람처럼 바라보고 앉았다. 계훈이는 아침 뒤에 외출하고 방 안엔 아무도 없었다.

줄리아는 신변이 갑자기 고적해진 것 같았다. 고국 생각이 불현듯이 나서 떠나올 때에 정거장까지 쫓아 나와 손을 놓지 못하고 소리를 내어 울면서 엎드러지려고 하던 늙은 어머니의 얼굴이 눈앞에 암암하다. 같이 자라난 동무들과 정들은 산천이며 하다못해 길들인 고양이 새끼까지도 어느 것 한 가지가 보고 싶지 않은 것이 없다. 이럴 때는 제 나라 말이라도 실컷 듣고 싶었다. 계훈이가 아무리 독일말을 능란히 한다 하더라도 그 악센트가 제 나라 사람이 하는 것같이 귀에 부드럽고 듣기에 구수할 리가 없다. 서울에도 많지는 못하나 독일 사람의 가정이 있기는 하지만 그들과 사귀어 다니려 하여도 어쩐지 조선 사람과 사는 것이 수치스러운 것 같고 그네들의 비웃음이나 받지 않을까 하는 자격지심이 앞을 서서 교제할 용기가 나지를 않았다. 사람은 흉물스러워도 스투핀이나 가끔 만나서 새로운 소식이나 듣고 고국 이야기나 하였으면 속이 후련할 성싶었다.

"아하 오늘도 또 이 방에 갇혀서 하루해를 보내야 하는구나!"

줄리아는 한숨이 길었다. 그 한숨에는 외국 사람이요 더구나 미개한 종족에게 몸을 허락하여 산수조차 서투른 몇 만 리 타향으로 끌려온 신세한탄이 반분 이상이나 섞인 것은 물론이다.

"내가 너무 로맨틱하였었다."

"좀 더 생각을 했었더라면."

후회만 새로운들 지나간 묵은 사실은 지워버릴 수 없다. 아무리 야만들이 사는 땅이기로서니 신기한 풍물이나 시시로 접할 수 있다면 새로운 자극을 받아 그로테스크한 맛에나 그날그날을 살아갈 텐데, 잠시나마 위안을 받을 오락기관조차 없는 서울 구석에서 청춘을 썩히는 생각을 하면 한편으로는 헛되이 소모되는 자기의 생명이 몹시 아깝기도 하였다.

연애란 언제까지나 달기만 한 것이 아니다. 입 속에 넣은 눈깔사탕 모양으로 녹아버리는 것이요 정열(情熱)이란 언제까지나 그 불길이 활활 타고만 있는 것이 아니라 급기야는 싸늘한 재가 되어 흔적도 없이 흩어지고 마는 것이다.

사랑도 결국은 환경(環境)이 좌우한다. 제아무리 현실의 테두리를 벗어나려 하여도 우리가 땅 위에 몸을 솟쳐 단 몇 초 동안도 발을 떼고 있지 못하는 것과 마찬가지로 위대한 지구(地球)의 인력을 무시하지 못하는 동시에, 사랑이라는 정신적 현상(現象)도 생활조건과 엄숙한 현실 밑에 지배를 받는 것은 누구나 부인하지 못한다.

풍속과 인정과 피의 전통(傳統)이 사뭇 다른 민족과의 사랑은 단단한 열매를 맺기가 어렵다. 같은 민족끼리는 연애의 감정이 식어버리더라도 체면도 보고 의리에 얽매기도 해서 할 수 없이 서로 의지하고 살다가 무덤 속까지 따라 들어가지만 다른 종족 사이에는 사랑이 한 번 식은 다음에는 다시 돌아다볼 여지가 없는 것이다.

줄리아는 이런 생각 저런 생각에 눈물이 소매를 적시는 것조차 깨닫지 못하였다. 그는 눈물을 수습하고 몸을 일으켜 가을 화초가 어지러이 핀 후원으로 내려갔다. 뒷마당에서는 아이들이 서넛이나 옹기종기 모여앉아

서 공기도 놀고 '월야일야'도 하며 놀고 있다. 줄리아는 아이들의 등 뒤
로 가서 천진스럽게 뛰노는 것을 재미있게 보다가 그 중에 해군복장을
입은 숭굴숭굴하게 생긴 사내아이를 유심이 들여다보았다. 그 애가 노는
양이 어쩌나 복성스러운지 줄리아는 손가락을 안으로 꼬부리며

"이리 온, 너 이리 좀 온."

하고 독일말로 정다이 불렀다. 눈을 깜짝깜짝하고 쳐다보다가 슬슬 꽁무
니를 빼는 아이는 영호였다.

034회, 1931.09.21.

④ 줄리아는 방으로 들어와 초콜릿을 꺼내가지고 나가서 영호를 꾀었
다. 말이 통치 못하니까 표정과 동작으로 정답게 구는 양녀가 생각던 것
보다는 무섭지가 않았다. 영호는 줄리아가 이끄는 대로 손목을 잡혀 양
관으로 들어왔다. 얼마 전에 계훈이가 모자를 쓰고 나가는 것을 보아서
마음이 놓이고 밤낮 요란스럽게 소리가 나는 유성기도 한 번 틀어보고
싶어서 못 이기는 체하고 따라 들어왔다. 줄리아는 영호의 옷을 털어 침
대 위에 앉히고 과자며 사탕을 꺼내어 어린애의 환심을 샀다. 그리고 통
통한 손등과 뛰고 장난을 해서 능금 빛처럼 빨개진 영호의 두 뺨에 번갈
아가며 입을 맞추어 준다. 여전히 무언극(無言劇)이라 어린애까지도 갑갑
한 모양이다.

줄리아는 조그만 상자를 내려서 그림엽서를 한 묶음이나 꺼내서 구경
을 시킨다. 영호는 침상 위에다 색색이 그림엽서를 가득히 펴놓고 뒹굴
면서 재미있는 듯이 들여다본다. 과자를 먹으랴 그림 구경을 하랴 퍽 바
빴다.

"이건 저 독일 나라 풍경인데 재미있지? 퍽 곱지?"

하여도 못 알아듣기는 마찬가지다. 영호는 그림엽서 속에서 조선 영감님이 커다란 갓을 쓰고 기다란 장죽을 문 사진을 발견하고 반가운 듯이 손뼉을 쳤다. 그리고 주먹을 쥐어 상투같이 머리 위에 얹고 왼손 엄지손가락을 담배물부리처럼 입에 물어 보이며 호호호 웃는다. 줄리아도 영호가 흉내 내는 것처럼 흉내를 내보이며 마주 붙잡고 웃었다.

그림 보는 것이 싫증이 난 영호는 방구석에 놓인 유성기를 가리키며

"저것 좀 틀어봤으면."

하고 손을 저어 보였다. 줄리아는 댄스 곡조를 틀어놓고 발장단을 치더니 영호를 끌어내려

"내 댄스 알으켜 줄까?"

하고 두 손을 잡고 끌고 다니면서 발 떼어 놓는 법을 가르쳐 주느라고 수선을 부린다. 영호는 줄리아에게 매어달려 유치원서 유희 배울 때 발을 떼어놓듯 하며 따라다닌다. 그 모양이 우습고 귀염성스러워서 줄리아는 영호를 안아 번쩍 추켜들었다. 내려놓으며 수없이 입을 맞추어 주었다. 영호도 인제는 양녀가 무서운 생각은 다 달아나서 줄리아에게 안긴 채 '날마다 놀러 올까 보다' 하고 가만히 있다.

그때 방문을 펄쩍 열며 계훈이가 들어섰다.

줄리아에게 안겨 있는 영호를 노려보더니 아직도 돌고 있는 유성기의 사운드박스를 젖혀 놓는다. 영호는 기급을 하여 줄리아의 품에서 떨어내려 앉았다. 조그만 가슴이 달카닥 내려앉았다. 방안은 졸지에 조용해졌다. 계훈이는 영호의 앞으로 다가서며

"너 뭣 하러 여길 들어왔니?"

하더니 눈살을 찌푸리고

"나가 놀아!"

하고 고개를 문 편 쪽으로 돌려 보인다. 그 목소리는 노염을 품었다. 영호가 생후에 처음으로 친아비에게 들은 말이 "나가 놀아"였다. '아버지'라고 한 번도 불러보기 전에 무정지책부터 받았다. 줄리아는 무색하여

"내가 데리고 들어온 애예요"

하고는 계훈이와 영호의 얼굴을 번갈아 보고 섰다. 동양 사람으로는 드물게 콧날이 선 것과 눈에 쌍꺼풀이 진 것이라든지 뒤통수와 목덜미까지도 둘의 모습이 비슷하였다.

'저이에게 저렇게 어린 동생이 있을 리는 없는데….'

하고 더욱 이상스러이 큰 얼굴과 작은 얼굴을 비교해 보고 섰다. 영호는 어쩔 줄을 몰랐다. 어린애 생각에도 쥐구멍이 있으면 얼굴만이라도 틀어박고 싶었다. 큰 죄나 진 것처럼 머리를 폭 수그리고 서 있는 영호의 조그만 다리는 달달달 떨렸다.

"왜 그러고 섰어?"

계훈이는 소리를 꽥 지르며 발을 굴렀다. 그 바람에 영호는 자지러지도록 놀라서 깡충 뛰어오를 뻔하였다. 입을 삐죽삐죽하더니

"으아―"

하고 울음이 터졌다. 줄리아는 하도 가엾어서 영호를 바깥으로 데리고 나갔다. 문밖으로 나가자 울음소리는 더 커졌다.

그 소리를 듣고 안채에서 유모가 허겁지겁 달려 나와서 영호를 안고 들어갔다.

줄리아는 방 안으로 들어와 오만상이나 찌푸리고 앉아 있는 계훈이를

한참이나 바라다보다가

"어린애가 귀엽게 생겼기에 데리고 들어왔기로서니 그렇게 화를 내고 돼지새끼 몰아내듯 할 게 뭐에요?"

줄리아도 성미가 났다. 영호에게 대한 계훈의 행동이 유난스럽고 수상쩍어서 의자를 계훈의 턱밑까지 다가놓고 앉으며

"그런데 그 애가 누구에요?"

새된 목소리로 물었다.

😊 035회, 1931.09.22.

5 "그 애가 누구냐"고 바싹 대들어 묻는 말에는 계훈의 가슴이 뜨끔하게 찔렸다. 지금 와서 영호를 모른달 수도 없고 안달 수도 없다. 줄리아는 계훈이가 말대답을 냉큼 하지 못하는 데 더욱 의혹이 생겨서

"글쎄 그 애가 누군데 그렇게 쫓아내요?"

그 목소리는 철성을 띠었다.

"난 몰라."

계훈이는 홧김에 앞뒤 생각 없이 쏘아붙였다.

"몰라요? 당신이 그 애를 정말 몰라요? 그럼 그 애가 어째서 이 집에 있어요? 한 집에 살면서 모른다는 게 말이 돼요?"

"모른다는데 공연히 성가시게 구는군. 일가 집에서 놀러온 아인 게지?"

"옳—아. 일가 집에서 놀러온 아이에요? 그럼 왜 처음에는 모른댔어요?"

"왜 이리 귀찮게 굴어. 그 애가 누구든지 그렇게 극성스럽게 알려고

들게 뭐야?"

"그럼 당신은 왜 선선히 대답을 못해요?"

"글쎄 그 애가 누구의 새끼든 줄리아가 아랑곳 할 필요가 어디 있느냐 말이야?"

"누구의 새끼든? 누구의 새끼든?"

줄리아는 입 속으로 뇌까렸다.

'에이 빌어먹을 것. 죄다 툭 털어놓고 얘기를 해 버릴까 보다.'

하면서도 계훈이는 그 말을 입 밖으로 뱉을 용기가 없었다. 그 말이 나오고 보면 정희와의 관계도 자초지종을 보고해 바쳐야겠고 오늘까지 숨겼던 사실이 탄로가 되면 줄리아와 큰 충돌이 나고야 말 것은 불을 보기보다 분명하다. 싸움 한바탕쯤으로 감쪽같이 거짓말을 해온 속죄가 될 양이면 오히려 시원하겠지만 피차에 신경질이라 우당퉁탕 싸움 한바탕이 벌어진 뒤엔 전과 같이 원만하게 수습이 될 가망이 있을 성싶지 않다. 그렇지 않아도 근래에 줄리아의 태도가 냉랭해지고 나날이 틈이 벌어지는 낌새를 차리고 있는 터에 까딱하면 파탄(破綻)이 생길 것 같았다. 한편으로는 줄리아가 생트집을 잡으려는 눈치도 보였다. 그러면 이런 경우에 정직하게 토설하는 것은 도리어 긁어 부스럼이라 생각하고 계훈이는 제 성미를 참기에 힘을 들였다. 줄리아는 돌아앉아서 영호가 흩트려 놓은 그림엽서를 주워 모으고 있다. 계훈에게 폭백하듯 할 말이 많고 의문도 풀지를 못했지만 당장에 빠득빠득 달려드는 것보다는 다음날 좋은 기회를 붙잡아 탁방을 내려고 속으로 벼르고 있는 것이다. 계훈이는 방 안의 공기가 하도 빡빡해서

"참 그런데 다음 토요일 밤에 어느 잡지사 주최로 음악회가 있다는데

우리더러 꼭 출연을 해 달라니 어쩌면 좋을까?"

혼잣말하듯 한 마디 건넸다.

줄리아는 한참이나 있다가 돌아앉은 채로

"당신 독주회에요?"

하고 입을 열었다.

"아니 여럿이 나가는 모양이야."

"그럼 난 반주할 수 없어요. 창피하게 아무나 뒤섞여 나오는 그 틈에 끼기는 싫어요. 소리를 지르고 발을 구르고 그렇게 떠드는 음악회가 어디 있어요?"

"글쎄 나도 출연할 생각은 조금도 없지만 또 안 나가면 욕을 먹을 테니 걱정이야. 요전처럼 야지를 하고 편지질을 하면 더 불쾌할 것 같아서… 반승낙은 했는데…"

줄리아는 오래간만에 출연하는 것은 심심파적도 될 것 같아서 싫지는 않았지만 신이 나지는 않았다.

"누구누구 나온대요?"

"서울선 그래도 제일 낫다는 사람만 추린 모양인데 우리는 특별출연이라나. 참— 스투핀이도 청했다지."

줄리아는 고개만 끄덕여보이다가 당장에 '그럼 나갑시다' 하고 싶은 것을 금세 싫다고 하던 사람이 스투핀이가 출연한다는 말에 솔깃해진 것 같아서

"난 재미없지만…생각해 봐서요."

하였다.

036회, 1931.09.23.

탄로

[1] 이번 음악회는 혁이가 관계하던 어느 잡지사의 주최였다. 이름은 독자 위안 음악회지만 내용인즉 잡지권이나 더 팔려는 선전책으로 음악들을 이용해보려는 것이다. 밑져야 본전이요 남으면 사원끼리 오래간만에 한잔 기울여보자는 작정이다.

음악가란 사람들도 독자 위안회 같은 껄렁껄렁한 음악회에 나오는 것은 명예스러운 일이 아니었지만 주최하는 잡지사가 좌익적 색채를 띠우고 있느니만큼 말썽꾼도 많고 뒤가 시끄러울까 봐 계훈이 모양으로 울며 겨자 먹기로 승낙한 것이다.

잡지사에서는 이런 기회에나 원고를 착취하는 사람들에게 생색을 낼 양으로 초대권을 주책없이 발행하고 공짜가 반이나 되어서 청중은 정각 전에 문이 미어지도록 꾸역꾸역 모여들었다.

악사 휴게실에 맨 먼저 들어와 앉은 것은 스투핀이었다. 족제비털 같은 머리에 기름을 빤드르르하게 바르고 연미복바지는 칼날같이 다려 입었다. 몇 달 만에 오매불망하는 줄리아를 만나게 되니까 바싹 거들고 온 것이다. 시간이 지난 뒤에 줄리아와 계훈이가 숨이 턱에 닿아서 들어왔

237

다. 스투핀은 두근거리는 가슴을 진정하며 보타이를 만지고 옷자락을 여미며 될 수 있는 대로 점잖이 몸을 일으키며

"참 오래간만입니다."

하고 줄리아의 손을 덥석 잡아 흔들었다. 계훈이만 뒤에 따라서지 않았다면 손등에 키스라도 하였을 것이다.

"왜 그렇게 한 번도 뵐 수가 없어요?"

줄리아는 손을 잡힌 채 스투핀의 아래 위를 훑어보며 예사로이 사교적 인사를 바꾸었다. 그러나 스투핀에게 을크러지도록 쥐어진 손을 얼른 빼치고 싶지는 않았다. 스투핀의 체온이 찌르르하고 제 몸으로 옮겨드는데 전에 느끼지 못하던 어떠한 쾌감까지 느꼈다. 계훈이는 눈꼴 틀려서

"어떠시오?"

하고 둘을 떼 놓으려고 손을 내밀었다.

"바빠서 한 번 찾아뵙지도 못하고— 실례 많았소이다."

스투핀은 그제야 계훈의 존재를 인정한 듯이 형식만으로 악수를 하였다. 제가 앉았던 의자를 줄리아에게 내어주며 여전히 능갈치게 여자를 다룬다. 시간이 지나서 청중은 발을 구르고 소리를 지르고 하는데 혁이가 무대로 통한 문으로부터 나타났다.

"오늘밤 사회할 사람이 별안간 출석을 못하게 돼서 내가 대신 보게 됐습니다."

여러 사람에게 한결같이 머리를 숙였다. 계훈이는 혁이의 눈을 피하여 한데 대고 기계적으로 숙였다. '공교롭게 마주쳤구나' 하는 것보다, 바늘 방석에 앉은 것처럼 거북하였다. 그러나 유난스럽게 저 혼자 퇴장할 수도 없는 경우였다.

"아 미스터 정이 사회를 하세요? 대단히 좋습니다."

스투핀은 영어로 혁이의 대꾸를 하였다. 혁이가 영어를 좀 하는 까닭에 스투핀에게 출연을 교섭하느라고 두 사람은 면분이 있었던 것이다. 음악회는 벌써 막이 열렸지만 계훈이는 끝으로 출연을 하게 되니까 아직도 나아갈 시간은 멀었다. 스투핀은 줄리아의 곁을 잠시도 떠나지 않고 "신색이 퍽 좋지 못한데 무슨 근심하는 일이 있느냐"는 둥 "좁아터진 조선집에 갇혀 있어서 얼마나 갑갑했겠느냐"는 둥, 말은 꼬리를 물고 그칠 사이가 없다.

그러나 무대 위에서 관현악대의 연주하는 소리가 요란해서 한 자리에 걸터앉은 계훈에게는 두 사람의 주고받는 말이 토막이 잘려서 들릴 뿐이다.

줄리아도 호텔에서 지낸 일은 까맣게 잊어버린 듯이 계훈이가 곁에 앉은 것도 모르는 것처럼 있는 애교를 다 떨며 스투핀과 그리웠던 제 나라 말을 주고받기에 정신이 없다. 줄리아는 빈대 소동이 일어났던 이야기까지 하였다. 스투핀은 두 손길을 펴서 제 무릎을 두드리며 곁눈으로 계훈이를 흘금흘금 흘려보며 허리가 아프도록 웃었다.

037회, 1931.09.24.

② 찰떡같이 맞춰놓은 악사들이 두세 사람이나 빠져서 순서는 뒤죽박죽이었다. 그래서 끝으로 나갈 계훈이가 중간에 나가게 되었다.

혁이는 계훈이와 줄리아에게 공손히

"지금 나와주시지요"

하고 머리를 숙였다. 계훈이는 될 수 있는 대로 혁이를 마주 보지 않으려

239

하며 엄지손으로 바이올린 줄을 튀겨 보면서 일어섰다. 무대로 통한 문은 스투핀이 손수 열어주며 줄리아를 안내한다.

무대에 나서서도 장내가 떠들썩하여서 연주를 시작할 수 없었다.

조용해지기를 기다리는 동안에 계훈이는 관객석을 한 번 둘러보았다. 여자석에는 불과 이삼십 명밖에 안 왔는데 뚱뚱마나님이 어느 틈에 와서 배를 안고 앉은 것이 유표하게 눈에 띄었다. 계훈이는 정희가 와 있지 않은데 우선 마음이 놓였다. 그러나 반주가 시작이 되어 막 줄을 그으려 할 때에 아이들 서넛이 앞줄에 모여 앉아서 재깔거리는 틈에서 해군 복장을 한 영호를 발견하였다. 무대 위로 손가락질을 하며 연주 중에도 저희끼리 손뼉을 친다.

"저이가 우리 아버지란다."

하고 동무들에게 자랑삼아 광고를 하는 모양이다.

계훈이는 손자를 잠시도 떼어놓지 못하는 어머니가 밉살스러우나 어쩔 수 없이 간단한 곡조 몇 가지를 억지로 타고 내려왔다.

재청의 박수소리가 장내를 울린다. 계훈이는 굳이 사양하는 것을 스투핀이 혁이 대신으로 권고를 하여도 계훈이는

"나가고 싶지 않은 걸 강제로 나가란 말이오?"

하고 머리를 흔들며 짜증을 낸다. 박수소리는 더한층 요란히 그칠 줄 모른다. 혁이는 할 수 없이

"대단 미안합니다마는 연사가 기분이 좋지 못해서 못 나오겠다고 합니다. 용서하십시오."

청중의 양해를 구해보았다. 재청의 박수는 당장에 욕설로 변하였다. 여기저기서 "그놈 끌어내라!"고 소리소리 지른다. 혁이는 할 수 없이 계

훈의 소매를 잡아당기며

"청중을 저렇게 흥분시키면 재미없네. 나가서 인사라도 하고 들어오
게"

정색을 하여 명령하듯 하고 나서

"미안하지만 잠깐만 나가주시지요."

이번엔 줄리아의 앞에서 무대 편으로 팔을 벌려 보였다.

청중은 마루청이 꺼지라고 발을 구르며 야단났다.

"나갑시다."

줄리아는 벌떡 일어나서 앞장을 섰다. 그제야 계훈이는 마지못해 따라
일어났다.

두 사람이 무대 위에 나타나자 청중은 잠시 조용하여졌다.

"이놈아! 이 건방진 놈아!"

여무진 목소리로 청중 중의 한 사람이 소리를 질렀다.

"기분이 나빠서 연주 못하는 게 뭐냐?"

"들어가거라! 들어가!"

이번엔 반대편에서 맞장구를 쳤다. 계훈이는 반주가 시작되었기 때문
에 할 수 없이 활을 당겼다.

"집어쳐라! 그깟 놈의 것 안 들어도 좋다"

하면서 야지를 하던 사람이 또 벽력같이 소리를 질렀다.

줄리아는 피아노를 멈추고 비웃는 표정으로 청중을 노리고 내려다본
다. 장내는 손뼉 치는 소리에 정신을 차릴 수가 없다. 계훈이는 바이올린
을 켜다 말고 입술을 악물고 줄리아의 손을 끌어당겨 휴게실로 몸을 피
하였다. 청중은 우쭐우쭐 일어서며 욕설을 퍼붓는다. 아까부터 제일 큰

목소리로 계훈이를 꾸짖던 젊은 사람은 돌아서며 선동연설이나 하는 어조로

　"여러분! 저 따위 부르주아의 자식을…"

하다가 금세 말이 끊겼다. 음악회 같은데 입장하는 일이 없는 삼정 경부가 그날 밤엔 맨 뒤에 섞여 섰다가 부하에게 눈짓을 했다. 그래서 젊은 사람은 말끝도 맺지 못하고 형사에게 반항을 하며 끌려 나갔다.

　음악회는 아주 수라장이 되고 말았다. 붙잡혀가는 사람은 흥룡이었다.

😊 038회, 1931.09.25.

　③ 흥룡이가 검속을 당한 것은 그 근처에 앉았던 몇 사람밖에 혁이도 연주자들도 알지를 못하였다. 장내가 여전히 와글와글 끓는 중에 음악회는 끝이 났다.

　"여러분 미안합니다. 모처럼 열린 음악회가…"

　혁이의 인사도 끝나기 전에 청중은 거의 다 퇴장하였다. 혁이는 땀을 씻으며 무대 위에서 내려와 악사 휴게실로 들어가려니까 '아저씨!'를 부르며 깡충깡충 뛰어와서 양복소매에 매어달리는 애가 있다. 그 애와 같이 왔던 조무래기들도 덩달아 '아저씨! 아저씨!' 하고 혁이를 둘러싼다.

　"오— 영호 왔니?"

　더부룩한 영호의 머리를 어루만져 주다가 '정희가 또 쫓아오지나 않았나?' 하고 여자석을 둘러보았다. 얼른 눈에 띠는 것은 서성거리고 있는 뚱뚱마나님과 유모였다. 혁이는 영호를 번쩍 들어 안아주며

　"너 졸리지 않으냐?"

　"아—니."

영호의 눈은 말똥말똥하다. 혁이가 영호를 안고 유모에게 데려다주려고 하니까 영호는

"아저씨이!"

하고 몸을 뒤틀면서

"저—어 아저씨! 나 엄마한테 데려다 줘 응."

두 팔을 아저씨의 어깨 너머로 넘겨 깍지를 끼고 매어 달려서 떨어지지를 않는다.

"응 아저씨! 같이 가아."

연거푸 조른다. 혁이는 순진한 어린것의 안타까운 소원을 윽박질러 거절할 수는 없었다. 그러나 제 소청대로 그 당장에 데리고 갈 형편도 못 된다.

"내 이 담에 데려다 주마. 아저씨는 밤에도 다른 데 볼일이 있단다."

달래다 타일러도 영호는 발버둥질을 치며 떨어지지를 않는다. 그때에 악사실에서 스투핀이 내어다보며

"미스터 김, 먼저 실례합니다."

스프링코트 앞자락을 여미며 바이올린갑을 끼고 나온다. 혁이는 인사는 해야 할 텐데 영호를 처치할 수가 없어서

"실례 많았습니다. 무어라고 여쭐 말씀이 없습니다."

하며 어린애를 안은 채 답을 하였다. 스투핀은 혁이의 앞으로 가까이 오더니 영호의 머리를 쓰다듬어주며

"퍽 귀엽게 생겼구먼요. 자젭니까?"

"노—"

혁이는 머리를 흔들었다.

243

영호는 양코가 무서운지 아저씨의 가슴에 찰떡같이 달라붙었다. 그때에 줄리아와 계훈이가 스투핀의 뒤를 따라 나왔다. 영호는 앞서 나오는 줄리아를 보고 방긋이 웃으며 반기다가 뒤에 나타나는 계훈의 얼굴을 보고 움찔하였다.

계훈이는 외면을 해버렸다. 그러나 그 자리에서 저 혼자 도망하듯 빠져나갈 수도 없다.

"퍽 탐스럽게 생겼지요?"

스투핀은 줄리아를 쳐다본다. 피차에 이야깃거리가 동이 났던 차에 영호를 이용해가지고 말마디나 더 주고받으려던 것이다.

"이 애는 나도 잘 아는 애지만 누구 아들인지는 모르겠어요"

혁이에게 빗대어 놓고 묻는다. 톱날 같은 혁이의 시선은 계훈의 얼굴을 아래위로 훑었다. 줄리아의 눈도, 스투핀의 눈도, 어쩔 줄을 모르고 서있는 계훈의 얼굴로 몰렸다. 계훈의 얼굴껍질은 세 사람의 시선에 마찰을 당하여 빨개졌다.

"그 애는 왜 안고 있소? 저리 데려다 주지 않구."

계훈이는 참다못하여 반말지거리로 유모가 서 있는 편을 턱으로 가리켰다. 혁이는 슬그머니 비위가 틀려서

"앗 네, 자네 애를 누구더러 데리고 가라나?"

하고 영호를 억지로 떼어서 계훈의 가슴에다가 던지듯이 안겨주고는 줄리아를 향하여

"김 군의 어린앤지 몰랐었소?"

한 마디를 끼얹고 돌아서버렸다.

"오— 미스터 김이 저렇게 큰 애가 있었구먼!"

줄리아보다도 더한층 놀라는 것은, 놀라 보이는 사람은, 스투핀이었다. 줄리아는 어린애를 받아들고 어쩔 줄을 모르는 계훈이와 발버둥질을 치며 우는 영호를 새파란 눈동자로 언제까지나 쏘아보고 섰다.

039회, 1931.09.28.

④ 종로서 스투핀과 헤어져서 집에 돌아와 자리에 누울 때까지 두 사람은 입을 떼지 않았다. 줄리아는 옷도 끄르지 않고 계훈이와는 외면을 하고 돌아누워서 제 일신의 장래를 곰곰 생각해 보았다. 첫째 오늘날까지 계훈에게 속아온 것이 치가 떨리도록 분하였다. 계훈이가 저와 같이 귀국한 뒤에는 잠시도 제 곁을 떠나지 않았고 하룻밤도 나가서 새운 일도 없으니까 계훈의 행실에는 트집 잡을 거리가 없지만 십여 년 전에 결혼을 해서 커다란 아들까지 낳은 사실이 살아있는 증거와 함께 눈앞에 나타난 데는 불쾌하다느니보다도 그만 낭판이 떨어지고 말았다. 조선이 싫어지고 조선 사람에게 정을 붙일 수 없는 것도 사실이지만 계훈이가 아직 자기에게 대한 사랑이 변치 않고 노상 미안한 마음으로 제 딴엔 하느라고 하는 것이 가엾어서라도 차마 배심을 먹지는 못하였다.

그러나 이제 와서는 계훈의 인격에 대한 커다란 의문표를 붙이게까지 되었다. 그 솔직한 성격 하나만을 믿어오던 터에 하도 어처구니가 없이 속고 보니 장래는 주판질을 해놓은 것처럼 빤히 내어다 보이는 것 같았다.

'더 보잘 것이 없구나!' 하는 싸늘한 낙망은 두 사람 사이에 꺼지려고 하는 나머지 사랑을 식혀버리기에 족한 것이었다. 줄리아의 머릿속에는 '어떻게 하면 계훈이와 갈라설까?' 하는 것이 문제가 아니요 '장차 이 몸

245

을 어디다가 의탁할까?' 하는 것이, 하룻밤 동안에는 풀기 어려운 숙제(宿題)였다.

그렇지 않아도 오래간만에 스투핀을 만나서 고국 소식을 듣고 마음은 온통 제 나라로 쏠려서 향수(鄕愁)를 진정할 수 없는 판인데 엎친 데 덮친 데로 저 혼자는 쉽사리 해결 지을 수 없는 문제까지 좁아터진 머리를 짓누르는 것이다. 줄리아는 아직도 돌아누운 채로 손톱여물을 썰면서 스투핀이 하던 눈물겨운 이야기를 생각해보았다.

동경 어느 호텔에서 일어난 일이다. 그 호텔의 여자용 변소에는 밤중만 되면 전깃불이 저절로 꺼졌다. 수상쩍어서 보이가 촛불을 들고 가보면 전등 다마를 누가 빼어갔는데 아무리 조사를 해봐도 범인은 알 수가 없다. 큰 호텔 안에 좀도둑이 들었을 리는 없고 점잖은 외국여자들만 전용하는 변소에 밤마다 전등 다마가 없어지니 도깨비장난 같은 괴변이 아닐 수 없다. 그래서 하룻밤은 보이가 마음을 단단히 먹고 변소 속에 들어가 지켰다. 새로 한 시쯤이나 되더니 슬리퍼를 가만히 끄는 소리와 함께 인기척이 나더니 변소 문이 바시시 열렸다. 보이가 숨을 죽이고 엿보려니까 침의만 입은 여자 (노서아의 어느 백작의 영양이라고 자칭하는 여자)가 발돋움을 하고 전등 다마를 비틀어 빼어가지고 신발소리도 없이 제 방으로 들어가는 것을 발견하였다. 보이는 뒤를 따라가서 열쇠구멍으로 그 여자의 행동을 살폈다. 그 여자는 전기 다마를 이불 속에다 넣고 터뜨려가지고 그 깨어진 조각을 책상 위에다 벌려놓고 손가락으로 눌러 한 조각씩 깨뜨리고 앉았다. 유리조각이 깨어지느라고 쨍— 쨍— 빠지직— 빠지직— 소리가 날 때마다 그 여자는 귀를 기울이고 듣다가 턱을 고이며 한숨을 길게 내쉬고 앉았다. 보이는 아무리 생각해 보아도 그 까

닭을 알 수가 없어 지배인에게 보고를 하였다. 그 이튿날 그 여자가 지배인에게 고백한 말인즉

"그 유리쪽이 짝— 짝— 갈라지고 빠지직 소리가 나는 것이 이맘때 우리나라 내가 자라난 고향에서 새벽녘에 어렴풋이 듣던 얼음 갈라지는 소리와 같습니다. 고국의 산천이 그립고 여북 고향 생각이 간절해야… 아아 그 얼음 갈라지는 소리! 그 위로 '썰매'를 타고 다니던 그 시절!"

아라사 여자는 말끝을 눈물로 흐려 버렸다. 그래서 지배인도 그 여자를 동정했더라는 스투핀의 이야기를 듣고 줄리아는 '그럴게다. 남의 일 같지가 않다'고 감탄하였다.

드러누워서도 눈을 뜨면 천장에 어른거리는 무늬가 고향의 하늘에 뭉게뭉게 서리어 오르는 구름장 같고 눈을 감으면 마음속으로 라인강의 맑은 물결이 굽이치다가는 넘쳐 넘쳐흐르는 것 같았다.

040회, 1931.09.29.

⑤ 버러지 소리는 기나긴 가을밤을 새워가며 잠 못 이루는 계훈의 머리맡을 쪼았다. 초저녁부터 뒤설레던 바람도 그저 잠들지 않고 나뭇가지 위에서 바스락거리다가 이따금 양관 유리창에 지늙은 잎사귀를 휘몰아서 우수수하고 끼얹는다. 날이 갑자기 산산해져서 큰 사랑에서는 덧문까지 첩첩이 닫고 들어앉아 오늘밤에는 마—짱 짝 젓는 소리도 계집들의 시시럭거리던 소리도 들리지 않는다. 다만 우중충한 추녀 끝에서 풍경소리만 땡그랑 땡그랑 가을밤을 홀로 지킬 뿐이다.

계훈이는 불을 끄고 이불자락을 끌어안고 엎드려서 혓바닥이 깔깔하도록 애꿎은 담배만 잇대어 피웠다. 줄리아만 못지않게 제 장래를 생각

247

하기에 전신의 신경줄이 옭죄어드는 것 같았다. 장래를 생각한다 하여도 생활문제 같은 것은 물론 예외요, 줄리아와의 관계를 어쩌면 전과 같이 회복해볼까 하는 것이 계훈에게는 가장 큰 고통이요 유일한 번민이다. 그러한 경우에 여자를 많이 다뤄 보고 제법 능갈친 사나이 같으면 없던 눈물이라도 짜내어 보이며 충분히 사과를 하고 나서는 열 번 찍어 아니 넘어가는 나무가 없다고 타이르고 어루만진 다음에야 대개의 여자는 돌릴 법도 하건만 꽁—하고 오그리면 펴지를 못하는 천성이라 그야말로 벙어리 냉가슴 앓듯 제 가슴만 찧고 있다.

줄리아만한 반주자를 놓치고 보면 제 예술은 반편이 된다. 따라서 음악가로서의 생명도 죽어버리고 말 것 만 같다. 그것은 제 욕심만 앞세우고 공리적(功利的)으로 타산을 한 것이지만 실상 조선 여자를 깡그리 벗겨 놓고 보아도 줄리아만큼 육체가 발육되고 체격이 미끈한 여자는 단한 사람도 골라낼 수가 없을 것 같다.

길바닥에 널린, 가슴이 오그라들고 안짱걸음을 걷는 소위 모—던걸이란 것들은 동으로 묶어다 바쳐도 하나도 눈에 찰 리가 없다. 정욕의 상대자로는 말할 것도 없거니와 데리고 산보를 다니더라도 줄리아만한 장식품이 없을 성싶다. 쉬어터진 음식이라도 개가 먹는 것을 보면 아깝다는데 하물며 꿰어 찼던 진주를 돼지에게 던져 줄 수는 없다. 계훈이는 슬며시 줄리아가 누운 편으로 고개를 돌렸다. 줄리아는 리뷰에서 보는 것 같은 자세로 길쭉한 사지를 뻗고 돌아누웠는데 실오라기 하나도 감지 않은 희멀끔한 하반신이 드러났다. 추석을 지난 으스름한 하현달은 여자의 잔허리로부터 넓적다리로 흘러 넘는 곡선을 따라 연옥색으로 물을 들이며 씻어 내리고 있다.

계훈이는 몇 분 전까지 골이 터질 것 같던 근심걱정이 안개 흩어지듯 하고 황홀한 광경만이 눈앞에 보일 뿐이었다. 침의 자락으로 앞을 가리고 엉금엉금 기어서 줄리아의 곁으로 갔다. 잘못 건드리다가는 쏘가리처럼 쏠까 보아

"줄리아! 줄리아!"

나직이 조금 떨리는 목소리로 불렀다. 여자는 발가락을 꼼지락거리고 다리를 비꼬면서도 대답이 없다.

"줄리아! 잠들었어?"

이번에는 가만히 어깨를 흔들었다. 아니나 다를까 줄리아는

"왜 그래요. 이젠 내 몸에 손도 대지 말아요?"

하고 여무지게 쏘아붙이며 싹 돌아눕는다. 그 통에 계훈이는 찔끔 해서 불에나 데인 것처럼 손을 떼고 다시는 감히 건드리지를 못한다.

"그럴 게 아니라 내 이야기나 좀 들어요"

애원을 해보았다. 미리 전후사정을 설파하지 못한 것이 후회막급이지만 이 밤을 이 모양대로 새이고 만다면 밝는 날 더구나 얼굴을 대할 수도 없을 것 같아서 애걸복걸해서라도 양해나 구해보려는 것이다.

계훈이는 한참이나 꾸어다놓은 보릿자루 모양으로 멍하니 앉았다가 목소리를 가다듬어가지고

"줄리아!"

하고 또 다시 불렀다.

041회, 1931.09.30.

⑥ 계훈이는 독백(獨白)하듯이 지난 일을 고백하였다.

줄리아는 여전히 돌아누운 채 귀 밖으로 흘려듣고 있는 모양이다.

"열여섯 살에 무엇을 알았겠소? 제 지각이 나지 못한 미성년자에게 무슨 책임이 있단 말이요? 그때는 우리 아버지 어머니가 며느리를 얻은 것이지, 내가 장가를 든 것은 아니었소 우리 부모는 자기네의 잔심부름 해주는 만만한 계집종이요 치장거리로 혼인이란 이름 아래에 그 여자를 데려온 것이지, 돈과 땅을 주고 사들인 것이지 결혼하는 당자들의 필요로 결합시켜준 것은 아니요 그러니까 오늘날까지도 나는 나 자신의 결혼에 대해서는 책임과 아무 의무를 지지 않는 것이요 알아듣겠소? 대답이나 좀 해요 남은 애를 써서 말을 하는데…."

계훈이는 부리나케 자기변명을 하고 조선 사람의 관습은 야만인종과 다를 것이 없다고 제 부모에게 욕설까지 퍼부었다. 그러나 어린것까지 낳아놓은데 이르러서는 아무 변명할 말이 없다. 내외간에 의취가 처음부터 없었을 양이면 접하지 않은 나무에 열매가 열렸을 이치가 없다.

"흥 그러면 그 애는 땅에서 솟았어요? 하늘에서 떨어졌어요? 왜 이러세요 또 누구를 속이려고…."

줄리아가 속으로 이렇게 오금을 박는 것 같아서 입 밖에 나오지도 않은 말을 가정해 놓고 변명을 한다.

"그때는 내가 한 개의 동물(動物)로서의 한 순간에 있었던가 보오. 그 뒤로 얼마나 후회를 하고 양심의 가책을 받았는지…. 난 당신이 내 처지와 고민에 대해서 남다른 이해와 동정이 있을 줄 믿소"

아무리 계훈이가 목이 마르도록 애걸을 하여도 줄리아에게는 쇠귀에 경 읽기다. 보통 경우의 내외싸움은 칼로 물 가르기라 하지만 그것은 피차에 뒷길을 보고 화합하지 않으면 안 될 조건이 있으니까 싸움하고 난 이튿날 아침에는 여자가 평상시보다도 일찌감치 일어나 분세수를 하는 법이지만 이미 앞길을 딱 갈라놓고 아주 토라져 버린 다음에야 콩으로 메주를 쑨다 한들 곧이들을 까닭과 필요가 아울러 없는 것이다.

줄리아는 고개만 반쯤 돌리며

"그렇게 여러 말씀 하실 게 없어요. 당신은 당신대로 좋은 사람 얻어서 잘 살고 나는 내 앞길을 찾아가면 고만 아니야요? 그렇게 점잖은 아내와 귀여운 어린애까지 나 때문에 영영 버린다면 당신도 마음 편한 날이 없겠고 나는 더구나 간접으로 남의 못할 일만 하는 죄인이 되고 마니까요."

분명히 갈라서자는 수작이요 앞으로는 아주 관계를 끊어달라는 말이다. 계훈이는 사형선고나 받은 것처럼 제 몸뚱이가 천 길이나 되는 깊은 구렁텅이 속으로 덜커덩 하고 떨어지는 것 같았다. 전신을 우들우들 떨면서 줄리아에게로 달려들었다. 마지막 담판이 아니라, 최후로 몸부림이나 해보려는 것이다. 줄리아의 젖가슴에 엎드려 머리를 들비비면서 숨가쁘게

"줄리아! 줄리아! 내가 줄리아를 얼마나 사랑하는지 알겠지? 응 줄리아! 당신도 그만큼이나 나를 사랑하지 않았소? 별안간에 훨훨 타는 불길에다가 냉수를 끼얹는 듯이 그렇게 모진 말을 하다니 그게 당신의 진정이란 말이요?"

금방 소리를 내어 엉엉 울 것 같다. 화끈화끈 달은 얼굴을 줄리아의 얼굴과 어깨에다 비비며

"내가 잘못된 것은 조선 놈으로 태어난 것뿐이요! 비극의 씨는 이십여 년 전에 우리 부모라는 사람들이 뿌려 놓은 것이지 내야 무슨 잘못이 있

고 죄가 있겠소?"

계훈이는 눈물 콧물이 뒤범벅이 된 얼굴을 쳐들고

"아 조선! 조선 놈!"

하고 부르르 떨며 제 나라를 저주하였다.

줄리아는 수건으로 더러운 것이나 묻은 듯이 얼굴을 닦으며 '흥 남은 제 고국이 그리워 죽겠다는데 조선이 싫으면 제가 어디로 갈 텐고' 하고 속으로 코웃음 쳤다.

042회, 1931.10.02.

혐의자

[1] 음악회 날 밤에 검속된 흥룡이는 다짜고짜로 유치장에다 집어넣고 덜커덩 잠가버렸다. 유치장 출입이 한두 번이 아니니까 새삼스러이 겁이 날 것도 없고, 음악회에서 야지를 하다가 잡혀온 것쯤으로야 하룻밤만 재우면 내보내려니 하고 마음이 놓이기는 하나, 한편으로는 강연회나 음악회에서 소리를 지르고 야료를 하는 것은 예사로 있는 일인데 하필 나 하나만 노리고 있다가 집어낸 까닭이 알 수 없었다. 공연히 섣부른 짓을 하다가 덫에 치었구나 하는 후회도 없지는 않았다. 그러나 작으나 크나 간에 눈꼴 틀리는 일, 아니꼬운 광경을 보면 뿔이 갓 난 황소 모양으로 받아내고야 마는 제 성질도 일조일석에 고칠 수 없는 일이었다.

모르핀 중독자가 사지를 뒤틀며 신음을 하고, 저녁때에 주리를 틀리고 들어왔다는 절도범이 '아이구 아이구' 소리를 지르며 팔죽지를 주무르고 쓰러져 있는 틈에 끼어서 흥룡이는 자정 때가 넘도록 쭈그리고 앉아 있었다. 퀴퀴한 똥통 냄새와 담요 자락을 들출수록 후터분한 온김이 끼쳐서 숨이 턱턱 막히는 것이다.

새로 한 시나 되어 유착한 자물쇠 소리가 나더니 당번 순사가 흥룡이를 끌어내었다. 앞뒤잡이를 시켜 위층으로 올라가더니 취조실 문을 발길로 열고는 고꾸라져라 하고 떠다밀고 나간다. 어두침침한 방안에는 사람은 그림자도 없고 격검할 때 쓰는 죽도와 가는 노끈으로 칭칭 감아놓은 몽둥이와 굵다란 밧줄이 벽에 걸렸을 뿐이다. 유치장 속에서 다 죽어가는 소리를 하던 절도범의 핏기 없는 얼굴이 흥룡의 눈앞을 지나갔다.

딴딴한 마룻바닥에 꿇려 앉혀놓은 대로 다리에서 쥐가 오르는 것을 참고 있으려니까 사복을 한 삼정 경부가 양미간을 찌푸리고 들어와 맞은편에 앉는다.

흥룡이는 흘끗 쳐다보고 도로 고개를 숙였다. 삼정 경부에게 여러 번 취조를 받아 보아서 낯은 익지만 제가 먼저 굽실거리고 인사를 할 필요는 없었다.

"거기 앉아."

삼정이는 날카로운 눈초리로 의자를 가리켰다. 흥룡이는 전기의자에 앉는 것만큼이나 앉기가 싫었다. 전에 [中略] 체험이 있는 까닭이다.

"일어나 거기 앉어!"

이번에는 목소리를 좀 높였다. 흥룡이는 책상 모서리를 짚고 일어서서 마지못해 의자를 탔다. 밤중까지 잠을 안 자고 주임이 친히 불러다가 단독으로 취조를 하는 것은 사상범인의 대우였다.

삼정이는 독기가 가득한 눈으로 흥룡이를 한참이나 쏘아보더니

"왜 잠도 못 자게 귀찮게 굴어? 오래간만에 만나니까 반갑기는 하지만…."

억지로 표정 근육을 끌어올려서 웃어 보인다. 그 얼굴은 성을 내고 있는 것보다도 마주 보기가 거북하였다. 취조를 당할 때에 상대자가 마구

다루기 어려운 인물일 것 같으면 처음에는 딱딱거려서 위험을 보이다가 슬쩍 눙쳐 가지고 간담이나 하는 태도로 덤빈다. 그 눈치를 모르고 귀둥대둥 대답을 하다가 옭혀드는 수가 많은 것을 흥룡이는 잘 알고 있다.

삼정이는 종이와 붓을 꺼내어 놓고 취조할 차림차림을 차리고 나더니

"피차에 친한 터이니까 정식으로 취조할 것도 없지만 좀 물어볼 말이 있어서… 이야기만 끝나면 나와 같이 나갈 생각이지만 만일 바른대로 말을 안 하면 재미없을 테니까…"

하고 슬그머니 뒤를 구르고 나서 흥룡의 앞으로 바싹 다가앉는다.

043회, 1931.10.4.

② 삼정이는 취조하려는 내용을 피의자가 미리 눈치를 챌까 보아 도리어 조심스러웠다. 계훈이를 공갈(恐喝)한 범인은 장충단에서 놓쳐 버린 지 한 달이 넘도록 진범인을 잡기는커녕 아무 단서도 얻지 못하였다. 유일한 증거로는 협박장 두 통밖에는 없다. 장충단에서 놓친 범인은 캄캄한 숲속에서 비호같이 경계망을 벗어난 까닭에 범인의 인상도 분명치 못하려니와 현장에는 검거하는데 유력한 단서가 될 만한 아무 증거품까지 떨어뜨린 것이 없었다. 범인도 그날은 변장을 하고 왔을 터이니까 캡을 쓰고 학생복을 입은 사람이 허구 많이 길에 널렸는데 누구를 혐의자로 손을 댈 수도 없었다. 삼정이는 제 명예와 또는 김 장관과의 정실관계로나 부하에게 대한 위신상 기어이 범인을 체포하려고 밤잠을 못 자고 혐의자로 추정되는 청년을 십여 명이나 붙잡아다가 기를 쓰고 취조를 해보았으나 모두 애매한 사람뿐이었다. 삼정이는 눈이 발칵 뒤집혀서 계훈의 집과 평시에 척원이 졌을 듯한 사람까지 모조리 문초를 해보았으나 그것

도 결국은 헛물만 켜고 말았다. 그러다가 음악회에 계훈이도 출연을 한다니까 혹시나 그런 장소에서 무슨 끄트머리를 옭아볼까 하고 구석구석이 눈치 빠른 부하를 배치해 놓고서 정신을 바짝 차리고 있는 판에 흥룡이가 걸려들었던 것이다. 계훈이와 무슨 까닭이 붙은 사람이 아니면 그다지 극성스러이 야지를 할 리가 없으리라고 추측한 것이다.

흥룡이를 검속하는 동시에 형사대는 흥룡이가 들어 있는 김 장관의 집 행랑채를 뒤졌다. 사회과학에 관한 팸플릿 몇 권과 동지들 간에 내왕한 편지 몇 장과 일기처럼 적바림해 둔 것을 압수해 가지고 왔다. 삼정이는 협박장을 꺼내놓고 흥룡의 필적을 대조해 보느라고 새로 한 시가 넘어서야 취조를 개시하게 된 것이었다.

삼정이는 한참이나 무슨 생각을 하느라고 연필 대가리로 책상 모서리만 똑똑 두드리고 앉았다가 "에헴!" 하고 기침을 하더니

"지금도 김 장관 댁 행랑에 살지?"

"네!"

흥룡이는 외면을 한 채 가벼이 머리를 끄떡였다.

"인쇄직공동맹에 관계하고 있지?"

"네!"

"소임은? 위원인가?"

"아니요 그저 동맹원으로 있어요"

"날마다 출근을 하다시피하고 제일 열심으로 일을 본다는데 그 흔한 집행위원 하나 못 얻어 했어?"

삼정이는 한 마디 빈정거리고 나서는

"원체 그런 단체란 흥룡이 같은 명예심 없는 투사가 실제의 일을 하는

것이니까…"

이번에는 슬그머니 추켜올린다. 흥룡이는 묻는 말에 부리만 따서 대답을 하다가 속으로는 '네가 누구를' 하고 삼정이를 흘낏 쳐다보았다.

"합법적으로 같은 계급을 위해서 싸우는 것이야 우리도 찬성하는 바니까… 경찰이 참견할 것도 없지만 그 중에는 나쁜 분자도 있어서…"

훈계하듯 하더니

"그런데 김 장관 댁에서 자라나서 그 댁 신세를 지고 잔뼈가 굵어진 사람이 주인댁… 계훈이한테 왜 그렇게 지독하게 야지를 하고 방해를 놓았는가? 아마 계훈이와 무슨 혐의 진 일이 있지?"

삼정이는 흥룡의 얼굴을 살핀다.

"천만에."

흥룡의 대답은 여전히 간단하다.

"천만에라니? 당국에서 허가한 집회를 고의로 문란케 하고 연주를 방해하면서까지 '야지'를 할 필요가 어디 있느냐 말이야?"

반말을 하던 것이 '해라'로 떨어지며 언성도 높아졌다.

"관중을 너무 무시하는 태도에 분개한 것뿐이지요."

"값싼 의분이로군."

삼정이는 빈정대면서도 속으로는 '이렇게 무르게 잡도리를 하다가는 취조도 집행될 것 같지 않다'고 생각하고

"연주자의 태도가 눈꼴이 틀리면야 퇴장해 버리면 그만이 아닌가? 얼토당토않게 부르주아니 프롤레타리아니 하고 떠들 까닭이 뭐냐 말야?"

삼정이는 상기가 되어 주먹으로 책상을 쳤다.

044회, 1931.10.06.

257

③ 흥룡이는 여전히 입을 다물고 앉았다. 삼정이는 제가 떠들고 싶은 대로 떠들게 내버려두고 조리 있게 묻는 말만 골라서 '예스'나 '노' 두 가지로만 대답을 할 작정이다.

"말이 말 같지 않은가? 왜 대답을 못해? 사람이면 남의 은혜를 갚을 줄 알아야지."

"난 그 집에 은혜 진 일도, 신세를 갚을 일도, 없는 걸요."

은혜를 갚아야 한다고 훈계를 하는 데는 흥룡이도 비위가 틀려서 군소리하듯 대꾸를 하였다.

"뭐야? 신세진 일이 없으면 네 어미 애비는 누가 먹여 살렸느냐?"

"우리 아버지는 돌아가실 때까지 그 집에 비부노릇을 했지요. 남에게는 김 장관 댁 종놈이란 소리를 들으면서 한 평생 그 집의 구듭을 치구 간신히 얻어먹었을 뿐인데 신세란 무슨 신세에요? 값싸게 부려먹었으니까 그 집에서 우리 부모의 신세를 진 셈이지요."

부모까지 들추어내니까 흥룡이도 참을 수 없어서 말문이 터졌다.

"건방진 소리 마라! 너처럼 상하의 구별을 못하고 고마운 것도 모르는 놈들 때문에 사회의 질서가 문란해지는 것이다. 어쨌든 계훈이는 네 상전이 아니냐?"

흥룡이는 '토론을 할 필요는 없다' 하면서도

"계훈이나 나나 아버지의 몇 그램의 정충 작용으로 생겨나기는 마찬가지니까요. 내게는 상전도 아랫사람도 있을 까닭이 없쉬다. 내 몸뚱이를 움직여서 밥을 얻어먹는 노동자일 뿐이지요."

삼정이는 아랫입술을 자근자근 깨물고 앉았다가

"듣기 싫다. 너 같은 좌익병자는 보통 인간이 아니다. 주둥아리만 살았을 뿐이지 네까짓 것들이 무얼 한다고 날뛰느냐?"

"흥, 한 번은 걸리고야 말 홍역마마를 못한 사람도 성한 인간은 아니겠지요."

홍룡이는 한마디 비꼬아 던졌다. 법률은 사람의 의사(意思)를 처벌하지는 못한다. 그러나 제 앞에서 죽여주십사 하고 머리를 숙이고 있는 게 아니라 들입다 대들어서 한 마디도 지지 않으려는데 삼정이는 자존심이 꺾이는 것 같았다. 피의자의 기를 꺾어 놓지 않으면 만만히 취조할 수도 없거니와 공연히 탈선을 시켰구나 하고 다시 목소리를 낮추어

"쓸데없는 소리는 집어치우고 내가 묻는 말에나 바로 대답해."

그러나 뒤를 대일 말이 없었다. 워낙 사건을 만들어서 얽어 넣으려는 터이라 눈앞에 내밀 아무 증거품도 없으니까 넘겨짚어 보는 수단밖에 없다.

"홍룡이는 유도를 잘 한다지?"

어둔 밤에 홍두깨 내어 밀기로 불쑥 딴소리를 끄집어낸다.

"유도라니요? 해본 일이 없는데요."

"해본 일이 없으면 이단이나 하는 형사를 들러다 메어꽂고 달아날 수가 있나?"

"형사를 메다쳤어요? 누가요?"

홍룡이도 눈을 크게 뜨며 딴전을 붙였다.

"누구 앞에서 바로 불지를 못하나? 지난 달 ××일 밤에 장충단에서 왜 활극 한바탕을 하지 않았는가?"

삼정이는 무슨 소린지도 모르는 듯이 어리둥절하고 있는 홍룡의 얼굴을 뚫어져라 하고 바라다본다.

"무슨 말인지 난 도무지 모르겠는데요. 장충단에서 활극을 하다니요?"

하고는 날짜를 짚어보더니

"그날은 자정 때까지나 야근을 했는데…"

자신을 변명한다. 삼정이는 의자를 끌고 흥룡의 앞으로 무릎이 마주 닿도록 다가앉으며

"우리가 한 달이 넘도록 조사한 것이 있는데 시치미를 떼면 될 말이냐?"

귀청이 따갑도록 별안간 소리를 지르며 안주머니에서 협박장을 꺼내어 흥룡의 턱 밑에다 치받히며

"이게 네 글씨가 아니냐? 네가 한 것이 분명하지?"

흥룡이는 한참이나 편지를 들여다보다가

"아니요. 난 이런 편지 쓴 일이 없어요"

머리를 흔들며 강경히 부인을 하였다.

"네가 한 것이 아니냐? 정말 아니야?"

삼정이는 숨을 가쁘게 쉬며 벽의 초인종을 눌렀다. 약속이나 해둔 듯이 기운꼴이나 쓸 듯이 험상궂게 생긴 형사가 세 명이나 삼정의 눈짓을 받아 흥룡에게로 우르르 달려들었다.

045회, 1931.10.07.

④ 흥룡이는 새벽녘에야 정신이 들었다. 눈은 간신히 떠졌어도 몸은 꼼짝도 할 수 없다. 사지는 송장 모양으로 꾸드러져서 남의 살 같고 펼 수도 오그릴 수도 없다. 멀거니 떠진 눈동자에 비치는 천장과 들창은 마취약에 취한 것처럼 그 윤곽이 흐릿해서 어렴풋이 물러났다가 앞으로 달

려들었다 한다. 몸이 반듯이 눕혀 있는 채 땅 속으로 까마아득하게 승강기를 타고 내려가는 것 같고 고무풍선처럼 공중으로 붕긋이 떠오르는 것 같기도 하다.

차차 의식이 돌고 실낱같은 호흡이 평상시와 같이 회복이 되니까 전신에 척척한 것을 깨달았다. 고개를 간신히 돌려보니 마룻바닥에는 물이 그저 흥건하게 고여 있었다.

흥룡이는 숨을 깊이 들이쉬며 몸서리를 쳤다. 방 안에는 아무도 없는 줄 알았더니 머리맡에서 인기척이 난다. 경찰의가 주사기를 들고 지키고 앉아서 흥룡이가 깨나기를 기다리던 것이다.

전기불이 꺼지고 전차가 움직이는 소리가 들릴 때 당번순사는 흥룡이를 업어다가 유치장에 들이뜨렸다. 같은 방에 있던 다른 피의자들은 몇 달 동안 입원이나 했다가 나오는 사람 같은 흥룡의 형상을 흘깃 쳐다보고는 무어라고 중얼거리며 돌아 누워버린다.

다리팔을 척 늘어뜨리고 쓰러져있으면서도 만족한 웃음이 아직도 핏기가 돌지 못한 흥룡의 입모습을 새었다.

"사지를 각을 떠내는 한이 있더라도…"
하고는 허청대고 코웃음을 쳤다. 흥룡이는 고통을 참는 힘과 누구에게나 굽히지 않는 자신의 의지력을 믿었다. 생사람의 숨이 턱턱 막히고 당장에 맥이 끊어지게 되는데도 깜깜하고 정신을 잃은 그 순간까지 그 입은 무쇠병목과 같이 한 번 다문 채 벌리지를 않았다.

"아니다! 난 모른다!"
한 마디로 끝까지 버티어서 몇 번이나 면소가 되어 나온 어느 선배와, 법정에서 혀를 깨물고 공술을 거절한 어떤 동지의 얼굴을 눈앞에 그리면서 죽을 고비를 간신히 참아 넘겼던 것이다.

"그까짓 일답지 않은 일에 오장까지 쏟아놓을 양이면 정말 큰일을 당하면 어떻게 할고—"

"내 육신은 언제든지 죽을 수 있다. 그러나 내 의지만은, 정당하다고 믿는 신념만은 올가미를 씌울 수도 없고 칼끝도 총알도 건드리지를 못한다!"

흥룡이는 웃을 기운만 있으면 쇠창살이 물러날만한 큰 목소리로 한바탕 웃고 싶었다.

그는 다리팔의 마디마디를 번차례로 주물러서 간신히 몸을 추슬러 상반신을 벽에 기대었다. 머릿속이 휭— 하고 휘둘리는데 철창을 새어 들어오는 아침햇발이 돈짝만하게 눈앞에 어른거리는 것을 한참이나 바라다보려니까 아주 맑은 정신이 도는 것 같았다.

'정혁이는 무사했던가? 어머니는 내가 여기 와있는 줄만 아셨으면 경찰서 문 앞에서 밤을 새우셨을 게다.'

흥룡의 눈에는 어머니가 유치장과 바로 담 한 겹을 격하여 그 밖에 쭈그리고 앉아서 찬 이슬을 맞으며 밤을 새운 모양이 내어다보는 것 같았다. 차입을 받아주지 않는 줄 알면서도 옷 보퉁이를 끼고, 밥주발을 싸가지고 와서 지궁스럽게 들여 달라고 떼를 쓰다가 발길에 채어 눈 위에 쓰러졌던 일도 있다. 멀지도 않은 작년 겨울 인쇄소에 동맹파업이 일어났을 때였다.

또 한 가지 염려되는 것은 편지까지 압수를 당했으니까 필경 덕순이와의 관계까지 드러나고 말았을 것이다. 이제까지 누구에게나 비밀히 하여 오던 덕순이란 여자와의 관계가 맨 먼저 경찰의 손에 탄로가 된 것을 생각하니 분하다느니보다 몹시 불쾌하였다.

"덕순이, 덕순이까지 잡혀왔을 것이다. 그렇지만 나 모양으로 당하지나 않을까?"

흥룡이는 제가 몇 시간 전에 겪던 그 자리에다가 덕순이를 바꾸어 앉혀놓고 상상해 보다가 이를 부드득 갈았다.

😊 046회, 1931.10.08.

⑤ 흥룡이와 덕순이란 여자와의 관계를 아는 사람은 당자 두 사람밖에 없었다. '나는 지금 아무개와 연애를 합네' 하고 자랑삼아 친구 간에라도 뒤떠들고 다니는 사람을 보면 흥룡이는 눈살을 찌푸렸다. 원체 연애란 한 개인과 개인 사이에 극히 사사로운 관계다. 남녀양성이 결합되어서 사회에 한 단위(單位)를 짓게 되면 물론 연애나 결혼이 한 가지 사회문제도 되는 것이요, 인생에게 가장 중대한 영향을 끼치는 것이지마는, 생리적 필연(生理的 必然)과 역사적 필연(歷史的 必然)을 뒤바꾸어 가지고 남녀관계에만 파묻혀서 불같이 뜨거운 싸우려는 힘과 열을 마춰시키고 싶지 않았던 것이다. 사업과 연애를 구별하자, 누구나 같이 타고난 본능(本能)의 종노릇을 하고 성욕에 사로잡혀서 보다 더 크고 엄숙한 현실(現實)을 잊어버릴 수 없다. 모든 불합리한 것을 떼쳐버리는 데는 동지간의 뜨거운 사랑이 그 원동력이 되는 것이나 앞만 바라다보고 나아가려는 길을 연애가 가로막고 지름길로 끌고 들어가는 경우가 많다. 흥룡이는 장래를 타산해보느라고, 또는 덕순이란 여성을 좀 더 오래 두고 관찰해보려고 어머니가 그다지도 며느리를 못 보아 성화를 하건만 이제까지 못 들은 체하고 속으로만 꿍꿍이셈을 치고 있었던 것이었다.

홍룡이가 덕순이를 처음 알기는 금년 봄 용산에 있는 어느 고무공장에서 임금을 내린 까닭에 소동이 일어났을 때, 조합에서 파견된 조합위원으로 진상을 알아보려고 갔다가 처음 상면을 하게 되었었다. 덕순이는 이백여 명이나 되는 여직공들 중의 대표의 한 사람으로 또는 '리포터'(연락을 취하는 사람)로 활동을 하고 있었다. 나이는 스무 살 남짓하여 노처녀요 외양이 미인은 아니나 영양부족으로 빈혈증에 걸린 여직공이 대부분인데 그 중에 덕순이만은 뛰어나게 혈색이 좋고 체격이 건강하게 생겼었다.

　　서로 인사를 바꾼 뒤에 덕순이는 젊은 남자 앞이건만 조금도 수줍어하지 않고 흥분이 되어서 그동안 자본주 측과 싸워온 경과를 보고하였다. 말은 마디마디가 똑똑 떨어지고 조리가 분명하였다.

　　한참 열이 오를 때에는 두 눈동자를 뒤룩뒤룩 굴리며 홍룡이와 공장주인을 구별하지 못하는 것처럼 대어들면

　　"하루 열 시간 동안을 시키고 겨우 이십오 전씩 주던 것을 또 오전 씩 내리란 말이야? 우리는 오 전을 가지고 한 끼를 먹는다. 조밥 한 술 먹지 말고 굶고서 너희 일만 해달란 말이냐?"

　　나중에는 입으로 거품을 뿜으며 '이 도둑놈들아!' 하고 사뭇 달려들 것 같았다. 홍룡이는 덕순의 열렬한 태도에 감심되었다느니보다도 가슴속까지 찌르르 하는 그 무엇을 느꼈다. 덕순이가 숨이 가쁘게 말을 물 퍼붓듯 할 때에는 행주치마 허리로 졸라맨 젖통이가 벌룽벌룽 숨을 쉰다. 얼굴에는 피가 끓어올라 분도 바르지 않은 두 뺨은 대면 뜨거울 것같이 빨갛게 익어가지고 제 앞으로 달려들던 덕순이― 홍룡이는 그 여자에게 일종의 위압을 느끼는 것 같았다….

아침때가 되었다. 유치장 속에는 다 찌그러지고 때가 까맣게 낀 벤또를 돌렸다. 다른 사람들은 벤또를 다가놓고 탐식을 하건만 흥룡이는 꾸드러진 찬밥덩이와 새우젓 꽁댕이가 모래알같이 깔깔해서 씹어 넘길 수가 없었다. 식도가 붓고 비위가 뒤집힌 것 같아서 헛구역이 나는 것을 참고 앉았으려니까 복도에서 환도소리가 대그락거리고 나더니

"강흥룡이 이리 나와!"

하고 당직순사가 불러낸다.

"아침부터 너무 심하구나."

하고 흥룡이는 수갑을 차고 이번에는 아래층 취조실로 허청거리는 다리를 옮겨 놓았다.

047회, 1931.10.09.

⑥ 아래층 취조실은 밝은 날도 음침하였다. 실내에는 지난밤에 보던 사람은 그림자조차 감추고 차석 되는 사람이 흥룡이를 앞에 앉히고 지난 일은 도무지 모르는 듯한 태도로 취조를 개시한다. 지난밤에 흥룡에게 직접 손을 대던 사람들은 피의자의 감정을 덧들여 놓으면 취조를 진행하는 데도 불리할 듯해서 조서만 차석에게 넘기고 자기들은 발을 뺀 것이다. 사건이 단순히 부호의 아들을 협박하였다는데 그칠 것 같으면 유치 기한이 열흘이나 되니까 청처짐하게 잡도리를 해도 좋을 것이나 근래에 어떠한 노동단체를 중심으로 비밀결사가 조직되었다는 정보를 빈번히 접한 고등계원들은 오래간만에 일거리를 장만한 듯이 이왕 걸려든 김에 흥룡이 같은 인물의 배후를 뒤지면 보다 큰 사건의 단서가 잡힐 것이라고 우두머리들이 협의를 거듭하여 흥룡이를 닦달질한 결과에 따라서 일

제히 검거에 착수하려는 계획이다. 그러기에는 소문이 퍼지기 전에 가장 민속히 흥룡의 연루자를 잡아들일 필요가 있었다.

차석은 지난밤에 주임이 작성한 서류를 펼쳐놓으며

"오늘은 주임이 결근을 해서 내가 대리를 보는 것이다. 그런데 어제 진술한 내용이 여기 적힌 것과 틀림이 없겠지?"

흥룡이는 놀라지 않을 수 없었다. 정신을 잃을 때까지 절대로 부인한 일이 조서에는 전부 '네 그렇습니다. 틀림없습니다'라고 씌어 있었다. 잠이 들었을 것 같으면 잠꼬대라고나 하겠지만 정신을 잃었다 깨어난 사람이 꿈에도 아니한 일까지 죄다 했노라고 불었을 리가 없다. 흥룡이는 하도 어이가 없어서

"이건 다른 사람의 조서가 아닐까요?"

하고 차석의 얼굴을 빤히 쳐다보았다.

"뭐야? 그렇게 딴전을 붙이면 될 말이냐?"

소리를 버럭 지르며 조서 겉장을 들추어 보인다.

"자 이게 네 글씨지? 이건 네 손가락으로 찍은 게 분명하지 않으냐?"

"그것만은 확실한 듯하지만…."

"그것만은 확실하다니 주임이 친히 꾸민 조서인데 지금 와서 부인하면 될 말이냐?"

"주임 아니라 누가 받았든지 간에 거짓말인 것이 확실한 담에야 나까지 문서 위조의 공범자가 되어 달라는 말이요?"

하고 뒤받았다.

오늘은 될 수 있는 대로 피의자를 달래고 어루만져가며 온순히 취조를 해 보려던 작정이었으나 사실이 틀리고 안 틀린 것은 고사하고 피의자의

관리를 깔보는 태도로 애먹여 나가는 데는 그대로 내버려 둘 수가 없었다.

"어쨌든 네가 공술한 것은 사실로 인정하니까 불평이 있거든 검사국에 가서 말할 것이다."

차석은 억지를 써서 그 다음 장을 넘기려 한다.

"아무렇게나 당신네 맘대로 할 게지만 그 대신 난 앞으로는 한 마디도 묻는 말에 대답은 할 수 없으니 그리 아시오."

흥룡이는 굳게 입을 다물어버렸다. 무슨 말을 묻든지 귀가 절벽같이 먹은 사람처럼 일체로 대답을 안 하고 팔짱을 끼고 앉았는 데는 어쩔 수가 없었다. 스스로 함구령(緘口令)을 내리고 그 명령에 절대로 복종을 하려는 결심이다.

지난밤과 같은 수단을 또다시 쓴다 하더라도 여전히 입을 다물 것 같으면 그 결과는 도로 아미타불이다.

차석은 입맛만 쩍쩍 다시고 앉았다가 무슨 생각을 했는지 다른 책상에 앉았던 부하에게 눈짓을 하여 데리고 나가더니 문 밖에서 한참이나 쑥덕거리는 모양이다.

빈방 안에 흥룡이를 혼자 내버려둔 지 한 십오 분이나 지났다. 흥룡이는 여전히 쭈그리고 앉았으려니까 문이 부스스 열리더니 뜻밖에 덕순이가 들어섰다.

048회, 1931.10.10.

7 덕순이는 흥룡이를 보자 한 걸음 주춤 물러섰다. 책상 위에 수갑이 놓인 것과 속적삼에다가 양복저고리를 걸치고 앉은 것을 보아 검속을 당

한 낌새는 차렸지만 흘끗 돌려다보는 흥룡의 얼굴이 못 알아볼 만큼 두 볼이 쪽 빠진 것을 보고는 놀라지 않을 수 없었다.

흥룡이는 뒤에 따라 들어오는 사람이나 없나 하고 살피고 나서

"웬일이요?"

하고 억지로 웃어보였다.

그러나 그 웃음은 마음의 여유가 있는 것을 꾸며 보이는 웃음이었다.

"웬일이세요? 언제 들어오셨어요?"

덕순이는 금세로 눈물이 핑 도는 것을 보이지 않으려고 눈을 깜짝이면서 들입다 물었다.

"어젯밤 음악회에서 그만."

덕순이는 모든 것이 짐작되었다. 다른 말은 더 물을 필요가 없는 듯이

"난 오늘 아침에 끌려왔어요. 편지 때문에 탄로가 나고 말았어요. 그런데 부탁할 말씀이 있거든 어서 하세요. 저자들이 곧 들어올 텐데요."

덕순이는 흥룡의 앞으로 몇 걸음 다가서며 재빠른 어조로 대답을 재촉하였다.

"난 염려 말아요. 나가게 되고야 말테니까… 덕순 씨나 조심하시유."

"그래도 사람의 일은 몰라요. 어서요 내 무어든지 해 드릴게. 어서 말씀하세요."

연방 뒤를 돌아다보며 발까지 구른다. 흥룡이는 갑갑하게도 무슨 말을 일러줄 듯 줄 듯하면서 망설이고 앉았다. 부탁해 내보내야 할 일은 꼭 있으나 섣불리 입 밖에 말을 내었다가는 도리어 옭혀들기가 쉽고 덕순의 신변까지 위험하게 될 것을 염려하여 말이 얼핏 입 밖으로 튀어나오지를 못하는 것이다. 나이가 나이라 때로는 혈기에 넘쳐 펄펄 날뛰는 흥룡이

지만 일조에 무슨 일이 닥치면 그와 반대로 침착하고 냉정해지는 특징을 가졌다. 덕순이는 음악회에서 잡혀왔다는 말을 듣고는

"당신의 몸이 그렇게 값싼 것이에요? 야지를 하다가 붙들려오다니 빠가라시이 하지 않아요?"

하고 혀끝을 차고 싶었지만 한편으로는 눈앞에 불똥이 떨어지더라도 하고 싶은 말은 혀끝으로 불을 뿜듯 하지 않고는 견디지 못하는 흥룡의 야인적(野人的) 기질을 사랑하는 터이라 그런 눈치는 보이지도 않았다.

단 둘이서 말을 바꾼 지도 삼 분 가량이나 지나갔다. 그때에야 흥룡이는 머리를 쳐들고 일어나 창밖으로 침을 뱉는 체하며 엿듣는 사람이 있고 없는 것을 살피고 나서

"저— 우리 집에 가서요, 쌀뒤주 밑바닥에—"

말이 끝나기 전에 복도에서 발자국 소리와 장화에 환도가 부딪는 소리가 나더니 문을 걷어차듯 하며 차석과 내근 순사들이 우적우적 달려든다.

"무슨 말이냐? 말이 마라!"

소리를 빽 지르며 제 자리로 간다. 덕순이는 문 앞으로 뒷걸음질을 쳤다. 그러나 그의 시선은 흥룡의 얼굴을 떠나지 않았다. 채 맺지 못한 중요한 말끝을 표정으로 받으려는 것이다. 흥룡이는 차석이 궐련을 붙이고 책상 위에 내던지는 성냥갑을 슬그머니 집어서 열째게 황을 걷는 흉내를 내어보였다. 덕순의 고개를 조금 끄덕이며 눈을 깜박하였다. 그 뜻을 알아들었다는 눈치는 보였지만 서로 암호 하듯 하는 것을, 비록 일순간에 달리는 시선의 내왕이라도 차석과 그 외의 눈에 사로잡히지 않았을 리가 없었다.

"너는 나가 있어, 조사할 일이 있으면 또 부를 테니까."

차석은 덕순이를 내어보냈다. 덕순이는 문지방을 넘으면서 흥룡이와 목례를 주고받았다.

"알았지요?"

"네 염려 마세요."

두 마디 말이 그 목례를 통하여 오고 간 것이다.

덕순이는 그 길로 바로 흥룡의 집으로 향하여 종종걸음을 쳤다. 덕순의 뒤에는 가장 노련한 형사 두 명이 앞뒤로 길목을 질러대어섰다. 면회를 시켜서 말할 기회를 주면 서로 믿는 사이니까 무슨 부탁을 해 내보낼 것이 분명하다. 여자의 뒤를 밟고만 보면 반드시 가장 유력한 산 증거품을 수중에 넣을 수가 있다— 이러한 술책을 짐작하기에는 두 사람은 너무나 순진하고 경험이 적었다.

덕순이는 김 장관의 집 행랑채까지 허위단심으로 달음질을 하다시피 하여 문 앞까지 다닥쳤다. 그러나 나는 새를 사로잡으려면 그물은 먼저 쳐 놓고 있는 법이었다.

049회, 1931.10.13.

⑧ 덕순이는 어느 날 밤에 흥룡의 집 대문 앞까지 와본 적은 있었지만 집 안에 들어가 본 일은 없었다. 흥룡의 어머니와는 물론 대면할 기회가 없었던 것이다. 며느릿감이라도 미리 상우례를 할 자격이 없는 것은 아니겠지만 제 발로 어정어정 걸어가서 인사를 올리기는 쑥스러웠다. 그러나 문간에서 서성거리면 남의 눈에라도 수상할 듯싶어서 제 집으로 들어가듯이 판장문을 열고 선뜻 들어섰다. 둘러보니 석유 궤짝으로 만든 찬

장과 헌 뒤주와 종이 의걸이밖에 세간이라고는 없는데 마루에도 방에도 사람은 없었다. 주인 없는 집에 들어와서 세간까지 뒤지기는 서먹서먹한 노릇이지만 망설이고 있을 때가 아니라고 생각하고 문고리를 안으로 걸고 나서 마루로 올라가 다짜고짜 쌀뒤주 뚜껑을 열어젖뜨렸다. 쌀은 반 넘어나 담겼는데 신문지를 펴놓고 쪽박으로 퍼내느라고 땀이 다 흘렀다. 뒤주 밑바닥이 긁히자 백지로 배접을 해서 단단히 부쳐 놓은 종잇조각이 드러났다. 덕순이는 뒤주 속에 거꾸로 박혀서 그 종이를 뜯느라고 정신이 없는 판에 대문을 두드리는 소리가 난다. 덕순이는 깜짝 놀라서 손을 멈추고 대문 편으로 귀를 기울였다. 거꾸로 박혀 있어서 전신의 피는 머리로 흘러내리고 머리털은 갈기처럼 일어섰다. 문 밖에서는 널쪽문을 잡아당기는 소리가 왈각왈각 하고 난다. 그러나 하던 일을 쉴 수는 없다. 덕순이는 못 들은 체하고 종이쪽을 급히 뜯었다.

뒤주 속에서 몸을 솟구치며 반 동강이 난 종이 위로 눈을 달렸다. 별로 기록한 것은 없는데 사람의 이름이 이삼십 명 가량이나 먹글씨로 나란히 적혀있고 그 밑에는 손가락 도장을 찍어놓은 명부였다. 덕순이는 떨리는 손으로 종이쪽을 조그맣게 접어서 허리춤에다 감추고 머리카락을 쓰다듬어 올리고 나서는 잠시 어쩔 줄을 몰랐다. 사람 없는 집에 들어와서 쌀을 퍼내서 마루로 하나를 흩트려 놓았으니 위불없는 쌀도적이다.

그러나 문을 자꾸 두드리는 소리가 나니 열어줄 수도 없고 아니 열 수도 없다. 덕순이는 마음을 다부지게 먹고 툇마루로 내려서며 문고리를 벗겼다. 문짝이 열리기 전에 바깥에서

"누구냐? 흥룡이냐?"

하고 반가이 부르짖듯 하며 들어서는 사람은 유모였다. 시어미 될뻔댁이

와 며느릿감은 그야말로 어안이 벙벙하여 마주 바라다볼 따름이다. 덕순이는 떠들면 이웃집까지 소문이 날까 보아

"큰일 났습니다. 그 문을 걸고 어서 좀 들어옵쇼"

임시처변으로 유모를 방으로 끌어들였다. 유모는 마루 위에 온통 흩트려 놓은 쌀을 보고는 눈이 뚱그래진 채 말 한 모금 나오지 않는 모양이다. 덕순이는 귓속 하듯이 흥룡의 긴급한 심부름으로 왔다는 말과 제가 다녀갔다는 말을 누구에게든지 하면 큰일이 난다고 단단히 부탁을 하였다. 유모는 그제야 좀 안심이 된 듯이

"아이고 참 고맙소. 그런데 그 애는 곧 내보낸답니까?"

"염려 마십시오. 일간 나오겠지요"

덕순이와 유모는 같이 쌀을 뒤주에다 퍼부으면서

"뉘댁 처잔지 잠깐 보기에도 어쩌면 저렇게 칠칠허오 그래 우리 흥룡이는 언제부터 알았습니까?"

유모의 묻는 말은 은근하고도 부드러웠다.

"얼마 안 됐습니다. 조합에서 가끔 뵈었어요"

덕순이는 소매로 땀을 씻으며 공손히 대답하였다. 유모의 얼굴은 고생살이에 찌들려 주름살 천지나 잠시 보기에도 퍽이나 인자한 어머니였다. 유모는 무글무글하게 생긴 덕순이가 탐이나 나는 듯이 덕순의 얼굴을 쳐다보고 내려다보고 하면서 자기 집안 사정을 타이르는 듯한 어조로 들려준다. 덕순이는

"어쩌면요",

"그러시고 말고요"

하면서 금세로 익숙해져서 말을 주고받는 동안에 쌀은 도로 뒤주 속에

담겨졌다.

😀 050회, 1931.10.14.

⑨ 덕순이는 팔을 걷고 마루에 걸레질까지 번드르르하게 쳐놓고 일어나 옷매무새를 고치며

"좀 바쁜 일이 있어서 가봐야겠어요. 아무 염려 마십시오. 또 와서 뵙겠습니다."

공손히 예를 하고 댓돌로 내려선다.

"아이고 모처럼 왔는데 섭섭해 어쩌나. 점심이나 같이 지어먹고 갔으면 좋을걸."

유모는 비록 잠시잠간 뜻밖에 만나본 사람이나 아무 대접도 못해 보내는 것이 어쩐지 섭섭하였다.

"아니올시다. 공장에도 이틀 동안이나 빠졌어요. 여러 날 안 가면 말썽이 많다니까."

"그럼 그 애가 나오더라도 스스러울 게 없으니 가끔 놀러 와요"

하고 '요'자를 길게 뽑으며 버선발로 내려서서 문고리를 벗겨 준다. 덕순이도 유모의 곁을 떠나기 싫었다. 남유달리 인자하던 홀어머니는 갖은 고생을 다하다가 이름도 모르는 병에 걸려 약 한 첩 변변히 써보지 못하고 길을 떠나간 지도 여러 해가 되었다. '저런 어머니나 한 분 모셨으면 얼마나 든든할까' 하는 생각이 불현듯이 났던 것이다. 따라서 '흥룡 씨가 왜 입때까지 내 이야기를 안했을까' 하는 섭섭한 듯한 의문까지 생겼다. 그러나 어쨌든 핑계 김에 잘 만나보았다고 덕순이는 문 밖으로 나섰다.

문 밖에는 동맹파업 때에 저를 붙잡아가던 낯익은 형사가 (그 중의 한

명은 조선 형사) 두 명이나 좌우로 벌려 섰다가 덕순의 앞으로 바싹 다가들며

"이리 좀 들어와!"

소리와 함께 한 명은 덕순의 소매를 잡아당기고 한 명은 등을 밀면서 다시 끌고 들어왔다. 유모는 어쩐 영문을 몰라서 부들부들 떨고만 섰다. 형사들은 구두를 신은 채 마루 위로 올라와 덕순이를 가운데다 세우고

"이 집에 무엇 하러 왔느냐?"

"여기서 가지고 나가는 게 있지?"

덕순의 아래 위를 훑어보며 번차례로 달려든다.

"하긴 무얼 하러 와요. 아는 집이니까 다니러 왔지요. 가지고 나가는 게 있다니요? 빈 몸뚱이로 왔다가 그대로 가는데요"

덕순이는 치마를 훌훌 털어 보였다. 형사는 얄궂은 미소를 띠우며

"누구를 속이려 드느냐? 그렇다면 몸을 조사해 볼 테다."

성숙한 젊은 여자의 육체에 손을 대보는 것도 해롭지 않다는 듯이 형사 하나가 달려들어 덕순의 옷고름을 끄른다.

"아이고 망측해라, 이게 무슨 짓이에요?"

덕순이는 소리를 지르며 형사의 팔을 뿌리쳤다.

"그런 법이 어디 있소? 아무리 무지막지한 사람들이기로서니."

이번에는 유모가 보다 못하여 역성을 하였다.

"늙은 것은 가만있어!"

조선 형사는 유모를 떠다박질렀다. 유모는 뒤주 모서리에 머리를 부딪고는 마루 구석에 쿵하고 쓰러졌다.

"반항하면 강제로 옷을 벗길 테니까 네 손으로 벗어라."

"못 벗어요. 나 이때까지 남자 앞에서 옷을 벗어본 적은 없어요"

조선 형사는 독이 올라서

"건방진 소리 말아. 넌 별난 년이냐?"

소리와 함께 덕순의 머리채를 낚아채며 커다란 손으로 귀쌈을 후려갈겼다. 덕순이는 눈에서 불이 번쩍 나고 정신이 아뜩하였다. 그 판에 두 자는 동시에 달려들어 여자의 옷을 풀어 헤친다. 덕순이는 얼굴이 새빨개져서 죽을힘을 다하여 반항을 하나 억센 남자들의 힘을 당할 수는 없었다.

형사의 손이 허리춤으로 더듬어들어 올 때에는 가슴이 선뜩 내려앉고 등허리에 냉수를 끼얹은 것 같다. 덕순이는 명부가 발려나기만 하면 정말 큰일이 날 것을 생각하니 맥이 풀리건만 겨드랑이로 젖가슴으로 잔허리로 사정없이 쑤시며 들어오는 손을 막느라고 젖 먹은 힘을 다하여 몸을 뒤틀었으나 형사의 손은 기어이 속치마 허리까지 들어와 접어 넣은 명부에 손가락이 닿는 것을 느꼈다. 덕순이는 마지막 결심을 하고 형사의 팔을 살점이 떨어지도록 물어뜯었다. "아야!" 소리와 함께 손을 빼어내는 순간에 덕순이는 종이쪽을 약삭빨리 꺼내어 요술이나 하는 것처럼 입 속에 들어뜨리고 질겅질겅 씹어서 꼴딱 삼켜버렸다.

😊 051회, 1931.10.15.

귀 떨어진 삼각

[1] 그 후에 줄리아는 하루도 눈살을 펴고 지내는 날이 없었다. 계훈이와는 온종일 얼굴을 마주 대하고 있으면서도 거의 말 한 마디 주고받지 않는 날도 없지 않았다. 줄리아는 모든 것이 신산하고 제 몸 하나 추스르기도 귀찮은 듯이 대낮에도 침대 위로 쓰러져서 뒹굴면서 공상만 하느라고 얼굴까지 여위었다. 뾰죽한 콧날이 더 상큼해지고 눈은 마주 보기가 무섭도록 샐쭉해졌다. 가끔 히스테리 증세가 발작적으로 나서 누구를 꾸짖듯이 혼자 중얼거리기도 한다.

계훈이는 저녁이면 간다 온다 말도 아니하고 나가서 두 시 세 시나 되어야 들어온다. 대개는 술이 취하여 모자와 단장을 퉁명스럽게 내어 던지고 옷도 아니 벗고 쓰러지는 때가 많다. 어떤 날은 앞을 가누지 못하고 간신히 기어 들어와서는 문지방을 베고 코를 드르렁드르렁 고는 것을 보고도 줄리아는 남의 집 문전에 거지나 와서 쓰러진 것처럼 덮개도 걸쳐 주지 않고 침대 위에 돌아누워 버린다. 계훈이는

"네가 그렇게 앙심을 먹고 딴 생각을 하고 있지만 그래도 내 앞에 무릎을 꿇고 살려 주, 죽여 주 할 때가 있을 것이다. 네 나라로 간댔자 노

자 한 푼 네 수중에 없지 않으냐? 네 집으로 도로 찾아들면 우선 네 어미부터 받지를 아니할 것이다."

하고 뱃심을 부리며 줄리아 앞에 국축하던 태도를 고치고 도리어 꺾어 누르려고 들었다.

"네가 아무리 가시가 센 체를 하더라도 마음 약한 계집이요, 결국은 돈으로 해결이 질 텐데 어디 며칠 동안이나 그렇게 포달을 부리나 보자."

계훈이가 믿고 버티는 것은 역시 돈의 힘이다.

'스투핀이란 놈이 너를 넘겨다보고 침을 흘리지만 그자 역시 여북해야 이 조선 구석으로 빌어먹으러 들어왔으랴. 저 하나 변변히 얻어먹지도 못하는 주제에⋯ 언감생심으로 남의 계집을 빼앗아.'

하는 것이 계훈이가 자신하는 바이다.

서울 시내의 큰 요릿집 쳐놓고 계훈에게 외상을 주지 않는 집이 없었다. 계훈이만 가면 요릿집 주인까지 나와서 굽실거리며 맞아들여서 사랑놀음을 나간 기생까지 불러다 바치고 더할 수 없이 융숭한 대접을 한다. 음악가 퇴물이나 운동가 지친 청년들을 오륙 명씩이나 병정으로 세우고 허구한 날 뚱땅거리며 밤을 새우는 것이 요즈음은 습관이 되었다.

"그래도 화풀이할 곳은 요릿집밖에 없어."

하면서 날마다 출근하다시피 드나드는 것이다. 병정들은 계훈의 뒤를 줄줄 따라다니며 계집을 따다가 바치고 때로는 뚜쟁이 노릇을 하면서 계훈의 비위를 맞춰서 용돈을 얻어 쓰고 양복벌이나 얻어 입고는 으쓱댄다. 그 중에는 다달이 정해 놓고 육칠십 원씩이나 계훈에게 월급을 타 쓰는 자도 있다.

오늘도 계훈이는 진고개 어느 카페에서 백마위스키를 한 병이나 기울

이고 새로 두 시가 넘어서 알코올 기운에 불이 붙는 듯한 몸뚱이를 자동
차 속에 던지고 병정들에게 부축이 되어 집으로 들어왔다.

"문 열어라."

혀 꼬부라진 소리를 하면서 발길로 양관 문짝을 걷어차며 들어섰다.

방 안에는 전기불이 꺼져서 캄캄나라다. 계훈이는

"왜 불은 껐어? 불 켜라 불 켜."

방 안에서는 아무 대답이 없다. 소리를 고래고래 질러도 감감소식이다.
계훈이는 벽에다 몇 번이나 이마뚝을 하면서 전기 단추를 눌렀다. 침대
위에 이불을 뒤 쓰고 누웠을 줄리아가 보이지 않는다. 게슴츠레한 눈으
로 구석구석을 둘러보아도 줄리아는 온 데 간 데가 없는 것이 확실하다.
계훈이는

"흥 도망을 갔구나!"

부르짖듯 하며 안락의자에 털썩 주저앉았다.

😊 052회, 1931.10.16.

② 계훈이는 벌떡 일어나 양복장을 열어젖혔다. 줄리아의 옷은 반반한
것이라고는 한 벌도 없고 손가방까지 눈에 띠지 않는다. 계훈이는 당장
에 술이 깨어서 정신이 번쩍 나는 것 같다. 눈방울을 이 구석 저 구석으
로 굴리려니까 침대 머리맡의 벽에다가 압정으로 꽂아 놓은 종잇조각이
눈에 얼른 띄었다. 계훈이는 달려가서 그 종이쪽을 채치듯이 떼어가지고
불빛 가까이 와서 비추어 보았다. 글자는 두 줄도 되고 세 줄도 되어 보
이나 사연은 간단한 것이었다.

나는 결심한 바가 있어서 이 집과 당신의 곁을 떠나갑니다. 당신이 나를 찾는다면 지난날의 아름다웠던 몇 조각의 기억조차 깨어지게 될 것이 섭섭히 생각됩니다. 어쨌든 근래와 같은 현상대로 지낸다면 당신에게도 더 큰 비극이 멀지 않은 장래에 닥쳐올 것은 분명합니다. 나는 다만 감정과 생활의 모순으로 말미암아 일어나는 견디기 어려운 고통을 예방하기 위하여서라도 각각 다른 길을 찾아야 할 때가 임박한 것을 깨달았습니다.

마지막으로 당신은 가엾은 당신의 아내에게로 돌아가기를 진심으로 충고합니다.

오랫동안 당신의 사랑과 친절을 감사하면서.

줄리아로부터

계훈의 눈은 종이 위에 달라붙은 듯이 한참 동안이나 떨어질 줄을 몰랐다. 편지를 펴들은 손은 수전증이 있는 사람처럼 떨리는 것을 깨닫지 못하였다.

편지지 한 겹을 격하여 계훈의 눈앞에 활동사진처럼 나타나는 줄리아와 스투핀이 얼싸안고 키스를 하며 갖은 추태를 부리는 광경이 너무나 똑똑히 나타났다가 그보다도 더 추잡한 장면이 뒤를 대어 눈앞으로 달려든다. 계훈이는 그렇지 않아도 잔뜩 흥분이 되었던 터이라 불길같이 타오르는 질투에 눈알맹이까지 토끼눈 모양으로 빨개졌다. 단거리 경주나 하고난 사람처럼 숨이 가빠서 당장에 염통이 터져서 갈빗대 밖으로 뀌어져 나올 것 같다.

계훈이는 편지를 꾸겨서 방구석에다 팽개치고 미쳐 나는 사람처럼 모자도 안 쓰고 바깥으로 뛰어나갔다. 괴괴하게 잠이 든 새벽거리를 갈팡질팡 헤매다가 택시를 잡아타고 속력을 내라고 성화같이 운전수를 을러대며 스투핀의 집을 향하여 달렸다.

서대문 밖 스투핀이 들어있는 집은 다과회에 한두 번 참석한 일이 있었다. 자동차 속에서도 계훈이는 안절부절을 못 하고 열병에 걸린 사람처럼 쿠션 위에서 몸 둘 곳을 모르는 모양이다. 자동차는 서대문턱까지 와서 정동 어귀에서 뛰어내리기는 하였으나 줄리아하고 같이 왔을 때에 어느 골목으로 들어갔었는지는 생각이 들지를 않는다. 소잡한 이 골목 저 골목을 쑤시며 헤매어도 스투핀의 집은 나서지를 않는다.

"망할 자식이 떼도망을 갔나?"

속으로 부르짖으며 다시 큰길로 더듬어 나왔다.

쌀쌀한 새벽바람이 쐬— 하고 정동 마루터기를 훑어 내려서 계훈이는 졸지에 선선해져서 어깨를 떨며 외투 깃을 세웠다. 그때에야 우체통이 선 골목으로 꺾여 들어갔던 생각이 어렴풋이 나서 발꿈치를 돌렸다. 일본 가타카나로 스투핀이라고 써 붙인 집을 찾고 보니 이제까지 그 집만 빼어 놓고 뺑뺑 돌아다녔던 것이 더한층 분하였다.

"그까짓 년 놈 단매에 때려죽이면 고만이다! 두고 볼 게냐."

계훈이는 빠드득 소리가 나도록 이빨을 갈며 주먹으로 문짝이 부서져라고 땅땅 두드렸다. 길 건너 양옥집 유리창이 울려서 우루루우루루 떨리도록 두드리다 못하여 발길로 탕탕 걷어차도 집 안은 불이 꺼진 채 빈집처럼 고요하였다.

🙂 053회, 1931.10.20.

③ 계훈이는 도둑놈 모양으로 담을 뛰어넘었다. 철책에 외투자락이 걸려서 부욱 소리가 나며 찢어진 것도 돌아볼 겨를이 없이 길거리로 뚫린 들창을 주먹으로 두드렸다. 여전히 대답이 없다. 이번에는 뒤뜰로 돌아서 침실의 유리창을 들쑤시고라도 들어가려고 벼르는 차에

"게 누구요?"

소리가 아래채에서 들렸다. 그 소리는 도둑놈을 외치거나 허청대 "불이야" 소리를 간신히 지른 것처럼 떨렸다. 집을 지키고 있던 쿡(요리 만드는 사람)이 그제야 집을 사뭇 들부시는 소리에 놀라서 깬 모양이다. 계훈이는 목소리가 나는 편으로 달려가서

"주인 어디 갔소?"

꾸짖듯이 물었다.

"당신은 누구요? 주인 없소."

쿡은 퉁명스럽게 대답을 던지고는

"아닌 밤중에 별 미친놈이 다 많군."

하고 투덜거린다.

"여보 급한 일이 있어서 그러는데 스투핀이 어디 갔는지 모르시겠소?"

이번에는 조금 수그러들었다.

"모른다는 밖에 어쩌라고 밤중에 떠들고 야단이요?"

대답은 방 속에서 들린다. 계훈이는 더한층 몸이 달아서

"여보슈. 그럼 여기 서양 여자가 찾아오지 않았습디까?"

"허구한 날 초저녁이면 다녀가는데 어느 날 왔었느냐 말요?"

그제야 계훈이는 제가 요릿집에 파묻혀 있는 사이에 줄리아가 스투핀의 집에 찾아다닌 것이 짐작되었다. 계훈이는 창 앞으로 바싹 다가서며

더 나직한 목소리로

"미안하지만 오늘도 그 여자가 왔습디까?"

"난 모르겠소 주인도 나가서 그저 안 들어왔으니까."

더 물어볼 필요가 없다. 날마다 다니던 줄리아가 지난밤에만 안 왔을리가 없고 년놈이 간 데 온 데가 없으니 손목 잡고 어디로 도망간 것은 확실하다. 쿡이 우물쭈물하고 대답을 똑바로 못하는 것은 행방을 감추기 위하여 누가 와서 찾든지 모른다고만 대답하라고 일러두고 간 것도 어김없는 사실이다. 닭 쫓던 개면 지붕이나 쳐다보려니와 지난밤 초저녁에 종적을 감추었으면 그동안에 몇 천 리라도 달아났을 것이다.

맥이 풀려서 집으로 돌아온 계훈이는 사면으로 전화를 걸어보았다. 전화는 큰사랑 분합마루에 걸려서 떠드는 소리가 김 장관의 귀에도 들리련만 새로 서너 시까지나 그날도 마―짱판을 벌이고 있다가 첫 잠이 깊이 들어서 징 꽹과리를 두드려도 모를 지경이다. 계훈이는 조선호텔을 위시하여 가 있을만한 데를 깡그리 걸어보아도

"없소 그런 손님 온 일 없소"

하는 졸린 목소리뿐이다. 계훈이는 그만 기운이 빠져서 전화통 밑에 털썩 주저앉았다. 모주병정이 헤갈을 하고 다닌 것처럼 옷은 찢어지고 바지는 기어내리고 머리털은 수세미가 되었다. 불과 몇 시간 동안에 광대뼈가 솟은 것 같고 눈두덩이 푹 꺼진 것이 남이 보면 놀랄 만큼이나 변했다.

널따란 대청에는 쌀쌀한 새벽바람이 휘돌고 쥐가 소란반자를 싸각싸각 쏘는 소리밖에 들리는 것이 없다.

계훈이는 여전히 고개를 떨어뜨리고 앉았다가 무슨 생각이 든 듯이 내

던졌던 전화번호 책을 집어가지고 삼정 경부의 집 번호를 찾았다. 아무리 찾아보아도 전화번호 책에는 올라 있지 않다. 할 수 없이 경찰서로 알아보아 경비전화로 바꾸어가지고 불러냈다.

삼정 경부는 무슨 돌발사건이 일어난 줄 알고 급히 전화를 받았다. 계훈이는 전화통에다 대고 열 번 스무 번 절을 하면서 줄리아의 행방을 수색해 달라는 부탁을 하였다. 국경을 위시하여 전조선 각처에 조회를 하려면 쉬운 일이 아니오, 정식으로 수속을 한 것도 아니건만 삼정이는

"내일 저녁때까지만 기다려줍쇼. 천만에—네, 네—염려 맙시오."

하고 친절히 전화를 받았다.

😊 054회, 1931.10.22.

④ 계훈이는 양관으로 돌아온 후에도 날이 밝을 때까지 눈을 붙일 수 없었다. 유리창으로 부챗살같이 쏘아 들어오는 아침 햇발에 바늘 끝같이 날카로워진 신경이 꼭꼭 찔리는 것 같아서 휘장을 치고 고꾸라지듯이 침대 위에 가 쓰러졌다. 머리맡에는 새털베개와 이불자락에서 코에 배인 줄리아의 살 향기와 머릿기름 냄새가 전과 같이 물큰하고 맡힌다. 계훈이는 전신이 솜같이 풀려서 극도로 피곤하건만 그럴수록 여자의 살 냄새는 염치없이도 육감적 흥분을 돋우는 것이다. 계훈이는 몸을 뒤치락거리며 눈을 억지로 감고 잠을 청해도 줄리아와 스투핀의 그림자만 환등처럼 어른거려서 잠이 소르르 드는 듯하다가도 감기 앓는 어린애 모양으로 깜짝 깜짝 놀라져서 누워 있을 수도 없다. 눈앞에서 어른거리는 환영(幻影)보다도 조선호텔에서 술이 취하여 방구석에 쓰러졌던 스투핀이 돼지처럼 씨근벌떡하고 쉬던 그 숨소리가 줄리아××에서 들리는 것 같고 그의

희고 윤택한 살은 스투핀의 던적스런 개기름에 뒤발이 되었을 생각을 하니 당장에 미쳐나서 큰길로 뛰어나갈 것 같다. 계훈이는 무슨 결심을 한 듯 재주를 넘듯이 침대 위에서 벌떡 일어났다. 머릿속이 팽 돌고 방 안이 샛노래지는 것을 문설주를 붙잡아서 간신히 쓰러지지 않았다. 신짝을 바꿔 끌고 큰 사랑으로 건너가서 소리 없이 장지를 열고 들어섰다. 아침 여덟 시가 넘었건만 김 장관은 물론 청지기 상노놈까지 밤중인 줄만 알고 그저 잠이 깊이 들어있는 모양이다. 계훈이는 장관의 머리맡을 더듬어서 그가 잠시라도 몸에서 떼어놓지 않는 열쇠꾸러미를 보료 밑을 뒤져서 꺼내가지고 반침 속에 있는 문갑을 열었다. 그 속에는 토지문권과 증서 같은 것이 들어있으나 종이 위에는 손도 대지 않고 맨 구석에 넣어둔 육혈포를 꺼냈다. 김 장관에게 호신용으로 특별히 허가해 준 모제르식 피스톨은 감추어둔 채 한 번도 써본 일은 없었다. 계훈이는 그 옆에 놓인 조그만 가죽상자에서 탄환을 꺼내어가지고 안주머니에 감추고 발소리도 없이 장지를 감쪽같이 닫고 뒤뜰로 돌아서 양관으로 돌아왔다.

"한 방이면 그만이다. 두 방이면, 두 방이면 만사가 그만이다."

문을 안으로 잠그고 계훈이는 육혈포를 꺼내가지고 허리를 꺾어서 탄환을 재어 제 얼굴에다가 겨냥을 하면서 속으로 중얼거리다가는 "핫, 핫 하하" 하고 허청대고 웃었다. 손수건을 꺼내어 육혈포를 닦아도 보며 방아쇠에 손가락을 끼고 잡아당기는 연습을 하다가는 또다시 낄낄낄 웃어 젖힌다.

출입하는 문을 향하여 사람이 들어오는 것을 상상하고 노려보기도 하고 육혈포를 거꾸로 쥐고 던졌다가 받았다 하며 공기 놀리듯 한다.

"내일 아침까지다. 있는 데를 알기만 하면야."

계훈이는 그야말로 일각이 삼추와 같이 삼정 경부에게서 통지가 오기만 기다리느라고 몹시 초조하였다.

머릿속의 물기가 쪽 빠지고 입술이 바작바작 타들어가는 것 같다. 시장한 것이 지나서 허기가 진 것 같건만 반빗아치가 조반상을 들고 나오고 대방마님이 들어오라고 몇 번이나 계집종을 내보냈건만 계훈이는 먹을 생각도 누구를 만날 생각도 없어진 모양이다.

가슴에 탄환을 정통으로 맞고 입으로 피를 뿜으며 눈을 흡뜨고 스투핀과 그 곁에서 벌벌벌 떨고 무릎을 꿇고 엎드려서 살려달라고 애걸복걸을 하는 줄리아를 눈앞에 그려보는 것이 무엇보다도 상쾌하였다.

'종신징역을 해도 좋다. 교수대에 목이 매달려도 그러기 전에 내 손으로 이렇게'

하면서 또다시 총부리를 제 이마에도 대보고 염통에다 겨냥도 해보면서 실신한 사람처럼 방 안을 왔다 갔다 한다.

그러는 판에 창 밖에서

"서방님 전화 받으십시오."

큰 사랑의 상노가 나와서 소리를 쳤다.

055회, 1931.10.24.

5 "여보세요 네 아 그렇습니까? 대단히 고맙습니다. 네? 어디로? 금금강산이요? 네네 장안사호텔이요? 알겠습니다. 고맙습니다."

계훈은 말끝마다 머리를 골백번이나 숙이고 전화통을 기운 없이 걸었다. 이마에는 식은땀까지 흘렸다. 눈이 캄캄하도록 기다리던 전화는 뜻밖의 소식을 전한 것이었다.

중대범인이 탈주나 한 것처럼 조선 각지로 전보를 놓아 조회를 해본 결과 금강산 장안사호텔에 서양사람 남녀가 막차로 도착하였는데 남자는 인상기에 적어 보낸 것과 틀림이 없으나 변명을 한 모양이요 동행인 여자는 제 아내라고 숙박계에 적었으나 행색이 수상하다는 신속한 보고를 접하는 동시에 삼정이는 계훈에게 전화를 건 것이었다. 줄리아가 항상 입버릇처럼 구경하고 싶다던 금강산, 더구나 시절은 가을이라 단풍잎이 불꽃을 시새는 듯 기암절벽을 저녁노을같이 물들이고 골짜기마다 새빨간 안개가 피어오르는 듯한 황홀한 풍경 속에서 사랑의 신비(神秘)를 속삭이는 것도 그럴듯한 일일지 모르나 지금의 계훈이는 줄리아와 스투핀이 어깨를 걸고 앉았을 듯한 비로봉 꼭대기에서 폼페이의 마지막 날처럼 화산이 터져 일만 이천 봉이 일순간에 폭삭 내려앉았으면 하는 질투를 지나친 저주의 불길로 가슴이 가득 찼다.

'머뭇거리고 있을 때가 아니다. 너나 할 것 없이 마지막 날이 온 것이다.'

계훈이는 속으로 부르짖고 육혈포를 속옷 주머니에 지닌 후 골프복으로 갈아입고는 양관을 나와서 집안사람의 눈을 피하여 뒷문으로 빠져 큰길로 나갔다. 노자를 변통하려면 줄리아의 뒤를 따라가는 것이 탄로가 날까 보아 새끼손가락에 끼고 있던 금강석을 박은 반지를 일본 전당국에 잡혀서 십 원짜리 다섯 장을 얻어 넣었다. 계훈이가 전당국 출입을 한 것은 난생 처음이었다. 경원선 행 기차가 떠나려면 시간이 남아서 정거장 식당에서 요기를 한 후 이등찻간에 내다버리듯 몸을 실었다.

'아하 이것이 마지막 길이로구나! 서울아 잘 있거라.'

하고 임종 때가 가까운 사람이 친족의 얼굴과 방 안을 유심히 바라다보듯이 계훈이는 정거장 속에서 우글우글 끓는 승객들의 얼굴을 차창을 격하여 둘러보며 턱을 괴고 차가 어서 떠나기만 기다리고 앉았다. 모든 것을 단념한 뒤라 이 세상 모든 것에 대한 애착심까지도 없어진 것처럼 도리어 마음이 놓이는 것 같기도 하다.

정거장 구내에 종소리가 요란히 울리더니 차장은 손을 들었다. 차바퀴가 철로바탕을 미끄러지며 움직이는데 개찰구로 헐레벌떡거리며 달려드는 사람을 계훈이는 발견하였다. 기차는 벌써 한간 통이나 굴러나갔다. 역부는 문을 가로막고 그 사람을 내보내지 않으려는데 달려든 사람은 개찰구 앞에 지키고 섰던 순사를 급히 손짓을 해서 무어라고 수군거리더니 역부에게 명함을 꺼내 보이는 모양이다. 역부는 그제야 문을 열어주었다. 기차는 그동안에 플랫폼을 거의 다 지나갔다. 그 사람은 죽을힘을 다하여 쫓아와서 창문에 달라붙는 것을 계훈이와 다른 승객들은 차창으로 머리를 내밀고 내다보았다.

계훈이는 창 밖에서 풍겨 들어오는 산산한 바람에 정신이 도는 듯하나 사지가 풀려져 자는 듯이 눈을 감고 앉았으려니까

"여보십시오, 잠깐 실례합니다."

하고 어깨를 흔드는 사람이 있다. 계훈이는 꼬챙이로 찔린 듯이 놀라서 한참이나 쳐다보아도 그 사람이 누군지 어디서 본 듯하면서도 얼른 생각이 들지를 않는다. 그자가 꺼내주는 명함을 보고야 협박장 사건으로 삼정 경부가 찾아왔을 때에 따라와서 서 있던 삼정 경부의 부하인 것이 문득 생각났다.

😀 056회, 1931.10.27.

287

6 형사는 제 상관에게나 대하는 듯이

"어디를 이렇게 총총히 가십니까?"

허리를 구부리며 공손히 묻는다.

"갑갑해서 산보하는 셈으로— 석왕사까지 다녀올까 하오"

계훈이는 한참이나 머뭇거리다가 마지못해서 대답하였다.

'저 자가 내 뒤를 따라오는 것이나 아닐까?'

하고 염려도 되고 안주머니에 감춘 육혈포 때문에 켕기지 않는 것도 아니나 내가 어디로 가는 것을 누구나 벌써 알았을 리가 없다 하고 한편으로는 안심도 되었다. 실상인즉 삼정 경부가 계훈이에게 전화를 걸어준 뒤에 줄리아가 다른 남자와 배가 맞아서 달아난 것을 확실히 알았고 가 있는 장소까지 일러주었으니까 계훈이가 꼭 그 뒤를 따라갈 것을 상상하고 무슨 동티나 내든지 하면 김 장관에게 면목도 없고 이런 판에 잘 보호를 해서 생색도 낼 겸하여 계훈에게 미행을 붙인 것이다. 뒤를 쫓아다니며 친절한 태도로 행동만 감시하고 무슨 일이 생기면 즉시 보고를 하라는 명령이라 무슨 범인처럼 마구 다루지도 못하는 것이다.

"석왕사는 지금 퍽 쓸쓸할 걸요?"

형사는 그저 앉지도 못하고 엉거주춤하고 서서 계훈이의 속을 떠보려고 애를 쓴다.

"거기 친구도 있고 해서…."

계훈이는 진드기가 들러붙은 듯이 불쾌해서 창밖을 내어다보며 외면한 채로 대답을 던진다. 형사는 '이래서는 안 되겠다'는 듯이 계훈의 맞은편으로 자리를 잡고 앉으며

"원산까지 출장 가는 길인데 그럼 긴상과 동행을 하게 됐습니다그려.

삼등표를 사가지고 이등을 타서 쫓겨나지나 않을까요?"

하고 억지로 웃으며 너름새를 논다. 계훈이는

"어젯밤에 잠을 잘 못 잤더니 몸이 좀 곤해서 실례하겠소"

하고 말대답하기도 귀찮아서 팔베개를 하고 모로 쓰러져 버렸다.

"어서 누우십시오. 긴상도 마짱을 좋아하시는구먼요. 저도 요새야 재
미를 붙여서."

형사는 더 캐어묻고 싶으나 가뜩이나 짜증을 내고 앉은 사람을 성미를
건드리면 안 되겠다 하고 말꼬리를 슬쩍 돌리며 조일을 꺼내서 피워 문
다.

…기차는 벌써 늦은 가을의 소조한 청량리 벌판을 지나 의정부까지
왔다. 몇 분 동안 정거하는 동안에 형사는 전화를 걸려고 뛰어내렸다. 아
직 같아서는 위험한 일은 없겠다는 보고를 하고 이등차로는 다시 오르지
를 않았다. 계훈이는 '그자가 여기서 내릴 리는 없는데' 하고 의심스러웠
지만 눈앞에 보이지 않는 것만도 시원하였다.

계훈이는 너무도 피곤하여 몸을 새우처럼 꼬부린 채로 잠이 들었다.
육혈포를 몸에 지닌 것이 꿈속에도 마음이 놓이지 않아서 손이 저절로
속주머니를 몇 번이나 더듬었다. 다른 찻간으로 옮겨 탄 줄 알았던 형사
는 바로 계훈의 등 뒤에 몸을 가리고 앉아서 이따금 넘겨다보고 앉은 것
을 계훈이는 알 리가 없었다.

…오정 때가 넘어서 기차는 철원역에 닿았다. 계훈이는 깜짝 놀라 일
어나서 정신도 채 돌기 전에 장안사로 직행하는 전차를 바꿔 탔다. 계훈
이는 창밖의 경치를 구경할 경황도 없어서 여전히 눈을 감고 끄떡이고
앉았다. 전속력을 내어 달리는 전차가 뒷걸음을 치는 것 같건만 두 시가

좀 지나서 장안사 정거장에 다다랐다.

057회, 1931.10.28.

충돌

☐ 계훈이는 장안사호텔로 들어서며 현관에서 숙박계에 서명한 명부를 훑어보았다. 사무원과 보이들은 가방 하나 갖지 아니한 계훈의 행색이 수상스러워서 얼른 안내를 하지 않고 머뭇거리고 서 있다. 스투핀과 줄리아는 변성명을 하고 다른 이름을 적어놓은 까닭에 서양 사람의 내외가 여러 쌍이 들어 있는데 그 중에 누구를 꼭 집어내어서 면회를 청할 수는 없다. 계훈이는 한참이나 망설이다가 줄리아가 떠난 날짜와 장안사에 도착하였을 시간을 따져 보아가지고 그 시간에 와서 숙박한 남녀를 찾았다. 다짜고짜 위층으로 뛰어올라가서 방방이 뒤지고 싶지만 체면상 그럴 수도 없어서 사무원과 보이에게 그 전날 밤 막차로 와서 유숙한 서양인 부부의 인상을 물어보았다. 남편 되는 분은 뚱뚱하고 안경을 썼고 부인은 청초하고 젊은 미인인데 두 분이 다 영어는 간신히 통할 만큼 서투른 모양이었다는 것이 묻는데 못 이겨 마지못해 하는 대답이었다. 계훈이는 고개를 끄떡이고 듣고 있다가

"나는 이 사람들과 친한 친군데 잠깐 면회를 하러 왔소"

하고는 뒤도 안 돌아보고 층층대를 밟고 올라간다.

"여보십쇼. 잠깐만 기다리십쇼."

보이는 계훈이의 앞을 질러 뛰어 올라오며

"명함이라도 한 장 주셔야지 미리 통지를 해드리겠습니다."

하고 가로막아서며 손을 벌린다.

"필요 없어. 친한 터이니까."

"아니올시다. 호텔 규칙이 그렇습니다. 혹시 산보를 나가셨는지도 알 수 없고요."

"있고 없는 건 올라가 보면 알 것이 아닌가? 내려가 있어."

꾸짖듯 하고는 명부에 적힌 십이 호실로 거침없이 걸어간다. 보이는 뒤를 따라와서 계훈이의 소매를 붙잡으며

"그 손님은 누구든지 오거든 안내 없이 데리고 올라오지 말라고 단단히 부탁을 하셔서 아니 되겠습니다. 그럼 미리 손님이 찾아오겠다는 통지를 하고 나서 만나보시게 하겠습니다."

부득부득 말리는 것을 계훈이는 소매를 뿌리치며

"이게 무슨 실례의 짓이냐."

소리를 버럭 지르고 돌아서며 바지 꽁무니에서 오 원짜리 지전 한 장을 꺼내어 보이의 손에 쥐어주었다. 보이는

"천만에 천만에"

하면서 한 손은 안으로 오그라든다.

그동안에 계훈이는 십이 호실의 도어를 주먹으로 두드렸다. 안에서는 대답이 없다. 손잡이를 비틀고 안으로 밀어보니 문은 안으로 잠겨 있어서 땅김도 안 한다. 계훈이는 불시에 숨이 가빠지며 상기가 되어서

"줄리아! 나오너라!"

하고 악을 쓰고 싶은 것을 '내가 찾아온 것을 미리 알면 일이 그르치기 쉽다' 하고 꿀꺽 참고는 다시 조용하게 똑똑똑 노크를 하였다.

"누구요?"

그제야 방 안에서 들리는 목소리는 분명히 줄리아의 음성이다. 계훈이는 전신의 피가 머리로 끓어올라서 휘하고 내두르는 것을 간신히 진정하고 이를 악물고 서서 문 열기만 기다린다. 여차하면 한 방을 쏘아 버리려고 조끼 안주머니에 지녔던 육혈포를 꺼내어 바른손 편 외투 주머니에다 집어넣고 손가락도 방아쇠 사이에로 끼었다. 그 손은 주머니 속에 사시나무 떨리듯 한다.

"누구요? 당신이 누구세요?"

이번에는 줄리아의 나직한 목소리가 바로 문턱에서 들렸다. 계훈이는 얼른 돈을 쥐어준 보이를 끌어다 대며 눈짓을 하였다. 보이는 계훈이의 대신으로 노크를 하였다.

"실례합니다. 저는 보이올시다."

그제서 안에서 열쇠소리가 재그럭거리고 나더니 문이 빠끔히 열렸다. 계훈이는 어깨로 문짝을 떠다밀고 방 안으로 성큼 들어섰다.

🙂 058회, 1931.10.29.

② 계훈이와 한 자 거리도 못되게 마주 닥친 줄리아의 얼굴은 금세로 창백해졌다. 머리카락은 헙수룩하게 흐트러진 채 화장도 안하고 얄따란 홑옷 바람으로 전기에 감전이나 된 사람처럼 그 자리에 서 있다. 젖가슴이 유난히 벌떡거리고 아랫도리가 떨려서 하늘하늘한 치맛자락에 잔물결이 잡힌다. 계훈이는 한참이나 줄리아의 크게 뜬 눈동자만 독수리처럼

293

쏘아보다가 줄리아의 어깨 너머로 달렸다. 안락의자에 비둔한 몸을 파묻고 돌아앉은 것은 틀림없는 스투핀이다. 점심 후에 낮잠이 깊이 들었는지 연일 잠을 자지 못해서 몸을 쉬는 것인지 불룩불룩 아랫배로 숨을 쉬고 있다. 침대 위에 이부자리가 그대로 난잡히 흐트러진 채로 있는 것을 본 계훈이는 눈초리가 더욱 실쭉해졌다. 줄리아는 더 오랫동안 마주 볼 수가 없는 듯이 고개를 돌리고 비슬비슬 방구석으로 몸을 피한다. 계훈이는 스투핀의 앞으로 달려가서 왼손으로 의자 모서리를 잡아 젖히며

"스투핀!"

하고 소리를 꽥 질렀다. 의자 발에 걸린 쇠바퀴가 빙그르르 돌며 스투핀의 몸은 계훈의 눈 아래에 깔렸다. 스투핀은 잠결에 호되게 놀라서 억 소리를 지르며 계훈이를 쳐다본다. 계훈이의 눈에서는 불똥이 튀어 나올 것같이 날카롭다. 스투핀은 꿈속에서 아는 사람이나 만난 것처럼 멍하니 계훈이를 쳐다보다가

"오오 미스터 김!"

그제야 몸을 일으키며 짐짓 놀라는 태도를 꾸민다. 줄리아가 서 있는 편을 흘끔 쳐다보며

"미스터 김이 오셨구려."

친한 친구에게 제 여편네를 인사시키는 듯이 유산태평이다. 계훈이는 그 능글능글한 얼굴을 내려다보려니까 두 눈이 벌컥 뒤집히는 것 같다.

"이놈앗!"

달려들어 스투핀의 멱살을 잡으며 부르짖었으나 말은 끝을 맺을 수도 없다. 스투핀은 계훈이의 팔을 잡으며

"그렇게 흥분할 일이 아니요. 거기 앉아 신사적으로 내 이야기를 들으

시오."

어린애를 달래듯하며 의자를 가리킨다. 등 뒤에서는 줄리아의 흑흑 느끼는 소리가 들리건만 적(敵)과 적은 뒤돌아다볼 여유도 없다.

"이놈아, 줄리아를, 남편이 있는 여자를 유인해 내고도 네놈이 성할 줄 아느냐?"

계훈이는 너무나 흥분된 나머지 말은 토막토막 끊어졌다.

"줄리아 씨가 하도 우울하게 지내시는 모양이 보기에 딱하기에 바람이나 쐴 겸 여기까지 어쩌다 동행이 된 것이지 미스터 김에게 오해 받을 까닭은 없소"

하고 나서는 줄리아를 바라다보며

"아, 미스터 김에게는 집을 떠난다는 통지도 안했었구려?"

잘못을 여자에게 뒤집어 씌워 그 당장을 모면해보려는 수작이다.

"비겁한 소리 말아요 이 자리에서 죄다 얘기해 버리고 갈라서면 고만이 아니어요"

줄리아 역시 악에 받쳐서 계훈이 편을 드는 것처럼 쏘아붙인다.

"듣기 싫다. 내 생명을 빼앗은 놈은 내 손으로 처치하고 말테다! 이 도야지만도 못한 놈아!"

소리와 함께 계훈이는 육혈포를 스투핀의 가슴에다가 총부리를 탁 틀어박았다.

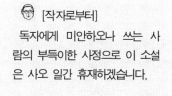

[작자로부터]
독자에게 미안하오나 쓰는 사람의 부득이한 사정으로 이 소설은 사오 일간 휴재하겠습니다.

059회, 1931.10.30.

3 "탕—"

난데없는 총소리가 호텔의 아래위층을 울렸다. 줄리아는 기절을 하여 "악!" 소리와 함께 침대 위에 쓰러졌다. 탄환이 정통으로 스투핀의 가슴을 뚫은 줄 알았더니 총부리가 몸에 닿았을 때에 스투핀은 몸을 뒤틀며 육혈포를 잡은 팔을 후려 갈겼다. 그 바람에 방아쇠를 잡아당겼기 때문에 탄환은 겨냥이 비끄러져서 스투핀의 어깻죽지를 스치고 맞은편 유리창을 뚫고 나갔다. 스투핀은 선불 맞은 산도야지 모양으로 이빨을 갈며 어깨를 웅숭그리고 계훈에게로 달려들었다. 계훈이는 총을 빼앗기지 않으려고 두어 걸음 등 뒤로 급히 물러서며 자분참 한 방을 더 갈길 양으로 떨리는 손을 쳐들었다. 안락의자와 침대로 탄환을 피하여 미친 듯이 방 안을 헤맨다. 계훈이 역시

"인제는 마지막이다!"

하고 부르짖고는 스투핀을 겨누고 방아쇠를 잡아 당기려하는 순간에 걸어놓은 문짝이 뻐개지며 지배인과 보이들이 우르르 달려들었다. 방 안까지 들어서서는 아무도 감히 계훈의 앞으로 달려드는 사람이 없다.

"나가! 안 나갈 테냐?"

계훈이는 총부리를 달려드는 사람들에게로 돌리며 악을 썼다. 지배인과 보이는 벽과 문짝에 달라붙으며 말 한 모금 못하고 두 다리를 벌벌 떨 뿐이다. 계훈이는 피가 흐르도록 입술을 깨물며 스투핀의 앞으로 달려든다. 그동안에 스투핀은 머리를 끌어 쥐고 정신을 잃은 채 쓰러진 줄리아를 끌어안고 방패를 삼고서 등 뒤에서 눈을 홉뜨고 내어다본다. '옳다구나 그렇지 않아도 단 방에 년놈을 쏘아 죽이려고 별렀던 차다'라는 듯이 계훈이는 줄리아의 앙가슴을 향하여 아직도 뽀—얀 연기를 토하고

있는 총부리를 겨누고 안간힘을 쓰면서 방아쇠를 잡아당기는 찰나에

"긴상!"

외마디 소리를 지르며 달려드는 사람이 있다. 그는 서울서부터 미행을 한 삼정 경부의 부하였다. 계훈이가 그 소리에 놀라 손을 멈추고 흘깃 돌려다보는 사이에 형사는 대담히 계훈의 등 뒤로 날쌔게 달려들어 계훈의 어깨를 껴안았다.

"나니오 시데 오루까? 좃도 마데(이게 무슨 짓이냐? 잠깐만 참아라)."

형사는 권총청년이나 잡듯이 계훈의 팔죽지를 유도식으로 비틀었다.

"놓아라! 놔!"

하고 계훈이는 죽을힘을 다하여 반항을 하나 바이올린의 활을 당기는 운동밖에 하지 못한 섬섬약질인 계훈이가 형사의 완력을 당할 수는 없었다. 방바닥에 쓰러져서 몇 번 엎치락뒤치락 하다가 손의 맥이 풀려서 총을 빼앗기게 되니까 계훈이는 얼떨결에 한 방을 또 터뜨렸다. 총알은 계훈의 왼편 팔을 뚫었다. 새빨간 피가 금세 계훈의 손등으로 흘러내린다. 형사는 총을 꺾어 탄환을 빼어 창밖으로 내어던지고 나서 기진역진해서 쓰러진 계훈이를 부축하여 일으켜 앉혔다. 그때에야 호텔 안에 유숙하던 손들이며 사무원들이 방 안으로 가득히 들어서고 환도 소리가 요란히 나더니 모자 끈을 늘인 정복순사가 사오 명이나 계훈이를 중심으로 둘러쌌다. 그 중에 한 자가 포승을 꺼내며

"이 자가 범인이지?"

하면서 계훈이를 묶으려고 다가서는 것을 형사가 무어라고 귓속을 하여 말렸다. 그제야 정신을 차린 줄리아는 의자 위에 머리를 떨어뜨리고 쌈닭처럼 할딱할딱 숨을 몰아쉬는 계훈이를 한참이나 바라보다가 말없이

일어서 침상 머리에 걸린 자리옷자락을 북— 찢어서 피가 줄줄이 흘러내리는 계훈의 팔을 처매어 주었다. 스투핀은 조끼 호주머니에 손을 찌르고 일부러 배를 내밀고 계훈의 앞으로 유유히 걸어오며

　"못난 자식 같으니. 네가 먼저 피를 흘렸구나."

하고 손가락으로 계훈의 턱을 치받치며 배를 떨면서 껄껄 웃어 젖혔다.

060회, 1931.11.07.

한 쌍의 동지

1 덕순이는 종이쪽을 삼킨 뒤에 형사를 따라나섰다. 따라나섰다느니보다도 활발한 걸음걸이로 그자들의 앞장을 서서 골목을 벗어나 큰길로 나왔다. 거리에는 내왕하는 사람이 한참 복잡하게 길에 널렸건만 덕순이는 한눈도 팔지 않고 일가 집에나 찾아들어가듯이 경찰서 문지방을 넘으며 돌아서서 형사를 기다렸다. 몸을 바쳐 사랑하는 흥룡이가 유치장 속에 들어있거니 하니까 도리어 든든하기도 하고 지남철 기운에 끌리듯 아무리 음침하고 누추한 구석이라도 될 수 있으면 흥룡이와 가까운 거리에 제 몸을 두고 싶었다.

형사들은 사실대로 주임에게 보고를 하자니 눈이 빠지도록 몰려대기는커녕 시말서라도 톡톡히 써 바쳐야겠고 증거품을 내어놓자니 한 번 목구멍으로 넘겨버린 명부를 산 사람의 배를 가르고 끄집어 낼 수도 없는 노릇이다. 양잿물을 먹은 사람 모양으로 고무줄을 넣어서 흘러내자는 수도 없다. 일은 몹시 분하고 덕순이가 단매에 요정을 내고 싶도록 얄밉지만 하릴없이 증거품만은 감쪽같이 인멸(湮滅)되고 말았다. 증거를 잡으러 간 사람이 아무것도 소득이 없이 허행을 했으니 덕순이를 유치시킬 이유조차 박약하게 되었다. 그러나 공무집행을 방해하고 사법 관리에게 반항을 하였다는 죄명으로 기한 작정도 없이 덕순이를 발길로 걷어차서 유치장 속에 틀어넣었다.

덕순이는

"흥 너희들이 암만 애를 쓰려무나."

하면서 '흥룡 씨가 갇혀 있는 방은 어느 편일까?' 하고 방 한 구석에 쪼그리고 앉았다. 유치장만은 언제든지 불경기를 모르는 곳이라 격문 사건에 관련된 어느 여학교의 생도들이 칠팔 명이나 덕순이를 반가이 맞았던 것이었다.

◇ ◇

한편으로 흥룡이는 그 후에도 날마다 하루 한 차례씩 혹은 낮과 밤을 이어서 취조를 받았다. 사건이 큼직하게 어울려 들어가는 것 같으면서도 연루자를 하나도 불지 않기 때문에 이제껏 단서를 잡지 못해서 유치기한이 얄팍하게 남았으니까 더욱 지독한 수단으로 흥룡이만 닦달질을 하는 것이다. 그동안 흥룡이는 저 스스로 제 얼굴도 알아보지 못할 만큼 얼굴과 몸에 살이 쪽 빠졌다. 비위가 뒤집히고 위 확장이 되어 차입하던 밥은 입에도 대일 수 없거니와 한 번만 치르고 나오면 삼천 마디가 뼈끝마다 쑤시고 저려서 그 고통이란 차라리 목숨이 끊어져 버리기를 바랄 지경이었다. 그러나 흥룡이는

"내 피가 최후에 한 방울까지 말라붙기 전에는 막무가내다."

하고 '아니다' '그런 일 없다' 하는 표시로 고개만 내둘렀다. 한 번은 어찌도 견디기 어려운지 참다못하여

"정혁이도…."

하고 입 끝으로 튀어나오는 것을 혀끝을 꽉 물었다. 실상인즉 정혁이를 위시하여 줄이 닿아 붙잡혀 들어오기만 하면 전후 일은 탄로가 나고 말 것이다. 그리고 보면 일이 실패에 돌아갈 것은 물론이려니와 생사를 같이 하자고 맹세한 동지들에게 제가 당하는 거와 같은 고통은 차마 주고 싶지 않았다. 저 한 몸이야 죽고 사는 것은 별문제로 하고 덕순이와의 관계에 들어서도 동지라는 말은 입 밖에도 내지 않았다. 속으로는 덕순에게 시킨 일이 몹시도 궁금하건만 그 하회를 알 도리가 없었다.

하여간 다른 동지들이 잡혀 온 눈치가 없는 것을 보아 명부가 드러나지 않은 것만은 짐작할 수 있었다. 흥룡이를 맡아서 취조하는 형사들도 나중에는 진력이 나서 손에 잡았던 것을 내어 던지며

"형사질 십 년에 너와 같이 독한 놈은 처음 보았다."
하고 게두덜거리며 일어서기를 몇 번이나 하였다.

😊 061회, 1931.11.08.

② 덕순이는 유치장 속에서 흥룡이와 연락을 취하여 부탁한 일은 무사히 처치했으니 안심하라는 기별이라도 해주고 싶었으나 감시가 엄중할 뿐 아니라 섣부른 짓을 하다가 도리어 옭혀들면 큰일을 저지르게 될까 조심스러워서 같은 방에서 고초를 겪는 여학생들에게도 무슨 일로 잡혀 들어왔다는 내용에 들어서는 입도 벌리지 않았다. 평생에 배불리 얻어먹지 못해서 걱정이요 사금파리를 씹어도 쑥쑥 내려갈 만큼 비위가 튼튼한 터이라 하루 세 번 씩 들여 주는 벤또밥은 눈 꿈쩍할 사이에 감추듯 하였다. 그러나 흥룡이가 저보다 몇 갑절이나 고생을 하고 있을 것을 생각하니 밤에는 잠이 오지 않았다. 흥룡이가 몸을 임의로 쓰지 못하고

모로 쓰러져 신음하는 소리와 함께 뿜어내는 한숨이 철창을 새어 밤공기에 섞여져 숨을 깊이 들이쉬면 덕순의 가슴속의 세포로 녹아드는 것 같다. 덕순이는 젖가슴 위에 두 손을 얹고 누워서 저와 흥룡이와의 지난 일과 앞으로 이보다도 더한 고생을 같이 겪어 나아갈 궁리를 하노라면 당번 순사의 일어나라는 호령이 들리는 것이었다. 지금의 덕순이는 머리끝부터 발끝까지 온통 흥룡이의 그림자가 점령하고 있는 것은 사실이다. 사랑하는 남녀가 살을 부비는 숨 가쁜 순간에는

"당신과 같이 있다면 발바닥 밑에서 화산이 터져 올라와도 좋아요" 라든지

"난 죽고 싶어요. 당신의 사랑은 너무나 크고 무겁습니다. 차라리 난 당신의 품에 안긴 채 잠들 듯이 죽고 싶어요"

이런 따위의 연극의 대사(臺詞)는 여자의 얇은 입술을 곧잘 새어나오는 법이다. 지금의 덕순이는 그러한 종류의 달콤쌉쌀한 연애감정이 아니라 비록 철창이 겹겹이 둘러싼 유치장 속이라도 육체를 떠난 그 무엇, 즉 서로 믿고 의지하고 동정하는 마음만은 공기와 같이 자유로이 흘러들고 새어나가서 형용할 수 없는 위안을 받는 것 같다.

…그럭저럭 닷새가 지난 뒤에 덕순이는 뜻밖에 자유로운 몸이 되었다.

덮어놓고 나가라니까 나가기는 했지만 언제든지 잡아들이면 또 다시 끌려들어가도록 꼬나풀이 달려서 나온 것이다. 내어 놓고 뒤를 밟는 것이 득책이지 무턱대고 잡아 가두기만 하면 나중에 처치하기가 도리어 곤란하다는 주임의 의견으로 마지못해 내보낸 것이다. 덕순이는 경찰서 문을 저 혼자만 벗어져 나오는 것이 섭섭하였다. 저 혼자 몸이 편하게 되는 것이 바라는 바도 아니려니와 흥룡에게 대하여 무슨 못할 짓이나 하는

것처럼 미안스러웠다.

덕순이가 맨 먼저 찾아간 곳은 흥룡의 집이다. 흥룡의 어머니가 아직 '어머니'라고 부르리만큼 명토가 붙은 것도 아니건만 그리로 먼저 돌아가는 것을 저 역시 이상히 생각하여 김 장관 집 줄행랑채의 판장문을 열고 들어섰다.

"아이고 이게 누구야?"

유모는 머리를 싸매고 몸져 누웠다가 지옥에서 천사나 만난 듯이 일어나 덕순의 손을 잡았다.

"그래 얼마나 고생을 했소? 언제 나왔소? 그런데… 그런데…."
하고는 흥룡이가 뒤를 따라 들어오는 것만 같아서 기웃기웃 덕순의 어깨를 넘겨다본다.

"왜 어디가 편치 않으십니까? 전 잘 다녀왔습니다. 흥룡 씨두요 곧 나올 테니 염려 마세요. 잘 있는 것을 보고 나왔으니까요."

덕순이는 시어머니 감을 자리 위에 눕히며 이마를 짚어 보았다. 신열은 과하지 않으나 숨을 가쁘게 쉰다. 덕순이는 요 밑으로 손을 넣어 보았다. 방바닥은 삼척냉골이다. 유모는

"허구한 날 나온다고 만나는 사람마다 염려 말라니까…."
하고는 피가 묻어날듯이 기침을 시작한다.

😊 062회, 1931.11.11.

③ 덕순이는 잔돈푼 쓰다 남은 것으로 장작을 사다가 지피고 뒤주 바닥을 긁어서 저녁을 지었다. 팔을 걷고 부엌으로 드나드는 동안에 어느 틈에 밥물이 넘고 비록 맨 된장찌개나마 마루 끝에서 바글바글 끓는 소

리가 났다. 유모는 여전히 기침을 콜록콜록 하고 누웠다가 불안스러운 생각이 나서 간신히 몸을 추슬러 일어났다. 풀방석 같은 머리를 손으로 빗질을 하고 미닫이를 열고 내어다보며

"아이고 불안스러워라. 어쩌면 일이 손에 붙은 것처럼 잘 하우."

"왜 일어나셨습니까. 밤바람이 찬데요 이틀 동안이나 곡기도 안하셨다니 오죽이나 시장하시겠어요."

덕순이는 밥을 퍼 담아 가지고 방으로 들어온다. 노루꼬리만한 겨울해가 인왕산 등성이를 넘은 지도 이미 오래라 방 안은 사람의 얼굴이 보이지 않을 만큼이나 컴컴해졌다.

"전깃불을 끊어가서 벌써 사나흘 동안이나 이대로 지냈다."

유모는 호소하듯 한다.

"어둡기로, 숟가락이 입이야 못 찾아서 들어가겠습니까."

덕순이는 유모에게 밥을 권하다 말고 늙은이가 상머리를 더듬는 것이 가엾어서 벌떡 일어나 초 한가락을 사 가지고 달음질을 하여 들어왔다. 희미한 촛불 밑에서 기갈이 감식이라 밥을 물에다 말아서 기침을 해가면서도 정신없이 푹푹 퍼먹고 있는 늙은이의 형상이 몹시도 측은해서 덕순의 눈에는 눈물이 핑 돌았다.

"경찰서에서는 밥 차입은 안 받아주니 그 애가 오죽이나 굶주릴까. 워낙 양이 커서 이 주발로 그릇 반이나 먹던 애인데…."

유모는 목이 메어 말끝을 맺지 못하고 흑흑 느끼다가는 또다시 기침이 북받쳐 올라와서 물 있는 밥을 토한다. 덕순이는 뱉어내는 가래덩이를 손으로 받았다.

"그렇게 언짢아하시면 몸에 더 해롭습니다. 진정을 하십쇼."

덕순이는 마음이 언짢아서 눈을 꿈쩍거리면서 유모를 위로한다. 내일부터라도 공장에를 다시 다녀야 좁쌀 되라도 팔아다가 병든 늙은이와 연명을 하겠는데 그렇다고 번연히 사정을 알면서 '안녕히 계십쇼. 또 오겠습니다' 하고 그 자리에서 떼치고 일어설 수도 없다. 누가 와서 달라고 부탁한 것도 아니요 명색 없이 병구완을 하고 있기도 거북한 일이다. 그러나 한편으로 흥룡이를 생각하면 그의 홀어머니를 맡아야 할 의무까지도 느껴진다.

"인제 그만 가보오. 반갑게 기다려주는 사람은 없더라도 갈 사람은 가야지."

유모 역시 덕순이를 놓아 보낼 수도 없고 가라고 할 수도 없으나 더 있어 달라고 할 염치가 없어서 한 마디 한 것이다.

"염려 맙쇼. 잠이나 드시는 걸 뵙고 가겠습니다."

덕순이는 설거지까지 말끔히 하고 들어와서 유모의 머리맡에 앉아서 이런 이야기 저런 이야기를 주고받고 하고 있으려니까 바깥에서 문짝을 찌긋찌긋 잡아당기는 소리가 들렸다. 덕순이는 유모가 알면 놀랄까 보아

'또 그자들이 쫓아 왔나? 혹시 흥룡 씨나 아닐까?'

하면서 슬그머니 일어나 방문을 열고 나가서 문고리를 벗기며

"누구요?"

하고 나직이 물었다. 컴컴해서 얼굴은 알아볼 수 없으나 말없이 선뜻 들어서는 사람은 치마를 길게 입은 여자다. 그 여자는 마루로 서슴지 않고 올라서며

"유모 있수?"

하고 기어들어가는 목소리로 방을 향하여 묻는다. 목소리를 알아들은 유

모는 팔을 짚고 일어나 방문을 열며 놀라듯 반기며

"이게 누구 목소리야요? 아씨가 웬일이셔요"

"유모가 앓는단 말을 듣고 하도 궁금해서…. 그래 대단하지나 않우?"

정희와 유모는 손길을 마주잡고 한참 동안이나 말이 없다. 덕순이는 곡절을 몰라 어리둥절하고 윗목에 서있다. 꺼져가는 촛불만 끔뻑끔뻑 눈물 지을 뿐—

063회, 1931.11.12.

4 정희는 혁이에게 홍룡이가 잡혀 들어갔다는 말을 들었고 이삼 일만에 한 번씩 다녀가던 유모가 요새는 발그림자도 아니 하니까 몹시 궁금해서 밤을 타가지고 몰래 나선 것이었다.

그러나 실상인즉 다른 인편에 장관의 집에 야단이 나서 그동안 법석을 하였는데 양녀는 그예 봇짐을 싸고 그 뒤를 따라 계훈이도 종적을 감추었다는 뜻밖의 놀라운 소식을 귓결에 들었던 것이다. 장관의 집이 안팎으로 발칵 뒤집혔던 것은 추측하고도 남는 일이나 자세한 까닭을 알 길이 없어서 유모에게 들으면 알리라 하고 용기를 내어 여러 달 만에 사람의 눈을 피하여 문밖출입을 한 것이다. 정희가 유모의 집을 찾아온 것은 또 한 가지 용무가 있었다. 근래는 집에도 붙어 있지 못하고 몸을 피하여 떠돌아다니는 혁이가 지난밤에 몰래 정희가 거처하는 아랫방 들창 밑까지 와서 "유모 집에를 가면 혹시 덕순이라는 여자가 있을는지 모르니 만나거든 내일 이맘 때 전에 만나던 장소로 꼭 와 달라"고 이르라는 부탁을 맡아가지고 겸도겸도 하여 어렵고 조심스러운 나들이를 한 것이다. 그러나 그것도 표면의 이유요 속생각인즉 집안에 그러한 풍파가 일고 살림이 엉망진창이 되어 가는 판에 눈에 가시인 양녀까지도 배송을 냈은즉 어쩌면 장관의 내외가 며느리를 다시 불러들임직도 하다는 지레짐작으로 이를테면 내정을 정탐해 볼 양으로 유모를 찾은 것이었다.

"어쩌면 안에서는 저렇게 앓는 사람을 모른 체 한단 말이오? 그래 아무도 안 나왔습디까?"

그제야 정희는 입을 열었다. 유모는 덕순이가 그저 윗목에 가서 우두커니 서 있는 것이 딱해서

"거기 앉우. 내가 길러낸 안댁 아씨인데 무어 스스러울 것이 없소" 하고 앉기를 권하며

"저 색시는 우리 흥룡이하고 무슨 일 상관으로 알아 온 사이라는데 저렇게까지 고생을 하고 다닌다우."
하고 덕순을 소개한다.

"앉으시지요 방바닥이 퍽 차구먼요. 그럼 저— 덕순씨가 아니세요?"

덕순이는 정희가 제 이름을 아는 것이 이상스러웠으나

"네."
하고 쪼그리고 앉았다.

"그렇지 않아도 좀 만나 이야기할 일이 있는데요 마침 잘 만났구먼요"

"네 무슨 말씀이세요?"

덕순이도 흥룡에게 들은 말도 있고 하여 등 뒤에서 정희의 머리 쪽찐 것과 치마를 외로 입은 것이나 말씨로 보아 '양반의 집 여편네로구나. 옳—아 저이가 김계훈의 본처로구먼' 하고 짐작은 하고 있었다.

정희는

"이따가 조용히 말씀하지요."

하고 유모 편으로 다가 앉는다.

"자기네의 아쉬운 일이나 있어야 뼈골이 빠지도록 부려먹지 병이 들 든지 하면 죽는지 사는지 알기나 합디까? 더군다나 요새야 나까지 돌아 볼 경황이 있나요? 병이 나서 못 들어간다고 마님께 전갈을 하니까 하루 두 번씩 사제 밥 쑤어 내버리듯이 죽을 한 사발씩 내다가 들여 드립디다. 동자치 년들은 코빼기도 볼 수가 없고"

"그래 대관절 흥룡이는 언제 나온다는 소식이나 들었수? 몸은 튼튼하지만 그 속에서 고생이 오죽하겠수?"

유모는 덕순이를 흘낏 쳐다보며

"누가 아나요. 같이 붙잡혀 갔던 사람도 모르는걸. 저번에는 하도 답답하길래 영감을 뵙고 '어떻게 영감께서 좀 제 자식을 놓아주도록 청을 해 주실 수 없겠습니까' 하고 별러서 여쭈어 보았더니 '그런 발칙한 놈 고생을 해도 싸지' 하시고 들입다 역정을 버럭 내시니 글쎄 그 애가 영감께 무슨 발칙한 짓을 했더란 말씀이요? 하도 어처구니가 없어서…."

"참 그런데 서방님 소식 들으셨수?"

"내가 어떻게 아우?"

"총을 맞고 병원에 입원을 하셨다든데."

"뭐? 총을 맞으셨어?"

정희는 깜짝 놀라며 유모의 무릎을 끌어당겼다.

5 "총을 맞았다니 아 그래 어디를 상하셨단 말이요? 응 어떤 놈이 총

을 놓았길래 그럼 지금은 어느 병원에 계신답디까?"

정희는 유모의 입에서 떨어지는 대답을 기다릴 사이도 없이 연이어 물었다.

유모는 안에서 주워들은 대로 대강대강 이야기를 옮겼다. 정희는 몸서리를 치며 차마 바로 듣기가 어려운 듯이 고개를 돌리고 앉았다가 시름없이 한숨을 길게 내쉬고 입을 봉한 것처럼 아무 말도 없이 맥이 풀려 앉았다. 계훈이가 제 총으로 제 팔을 쏘아 병신이 될는지도 모르게까지 된 것이 원수나 갚은 듯이 시원하고 깨가 쏟아지듯이 고소하련만 그와는 정반대로 계훈이가 가엾고 불쌍하였다. 병원 시중도 정성껏 맡아서 해줄 사람이 없는데 팔을 싸매고 누운 것이 눈앞에 보는 것 같아서 서울 안에만 있을 것 같으면 당장에 앞뒤 사정을 돌볼 것 없이 쫓아가고 싶었다. 당자만 싫어하지 않는다면 지금 입원해 있다는 원산병원까지 쫓아가서 붕대를 끄르고 처매는 것이라도 남의 손을 빌지 않고 해주고 싶었다. 정희가 남의 앞이라 참다못하여 고개를 돌리며 옷고름으로 눈물을 씻는 것을 유모는 곁눈으로 보고

"어쨌든 아씨 오장은 여느 사람의 오장이 아니슈. 그렇게 원수처럼 모른 체하구 속을 썩혀주는 이를 그렇게도 못 잊어서 저다지 눈물이 듣거니 맺거니 하신단 말이요?"

"내가 못 잊어서 그러우. 단 며칠 동안이라도 정답게 지내던 터 같으면 죽어도 한이 없겠지만…."

참았던 울음이 소리를 내며 터져 나오는 것을 정희는 덕순이가 곁에 앉아 있는 것을 생각하고 마른 침을 삼켰다. 북받쳐 오르는 설움을 억지로 참으려니까 가슴 속까지 우둘우둘 떨리는 것 같다. 그야말로 에누리

없는 백만장자의 맏며느리로, 문벌이 높은 정씨 문중의 귀여운 딸로서, 또는 조선의 둘도 없는 천재라고 떠들어 바치는 음악가의 아내로, 아무 흠절과 죄지은 것이 없이 남편에게 까닭 없이 버림을 받고 크나큰 가정의 주부라는 자랑까지 빼앗기고 친정 뜰아랫방에서 눈칫밥을 얻어먹으며 청춘을 썩히는 신세가 되어 나중에는 평생에 들여다 본 적도 없는 행랑방 구석을 찾아와서 쭈그렁바가지가 다 된 늙은 유모를 붙잡고 하소연을 하는 자기의 신세를 생각하니 분하고 서러웠던 것이다.

방 안은 여전히 조용하다.

정희의 가늘게 느끼는 소리밖에는 유모도, 덕순이도 말이 없다.

그러자 정희가 십여 년 동안이나 숙식하던 안채 건넌방 쪽으로부터 어린애 우는 소리가 요란히 들렸다. 바람결에 끊겼다 이었다 하는 그 울음소리는 분명히 영호가 예전 버릇과 같이 자기 전이면 엄마를 한바탕 찾다가 몸부림을 하고야 잠이 드는 그때의 울음소리였다. 요새는 유모가 앓는다고 무슨 전염병에나 걸린 것처럼 병이 다 낫거든 들어오라는 분부가 내려서 안방에서 골패판이 벌어지면은 안잠자기가 건넌방으로 데리고 가서 재우느라고 전보다도 더 유난히 우는 것이었다.

"저게 우리 아기가 우는 소리지요? 저 소리만 들으면 애처로워서 죽겠어요. 술 먹는 사람이 좋아도 마시고 서러워도 술타령을 하는 셈으로 마님은 화가 난다고 요새는 밤낮으로 노름에 정신이 없으시니 글쎄 그 서낙던 아기가 나까지 떨어져서 혼자 자겠어요?"

유모는 대방마님을 욕이라도 하고 싶었다.

"누가 아우, 집안이 콩켸팥켸니까…."

그때에 영호의 울음소리는 더한층 요란히 들렸다. 그냥 떼를 쓰느라고 우는 소리가 아니요 누구에게 꼬집히거나 매를 맞으며 우는 소리같이 들린다. 정희는 듣다 못하여 전신을 부르르 떨며 일어섰다. 팔꿈치로 방문을 밀치고 나가다 말고 돌아서서,

"우리 오라버니가 전에 만나던 데로 꼭 나와 달라십디다."

하고 덕순에게 한 마디를 총총히 던져 주고는 컴컴한 데서 고무신짝이 바뀌는 줄도 모르고 버선 뒤축을 잡아당겨 신코만 걸고 울음소리를 따라 안채로 뛰어 들어갔다.

065회, 1931.11.14.

꼬리 빠진 공작

　① 안마당까지 정신없이 뛰어 들어간 정희는 추녀 끝에서 발을 멈추고 안방의 동정을 살핀 뒤에 신발자취도 없이 마루로 사뿐 올라섰다. 영호의 울음소리는 끊긴 모양이나 안방에서는 가보잡기를 하느라고 떠들썩한다. 정희는 대방으로 먼저 들어가서 인사를 올려야 옳을 줄 알면서도 건넌방 지게문을 펄쩍 열고 들어섰다. 아랫목에 누웠던 영호는 문 여는 소리에 눈을 뜨고 주먹으로 눈물을 부비며 말끄러미 정희를 쳐다보더니

　"엄마!"

　소리를 지르며 발딱 일어나 엄마에게로 팔을 벌린다. 정희는 말없이 마주 달려들며 영호를 껴안고 아직도 눈물에 젖어 척척한 아들의 뺨을 부비었다. 곁에 누웠던 안잠자기는 그제야 굼벵이처럼 몸을 비틀고 일어나 허리춤을 긁적긁적하면서

　"아씨 웬일이세요?"

　"왜 못 올 데를 왔단 말인가?"

　어미 떨어진 어린것이라고 손 거칠게 다루고 저 혼자만 씩씩 잠을 자

고 있는 안잠자기가 밉살스러워서 한 마디 꾸짖듯 하였다. 영호는 엄마의 젖가슴을 뒤지며

"엄마 언제 왔수? 인제는 안 가지? 응 엄마"

"그래 안 가마. 그런데 너 왜 그렇게 울었니?"

영호는 안잠자기의 등 뒤에다가 입을 삐쭉해 보이고 나서는

"안 가지? 정말 안 가지?"

하고 몇 번이나 되풀이를 하며 엄마의 손을 잡아당겨 억지로 끌고 마루로 나가며

"할머니이— 엄마 왔수—"

하고 육간대청이 떠나가도록 소리를 지르면서 토끼처럼 깡충깡충 뛴다. 정희는 '그렇지 않아도 내 발로 걸어가서 문안하기는 열적다' 하고 망설이던 터이라 못이기는 체하고 영호의 뒤를 따라 안방 문지방으로 치마자락을 끌어 넘겼다. 장지가 열리며 여편네 노름꾼들의 빨개진 눈은 일제히 정희에게로 쏠렸다. 정희는 아랫목의 시어머니를 향하여 공손히 절을 하였다. 시어머니는 콧잔등이에 걸친 돋보기안경 너머로 며느리를 쳐다보더니

"너 웬일이냐?"

하고는 눈을 다시 아래로 깐다.

'너 웬일이냐?' 라는 그 말 속에는 '누가 너더러 오랬더냐' 라는 의미가 포함된 것이다. 정희는 얼른 대답할 말이 없었다. 몸 둘 곳을 몰라 하는 눈치를 채고 마님의 곁에 앉았던 시고모 되는 마누라가

"남편의 소식을 듣고 온 게로구먼. 아무렴 와야지, 어째 궁금하지가 않겠니."

정희를 대신하여 변명을 해주는 듯하였다.

"그동안 지낸 일은 말해 뭘 하겠느냐. 집안에 망조가 들어서 그런 봉변을 한 게지."

시어머니는 한숨을 쉬고 나서

"오늘 그 애를 데리러 원산까지 사람이 갔으니까 아마 막차에는 올라."

정희는 '오면 어떡하나' 하고 더군다나 오 척도 못 되는 몸을 주체할 곳이 없는 것 같아서 영호의 울음소리에 뛰어 들어온 것이 후회가 났다. 입을 다문 채 양수거지를 하고 서 있으려니까

"건너가 있거라. 큰 사랑에는 내일 형편을 보아서 네가 왔다는 말씀을 여쭐 테니…."

하고 시어머니는 골패짝을 왈그락대그락 젓는다. 영호는 엄마의 치마고름에 매어달려 건넌방으로 건너갔다. 하루도 거르지 않고 기름걸레질 치던 화류 의걸이와 삼층장에는 먼지가 켜켜로 앉고 장식에는 녹이 슬었다.

오래간만에 정희는 영호를 끼고 누웠으려니 지난 일은 고사하고 눈앞에 닥치는 앞일이 더한층 걱정이 되었다. 계훈이가 집에 돌아와 자기가 와있는 것을 보고 어떠한 태도를 취할까 생각하니 무슨 큰 잘못이나 저지른 것처럼 불안해 견딜 수가 없다.

…분합마루의 커다란 괘종이 열한 시를 친 지도 한참 되었다. 그때 양관으로 통한 안중문이 삐꺽하고 마당에 여러 사람의 발자국소리가 들리더니

"마님, 서방님이 오셨습니다."

거세인 구중의 목소리가 들렸다.

왼편 팔을 붕대로 칭칭 감아 목에 걸고 외투는 오른편 소매만 꿰인 계훈이가 청지기에게 부축이 되어 마루 위로 올라섰다.

😊 066회, 1931.11.15.

2 안방의 여편네들은 분합마루로 쏟아져 나와 계훈이를 맞아들였다. 대방마님은 아들의 바른손 팔을 끌어당기며

"이 몹쓸 것아 어미 속을 그렇게 태운단 말이냐? 그래 다친 데가 과히 아프지나 않으냐?"

붕대를 처맨 팔을 어루만지며

"아이고 끔찍해라. 팔 하나를 온통 처맸구나."

가엾어서 하는 말인지 나무라는 말인지 수다를 늘어놓는다. 전등불 밑에 보이는 계훈의 얼굴은 놀라울 만큼 초췌하고 창백하다. 마루 위에서 인사를 받느라고 머물러 섰다가 집안 하인과 행랑계집들이 무슨 구경거리나 생긴 듯이 마당에 그득히 들어서서 떠드는 것이 창피해서 건넌방이 조용한 듯하니까 미닫이를 화닥닥 열고 들어섰다. 뜻밖에 계훈의 눈에 마주친 것은 이리[狼] 앞에 어린 양과 같이 오들오들 전신을 떨면서 고개도 감히 쳐들지 못하고 서 있는 정희였다. 내외가 지척에서 얼굴을 대하기는 실로 일곱 해만이다. 계훈이는 열어젖힌 문을 닫을 생각도 안하고 정희와 마주 선 채 한참이나 정희의 아래 위를 훑어보았다. 아랫목에는 영호가 누운 것까지 눈에 띄었다. 여러 날 동안 송곳 끝같이 날카로워진 계훈의 신경은 더한층 깔끄러워졌다.

'옳지 네 눈에 가시 같은 줄리아가 다른 놈과 배가 맞아 달아나고 내

가 이 꼴을 하고 돌아오기를 너는 기다리고 있었구나.'

하는 자격지심에 머리를 폭 수그린 채 죽여주시오 하고 서 있는 경희가 가엾기는커녕 당장에 발길로 걷어차서 내쫓고 싶도록 밉살스러웠다. 계훈이는 여전히 아무 말도 없이 미닫이를 소리를 내어 닫치고 돌아섰다. 그 눈치를 본 어머니와 고모는 앞을 막아서서

"이 밤중에 어디로 나가느냐? 오늘 밤만 건넌방에서 편히 쉬려무나."

"누가 불러들였어요?"

계훈이는 어머니를 쏘아보며 그제야 볼멘소리로 입을 열었다.

"내가 불렀다. 어서 그러지 말구 들어가자."

"그 요물이 집안에 들어와서 잠시 모른 체를 한 게지. 만장 같은 내 집을 두고 나가는 데가 어디냐. 몸은 저렇게 상해 가지고."

어머니와 고모가 번갈아 빌듯하였다. 계훈이는 그래도 뿌리치고 나가려고 드니까 어머니는 아들의 어깨에 매어 달리듯 하며

"애야 내 청으로 들어가자. 사람대접을 그렇게 못 하는 법이니라."

귓속을 하여도

"싫어요! 내가 죽거든 송장이나 치러 오라고 허슈."

이 말을 얄따란 미닫이 한 겹을 격하여 듣고 섰던 정희는 피를 토하고 그 자리에 거꾸러질 것 같다. 앙가슴을 쥐어뜯으며 부른 사람도 없는데 제 발로 걸어들어온 것을 몇 번이나 후회하였으나 때는 이미 늦었다. 그러나 몸에 중상을 입은 사람이 누울 자리도 없이 저 하나 때문에 평지의 풍파가 또 이는 양 싶어서 그대로 서 있을 수도 없다. 정희는 마지막 결심을 하고 건넌방 뒷문을 열고 맨발로 캄캄한 뒤꼍으로 내려섰다. 그러나 갈 바를 알지 못하여 기둥을 붙들어 안고 섰으려니까 십 년 동안이나

쌓이고 쌓였던 설움이 한꺼번에 터져서 소매로 얼굴을 가리고 소리를 내어 울었다. 참으려도 참으려도 오장이 떨려 오르는 울음을 억제할 수가 없었던 것이다. 그때에 큰 사랑으로 통한 협문이 열리며

"에헴 에헴."

하고 큰 기침소리가 들리더니

"게 누구냐?"

그것은 장관의 목소리였다. 정희는 놀라서 울음을 그치고 또다시 움찔하였다. 정원의 나무 사이로 낙엽을 휩쓸고 불어오는 밤바람에 흑흑 느끼면서 떨리는 목소리로

"저올시다"

하였다. 그 목소리는 매를 맞고 들어온 어린애가 어른에게 억울한 것을 호소하는 듯한 어조였다. 장관은 잠자코 안마당으로 돌아가자 마당으로 내려서는 계훈의 등을 떠다밀며

"이리 오너라. 미거한 자식 같으니…."

하고 대청으로 올라서며 아들을 끌어올렸다. 장관은 안방 아랫목에 자리를 잡고 앉으며

"게 아무도 없느냐? 아씨를 이리 불러오너라."

위엄 있는 목소리를 가다듬어 간접으로 정희를 불렀다.

③ 계훈이는 아버지의 명령을 거역할 수 없어서 안방으로 들어갔다. 아편침장이 모양으로 어깨를 웅숭그리고 안방으로 끌려 들어가는 뒷모양은 누구의 눈에든지 평소의 계훈이로는 보이지 않았을 것이다. 만일

붕대로 감아서 걸어 맨 왼편 팔의 힘줄이 상하였거나 신경이 당겨서 치료가 되지 못할 것 같으면 '김계훈'이는 목숨은 붙어 있더라도 생명을 잃은 것과 마찬가지다. 어쨌든 사회적으로 김계훈이란 사람의 존재가치(存在價値)는 장식품으로라도 조선에서 둘도 없는 바이올리니스트인 점에 있었던 것이다. 그러나 바이올리니스트로서 악기의 줄을 잡고 바이브레이션[順音]을 임의로 내는 왼편 팔이 뻐드러지고 손가락이 마음대로 놀지 않는다면 그것은 치명상이라느니보다도 차라리 얼른 죽어버리지도 못하는 반편이 되고 마는 것이다. 공작(孔雀)이란 새는 고기가 맛이 있는 것이 아니요 알이 소용이 있는 것도 아니다. 다만 한 발이나 넘는 오색이 혼란한 그 꼬리가 치렛거리다. 공작의 생명이다. 팔을 버린 계훈이는 그 꼬리가 빠지고 만 것이다. 계훈이는 쓰다듬지도 않은 머리카락을 쳐뜨리고 비슬비슬 장관의 앞을 피하여 장지에다가 다친 팔을 감추고 서있다. 장관은 수염을 쓰다듬어 올리면서

"사내자식이 혈기가 방자할 때는 한두 번 오입이란 없지 않아 있지만 몸뚱이째 빠져서는 못 쓰느니라. 타관 계집도 손아귀에 만만히 들지가 않거늘 항차 인종이 다른 외국 계집을 상관해가지고 장구히 지낼 줄 알았더냐? 애당초부터 데리고 들어오는 게 마땅치는 않았다만 한 번 속아보라고 내버려 두었던 것이니 인제는 마음을 잡아라. 첫대 남과는 다른 처지에 아비의 모양부터 사납구나."

꾸짖듯 타이르고는 장관은 피워 물었던 여송연을 재떨이에다가 비벼 던지며

"그 애는 어째 그저 안 들어오느냐?"

두 번째 정희를 찾았다. 방으로 들어와서도 멀찌감치 계훈의 등 뒤에

몸을 숨기고 섰던 정희는 그제야 두어 걸음 장관의 앞으로 다가서며 버선 끝에 이마가 닿도록 절을 했다. 장관의 곁에 앉았던 대방마님은 그제야

"저 애가 저렇게 몸까지 다쳐가지고 달려들면 만만히 잔시중이나 해줄 사람이 있어야지요. 그래 내가 며느리를 불러 왔지요"

하고 생색을 낸다. 장관은 고개를 끄떡이며 마누라의 말을 듣고 나서

"나 역시 너를 볼 염의가 없다. 하나 초년고생은 금을 주고도 못 산단 말도 있으니까 네 힘껏 집안 살림을 보면 사람이란 지성에는 감동이 되는 법이니라."

장관은 더할 말이 없다느니보다도 사랑에 벌려놓은 마―짱판이 궁금해서 무릎을 짚고 일어서며

"대학병원의 암정 박사에게 소개를 해줄 테니 내일부터 날마다 가서 치료를 받아. 못생긴 자식 같으니…."

장관은 혀를 끌끌 차며 나갔다. 정희는 아무도 제 편을 거들어주는 사람조차 없던 터이라 야속하던 생각은 잊어버리고 시아버지의 말이 또 다시 눈물이 날 만큼 고마웠다. 비낭 모퉁이에서 나무뿌리나 휘어잡은 듯이 "정성껏 살림을 보살피라"는 말이 든든하기도 하였다.

"어서 건넌방에 자리를 펴 줘라."

시어머니의 분부대로 정희는 건넌방으로 건너가서 반닫이를 열고 첩첩이 쌓아두었던 계훈의 이부자리를 꺼내어 아랫목에 폈다. 꺾어 잡을 수 없던 홍공단 한 이불은 군데군데 좀이 슬고 곰팡이가 슬었다. 얼마 안 있다가 안방에서

"네 어미 쳐 죽인 원수냐?"

하는 소리가 들리더니 어머니는 아들을 억지로 끌고 건너와 자리 위에 눕히고 건너갔다. 계훈이는 양복바지도 벗지 않은 채 외면을 하고 쓰러졌다. 조금 있더니 이불자락을 끌어 덥고 여러 날 만에 잠이 드는 모양이다. 정희는 소리 없이 자리끼를 떠다가 예전처럼 머리맡에 조심스럽게 놓고 영호를 안아다가 윗목에다 눕혔다.

…대청의 시계는 새로 두시를 치고 세시를 쳤다. 밤은 삼경이 지났는데 눈비를 섞은 찬바람에 문풍지가 울고 분합마루의 유리창이 떨린다.

정희는 포대기만한 영호의 이불을 나눠덥고 윗목으로 멀찌감치 떨어져 누웠다. 죽지 떨어진 물새가 바위틈에서 퍼득이듯이 이불 속에서 "으흥! 으흠!" 하는 남편의 신음하는 소리를 들으며 기나긴 겨울밤을, 생각이 또한 길어서 고스란히 밝혔다.

068회, 1931.11.19.

거리의 비밀

1 한편으로 덕순이는 정희가 일러준 장소로 혁이를 만나러 나갔다. 전에도 만나던 장소란 으슥한 구석이나 청요릿집 같은 데가 아니라 여느 번잡하지 않은 길모퉁이에서 약속한 시간에 만나서 전등불 밝지 않은 길거리로 산보나 하는 것처럼 또는 동부인을 하고 물건이나 사러 다니는 것처럼 꾸미고 왔다 갔다 하면서 요건만을 이야기하는 것이었다. 그러는 것이 일정한 장소에 유표하게 드나드는 것보다는 엿듣는 사람도 없겠고 불시에 습격을 당할 염려도 없어서 도리어 안전한 것이었다.

덕순이는 종묘 앞에서 오래간만에 혁이를 만났다. 혁이는 검정 두루마기에 동정도 갈아대지 못하고 어울리지 않게 캡을 푹 수그려 썼다. 혁이는 먼발치로 덕순이를 보고 천천히 걸어왔다. 인사하는 것조차 남의 눈에 띄지 않도록 어물어물 하고나서는

"그동안 얼마나 고생하셨어요?"

"저야 무슨 고생을 했습니까. 이 추위에 들어가 있는 사람이 딱하지요"

쓸쓸히 대답을 하고 나란히 서서 걷기 시작하였다.

덕순이는 혁이에게 대하여 적지 않은 불평이 있다. 일하는 관계로 흥룡의 소개를 받아 수삼 차 만나본 터이라 사사로운 친분이 두터울 것도 없지만 같은 운동선상의 경험 많은 선배로서 어느 정도까지는 혁이를 신임하고 존경해 왔었다. 그러나 앞장을 서는 어렵고 위험한 일은 다른 사람을 시키고 자기 자신은 언제든지 등 뒤에 숨어 다니며 줄만 잡아당겨 동지를 조종하려는 태도에 여러 번이나 분개를 하였다. 이번 일만 하더라도 실상인즉 혁이가 일을 꾸며가지고 고생은 흥룡이와 덕순이만 하게 된 것이다. 처음 계획으로 말하면 국제적으로 기념하는 어떠한 날을 앞에 두고 세상을 떠들어 놓을 음모를 해가지고 일을 시작하려는데 그 자금이 급히 소용이 되건마는 몇 십 원이라도 변통할 도리가 없었다.

손끝 맺고 앉아서 궁리한 끝에 계훈이에게 협박장 비슷한 것을 보내면 틀림없이 적어도 몇 백 원쯤은 손에 들어올 것이라는 묘안(妙案)을 얻은 것이었다. 그러나 그런 편지는 만일 필적이 문제가 되는 날이면 혁이의 글씨는 경찰 당국에서도 알 뿐 아니라 더구나 계훈이와는 남매간이라 직접 붓을 잡을 수가 없다는 구실로 흥룡이를 시켜서 좌서(左書)로 씌운 것이었다. 그런 뒤에 흥룡의 강경한 태도로 또는 덕순의 기지(奇智)로 다행히 아무 증거도 드러나지는 않았으나 하여간 흥룡이와 덕순이에게는 동지 간에 생색을 내는 데는 앞장을 서고 급하면 약빨리 꽁무니를 빼는 혁이의 태도가 못마땅하다느니보다 몹시 불쾌하였다. 그러나 그렇다고 직접 당자를 대해서 불평 비슷한 말을 할 수도 없었던 것이다. 흥룡이가 들어간 뒤에도 벌써 덕순이를 찾아야 옳을 일이다. 잘못하면 얽혀 들어갈 것이 겁이 나서 이제까지 이리저리 피해 다녔었다.

"그 사람은 성미가 너무 급해서 음악회 날만 하더라도 눈꼴틀리는 일이 있기로서니 참았으면 고만일 걸 공연한 고생을 사서 하는 셈이니 하루 이틀 아니고 온 딱해서 못 견디겠구면요"

인적이 끊친 큰길로 나오면서 혁이는 홍룡이가 경술한 것같이 말한다. 그 말이 덕순이에게는 고깝게 들렸다.

"그렇지만 정 선생처럼 피해 다니는 사람만 있으면 무슨 일이 되겠어요"

덕순이는 듣기 싫은 소리를 한마디 바로 쏘았다.

혁이는 그 말을 듣기가 거북하였지만 말머리를 돌려서

"어쨌든 검사국까지는 넘어가야 좌우간 얼른 끝장이 날 텐데… 이 엄동에 무작정하고 끌고만 있으니 사람이 견딜 수가 있나요"

이번에는 매우 동정하는 말씨로 덕순의 감정을 어루만지려 한다. 덕순이는 속으로 '미지근한 동정쯤으로 동지의 책임을 다할 줄 아나?' 하다가 '이까짓 말을 하려고 사람을 불러냈더람' 하고 더욱 불쾌해졌다.

😐 069회, 1931.11.20.

②그러나 덕순이는 홍룡이의 일에 대해서 의론하고 손을 빌릴만한 사람은 혁이밖에 없는 것을 생각하면 오래간만에 만난 터에 귀 거슬리는 소리만 할 수는 없었다. 아무리 생사를 같이 하자는 굳은 결심으로 제가 끔 명부에 서명을 하고 도장을 찍었기로서니 일이 거기까지 탄로가 나지 않은 바에야 동지 중에 한 사람이 들어가서 고생을 한다고 나도 나도 하고 자수를 하는 것도 어리석은 짓이요, 값없는 희생인 것도 덕순이가 모르는 바는 아니다. 그러나 덕순이도 여자라 홍룡이와의 동지로서의 신의와 사사로운 저 한 사람의 뜨거운 사랑으로 자기 자신을 위시하여 모든

사람을 끌어넣어 그 고생을 나누어 받고 싶은 마음의 충동을 받는 것이
다.

혁이는 여전히 어깨를 나란히 하여 동대문 쪽을 향하여 걸었다. 덕순
이는 이 생각 저 생각을 하며 발길이 놓이는 대로 말없이 따라갈 뿐이다.

열한 시 친 지도 이미 오래다. 큰길에는 사람의 발자취가 끊어지고 서
울 장안은 죽음의 도시(都市)와 같이 적막하였다. 골목 어귀에서 군밤장
수의 청승스럽게 외치는 소리가 이따금 바람결에 들릴 뿐….

혁이는 일전에 유모가 병이 나기 전에 잠시 다녀간 적이 있어서 그동
안 계훈의 집에서 야단이 난 것과 흥룡의 소식을 대강 정희에게 들은 까
닭에 모처럼 덕순이를 불러냈건만 별로 할 말은 없었다. 밤이 깊어갈수
록 큰 거리의 바람은 귀가 얼어 빠질 듯이 차고 발은 얼어 오르는데 여
자를 더 끌고 다니는 것이 미안쩍어서

"그럼 요새는 흥룡 군의 집 속에서 묵으시나요?"
하고 묻기는 하였으나 그런 말을 묻는 것이 열없기도 하였다.

"아―니요 노인이 가엾으니까 가끔 들릴 뿐이야요. 내일부터라도 공
장에를 나가야 할 텐데요 이번에는 받아줄는지도 몰라요."

공장에서도 덕순이가 일을 칠칠하게 잘해서 성적은 대단히 좋으나 가
끔 경찰서 출입을 하고 그때문에 형사가 드나드는 것을 꺼렸다. 더구나
무슨 일이 생기면 으레이 맨 먼저 팔을 걷고 나서서 다른 직공들을 선동
하는 것이 질색이지만 그렇다고 덕순에게 섣불리 손을 댈 지경이면 사오
백 명이나 되는 직공이 모두 덕순이 편이다. 벌떼 일어나듯 하니까 공장
주인도 울며 겨자 먹기로 도리어 대우를 낮게 해서 덕순이의 비위를 감
히 건드리지 못하는 것이다.

혁이는 종묘 앞까지 다시 돌아와서 골목 안으로 들어서면서 발을 멈추고 주머니에 손을 넣으며

"홍룡 군에게 미안한 마음이야 말해 무엇하겠어요마는 이걸로 속옷이나 한 벌 사서 들여 주시지요."

덕순의 손에 쥐어 주는 것은 십 원짜리 한 장이었다. 혁이가 돈 변통을 하다 못하여 정희의 가락지와 입었던 양복을 벗겨다가 전당을 잡힌 돈이었다. 덕순이는 그 돈을 사양할 수도 없었다. 개인으로 신세를 지는 것 같아서 손이 얼른 내밀지를 않는 것을

"고맙습니다. 그렇지 않아도 옷 한 벌 차입도 못해서 죄를 진 것 같더니요. 그런데 어떻게 변통을 하셨어요?"

하고는 지전을 착착 접어서 허리춤에 끼었다. 얄따란 헐어빠진 양복 한 벌을 걸치고 마룻바닥에서 아래윗니가 마주치도록 덜덜 떨고 있는 사람에게 두둑한 속옷 한 벌을 입혀 잘 생각을 하니 어쨌든 고마웠다.

"만날 일이 있으면 달리 통지를 해드리지요 추운데 미안합니다."

혁이는 덕순에게 인사를 하고 골목 밖으로 나가다 말고 급히 돌아선다.

골목 어귀에서 저벅저벅 구두소리가 나더니 순행하는 순사와 마주 닥질리게 되었다.

수상하게 보이거나 더구나 여자와 이야기를 하던 터이라 짓궂게 주소성명을 묻고 잘못하면 파출소까지 끌려가기 쉽다. 그러나 막다른 골목이라 두 사람은 얼핏 몸을 피할 곳이 없었다.

070회, 1931.11.21.

325

어앉을 수도 없다. 더구나 오래간만에 집구석이라고 마지못해 찾아 들어가면 맘에도 없는 아내가 밥상머리에서 삼십구 년만에나 만난 듯이 벼르고 있다가 바가지를 박박 긁는 소리는 상말로 염병의 까마귀소리만큼이나 듣기 싫었다. 그러니 서울 장안에 몸담을 곳이 없다. 그렇다고 돈 있는 놈의 집 사랑으로 식객 모양으로 비슬비슬 조석 때에 찾아다니기에는 자존심이 허락지 않는다.

혁이는 조끼 호주머니에서 꺼 넣었던 담배꼬투리를 꺼내어 손가락이 타들어가도록 빨다가 길바닥에다가 휙 내던지며 무작정하고 인왕산 밑 호젓한 길로 기신없는 발길을 옮겨놓는 것이었다.

071회, 1931.11.22.

④ 혁이는 아는 친구가 하숙하고 있는 집을 두어 군데나 두드려 보았으나 모두 잠이 깊이 든 모양이다. 이불 속에 간신히 몸을 녹이고 단잠을 자는 사람을 급한 일도 없이 두들겨 깨기도 어려웠다. 그러나 속은 비어서 떨려오르고 발은 남의 살같이 꽁꽁 얼었는데 길거리에 쓰러져 강시가 될 수도 없다. 그는 하는 수 없이 전령이 급하니까 다시는 그놈의 집에 발을 들여놓지 않는다고 몇 번이나 맹세를 한 집구석으로 기어들지 않을 수 없었다. 허기까지 나서 식은땀을 흘리며 대문 틈바구니로 손을 데밀어서 안고리를 벗기고 들어섰다. 문소리가 삐—걱 하고 나니까 안방에서

"누구냐?"

비단 찢는 소리다.

'저 여편네가 그저 잠을 안 자노'

하면서도 잠자코 구두를 신은 채 건넌방 툇마루로 올라섰다.

"사람이 묻는데 왜 대답을 못해."

안방에서 쫑알거리는 소리를 들으며 지게문을 열고 들어섰다. 아내는 어린것을 끼고 누웠다가 그제야 기겁을 해서 일어나며 빨간 눈으로 남편의 창백한 얼굴을 쳐다본다. 혁이는 여전히 입을 봉한 채 펄썩 주저앉으며 아랫목 요 밑에다가 두 발을 뻗었다. 근래에는 혁이의 자리는 펴놓지도 않는 것이었다.

"어디서 인제 들어오세요?"

알고 싶은 것이 아니라 마주 말 한 마디도 안할 수가 없어서 졸린 목소리로 건네 보는 것이다.

"어디서 온 건 알아 뭘 해."

역시 대답 아니 할 수가 없으니까 마지못해 입을 벌리는 것이 그렇게 퉁명스럽다. 아내는 입이 뾰족해서 일어나 이부자리를 등 너머로 풀풀 내어던지듯 하고는 어린애를 윗목으로 밀고 그 곁에 쓰러져 버린다.

혁이의 댁내는 워낙 소견은 좁고 성미는 팩한 편이나 천성이 그른 여자는 아니었다. 하도 여러 해 남편으로 해서 속을 썩이고 몸이 하리도록 애를 써온 보람도 없이 남편과는 겨우 불상견을 면할 뿐이라 지내갈수록 탐탁지 않고 어린것은 둘씩이나 매어 달리는데 시서모라고 부르기도 창피한 계집에게 달달 들볶여서 근래는 그만 감정덩어리가 되었다. 만사가 찐덥지 않고 눈에 뜨이는 것마다 생으로 짜증이 날뿐이다. 요새는 남편이라고 이따금 주막거리 객줏집 모양으로 찾아들어와 땟국이 흐르는 옷이나 벗어놓고 나가는 것이 지긋지긋하게 싫을 때도 많았다. 그러나 정면으로 톡톡 쏘아 붙이거나 눈앞에서 포달을 부리지 못하는 것은 아직도 그 역시 양반의 딸인 값을 하는 것이었다.

자기가 뼛골이 빠지도록 일을 하고 허구한 날 시아버지 주정받이를 해도 남편은 남편대로 까닭 없이 친친치 않게 구는데 너무나 야속해서 베개가 흥건히 젖도록 울기도 여러 번 하였다. 또 한편으로는 남의 볼쥐어지르게 똑똑하고 사상가라는데 자기 남편이 월급자리 하나 얻어하지 못하고 주제 사납게 떠돌아다니는 것이 보기에 딱하기는커녕 근자에는 업신여기는 것 같은 감정으로 혁이를 대하게까지 된 것이었다.

혁이는 얼었던 발이 녹고 몸이 풀리니까 졸지에 속이 더 시장해졌다. 쪼르륵 소리가 나도록 배는 고파 오나 오밤중에 밥상을 차리라고는 입이 떨어지지 않는다. 그러나 주린 배를 끌어 쥐고 눕자니 잠이 올 것 같지가 않다. 그는 몸을 뒤틀면서 참다못하여

"밥 있어?"

제 귀에는 그 소리가 너무나 궁상스러웠다.

"저녁마다 요 밑에 넣어두면 날마다 찬밥이 되어 돼 나가길래 오늘은 담아두지도 않았지요 누가 인제야 공복으로 들어오실 줄 알았어요 인제는 제때에 들어오셔서 저녁이나 잡수세요 난 왜 그리고 남의 집구석으로 돌아다니시는지 모르겠어요 요샌 찾아오던 놈들도 발그림자도 안하던데요"

말 한 마디에 대답은 열 마디다. 그래도 혁이는 아내가 냉큼 일어서서 부엌으로 나가기만 바라고 꿀꺽 참고 앉았다. 아내는 문을 탁 닫치고 나가더니 잎나무 꺾는 소리가 난 지도 한참 만에 저녁 대궁을 데워가지고 들어왔다. 혁이는 주발에다가 머리를 파묻듯 하고 그 밥을 정신없이 푹푹 퍼먹었다.

072회, 1931.11.25.

⑤ 혁이는 밥숟가락을 던지자마자 이불을 뒤집어쓰고 누웠다. 혁이의 댁내는 그동안 정희가 시집으로 들어가서 전갈이 왔더라는 이야기를 하려다가 집에 오면 먼저 아랫방 문을 열고 들어가던 사람이 오늘은 정희의 말은 묻지도 않는 것을 보니까 벌써 밖에서 알고 들어온 것 같아서 '그만둬. 다 알았어' 하고 핀잔을 맞을까 보아 입도 벌리지 않았다. 좁은 방에서 내외가 등을 마주대고 누웠으나 몇 십간 통 밖에 떨어져 있는 것처럼 거리가 먼 것 같다.

혁이는 급히 퍼먹은 밥이 속에 뭉클하고 식곤증이 나서 얼른 잠이 들지 않았다. 이불 속에서 엎치락뒤치락하다가 갑갑증이 나서 머리를 들고 돌아누웠다. 눈앞에 즐비하게 누운 아내와 어린것들! 바라다볼수록 소낙비가 쏟아지기 전에 검은 구름장이 뭉게뭉게 모여 들듯 마음 한복판이 컴컴해지며 다시금 우울(憂鬱)해진다. 항심(恒心)과 항산(恒産)이 아울러 없는 사람이 쇠털 같은 앞날에 장차 저 처가속을 먹이고 입혀나갈 생각을 하니 바윗돌에나 짓눌리는 것처럼 어깨가 무겁다. 비록 망령이 나고 주망태기라도 정 진사가 덜컥 넘어가는 날이면 사돈집에서 대(代)를 건너서까지 식량이나마 대어 줄 리가 없다. 더구나 정희가 제 발로 장관의 집에 또다시 명색 좋은 종노릇을 하려고 들어가고 보니 그 가엾은 누이의 턱만 쳐다보고 수다식구가 매어달리기는 더구나 창피하다. 기분에 띄워서 향방 없이 무슨 운동을 한다고 돌아다닐 때에는 집안 살림이라든지 처가속에 관한 일은 자기와는 백판 상관이 없는 일처럼 거들떠보지도 않고 생각하는 것조차 운동자로서 무슨 욕되는 일같이 여겨왔던 것은 사실이다. 그러나 옴치고 뛸 수 없는 각박한 현실은 덮어두었던 모든 문제를 들추어내어 한꺼번에 혁이의 머릿속을 지글지글 끓이는 것이다.

자기 자신의 생활을 무시하고 제 몸을 꾸그려 나가는 것에 대하여 이 제까지 너무나 무관심하였던 것을 뉘우쳐보기도 하나 때는 이미 늦었다. 작은 규모로 어떻게 생활안정이나 얻어 보려는 유혹을 받지 않은 것도 아니다. 그러나 지금 와서는 아직도 남의 이면을 보아서라도 '쁘띠 부르'의 흉내를 낼 수도 없는 노릇이다.

"내가 이제까지 과연 무엇을 했는가?"

커다란 의문표를 제 이마에 붙여놓고 지난 일을 더듬어 보았다. 나이 삼십이 지났으니 벌써 인생의 반을 넘긴 셈이다.

"오늘까지 무엇 때문에 떠들고, 반항하고, 잡혀가고, 얻어맞고, 징역을 살고, 또 나와서는 무슨 일을 했는고?"

생각할수록 지내온 모든 일이 모두 모순(矛盾) 같고 자신에 충실하지 못한 것은 속일 수 없는 일이다. 돌려다보면 아득히 지난 일이 허무하고 지금 당장에 당하고 있는 모든 사물에 대해서는 일종의 환멸(幻滅)을 느낄 따름이다. 이제까지 자기가 취해온 태도와 행동은 수박 겉핥기로 하나도 문제의 핵심을 뚫고 들어가기를 못하였다. 한 마디로 줄여서 말한다면 너무나 관념적(觀念的)이었던 것이다.

자기 자신을 위하여 아내와 자녀를 위하여 또는 널리 이 사회를 위하여 노력한 아무 효력조차 찾을 수가 없으니 빈손으로 허공을 더듬는 것 같을 뿐이다.

혁이는 벌떡 일어나 불을 끄고 잠을 청했다. 그러나 어둠 속에서 두 눈은 더욱 말똥말똥해지고 이 생각 저 생각이 꼬리를 물어서 날이 밝을 때까지 눈을 붙일 수 없었다.

 073회, 1931.11.26.

6 혁이에게서 차입할 돈을 받은 이튿날 덕순이는 두툼한 속옷과 칫솔이며 지리가미 등속을 싸가지고 경찰서로 찾아갔다. 고등계로 바로 올라가서 낯익은 형사를 붙들고 수없이 머리를 숙이며 옷을 들여 주기를 간청했다.

"잠깐 기다려."

하고 형사는 차석에게로 가서 무엇이라고 한참 쑥덕거리고 오더니

"차입을 할 필요가 없다고 말씀하는데…."

형사는 덕순에게 졸리기가 귀찮은 듯이 슬쩍 나가버린다. 덕순이는 '차입을 할 필요가 없다'는 말의 의미를 짐작할 수가 없어서 한참동안이나 어리둥절하고 서 있었다. 차입을 할 필요가 없다면 옷을 받아 입을 당자가 벌써 경찰서 안에는 없든지 그렇지 않으면 무슨 다른 까닭이 붙은 것만은 확실하다. 일에 조금이라도 관계했던 사람은 자칫하면 얽혀들까 보아 겁이 나서 낮에는 얼굴도 들고 다니지 못하는 터이라 이른바 동지들 중에서 흥룡의 옷 차입을 해주었을 리도 없다. 덕순이는 커다란 보자기를 들고 서성거리며 곰곰 생각해보다가 복도로 나왔다. 어쩔 줄을 모르고 섰으려니까 마침 동맹파업이 일어났을 때 출입하던 신문기자와 고등계 문어귀에서 마주쳤다. 덕순이는 반가이 인사를 하고 사정을 대강 이야기한 후에 흥룡이가 지금 경찰서 안에 있고 없는 것을 알아다 달라고 부탁을 하였다.

"네 알겠습니다. 잠깐만 기다려줍시오. 우리도 지금 그 사건의 내용을 몰라서 애를 쓰는 중입니다."

키가 크고 걱실걱실하게 생긴 신문기자는 좋은 재료나 얻은 듯이 어깨로 고등계 문을 떠다밀고 들어갔다. 흥룡이를 중심으로 어떠한 대규모의

비밀결사가 발각이 되었다는 것과 모모한 사람이 그 사건으로 한 번씩 겪고 나온 것까지는 알았으나 취조하는 당국자는 입을 다물고 사건의 내용에 들어서는 일체로 말을 하지 않는 까닭에 출입기자들은 더욱 흥미를 느껴 기를 쓰고 탐색해내려고 벼르고 있는 판이었다.

신문기자는 들어서면서 무슨 큰 사건이나 발견한 듯이 풍을 치면서

"강흥룡이가 오늘 넘어가지요? 서류는 벌써 검사국으로 보낸 것까지 알고 왔는데요. 자— 이젠 사건의 내용을 발표하셔도 좋지 않습니까?"

넘겨짚는다고 어수룩하게 실정을 토할 주임도 아니건만 '그런 일 없소' 하고 강경히 사실을 부인할 수도 없었다. 실상인즉 공무집행 방해라는 얼토당토아니한 죄명을 붙여가지고 이십구 일의 구류 기한이 지나도록 취조가 예정대로 끝이 나지 아니하니까 다시 열흘 동안 유치로 돌려 매기고 갖은 수단을 다 써가며 닦달질을 해보았건만 검사국으로 넘길만한 물적 증거도 잡지 못했거니와 한사하고 '모른다'는 말 한 마디로 버티고 나가는 피의자의 태도가 너무나 강경하여 인제는 더 손을 댈 여지가 없게 되었다. 그러나 심증(心證)이 나쁜 것만은 움직일 수 없고 그대로 석방하기에는 경찰의 체면과 주임 개인의 위신상 허락할 수 없다. 그러나 더 오래 끼고 있을 수도 없어서

"피의자는 평소부터 공산주의를 신봉하고 사유재산제도를 부인하며 써 자본주의 사회의 ××을 몽상하며 동지자를 규합하여 잠행운동을 계속하고 있는 혐의가 농후하므로 일층 엄밀한 취조를 희망한다."

라는 의미의 의견서를 붙여서 오늘 오후에 검사국으로 압송하기로 된 것이었다. 이제 와서는 공무집행 방해를 했다든가 부호에게 협박장을 보냈다든가 하는 사소한 일은 문제도 되지 않는 것이다.

그러나 버젓이 세상에 발표할 만한 거리가 없고 연루자가 체포되지 않은 까닭에 절대 비밀에 붙여가지고 흥룡이를 처치하려고 한 것이다.

"오늘 송국한다는 말을 누구에게서 들었소? 아는 사람이 있을 리가 없는데…"

주임은 눈살을 잔뜩 찌푸리고 앉았다. 신문기자는 '아는 사람이 있을 리가 없는데…' 하는 말에 '옳다구나' 하고 더욱 자신을 얻어 가지고

"그렇게 아니라 자— 어서 간단하게라도… 인젠 숨길 필요가 없지 않아요?"

연필을 뽑아 들고 부득부득 졸라댄다.

😊 074회, 1931.11.29.

⑦ 마침 각 신문사의 외근기자들이 출동하는 시간이 되어서 갖은 말썽꾼 전후 눈치꾸러기들이 하나 둘씩 모여 들었다. 먼저 들어온 신문기자가 주임 옆에 바싹 붙어 서서 무슨 특종기사나 얻어가는 듯한 눈치를 챈 그들은 주임의 전후좌우로 우르르 에워싸고 총공격을 개시한다. 주임은 여전히 오만상이나 찌푸리고 앉아서 손톱여물만 썰고 있다.

"발표할 만하면 왜 발표를 안 하겠소? 내가 언제 당신들에게 거짓말한 적이 있었소?"

하고 졸리다 못하여 슬그머니 골딱지가 나건만 신문기자들에게 모질게 대할 수도 없어서 도리어 그만 가달라고 하소연하듯 한다. 전 같으면 큼직한 사건이 걸려든다느니보다도 제 수단껏 만들어내어 검사국으로까지 넘기게 된 다음에야 자기의 성적이 올라갈 뿐 아니라 또는 생색도 낼 겸 엄지손가락을 조끼 옆 겨드랑이에다 끼고 비스듬히 기대앉아서 사건의

내용과 범인을 수색할 때에 고심하던 이야기를 신이 나서 늘어놓을 터인데 오늘은 의기가 소침해서 말대답하기도 귀찮아하는 것을 보고

"틀렸네. 뜯다가 놓친 모양일세."

그 중에 제일 경험이 많고 능갈친 D신문사 기지가 앞장을 서서 나간다. 다른 기자들도 조르다 못하여 복도로 몰려나와 덕순이를 포위하고 재료거리를 긁어 보았으나

"전들 알 수 있어요. 검사국으로 넘기게 된 것도 지금 여러분께 들어서 알았는데요."

내용을 짐작한다손 치더라도 주책없이 지껄일 덕순이도 아니었다. 신문기자들이 흩어진 뒤에 덕순이도 하릴없이 경찰서 앞 큰길로 나왔다. 나오기는 나왔으나 커다란 보퉁이를 끼고 어디로 가야할지 향방을 잡을 수 없었다. 손발은 얼고 아침도 못 먹어서 큰길바닥을 핥고는 가슴에 안기는 찬바람이 오장이 찔리도록 매워서 흑흑 느껴진다.

'그─예 예심에 걸리고 말겠구나. 빨라야 일 년─ 늦으면 이삼 년…'

생각할수록 앞이 캄캄하다. 사람으로는 당할 수 없는 곤경을 치른 사람이 앞으로 이삼 년을 어떻게 치르고 나올까? 예심이 끝난다고 바로 나오는 것도 아니다. 다행히 면소가 되지 않는다면 몇 해 징역을 매길는지 모르는 일이다. 덕순이의 눈앞에는 생선같이 펄펄 뛰는 사람이 데쳐놓은 숙주나물처럼 되어 옥문을 나서는 젊은 사람들의 얼굴이 어른거린다. 옥중에서 중병이 골수에까지 들어서 떠담아내온 사람이 어느 일본인 병원 아래층 햇빛도 비치지 않는 병실에서 운명할 때에는 곁에 사람도 없어 땅바닥에 굴러 떨어진 채 눈을 뜨고 숨이 끊어진 어느 동지의 얼굴! 그 지겨운 얼굴이 흥룡의 얼굴로 변하여 활동사진의 이동장면(移動場面)처

럼 눈앞으로 달려든다. 덕순이는 몸서리를 쳤다.

"무얼. 어쩌면 나올는지 누가 아나."

급하면 무당 판수도 믿어지는 법이다. 덕순이는 '어쩌면'이라는 요행수를 바라고 대낮에 기적이 나타나기를 기다릴 수밖에 없다. 까마득한 앞날에 한숨과 눈물로 기다려야 할 생각을 하니 차라리 큰길 네거리에서 소리 질러 목청이 찢어지도록 ○○○을 부르다가 달려드는 놈이 있으면 제 힘껏 물어뜯고 길바닥에서 몸부림을 하다가 흥룡이와 한 끈에 묶여가고 싶은 충동으로 염통이 뛰는 것을 간신히 참았다. 덕순이는 흥룡의 집에나 들릴까하고 육조 앞 큰길을 거슬러 올라가다가 다만 몇 초 동안이라도 자동차를 타고 가는 흥룡이가 보고 싶었다. 나는 보지 못한다 하더라도 경찰서 문 앞에 바짝 붙어 섰기만 하면 흥룡이는 용수 밖으로라도 유난히 큰 보퉁이를 끼고 서 있는 나를 발견할 수가 있으리라— 생각하고 발길을 다시 경찰서 앞으로 돌렸다.

'전송해주는 사람조차 없으면 오죽이나 섭섭하랴! 밤중까지라도 참고 기다리자! 나보다 더 고생하는 사람도 있는데 하루쯤 굶는다고 춥다고 설마 죽기야 하랴.'
하고 용기를 내어 걸었다.

😊 075회, 1931.12.01.

[8] 종로 길거리를 수 없이 오르내리고 전차와 버스가 가고 오는 수효를 세고 서있는 동안에 어느덧 저녁때가 되었다.

그때까지 감옥으로 가는 자동차는 오지 않았다. 덕순이는 눈이 까맣게 기다리다 못하여 그만 길바닥에 쓰러질 것 같다. 시장기를 견딜 수 없어서 체면을 무릅쓰고 길모퉁이 호떡집으로 들어가서 호떡 한 개를 사가지고는 뒤도 아니 돌아다보고 나왔다.

차입거리를 사고 일 원 각수나 남는 것을 똘똘 뭉쳐두었다가 흥룡의 집에 쌀이나 몇 되 팔아가지고 들어가려는 것이다. 덕순이는 골목 안으로 들어서면서 신문지 쪽에 싼 호떡을 뜯었다. 옷깃을 스치고 지나다니는 사람의 눈을 피해가면서 걸신이 들린 것처럼 호떡조각을 씹으려니 빡빡해서 넘길 수가 없다.

'이렇게 구차하게 먹지 못하면 사람이 죽는단 말이냐.'

하면서도 우선 허기증은 면하는 것 같았다. 길 건너 양요릿집 뒷문으로 그제야 분세수를 하고 나온 기생인지 은근짜인지 모르는 것을 끼고 양복장이 건달패들이 몰려 들어간다. 카페 이층 들창에서는 유성기 소리가 흘러내리고 유두분면을 한 계집들이 내려다보며 해쭉거린다. 바로 두세 집 건너 청요리 집에서는 밀가루 반죽을 해서 두드리는 소리가 요란히 들리고 기름 끓는 냄새가 풍겨온다.

'흥 네놈들의 세상이 왔구나!'

하면서 덕순이는 그 광경을 바라보며 그 냄새를 맡으며 꾸드러진 호떡 쪽을 부둥켜 쥐고 이빨로 물어뜯고 섰다. 덕순이는 저로 하여금 주린 개, 돼지 모양으로 지저분한 골목 안 쓰레기통 곁에서 호떡 조각을 씹게 하는 그자들이 몹시도 미웠다.

카페에는 빨갛고 파—란 전등불이 들어왔다. 매춘부가 푸르딩딩한 눈시울을 찌긋거리며 사나이를 끌듯이 그 불은 깜빡거리며 황혼 속에 어슬렁거리는 그야말로 '피 식은 젊은이'들의 주머니 속에 추파를 던진다. 유성기소리는 더욱 요란히 <오— 술은 눈물이냐 나의 탄식이냐> 하는 유행가로 길바닥을 적신다.

덕순이는 마른 침을 몇 번이나 삼키고 큰길로 나왔다. 어쨌든 폭 꺼졌던 눈두덩이 일어서는 것 같다. 경찰서 문 앞으로 걸어가려니까 뿡뿡 소리도 없이 기다란 자동차 한 대가 어깨를 스치며 들어간다. 자동차는 경찰서 마당을 한바탕 돌고는 그 꽁무니를 유치장 가까운 데로 댄다. 확실히 범인을 호송하려고 온 감옥 자동차다. '인제 왔구나' 하고 덕순이는 단걸음에 자동차 뒤를 따라 들어갔다. 쫓겨날까 보아 담 모퉁이에 몸을 숨기고 숨을 죽이고 있으려니까 한 십분 뒤에나 용수를 쓰고 수갑을 찬 사람 두세 명과 포승줄을 잡은 순사가 어두침침한 구석에서 나타났다. 자동차의 문은 열렸다. 앞을 선 사람은 등을 밀려 올라탄다. 불과 몇 십초 동안이면 그들은 자취도 없이 사라질 것이다. 덕순이는 옷 보퉁이를 내던지고 용수 쓴 사람의 곁으로 달려들었다. 그 중에 맨 뒤에 걸어 나오는 검정양복을 입은 사람은 얼굴은 가렸을망정 분명히 흥룡이었던 것이다. 덕순이는 와락 달려들며 수갑째 얼려 흥룡의 손을 쥐었다. 힘껏 쥐고 부르르 떨면서

"흥룡 씨!"

말이 맺기도 전에 순사는 소리를 버럭 지르며 두 사람의 사이를 떼어놓았다. 덕순이는 순사의 발길에 채여 두어 걸음 물러서다가 쓰러졌다. 그러나 자동차 속에서

"덕순 씨! 고맙…."

하다가 입을 틀어막히는 흥룡의 목소리가 들렸다. 그 목소리만은 여전히 씩씩하였다. 자동차는 탕— 하고 문을 닫는 소리를 요란히 내고 발동을 시킨다. 덕순이는 땅을 짚고 일어나 달려가서 자동차 유리창을 두 주먹

으로 두드리며

"흥룡 씨! 흥룡 씨! 아무 염려마세요. 어머니는 내가 모시고 있을 테니 맘 놓고 계세요!"

경찰서 마당이 울리도록 부르짖듯이 외쳤다. 차 속에서는 아무 대답이 없다. 자동차는 덕순의 얼굴에다가 가솔린 연기를 끼었고 어둠 속으로 풍우같이 몰아갔다. 덕순이는 엎드러지며 곱드러지며 그 뒤를 따라가다가 전봇대를 끌어안고 서서 아득히 서대문 편을 바라보았다.

그제야 손등 위에, 땅 위에 뜨거운 눈물이 좌르르 쏟아졌다.

😊 076회, 1931.12.02.

장관의 집

　１ 정희가 시집으로 들어간 지도 여러 날이 되었다. 계훈이는 날마다 인력거로 병원 출입하는 것이 큰일이다. 팔에 상처는 점점 나아가는 셈이라하나 탄환이 뚫고나간 살을 도리고 뼈까지 긁어낸 까닭에 한두 주일 치료를 받아서는 완치될 가망은 없다. 그러나 미리 여러 백 원이나 코 아래 진상을 받은 의사는

"경과가 대단히 좋습니다. 얼마 아니면 아주 전치가 되겠습니다."
하고 굽실거리는 것이었다. 그러나 여전히 힘줄이 당겨서 팔목은 오그릴 수도 없고 펼 수도 없다. 계훈이는 양관은 사람이 죽어나간 것 같아서 근처도 가기가 싫고 작은 사랑은 비었건만 제 몸도 임의로 추스르지 못하는 터에 잔시중을 들어주는 사람도 없어서 할 수 없이 안채 건넌방에서 기거를 하는 중이다. 그러나 정희와는 그동안 말을 건네기는커녕 어쩌다 눈이 마주쳐도 못 볼 것이나 눈에 뜨인 것처럼 얼굴을 돌린다. 잔심부름은 방 치우는 계집애가 맡아 하고 병원에 갈 때면 한 팔로 외투를 꿰느라고 애를 쓰면서도 언감생심 정희는 손도 대지 못한다. 다녀와서도 옷껍데기를 훌훌 벗어서 방바닥에다 내던지면 그것을 주워서 개켜 넣는 것

서 떨어진 놈인가.”

“그래도 장비야 내 배 다칠라— 하구 노상 옛 황제 팔잔 줄만 알았겠지?”

이런 소리 저런 소리가 은행 측 장사판, 마짱판, 장사치, 미두꾼, 하다 못해 요릿집이며 인력거 병문까지 신문의 호외나 뿌린 것처럼 꽉 퍼졌다.

얼마 전까지도 만석 추수에 오히려 이삼천 석이나 귀가 달리고 현금만으로도 여러 은행에 벌여서 예금한 것이 수십만 원이나 된다던 김 장관의 집 재산이 일조일석에 파산을 당할 지경이라고는 제 입으로 떠들고 몇 갑절 불어서 소문을 퍼뜨리면서도 ‘설마 그 엄청난 재산이 송두리째 결단이야 났을라고’ 하고 믿지 않고 곧이듣지 않는 사람도 많았다.

그러나 불을 때지 않은 굴뚝에서 연기가 날 리 없다. 김 장관이 일가 친척에게까지 구리귀신이라는 소리를 들으면서 자기 재산에 손을 대기는커녕 도장관 하나를 얻어할 몇 해 동안 소경도장을 찍느라고 근 십만 원이나 되는 돈을 ××을 낚[獵]는 운동에 들이밀고 영감을 마친 뒤에는 그 지위를 부지하느라고 벼슬아치들의 밑을 씻겨준 것밖에는 뭉텅이 돈을 써 본 적이 없었다. 가만히 손끝 맺고 앉았어도 연년이 적어도 수백 석지기씩 불었고 은행에 정기예금을 한 돈은 그 이자만 따지더라도 수만 원이 넘으면 넘었다. 결산 때면 각 은행과 주(株)를 든 회사의 배당만 하더라도 오륙십 명이나 되는 식솔이 일 년 동안 호화로운 생활을 하고도 남았다. 그뿐인가 경성 시내서 큼직큼직한 집의 집문서를 잡은 것만 하더라도 오륙십 채나 되는 터이라 동산(動産) 부동산을 합하면 실로 조선에서 둘째가라면 설워할 만한 재산가라 명예와 궁사극치한 생활을 누려왔던 김 장관이다. 그 엄청난 재산이 파산을 당해서 은행의 정리까지 받게 되었다는 소문을 누구나 얼핏 믿어지지 않는 것도 괴이치는 않았다.

그러나 김 장관의 집안 형편이 비비꼬이기 시작한 것은 벌써 여러 해 전부터이다. 속 빈 강정 모양으로 어부렁하게 버티고 오느라고 김 장관이 남몰래 애를 쓴 것도 사실이다. 그러나 간신히 미봉을 해온 것이 이 구석 저 구석에서 텅! 텅! 소리를 내어 도저히 수습할 수 없는 지경에까지 이르렀다. 장관은 벙어리 냉가슴 앓듯 자기 혼자 피가 마르도록 고민을 하였다. 갖은 수단을 다 써보았다. 그러나 보(洑)의 물은 애초부터 큰 구멍이 뚫려서 터져 나오는 것이 아니요, 장마통에 사태가 내려 질려 산이 갈라지고 언덕이 허물어지는 것도 하룻밤 쏟아진 소낙비로 말미암음이 아니다. 모두다 오랫동안 쌓여온 원인이 반드시 있는 것이다. 김 장관의 크나큰 집안이 요지부동할 줄 알았던 만가한 재산이 여지없이 파산지경에까지 다다른 데는 멀고 가까운 원인이 있는 것이다. 그 큰 집을 버티고 있던 기둥이 밑동부터 좀이 쏠고 유착한 대들보가 물러나게 된 그 까닭은 간단한 듯하면서도 매우 복잡한 것이다. 그러나 남의 집안 내정을 말하기를 좋아하고 신이 나서 남의 불행을 이야깃거리로 삼는 사람들도 정말 그 까닭은 알려고 들지를 않는 것이 보통이다.

◉ 078회, 1931.12.05.

③ 김 장관이 돈 ×을 먹인 ○○가 갈려가는 바람에 벼슬이 떨어진 뒤로는 전심전력을 치산(治産)하는 데 기울였다. 벼락감투나마 써보았으니 평생소원은 이루었으나 '조선 제일의 재산가로써 실업계에 군림(君臨)하

겠다’는 허영심의 충동으로 요행 회사는 물론 금광과 미두판까지 손을 대었다. 처음에는 강원도 어느 땅의 몇 만 정보나 되는 황무지(荒蕪地)를 개간하면 큰 이익을 보겠다고 꾀는 소리에 귀가 솔깃하여 특별한 활동을 하여 불하(拂下)를 해가지고 은행의 돈을 돌려서 일에 착수하려 하였다.

그러나 자본까지 들여놓고 보니 그 땅은 도저히 개간을 할 가망이 없었다. 산비탈과 돌뿌다구니만 내민 아무짝에도 쓸 수 없는 땅이었다. 중간에 든 일본인 브로커에게 감쪽같이 속아 넘어간 것이다. 그 다음에는 싸게 팔린다는 땅이 있다는 소리만 들으면 중변을 내가지고 사들였다. 땅문서가 금고 속에 늘어가는 것을 보고는 온— 조선의 전답을 자기가 독차지하는 것 같아서 만족한 웃음을 띠었다. 그러나 몇 해를 두고 사서 모은 수천 석지기나 되는 땅이 이른바 불경기 바람에 땅값은 여지없이 떨어졌다. 추수하는 것을 전부 작전을 한다더라도 몇 해 전보다 볏금이 개 값만도 못하게 떨어지고 보니 앞 뒤 손해를 벌충할 도리가 없었다. 이 구석 저 구석 터져나오는 것을 틀어막고 꿰매느라고 무진 애를 썼다. 은행의 변리는 소리를 치고 늘어가는 한편이라 할 수 없이 대대로 전해 내려오던 만경(萬頃) 벌의 옥답을 몇 백 석지기씩 야금야금 은행에 저당을 해가지고 엄청나게 늘어가는 이자를 물었다. 그러노라니 장관이 손수 나서서 하는 일이 아니니까 중간에 든 세간 청지기와 땅 거간과 그밖에 일본인 투기업자들이 농간을 부리는 통에 적지 않은 돈이 허실된 것도 사실이다.

“큰일났다! 이러다가는 새는 독에 물 퍼붓기다.”

장관은 몹시 초조해서 밤잠을 못 자는 눈치를 약빨리 챈 브로커들은 장관에게 미두하는 것을 권하고 금광으로 몇 해 동안에 삼사백만 원이나 되는 돈벼락을 맞은 ○○ 모의 이야기로 꾀었다. 장관은 손해의 벌충책으로 비밀히 미두판에 돈을 지르기 시작한 것이 처음에는 요행으로 몇 갑절이나 불어서 지전뭉텅이가 제 발로 굴러들었다. 장관은 거기에 입맛을 바짝 붙였다. 한편으로는 광맥(鑛脈)을 발견했다는 자의 도본을 사들여 경험 있다는 자를 초빙해서 채굴을 시작하였다. 미두와 금광은 예산과는 사뭇 틀려 돈을 엄청나게 잡아먹을 뿐이요 일본의 큰 재벌이나 이권에는 눈이 벌건 투기업자들도 감히 손을 대지 못하는 것을 무작정하고 남의 꾀는 말만 듣고 착수한 것이라 황금덩이가 굴러나오기는커녕 그 넓은 광구(鑛區)를 몇 십 길이나 파헤쳐도 석탄 한 덩어리도 튀어나오지 않았다.

온갖 협잡꾼이 들끓는 미두판에서는 '김 장관의 돈을 못 먹으면 누구 돈을 먹겠느냐'는 듯이 주린 개떼가 뼈다귀 하나를 다투어가며 물어뜯듯이 알토란같은 땅을 팔아대는 장관의 돈을 갖은 음모를 꾸며 가지고 조금씩 입맛을 붙여 주고는 몇 갑절씩 토하는 대로 삼켜버리는 것이었다. 몸이 바짝 달은 장관은

"모두가 시운이다. 때를 잘못 탔다."

하고는 화풀이로 마짱을 시작한 것이다. 계집을 끼고 마짱짝을 젓고 앉은 동안에는 세상만사가 도시 몽롱하고 아편에 취한 것처럼 세월 가는 줄을 모르고 그날그날을 넘기니까 화 덩어리인 장관에게는 마짱보다 더 좋은 위안거리가 없었다. 그러자 장안에 유명한 노름꾼들은 장관이 가장 귀여워하는 첩을 매수해가지고 뒷돈을 대주고 연방 새 사람을 갈아들였다. 그러나 그자들은 서로 짬짜미가 있어서 패를 지어 가지고 들어가서 장관 하나만을 골탕을 먹였다. 처음에는 져 주는 체 하다가도 밤을 새우

고 일어설 때에는 어떤 날은 몇 천 원씩이나 주머니가 뿌듯하도록 긁어 가지고는 뒤도 안 돌아보고 내빼는 것이었다.

아침부터 밤중까지 '펑—', '쨍—', '후—라' 소리가 장관의 집 큰 사랑에서 그칠 사이가 없이 들리는 동안에 기울어가는 장관의 재산은 날개가 돋친 듯이 흩어졌다.

🙂 079회, 1931.12.08.

④ 그러나 집안 형편이 파산지경에까지 이른 것은 등하불명이라. 장관의 아내와 계훈이는 '설마 바깥소문처럼 속이 곯기야 했으랴' 하고 곧이 듣지 않았다. 장관 역시 어떠한 수단으로든지 외면치레만은 여전히 하려고 무진 애를 썼다. 채판같이 벌어진 살림을 졸지에 병 모가지처럼 조릴수도 없다. 흔전흔전하던 씀씀이들이 이제 와서 새삼스러이 조리차를 하는 수도 없었다. 기울어진 형세를 바로잡을 도리도 없고 삼줄처럼 얼크러진 살림을 쉽사리 풀어볼 가망도 없는 줄 알면서 그래도 장관은 '천지개벽을 하더라도 나 한 몸 솟아날 구멍이야 없을까? 설마 이대로 거덜이 나고 말기야 하랴' 하고 아직도 조선의 갑부가 되고 말겠다는 공상만은 깨어지지 않았다. 형세가 기울어가면 기울어갈수록 자기가 세워놓은 계획대로 성공하고 싶은 허욕은 더한층 불 일 듯 하는 것이다.

한편으로 장관과는 평생 뜻이 맞지 않는 대방마님은 덩달아서 화가 난다고 그 화풀이는 여전히 골패 판에다 머리를 비비고 푼다. 크나큰 집안의 살림을 도맡은 주부가 노름에 허구한 날 밤을 홀딱 밝히고 나서 새벽녘에야 잠이 드니 낮에 깨어 있는 사람은 정희와 영호밖에 없다. 알토란같은 식구가 대낮에 큰 사랑, 대방, 건넌방 할 것 없이 방장을 늘이고 병풍을 첩첩이 두르고 코를 골다가 골목 바깥에 두부장수가 지나갈 때야 하나씩 기침을 하니 그동안에 온갖 도깨비들은 제 세상인 양하여 들끓으며 온갖 흑책질을 하기에는 꼭 알맞은 것이었다.

계훈이는 수술 받은 데가 합창이 되어가니까 요릿집 술집을 다시 찾기 시작하였다. 정희가 들락날락하는 것이 보기가 싫다고 작은 사랑으로 나가서 저녁때면 어슬렁어슬렁 기어드는 병정들을 모아가지고 토키가 어떠니 아무개의 무용이 어떠니 ×홍이는 그 누구와 정분이 났다느니 하고 잡담을 한바탕 하다가는 출출하면

"나갑시다. 가뜩 신기가 불편하신데 집안에만 들어앉으셨으니 온 갑갑해서 견디겠소?"

저희들끼리 눈을 찌긋찌긋 해가지고는 계훈이를 충동인다.

"에라! 한 번 가나 두 번 가나 내가 번 돈이냐. 한 세상도 다 살지 모르는 걸."

하고는 계훈이는 병정들을 거느리고 나가기만하면 으레이 전기불이 꺼질 임시해서야 앞을 가누지 못하고 부축이 되어 오는 것이다. 그러노라니 명월관이나 식도원 같은 큰 요릿집은 말할 나위도 없거니와, 양식집 청요릿집까지 한 번 출입하고 들어온 이튿날이면 백 원 이백 원이나 되는 계산서가 장관에게로 풀풀 넘어갔다. 한 달 평균을 치면 작은 달이라도 천원은 훨씬 넘었다. 장관도 어이가 없어서

"먹이려거든 집에서 먹여라. 인제부터 나가서 먹는 것은 물어줄 수가 없다."

한 번 전령이 내린 뒤에는 요릿집과 거래가 막히고 말았다. 그러자 줄리아가 독일로 주문했던 피아노가 그제야 도착이 되었다. 그 바람에 계

훈이는 요릿집에는 가지 않는다는 교환 조건으로 조선서 처음으로 오케스트라단을 모은다고 상해까지 사람을 보내서 번쩍번쩍하는 값비싼 악기를 수천 원어치나 무역을 해 들였다. 제가 컨덕터가 되어서 제 손으로 바이올린을 타지 못하는 대신에 조선의 단벌인 관현악의 지휘자가 되려는 것이다. 그것이 또한 음악단체 하나도 변변한 것이 없는 조선사회에 새로운 공헌이 될 터이니 제게는 가장 적당한 사업이라는 자랑을 갖게 된 것이다.

그러노라니 십여 명씩이나 자고 파먹으며 아침부터 연습을 한답시고 풍! 빵! 풍! 빵! 장관의 집이 온통 떠나갈 지경이다. 골목 안에는 사람이 가득 모였다. 하루 세 때 끼니마다 닭을 잡고 가리를 굽고 무슨 힘든 농사나 짓는 듯이 곁두리 밤참까지 먹여가며 나중에는 계훈의 돈에 입맛을 붙인 기생까지 쌍쌍이 불러 들여서 음악에 맞춰서 번갈아가며 계집을 끼어 안고 춤을 추느라고 굿이나 하는 집처럼 밤마다 법석을 하였다.

🙂 080회, 1931.12.09.

⑤ 덕순이는 그날부터 장관의 집 행랑채로 들어갔다. 차입하려던 보통이를 다시 끼고 들어가면 유모가 낙심을 할까 봐 다른 집에 맡기고 들어갔다.

"흥룡 씨와 면회를 하고 왔는데요 인제 얼마 안 있으면 나오게 된대요 어머니가 혼자 계시면 너무 고적하실 테니까 그동안 저더러 모시고 있어 달라고 해서 왔어요"

덕순이는 마음에 없는 거짓말을 하였다.

바른대로 고해서 병든 늙은이에게 실망낙담을 시키기는 무슨 죄나 짓는 것 같아서 잠시라도 희망을 붙여준 것이다. 그러나 그 거짓말이 유모에게는 여간 반가운 것이 아니었다.

"정말 며칠만 있으면 그 애가 나온대? 인젠 나도 정신을 차리고 일어나야 할 텐데…."

하고는 머리를 쓰다듬어 올리고 간신히 일어나서 방을 치고 흥룡이가 나오면 입힌다고 풀을 먹여서 만져둔 바지저고리 껍데기를 꺼내서 솜을 두고 앉았다. 덕순이더러 바늘귀를 꿰어 달래서는 한 눈을 찌긋하고 해어진 데를 밤 깊도록 꿰매고 앉았다. 명절을 기다리는 어린애가 잠들기 전에 '하룻밤만 더 자면— 이틀 밤만 더 자면—' 하고 손을 꼽듯이 유모는 해소로 잠을 이루지 못하면서도 훤—하게 동이 트기만 하면

"오늘이 며칠이지? 날은 왜 이렇게 음산헌구."

하면서 흥룡이가 나올 날짜를 짚어본다. 온종일 기침을 해가며 꿈지럭거리다가 덕순이가 지어다주는 밥을 한술 뜨고 초저녁에 좀 눈을 붙이려면은 바로 담 하나를 격한 작은 사랑채에서 '삐빠— 떼떼— 낑낑깡깡— 쿵나쿵 쿵나쿵' 하는 소리에 일껏 청한 잠은 천리만리 달아나고 만다. 그소리가 좀 그친 듯하면 이번에는 유성기 나팔을 바로 행랑채로 대고 튼다. 춤을 추노라고 마루가 꺼질 듯이 쿵쾅거린다. 도무지 귀가 따갑고 시끄러워서 견딜 수가 없다. 유모는 귀를 틀어막고 있을 수도 없어서

"집안이 망해도 착실히 망한다. 어느 당년에 대궐 안에서 '짠지패'까지 불러들여서 밤새도록 징 꽹과리를 두드리다가 ××가 망하더니 ×××가 또 하나 났군."

남의 일에는 평생 입을 벌리지 않는 사람이 혀를 끌끌 찼다.

"마지막 기를 쓰는 게지요 갖은 지랄 다 해봤으니까 인젠 아주 악에

오른 게야요."

덕순의 귀에는 장관의 집에서 징을 치고 피리를 불고 하는 소리가 종로 네거리에 간판만 커다란 상점에서 경매를 하느라고 요령을 흔드는 소리와 같이 들렸다.

"허구한 날 저게 무슨 발광이람. 논 팔아 밭 팔아 대주시는 영감이 가엾지."

유모가 장관을 동정하면

"일 년 열두 달 손톱 발톱이 닳도록 농사를 지어서 그 피땀을 흘린 곡식을 거둬다가 먹이는 사람은 누굽니까? 망할 건 하루바삐 망해야지요 망해야 해요!"

덕순이는 홀로 흥분이 되어서 목소리를 높여 꾸짖듯 한다. 그러나 그 말이 양반의 집에 밥을 치우고 주름살이 잡힌 유모에게는 좀 귀에 거슬리는 것이었다. 그러나 한편으로는 '네가 본데없이 자라난 애가 돼서… 좀 견문이 적어…' 할 뿐이요, 덕순이를 못 마땅히 여기는 것은 아니었다. 그러나 더한층 유난히 떠들어대는 날이면 덕순이는 누구더러 들으라는 말도 아니건만 좁쌀 섞은 쌀 봉지를 끼고 들어오면서

"저렇게 놀고 처먹는 놈들 때문에 우리가 이렇게 고생을 하는 줄은 모르고"

장관의 편을 드는 시어머니감을 속으로 나무란다.

"한평생 머리를 못 쳐들고 영감마님을 받들어 올리고 종살이를 했으니까 그 값으로 얻어먹고 구차하게 살아왔지. 그자들이 그냥 선심을 쓰느라고 먹였나? 신세가 무슨 신세야. 뼈골이 빠지도록 일을 해주었으니까 저이가 우리네 은혜를 입었지."

덕순이는 코웃음을 치고는 장작을 패다가는 도끼를 높이 들면서

"그놈들을 그저…."

하고는 힘껏 모탕을 내리찍었다.

081회, 1931.12.10.

심야의 태양

[1] 흥룡이는 검사국 유치장 독방에서 서너 시간이나 검사의 호출을 기다렸다. 팔다리를 마음대로 뻗을 수 없는 좁다란 우릿간 같은 캄캄한 속에서 눈을 감고 앉았으려니 별의별 생각이 머릿속으로 옥죄어든다. 한정 없이 뻗어나가는 공상의 날개가 먼저 한아름 껴안는 것은 덕순의 그림자였다.

쇠수갑을 찬 자기의 손을 덥석 잡아 힘껏 흔들던 덕순이 찌르르 하고 전신을 통하여 옮겨들던 그의 체온(體溫)! 자동차 뒤를 따라오다가 발길에 채워 땅바닥에 거꾸러지면서도 제 이름을 부르던 덕순이 자동차 유리창이 깨어지도록 두드리면서

"어머니는 내가 모시고 있을 테니 염려마세요"

하고 소리소리 외치면서 쫓아오던 덕순이— 다시 한 번 그 광경을 눈앞에 그려보자 흥룡이는

"오오 나의 '로—자' 나의 태양!"

하고 주먹으로 벽을 치며 소리를 높여 부르짖었다.

"이까짓 고생이 다 무어냐? 내게는 어떠한 고초든지 참을 수 있는 강

철 같은 힘이 있다. 의지(意志)가 있다! 밤중에도 꺼지지 않는 태양이 나를 비추어 주지 않느냐? 내 가슴에 안겨 온몸을 뜨겁도록 녹여 주지 않으냐?"

흥룡이는 이 세상에서 가장 어두운 곳에 갇혀 수족까지 묶여 앉았건만 조금도 어둡고 갑갑한 줄을 몰랐다. 사랑하는 사람이요, 또한 동지인 덕순이를 통하여 비추어오는 빛과 열이 도리어 흥룡의 마음을 황홀케 하고 오그라들었던 혈관을 벌떡벌떡 일어나게 하는 것이었다. 흥룡이는 나이가 삼십이 가깝도록 지금과 같이 행복을 자릿자릿하게 느껴본 적은 없었다. 덕순에게 대해서도 경찰서 앞에서 작별하던 순간처럼 열렬한 사랑을 느껴본 적이 없었다.

"무슨 일이든지 할 수 있는 여자다. 교수대에까지라도 따라 올라올 만한 용기와 신의(信義)가 있는 여자다!"

흥룡이는 진저리를 치도록 다시 한 번 행복을 느꼈다.

밤 아홉 시나 되어서 검사는 흥룡이를 호출하였다. 경찰서에서 진술한 것이 틀림없느냐는 다짐을 받을 때에

"사실이 있고 없고는 당신네 추측에 맡길 밖에요. 당신네는 무어든지 마음대로 할 수 있는 자유와 권리가 있으니까요."

간단히 대답하고 입을 다물어버렸다. 검사는 경찰이 고소한 내용이 공판에 붙이기에는 좀 박약하다 하면서도 피고의 태도가 뻣뻣하고 하는 말이 건방진 것으로 보아 동정할 여지가 없다고 생각하였다. 검사는 당장에 구인명령장에 도장을 찍었다. 감옥까지 호송하는 순사는

"돈이 있으면 자동차를 타도 좋아."

밤은 늦고 날은 추운데 걸어가기가 싫으니까 자비로 자동차를 타고 가

자는 수작이다.

"흥 자동차 탈 돈이 있으면 밥을 한 그릇 사먹겠소"

하고 흥룡이는 순사의 앞을 서서 뚜벅뚜벅 걸었다. 독립문 밖을 나가서는 아는 집을 찾아들어가듯이 서대문 감옥의 유착한 쇠문 안으로 한 발을 들여놓았다. 인왕산 꼭대기에서 내리질리는 밤바람이 살을 에이도록 맵건만 흥룡이는 양복 홑벌을 걸치고도 조금도 추운 줄을 몰랐다.

간수장실에서 발가벗고 유난히 까다로운 신체검사를 마치고 지장을 찍은 뒤에 좌익 제 ××방으로 등을 밀려들어갔다. 감방 안에는 십여 명이나 되는 미결수가 앞을 다투어 손을 내밀며 흥룡에게 악수를 청하였다. 그들은 간도서 온 사람 혹은 격문 사건으로 얽혀든 사람들이었다.

'아—아— 인제야 생활 안정이 되었구나!'

하고 흥룡이는 방 한 구석에 가서 큰 짐이나 벗은 듯이 털썩 주저앉았다.

🙂 082회, 1931.12.11.

2 흥룡이는 그제야 점심도 저녁도 굶은 생각이 나서 몹시 시장기를 느꼈다. 감옥 안에는 벌써 취침시간이 지났으니 먹을 것이 있을 리가 없다. 그러나 흥룡이는 '여기까지 와서도 내 몫으로 먹을 것을 못 찾아 먹는단 말이냐' 하고

"단또— 상! 단또— 상!"

기다란 복도가 찌렁찌렁 울리도록 소리를 질렀다. 담당간수는 급한 환자나 생긴 줄 알고 칼자루를 쥐고 달려왔다. 다른 감방에서도 잠들이 깨어 무슨 비상한 일이나 생긴 줄 알고 감방마다 벌통 속같이 웅성거린다.

"소리를 지른 게 누구냐?"

간수는 감시하는 구멍으로 험상스러운 눈동자를 굴린다.

"내가 불렀소 배가 고프니 밥을 내시오."

"이놈아 지금이 몇 신 줄 아느냐? 떠들지 마라!"

간수는 놋쇠 조각을 탁 닫치고 돌아선다.

"단또— 상!"

이번에는 더 크게 소리를 질렀다.

"새로 들어온 사람에게 밥을 주어라. 이 속에서도 굶으란 말이냐?"

옆방 사람들까지 잠이 깨어서 응원을 한다. 한참이나 있다가 감방문 아래쪽에 달린 구멍이 달가닥하고 열리더니 이 빠진 접시에 올려놓은 메주덩이 같은 것과 사발에다가 소금물 탄 것을 들이민다. 간수는 제가 담당한 감방에서 야료를 하는 것이 재미적어서 관식 찌꺼기를 제 손으로 들고 온 것이다. 오 촉밖에 안 되는 침침한 전등불 밑에서 흥룡이는 우선 사발의 국을 한 모금 마셨다. 다시마 몇 조각이 둥둥 뜬 소금국은 살얼음이 잡혀서 목구멍이 얼어붙을 것같이 차다. 흥룡이는 곰국에 기름기나 걷듯이 후후 불어가며 몇 모금 마셨다. 꺼멓게 꾸드러진 콩밥은 젓가락을 대기가 무섭게 와르르 흩어진다. 흥룡이는 방바닥에 떨어진 콩알을 주워서 눈을 꽉 감고 씹었다. 콩이 십 분의 육 분, 조가 삼 분, 쌀 일 분을 섞은 소위 관식인 모양이다. 아지직! 소리만 나면은 이뿌리가 시큰하다. 그러나 흥룡이는

'우리 어머니는 조밥이나마 끼니마다 잡숫는지 모르는데… 덕순이는 굶고 다니지나 않을까.'

그런 생각을 하며 씹으니까 콩밥도 오히려 고소한 것 같았다.

감방은 두 평쯤 되는데 똥통이 한 구석을 차지해서 다리를 뻗을 자리

가 없을 만치 좁다.

감방은 열두 명이나 기름을 짜는 터에 장정 한 사람이 더 늘고 보니 퀴퀴한 냄새가 코를 찌르는 똥통 옆댕이밖에 흥룡이는 누울 곳이 없었다.

"그래도 기미년에 우리가 들어왔을 때보다는 호강하는 셈이지요. 그때는 이 좁은 방에 항용 이십여 명씩이나 비웃 두름 엮이듯 했었으니까요. 다리도 못 편 채 몇 달을 지냈는걸요. 어쨌든 겨울엔 물것이 적어서 살 것 같지요."

그 중에 제일 나이가 들어보이는 사람의 이야기다. 마룻바닥에는 얄따란 다다미 껍데기만 깔았고 냄새나는 이불은 그나마 흥룡에게는 차례도 갈 것 같지 않다. 다른 사람들은 정다운 내외 모양으로 수염도 못 깎은 텁석부리들이 서로 얼싸안고 바싹 끼어서 자니까 춥더라도 떨릴 지경은 아니건만 신입생인 흥룡이는 다짜고짜 남의 등 뒤를 얼싸안고 언 몸을 녹일 염치는 없었다. 양복 홑벌만 걸친 흥룡이가 덜덜덜 떨고 앉은 것을 보고

"내 등 뒤로 들러붙으시오."

하고 그 중의 한 사람이 이불자락을 끌어준다.

흥룡이는 염치불구하고 그 사람의 등 뒤를 얼싸안고 이불 속으로 파고 들어갔다.

"이게 누구야? 에이 차차!"

그 다음에 누웠던 사람이 잠결에 소리를 지른다. 흥룡이는 움찔하여 간신히 비집고 넣었던 발을 뺐다. 그러다가 옆의 사람이 잠이 든 듯한 낌새를 채고는 엉덩이를 슬금슬금 부비고 들어갔다. 이불자락을 치켜 덮

으면 발이 나오고 발을 덮으면 어깨가 벌겋게 드러난다. 새우 모양으로 꼬부리자니 철창을 새어 드는 찬바람이 볼기짝을 저며가는 듯이 차다.

아침 여섯 시 기침하라는 간수의 호령소리가 기다란 복도를 울릴 때까지 흥룡이는 몸을 녹여 보지도 못하고 밤을 홀딱 밝혔다.

😊 083회, 1931.12.12.

③ 기상하라는 간수의 호령이 떨어지면 그들은 일제히 일어난다. 조그만 물통의 손끝이 얼어빠질 듯이 찬 물을 나눠서 고양이 세수하듯 얼굴에다 찍어 바르고 똥통을 들어 내놓고서는 아침을 기다린다. 시멘트로 다진 복도에서 접시를 벌려놓느라고 대그럭대그럭 그릇소리가 나면 미결수들은 감방마다 밥 들어오는 구멍 앞으로 다가앉아서 콩밥 냄새가 풍겨 들어오기를 기다린다. 취사(炊事)를 맡은 전중이들이 들것에다 메고 오는 김이 무럭무럭 나는 콩밥 냄새는 식욕이 움직일 만큼 구수한 것이다. 그러나 이른바 관식이라는 것에도 등급이 있어서 미결수에게 주는 것은 겨우 주먹덩이만한 칠등 밥이었다. 예심에 이태 삼년씩 걸려 있는 장정들은 그 메주덩어리를 눈 꿈쩍하는 사이에 감추듯 하고는 소금국을 마시는 것이었다.

흥룡이가 갇힌 감방에는 다행히 잡범은 없었다. 대개는 간도공산당 일파요, 그 중에는 강도, 살인미수, 폭발물 취체 위반 같은 무시무시한 죄명을 걸머진 직접 행동패들이었다. 그 중에는 만 일 년 반이나 예심에 걸린 채 재판소 구경도 한 번 못해 본 사람도 있다. 그 나머지는 ××사건에 앞장을 서서 기골이 장대한 북관의 청년들이다. 오랫동안 꺼둘려 다니며 경찰서에서 심한 취조를 당했었건만 그래도 그 기상과 그 태도는 조금도

변함이 없다. 정강마루까지 올라오는 두루마기를 입고

"마르크스의 말이 옳지 않은 게 아니라— 회관을 설하고 동지를 향하여…."

하고 함경도 사투리를 써가면서 아침만 지나면 굵다란 목소리로 기염을 토한다. 미리 잡혀올 줄 알고 솜바지를 둘씩 껴입은 굼튼튼한 친구들이다.

피차에 경력을 이야기하고 주의에 관한 토론으로 하루해를 보낸다. 물론 목소리도 크게 내지 못하고 수군수군 귓속 하듯 하는 것이지만 간수의 발자국소리만 멀어지면 단천 친구들은 유난히 큰 목소리로 떠들어댄다. 그러다가 밤이 들면은 목침돌리기로 자기의 로맨스를 숨김없이 주고받는 것이 일과가 되어 있다. 그러나 그들은 감옥에서 들려주는 수양에 관한 『불경』이나 『성서』 같은 것은 방구석에 동댕이를 치고

"이깟 놈의 책을 읽어 뭘 함둥."

하고 거들떠보지도 않는다. 그 중에도 흥룡이가 이상하게 생각한 것은 그들이 이론을 좋아하지 않는 것이다.

"몰락의 과정을 과정하고 있는 부르주아지들의… 목적의식은 역사적 필연으로 자연생장기에 있어서…."

이런 따위의 알아듣기 어려운 물 건너 문자를 연방 써가면서 노닥거리는 것으로 일을 삼지 않는 것이다.

그들은 다만 골수에까지 배인 우직하고 열렬한 ×급의식과 제 피를 ××× 먹는 자에 대하여 육체적으로 ××을 계속할 뿐이다. 닭과 같이 싸우고 성난 황소처럼 들이받고 때로는 주린 맹수와 같이 상대자에게 달려들어 살점을 물어뜯을 뿐이다. 이른바 이론이나 캐고 앉아있는 나약한 지

식계급으로서는 근처도 가기 어려운 야수성(野獸性)이 충만한 것이다. 홍룡이는 그들의 성격이 부러웠다.

"우리는 좀 더 동물에 가까워야 한다. ××을 인간성(人間性)으로서 대항할 수는 없다. 왜 그러냐하면 우리의 ×은 문명의 탈을 뒤집어쓴 ××들이기 때문이다."

홍룡이는 마음속으로 부르짖었다. 닷발 만한 죄명을 쓰고 이 감옥 속에서 청춘을 다 보내도 간신히 세상 구경을 할 동 말 동 한 사람들이 어쩌면 저다지 태연자약할까? 하고 탄복하였다. 동시에 저 자신을 몇 번이나 반성해 보았다. …홍룡이가 들어온 지도 벌써 사흘이나 되었다. 이날도 간도서 온 동지들이 만주 동포의 생활 문제로 한참 떠들썩하는 판에

"육백십오 호—"

간수가 감시하는 뚜껑을 열고 번호를 부르는 바람에 여러 사람은 떠들었다고 징벌이나 당하는가 보아 움찔하였다. 육백십오 호는 홍룡이가 감옥에 들어와서 성명 삼자를 잃어버리고 가슴에다 붙인 감시당하는 물건으로서의 번호였다.

🙂 084회, 1931.12.15.

④ 홍룡이는 문 앞으로 다가앉았다. 간수는 커다란 열쇠로 덜커덩하고 감방문을 열더니

"이 옷을 갈아입고 헌 옷을 벗어 내놔."

홍룡에게로 던지는 것은 한 아름이나 되는 옷 보퉁이었다. 보자기 끝에는 '최덕순'이라고 먹으로 이름 석 자가 씌운 헝겊 조각이 매어달렸다. 보퉁이를 끄르고 보니 집에서 입던 검정 두루마기와 솜을 대여섯 근이나

두었음직한 두껍다란 바지저고리와 셔츠와 그리고 일본 '다비'며 칫솔과 '지리가미'가 쏟아진다.

"강 동무는 행복허슈. 차입해 주는 사람이 다 있구려. 그만하면 얼음 위에 뒹굴어도 춥지 않겠소"

부모처자는 모두 생이별을 하고 혈혈단신으로서 네 차례나 감옥살이를 한다는 친구가, 자못 부러운 듯이 옷을 만져보며 하는 소리다.

"어서 헌 옷을 벗어!"

간수는 문을 지키고 서서 독촉한다. 흥룡이는 돌아앉아서 옷을 벗었다. 장근 석 달이나 고초를 같이 겪어온 양복쪼가리를 벗어버리는 것이 섭섭하였다. 차입한 옷에는 옷고름이 하나도 없고 모두 단추를 달았다. 감옥에서는 죄수가 목이나 매달까 보아 들어오는 대로 옷고름을 몽탕몽탕 잡아떼는 것을 아는 덕순이가 미리 알아차리고 단추를 달아 들여보낸 것이었다. 흥룡이는 새 옷을 갈아입었다. 피가 식은 것같이 얼었던 몸은 어려서 눈싸움을 하다가 꽁꽁 언 몸뚱이를 어머니 이불 속에서 녹이던 것과 같이 뜨뜻해진다. 온종일 팔풍바지에서 노동을 하다가 목간통 속에나 들어간 듯이 어머니와 덕순의 사랑은 흥룡의 몸을 푸근히 전신의 맥이 풀리도록 안아주고 훈훈하게 녹여주었다. 흥룡이는 입을 꽉 다물고 앉았다가

"난 이만해도 살겠으니 이건 우리 나눠 입읍시다."

하고 처가속도 없다고 한탄하는 나이 먹은 동지의 어깨에 두루마기를 걸쳐주었다.

"고맙쇠다 동지! 고맙쇠다."

그는 사양할 여지도 없이 흥룡의 손을 잡으며 어린애처럼 기뻐한다.

그 두루마기만 등에 덮어도 인왕산의 바위 비탈을 깎으며 철창으로 내리질리는 매운바람을 얼마간 막을 수 있다. 그는 두루마기에 팔을 꿰며 흥룡이가 간신히 참았던 눈물을 찔끔찔끔 대신 흘린다. 북만주 벌판에서 헤어진 뒤에 생사조차 모르는 늙은 어머니와 아내를 새삼스러이 생각해 보는 모양이다.

날씨는 하룻밤 사이에 갑자기 더 추워졌다. 무학재 고개에 눈이 덮이고 감옥 안 큰길에는 얼음이 깔렸다. 영하 십오 도나 되는 조선에서 가장 혹독한 추위가 서대문 감옥을 휩싸고 붉은 담에는 눈보라까지 치는데 덕순이가 몇 시간이나 달달달 떨고 섰다가 헌옷 보퉁이를 끼고 돌아서는 뒷모양이 흥룡의 눈앞에 내다보이는 것 같았다. 밤 깊도록 한 솔기 두 솔기 눈물로 꿰매어 옷을 지어 보내고 앉아서 덕순이를 기다리는 어머니가 대낮에 현몽이나 되는 듯이 눈에 선하다.

'아아 사랑이 죄다. 조선 놈에겐 사랑을 받는 것도 무거운 고통일 뿐이다!'

흥룡이는 고마운 것보다도 남에게까지 차마 못할 일을 시키는 것 같아서 미안쩍은 생각을 금할 수 없었다.

…덕순이는 입도 벌릴 수 없이 새파랗게 얼어가지고 헌옷 보퉁이를 끼고 돌아왔다. 유모는 죽었던 아들이나 살아오는 듯이 뛰어나오며 덕순이를 얼싸안고 방으로 들어갔다.

"아이고 얼마나 추웠을까? 가엾어라. 얼음장같이 차구먼! 그래 그 애는 잘 있어?"

유모는 덕순의 손을 잡고 조급히 아들의 소식을 묻는다.

"네 잘 있어요. 곧 나가게 될 테니 염려 맙시사고요."

덕순이는 이번에도 면회나 하고 온 것처럼 거짓말을 보태지 않을 수 없었다. 유모는 옷 보퉁이를 부둥부둥 끌렀다. 인쇄소에서 일할 때 입느라고 사서 삼 년이나 걸치고 다니던 양복 아래윗벌과 잡혀갈 때 입었던 알따란 속옷이 차마 볼 수 없이 더러웠다. 유모는 그 옷을 뒤적거리다가 앞으로 폭 엎드러지며

"흥룡아! 이 추위에 이걸 입구 어떻게 지냈니? 응 흥룡아! 네가 무슨 죄가 있길래 이렇게 고생을 한단 말이냐?"

옷을 끌어안고 얼굴로 부비며 사뭇 목을 놓아 운다. 창자를 쥐어짜는 듯한 그 울음소리를 덕순이는 진정으로 들을 수 없었다.

"이러지 마세요. 네? 그만 그치세요. 인제 얼마 안 있으면 나올걸요" 하고 말리면서도 덕순이 역시 들먹들먹하는 유모의 등에 엎드려 흑흑 느끼며 울었다.

085회, 1931.12.16.

⑤ "그렇게 언짢아하지 마세요. 지금 우리 조선엔 이런 처지를 당하고 있는 부모가 몇 천으로 헤일 만큼 많습니다. 참 정말 기막힌 형편에서 죽도 살도 못하는 사람이 여간 많지 않은데 우리가 울고 서러워만 한다고 억울한 일이 피겠습니까? 그만 진정하세요. 저희처럼 몸 튼튼하게 일하는 젊은 것들이 얼마든지 있으니까 얼마 안 있으면 좋은 세상이 올 겝니다. 남에게 억울한 일 아니꼬운 일 안 당하고 살아보려고 이렇게 고생을 하지 않습니까? 이젠 고만 그치세요. 네 어머니!"

덕순이는 북받쳐 오르는 설움을 참지 못하는 유모를 이런 말 저런 말로 달래듯하였다. 덕순이가 유모를 '어머니'라고 부르기는 지금이 처음이

었다. 자기들이 하는 일을 비록 이해는 하지 못하고 적어도 한 세기(世紀)나 상거가 되는 과거의 인물이나 자기의 골육을 위하여 한 몸을 희생에 바치려는 그 뜨거운 애정에는 옛날과 지금의 구별이 있을 리 없다. 더구나 자기가 이 세상에서 가장 사랑하는 사람을 낳은 친어머니시니 즉 저를 낳아준 어머니와 조금도 다를 것이 없다 하였다. 어머니는 얼굴도 보지 못하고 홀아버지는 방 한구석 없이 병문으로 투전판으로 돌아다니는 늙은 부랑자라 부녀간에도 피차에 만날 생각도 아니 하는 것이었다. 유모도 나이가 찬 계집애가 몸 붙일 곳이 없이 공장 기숙사에서 자라나다시피 하고 소 갈 데 말 갈 데 없이 떠돌아다니던 덕순의 과거를 들어서 아는 터이라 흥룡이와의 관계는 어떻든 간에 수양딸처럼 데리고 있고 싶었다. 다음 날은 어찌 되든지 우선 어머니 없는 덕순이는 어머니를 얻어 섬기게 되었고 딸이 없는 유모는 덕순이를 아들 겸 딸 겸 의지하게 된 것이다.

유모는 맥이 풀려서 자리에 쓰러지며

"이 달도 며칠 안 남았는데…. 설마 이 달 안으로야 나오겠지."

한숨이 길다. 그래도 유모는 흥룡이가 일간 나오려니—이 달 안으로는 나오겠지— 하는 희망이나 있어서 손을 꼽고 있지만 이와 반대로 덕순이는 앞일을 생각할수록 캄캄하였다. 검사의 유치 기한이 며칠 남지 않았으니 그 기한 안에 요행히 면소가 되어 나오지 못하면 예심에 회부되고 말 것이다. 그러면 적어도 몇 해를 끌 모양이니 들어가 있는 사람도 들어가 있는 사람이거니와 그동안에 차입을 해주고 비록 두 식구나마 밖에 있는 사람이 살 일이 난감하였다. 공장에를 다시 다닌대도 새벽부터 전기불이 들어올 때까지 매어달려야 한 달에 겨우 십오륙 원 벌이밖에 되지 않으니 혼자 지낼 때는 간신히 지냈거니와 지금 와서는 그까짓 수입으로는 앞으로 몇 해 동안이나 흥룡의 뒤를 받들어줄 도리가 없다.

"어머니 전 내일부터 다시 공장에를 다니겠어요"

생각다 못하여 얼이 빠진 사람처럼 누워 있는 유모에게 양해를 구해보았다.

"공장에를 또 다녀? 내가 정신을 차려서 안에 들어가 꿈지럭거리면 아씨가 먹을 거야 대주실 걸."

"구구하게 남의 신세질 게 무어 있어요? 내 손으로 벌어먹는 것이 마음 편하지요. 염려마세요. 십 년이나 하던 손익은 일이니까요"

남들은 단잠을 잘 때에 일어나 밥을 지어가지고 감옥으로 나가서 흥룡에게 하루 한 끼라도 밥 차입을 시켜 주고 그 길로 십리나 되는 공장으로 가서 진종일 일을 하고 또 다시 십리나 되는 길을 걸어서 돌아오기는 아무리 덕순이가 튼튼하기로서니 한 여자가 짊어지기에는 너무나 무거운 짐이었다. 그러나 아무리 반찬 없는 밥이라도 저는 세 끼씩 더운밥을 먹으며 흥룡에게는 콩밥을 먹일 수 없었다. 굶으면 굶었지 차마 저 혼자 배를 불릴 수는 없었다.

밤은 깊었다. 창 밖에는 바람이 그저 자지 않고 양철 지붕이 뒤집힐 듯이 눈보라를 친다. 덕순이는 유모의 곁에 쓰러져서 막 잠이 들려는데 판장을 똑똑 두드리며

"유모 자우?"

하는 소리가 바람결에 어렴풋이 들렸다. 그것은 틀림없는 정희의 목소리였다.

086회, 1931.12.17.

두 여성

[1] 덕순이는 자리를 개어 한 구석에 밀어놓고 정희를 맞아들였다. 유모도 눈을 부비고 몸을 일으키며

"밤이 늦었는데 웬일이슈?"

정희의 손을 잡아 아랫목으로 앉힌다.

"오늘 고사를 지냈는데 떡이 먹음직하기에 가지고 나왔다우."

정희는 다시 마루 끝으로 나가서 커다란 목판을 들고 들어온다. 더운 김이 무럭무럭 나는 시루떡은 침이 흐를 만큼 먹음직스럽다.

"이 추운데 이걸 어떻게 손수 들고 나오셨단 말이요"

"여러 날 못 만나 궁금도 하길래 겸두겸두 해서— 그래 요샌 기침은 좀 덜 하우."

정희는 언 손을 요 밑에 넣어 녹이며 며칠 동안에 더 늙은 것 같은 유모의 초췌한 얼굴을 가엾은 듯이 바라본다.

"웬만하면 들어가 옷 뒤라도 거둬드릴 텐데 당초에 운신을 할 수가 있어야지요"

유모는 정희에게 기대듯 하면서 기신없는 목소리로 대답한다.

"그래 흥룡이는 어떻게 되었수? 이 추운데 그게 웬 사람이 당할 일이유."

유모는 기침을 섞어가며 덕순이가 옷 차입을 하고 온 것과 그동안 지낸 일을 이야기해서 들려주었다. 정희는 눈물이 글썽글썽해서 덕순이를 바라보며

"얼마나 수고를 하셨수? 별 탈은 없다니 다행이지만… 더군다나 유모의 병구완까지 하느라고 얼마나 고생이 되슈. 하루 한 번씩은 나와 본다면서도 당초에 몸을 빼낼 수가 있어야지요. 난 참 뵐 낯이 없어요."

"천만의 말씀을 다 하세요. 댁 사정은 나도 대강 짐작하고 있으니까요. 그래 얼마나 속이 상하세요?"

"내 말이야 다 해서 뭘 하나요."

정희는 나지막이 한숨을 쉰다.

"뜻밖에 저 색시를 만나서 같이 있게 되니 든든해요. 그저 난 남의 신세만 지는 팔잔가 봐요. 인젠 아주 수양딸처럼 '해라'를 하고 지내야겠어요. 저 색시가 없었다면 그동안 혼자 얼어 죽었을는지도 모르지요."

유모는 덕순에게 진정으로 고마운 인사를 정희에게다가 한다. 덕순이가 처음 정희를 볼 때에는 '홍 양반의 딸이로구나, 부잣집 며느리의 티가 배었구나' 하고 일종의 계급적 감정으로 대하였었다. 그러나 몇 번 두고 만나볼수록 친숙해지고 정희의 처지를 동정하게까지 되었다. 옷매무새라든지 행동거지는 비록 유산계급의 놀고먹는 여자의 탈을 벗지 못하였으나 마음을 쓰는 것이 곱고 얌전하고 누구에게나 태를 부리기커녕은 사람을 대하는 태도가 퍽 겸손한데 호감을 가지게 되었다. 같은 여성으로서 피차에 불행한 처지를 동정한다느니보다도 흥룡이와 같이 유모의 젖을

나눠 먹고 자랐다는데 남유달리 친친한 느낌을 받는 것이었다. 상하와 반상의 계급만 없는 처지였다면 정희와 흥룡이는 누님 동생하고 친남매처럼 지냈을 것이다. 그러면 흥룡의 누이 되는 정희는 나한테 시누이뻘이 될 것이 아닌가? 덕순이는 이렇게 생각하고는 '사람의 인연이란 참말로 우습구나' 하고 속으로 웃었다. 한편으로 정희도 흥룡의 일은 거의 잠시도 잊지 않고 노 염려는 하고 있으나 원체 입이 무거운 사람이라 잗다란 인사치레를 할 줄 모를 뿐이다. 또는 친오라버니인 혁이와 무슨 일에 관계가 되는 듯하여 피차에 혐의쩍었다.

"그래 요새는 더 들볶이지나 않으세요? 아기는 충실하지요?"

덕순이는 정희의 앞으로 다가앉으며 진심으로 정희의 지내는 형편을 물었다. 정희는 방바닥에 눈을 내려 깔고 한참이나 대답이 없다가

"이것저것 다 집어치고 나도 공장에나 댕겼으면 한결 맘이 편하겠어요."

정희는 덕순이가 부러웠다.

😀 087회, 1931.12.18.

② 정희가 공장에라도 다니겠다는 말에 덕순이는 '어지간히 속이 썩는 게로구나' 하면서도 얼른 대답할 말이 없었다. 구식 범절이 골수에 배인 정희로서 과거의 생활을 깨끗이 청산해버리고 도깨비 굴속 같은 장관의 집에서 뛰어나올 용기가 있다고 하면 덕순이는 다 늦게야 사람으로서의 개성(個性)이 바야흐로 눈뜨기 시작하는 가엾은 동성을 위하여 아무리 힘드는 일이라도 마음껏 도와주고 싶은 생각이 없지는 않다. 그러나 정희가 그렇게 마지막 결심을 하기까지에는 좀 더 고생을 하고 아주 먹을 것

까지 없어져서 앞뒤 사정이 막다른 골목까지 다다르지 않으면 될 수 없는 일이라 하였다. 실상 정희는 오늘까지 사람으로서 가장 큰 고통은 느껴본 적이 없었다. 먹고 입는 데 걱정을 해본 적은 없었던 것이다. 우리의 거의 전부가 먹는 것 한 가지 때문에 한 평생 뼛골이 빠지도록 노동을 하고 마음에 없는 죄를 짓고 굶어 죽지나 않으려고 만주 벌판으로 바다 밖으로 거산을 하는 것이다. 먹는다는 것 굶어 죽지 않기 위한 우리의 노력이란 인생으로서 더구나 조선 사람으로서는 가장 큰 고통이요 또한 고작 가는 비극이다. 만물의 영장으로 자처하는 인간이 배가 고프면 개와 창자를 바꾸어 넣는 자도 있는 것이다. 이 기막히고 엄숙한 사실을 이제까지의 정희가 체험했을 리가 없다. 더구나 자본주에게 몸이 팔린 직공 생활이란 그 일이 얼마나 고되고 쓰라린 것인지를 알고서 그런 말을 했을 리가 없다 하였다.

"그럼 이 앞으로는 어떡하실 생각이세요? 한평생 눈총을 맞으면서 그래도 이 집의 문서 없는 종노릇을 하실 테야요?"

덕순이는 그제야 입을 열었다. 무슨 질문이나 하는 것같이 그 말은 날카롭게 정희의 가슴을 찔렀다. 종노릇을 한다는 말이 조금 귀에 거칠었건만

"지나온 것도 꿈같은데 참 정말 앞으로 어떡했으면 좋을지 아주 난감해요. 그저 어린것만 매달리지 않으면 꼭 죽어버리고 싶은 생각 밖에…."

"죽긴 왜 죽어요 남들은 살지를 못해서 기를 쓰는데… 그만 사정으로 모두 자살을 한다면 조선 사람은 벌써 씨도 안 남았게요 아예 그런 말씀 마세요 아직도 젊어 청춘에 왜 제 손으로 목숨을 끊어요 난 자살을 하느니 정사를 하느니 하는 건 대반대야요."

덕순이는 공장에서 직공들에게 동맹파업을 선동할 때와 같이 점점 흥분해서 어조를 높이면서

"사랑이 없는 담에야 남편은 다 뭐구요 시부모는 다 뭐야요? 구구하게 밥술이나 얻어먹을 것 같으면 다 망해가는 김 장관 집밖에 없겠어요? 문벌은 다 뭣이고 지체란 어느 고릿적 이야기에요? 난 아무것도 본 것 들은 것도 없이 자랐고 소학교 졸업도 변변히 못했지만 우리 조선 여자들이 이때까지 지켜온 도덕이라든지 또 남자들이 제게만 편하도록 만들어 놓은 법률이라는 것이 얼마나 무리하고 케케묵은 것인 줄은 잘 알고 있어요. 왜 무슨 까닭에 그 아니꼬운 꼴을 보고 사람대접을 못 받으면서 살아갈 재미가 어디 있어요? 난 죽으면 죽었지 그렇게 남더러 죽여줍시사 하고 살 수는 없어요."

정희는 잠자코 앉아서 덕순의 열변에 귀를 기울였다. 구절구절이 그럴듯도 하나 '여자의 도리에 그럼 어떻게 한담' 하다가

"그럼 나 같은 사람이 어쩌면 좋아요? 아무것도 모르는 여편네가…."

정희는 덕순의 앞으로 무릎이 맞닿도록 다가앉으며 제 일신의 해결책을 묻는다. 나이를 십 년이나 더 먹은 사람이 매어달려 애원하듯 하는 것을 보니 덕순이는 정희가 더한층 가엾어 보였다. 그럴수록 제 말대로 쫓든 안 쫓든 간에 무책임한 대답은 할 수 없었다. 그동안에 밤은 이미 사경이나 지났고 더운 김이 무럭무럭 나던 시루떡은 손도 대는 사람이 없어 윗목에서 꾸드러졌다. 유모는 기함한 것같이 잠이 든 지도 오래다.

덕순이는 온 종일 삐쳤건만 조금도 피곤한 빛을 보이지 않으며 정희에게 대답할 말을 한참이나 생각하다가

"그럼 내가 하시라는 대로 꼭 실행을 하시겠어요?"

무거이 입을 열고 뒤를 다졌다.

😊 088회, 1931.12.20.

③ 정희는 덕순의 입에서 무슨 말이 떨어질지 몰라서 눈을 감고 생각하는 덕순의 얼굴을 쳐다보고 있다.

'이런 말을 하기에는 아직도 이르다. 잘못하면 오해나 사지 않을까?' 하면서도 덕순이는 내친걸음이라 제 의견껏 말해버리려다가 또다시 주저한다.

"내게 해로운 말이야 하실라고요. 어서 이야기하세요."

정희가 다시 묻기를 기다려

"여자가 남편을 의지하고 시부모를 받들어야만 산다는 것은 벌써 옛날 생각이에요. 두 가지를 다할 수 없는 경우에야 하루바삐 자기 혼자 살아갈 도리를 차려야지요. 내가 있고서 남이 있는 것이니까요. 그러니까 그 집이 아주 조석거리도 없어 결딴이 나서 식구가 풍비박산을 할 때에 등을 밀려나오게 되면 더 창피하지 않겠어요. 더군다나 남편 되는 분이 다시 마음을 잡기는 아주 틀린 바에야 궤(簋) 없는 구럭에 뭘—바라고 그 집에 붙어 있어요."

"그렇지만 어디다가 몸담을 곳이 있어야지요. 나 역시 그 집 살림에 넌더리가 난 지도 오래지만…"

"거기 대해선 차차 말씀하지요. 설마 어린애를 데리고 길바닥으로 나앉게야 될라고요."

덕순이는 속으로 생각한 바 있었다. 그러나 사람의 앞일이란 어찌될 줄 몰라서 아직 미리 말을 내지 않으려는 것이다. 제 생각에는 흥룡이가 나와서 정식으로 결혼이라도 하고 둘이 마주 벌어 초가삼간이라도 지니게 된 뒤에야 실행할 수 있는 일이라 하였다. 정희와 흥룡이와는 피차에 괄시 못할 정실관계가 있고 유모 역시 친딸처럼 일상 정희를 못 잊어하는 터이라 한 집에 모여 살더라도 별문제는 없으리라고 생각한 것이다. 솜씨가 얌전한 정희가 바느질품을 팔더라도 저 먹을 구실은 넉넉히 할 것이니 반생을 남에게 들러붙어서 기생충(寄生蟲) 노릇을 하던 정희로서는 독립한 사람으로서 값있는 새로운 길을 밟게 되는 것이라 하였다.

정희는 또다시 눈을 깔고 앉았다가

"글쎄요. 덮어 놓고 뛰어 나오기만 하면 어떡해요?"

여전히 답답할 뿐이었다. 밤새도록 앉아서 이야기를 한대도 무슨 시원한 말을 들을 상 싶지 않아서 한숨만 길게 쉬고 막 일어나려니까 안잠자기가 빙판에 엎드러지며 곱드러지며 나오더니 판장을 쾅쾅 두드리면서

"아씨 여기 계세요? 안댁 아씨 여기 계세요?"

숨이 턱에 닿아서 괴괴한 겨울 새벽의 공기를 찢는다.

"응 여기 있어 왜 그래? 아기가 깼어요?"

정희는 덕순에게 잘 자라는 인사도 할 사이가 없이 바깥으로 뛰어 나갔다.

"안에서 야단이 났어요. 서방님이 약주가 잔뜩 취해 들어오셔서 아기를 걷어차고 세간을 막 부수셔요."

안잠자기는 아래윗니가 딱딱 마주치도록 덜덜 떨면서 호들갑을 부린다. 술주정이야 거의 밤마다 하는 것이니까 그다지 대수로울 게 없지만 영호를 두드린다는데 아니 들어가 볼 수도 없어서 치마를 휩싸 쥐고 총총히 안채로 들어갔다.

아래 윗방에는 사람이 모두 깬 모양이요 건넌방에서는 우지끈— 우지
끈— 세간 부수는 소리가 난다. 영호가 죽어가는 소리로 악을 악을 쓰며
운다.

"여편네가 밤을 새고 댕기는 데가 어디냐?"

마루에 올라서자 건넌방에서 나오는 시어머니의 호령이 서릿발 같다.
부정한 행실이 있다고 며느리를 모함이나 하려는 듯한 말씨에 정희는 변
명 아니 할 수 없어서

"유모가 그저 앓는 모양이길래 잠깐 들여다보았어요."

엄마의 목소리를 들은 영호는 자리옷만 입은 채 맨발로 뛰어나온다.
엄마의 치마에 매어달려 바들바들 떨면서 말도 못하고 숨이 끊어지는 것
처럼 느끼기만 한다.

"누구냐? 밖에서 떠드는 게 어떤 년이냐?"

계훈의 혀 꼬부라진 목소리다. 아무리 술이 취했더라도 번연히 제 목
소리를 알아들으면서 '어떤 년'이냐고 년 자까지 놓으며 소리를 지르는
것을 듣고는 아무리 뼈 없는 체하고 살던 정희라도 참을 수 없이 분하였
다.

"나예요!"

한 마디 쏘아붙이듯 하고 영호를 추켜 안고 건넌방 미닫이를 밀치면서
들어섰다.

089회, 1931.12.23.

④ 벙어리도 말할 때가 돌아왔다. 그러나 여섯 해만에 열린 입으로 터
져나온 말은 참을 수 없는 모욕을 당한 데 대해서 '나예요!' 하고 폭백하

듯 한 한마디였다. 계훈이는 아랫목에 벽을 기대고 비스듬히 쓰러졌다. 풀린 눈초리로 정희를 쳐다보더니 정희의 태도가 심상치 않은 눈치를 챈 듯 고개를 돌린다. 방안에는 폭력단이나 다녀간 뒤처럼 체경의 유리는 두 쪽에 갈라지고 의걸이의 문짝이 떨어졌다. 자리끼 대접이 엎어져서 방바닥에는 물이 흥건히 고였다. 세간이 깨어진 것을 보니 정희는 더한 층 눈에서 불이 나는 것 같았다.

"세간은 왜 부수세요? 세간이 무어래요?"

정희는 방바닥에 물을 골라 디디며 윗목에 가 도사리고 앉았다. 계훈이는 여전히 숨만 가쁘게 들이쉬고 내쉬며 입술을 물어뜯고 앉았다.

"어린애는 무슨 죄가 있다고 손찌검을 하세요?"

영호에게 옷을 걸쳐주며 또 한 마디를 쏘았다. 한 번 터진 정희의 입에서는 쌓이고 쌓였던 갖은 푸념이 온갖 넋두리가 폭포수같이 터져 나오려는 것이다.

"왜 말대답도 시원히 못하세요? 날더러 이년— 저년하시니 그래 내가 이 집의 종년이에요?"

정희의 입에서 나오는가 싶지 않도록 그 목소리는 안방에서도 들릴 만큼 새되다. 정희의 눈이 계훈의 얼굴을 뚫어지도록 바라다보는 자유를 얻은 것도 오늘밤이 처음이다.

정희는 어린애를 안은 채 무릎으로 방바닥을 끌어당겨 한 걸음 계훈의 앞으로 다가앉으며

"사람이 말을 묻는 바 대답도 안하는 법이 어디 있어요?"

기나긴 밤에 악몽을 꾸다가 정신이 번쩍 든 사람 모양으로 계훈이를 쏘아보는 정희의 눈은 샛별같이 빛난다. 어린 양과 같이 유순하던 정희

의 눈에서 그다지 날카로운 광채가 떠도는 것도 기적(奇蹟)에 가까운 일
일 것이다. 정희가 벼르고 별렀다가 계훈에게 달려드는 품이 오늘밤이
밝기 전에는 좌우간 탁방을 내려는 형세다. 곱거나 밉거나 제 평생을 맡
아줄 남편이요, 또는 세상에서는 조선에 제일가는 음악가라고 떠받들어
주는 터이라 계훈이를 어느 정도까지 존경하는 마음이 미상불 없지는 않
았다. 금슬이야 멀고 있고 간에 하고 싶은 짓을 다 해 보고 나서 마음만
잡으면 그래도 귀밑머리를 마주 푼 자기에게 돌아올 날이 있으려니 하고
여자가 아니면 정희가 아니면 참을 수 없는 일까지 참아 왔었다. 그러나
근래에 와서 계훈이가 하는 일이란 이 세상에서 가장 호의를 가지고 보
는 정희의 눈에도 모든 것이 개차반이었다. 철딱서니 없는 일만 탕탕 저
질러 놓는데 그만 낭판이 떨어졌다느니보다도 이제 와서는 계훈이를 깔
보고 업신여기게까지 된 것이었다.

계훈이는 그제야 정신이 도는 듯 넥타이 칼라를 풀어던지며 "으흥!"
하고 안간힘을 쓰면서 돌아눕는다.

몸을 추스르기만 하면 옷에 밴 알코올 냄새가 비위가 역하도록 정희의
코에까지 맡힌다.

"날 좀 보세요 무슨 까닭으로 저렇게 술만 잡숫고 다니세요? 그래 우
리 모자는 어떻게 할 작정이세요?"

이번에는 계훈이도 대단히 듣기 거북살스러운 말을 어깨너머로 들썩
웠다. 그 한마디는 계훈이를 또다시 흥분시키기에 넉넉하였다.

"무슨 까닭? 너 때문이다. 너 때문야. 가! 네 집으로 가!"

계훈이는 정희가 마주 바라다볼 물건도 못 되는 듯이 돌아누운 채 총
맞은 팔을 허공으로 내저으며 그제야 대꾸를 하였다. 정희에게 대한 마

지막 선고가 직접으로 떨어지고 만 것이다. 정희는 분함을 참지 못하여 가슴이 떨리고 사지가 떨렸다. 이런 경우에 상스러운 여자 같으면 사나이에게 달려들어 할퀴고 물어뜯고 입에 담을 수 없는 욕설을 퍼부어가며 악을 악을 쓰리라. 그러나 쓰디쓴 환약을 씹어 삼키듯이 달려들어 몸부림이라도 치고 싶은 충동을 꿀꺽 참는 것도 아직까지의 정희다.

"왜 나 까닭이에요? 뭘 어쨌다고 내 탓을 하세요. 네? 말씀 좀 하세요. 사람이 말을 묻는데 돌아눕는 법은 어디 있어요?"

정희는 어느 틈에 치맛자락으로 물걸레를 치며 계훈의 머리맡까지 내려왔다.

😊 090회, 1931.12.24.

5 계훈이가 그날은 유난히도 술이 진흙같이 취해 들어온 데는 까닭이 있었다. 아침부터 저녁때까지 북을 두드리고 깽깽이를 켜는 것도 그만 싫증이 나서 문 밖으로 자동차나 타고 돌아다녔으면 하던 터에 그 눈치를 약삭빨리 챈 병정 하나가

"오늘은 첫눈도 오고 날도 좀 풀려서 문 밖에 나가면 경치가 좋을 걸요. 우리 드라이브나 한번 하고 들어올까요?"

그렇지 않아도 마음을 잡지 못하고 창에 기대 서있는 계훈이를 꾀었다. 다른 병정들도 고소원이나 불감청이라 자동차 두 대를 불러 타고 술이며 마른안주를 실은 뒤에 남산을 한 바퀴 돌아서 다시 동대문 밖으로 청량리를 향하여 차머리를 돌렸다.

"오! 시원하군."

계훈이는 하얀 눈송이가 버들가지처럼 날아서 벌판과 소나무 위에 사

뿟사뿟 내려앉는 것을 내어다보니까 가슴이 환하게 열리는 것같이 유쾌하였다. 그는 몇 번이나 술병을 기울여 나팔을 불었다.

자동차는 청량리 정거장 앞까지 왔다. 자동차 속에서는

"이왕이면 창덕궁이라고 이런 날 두세 개 불러가지고 탑골 승방에 가서 저녁이나 먹읍시다."

의론이 분분하였다. 이런 능사엔 대장부라 머뭇거릴 계훈이가 아니다.

"관향이하고 연화하고 둘만 부르구려."

병정에게 명령하고 권번으로 전화를 거느라고 가게 앞에 차를 세웠다. 날이 푸근하여 문안에서 산보 나온 사람도 경성드뭇하다. 서로 팔을 끼고 눈을 밟는 남녀도 보인다.

전화를 걸고 와서 막 자동차의 발동을 시키는데 앞차에 탔던 중의 대가리(위인이 싱겁기가 중의 대가리를 씻어놓은 무 같다고 해서 별명으로 부르는 자)가 뛰어 내리더니

"저것 좀 보슈. 저게 줄리아가 틀림없지요?"

큰 발견이나 한 듯이 수선을 부리며 손가락질을 한다. 그 방향을 내어다보니 남자의 팔에 매어달리다시피 걸어가는 여자의 뒷모양이 조선 여자가 아니었다. 두 남녀는 정거장 앞 자동차부로 들어가더니 차를 타고 바로 계훈의 자동차 앞을 스치고 문안을 향하여 들어간다. 계훈의 눈이 범연히 보았을 리가 없다. 한 쌍의 서양 사람은 스투핀과 줄리아인 것이 틀림없었다. 계훈이는 찬술을 마신 것이 발끈 취해 오르는 것 같았다.

"차를 돌려!"

운전수에게 명령하였다. 자동차는 활동사진처럼 속력을 내어 앞차를 추격한다. 쫓아가면서 어떻게 할 작정인지 저도 모르면서 계훈이는 발길

로 운전수의 꽁무니를 차듯하여 삼십 마일 사십 마일까지 속력을 놓았다. 병정들은 지금이 정히 우리의 활동할 때라는 듯이 차 속에서 계훈이를 응원한다. 자동차 뒤의 유리창으로 양돼지 같은 스투핀의 목덜미가 흔들흔들하는 것이 보인다. 앞차의 꽁무니에 충돌이 될 만큼 따라서자

"스톱!"

통안 네거리의 교통 순사는 뒤차를 정거시켰다. 규정 밖의 속력을 놓았다고 돌려대고 운전수가 이름을 적히고 하는 동안에 앞차는 벌써 보이지 않을 만큼 큰길을 뒤덮는 뿌연 눈 속으로 사라졌다. 시간은 십 분이나 지체되었다.

"조선호텔로!"

계훈이는 투덜거리는 운전수에게 호령하였다. 뒤차는 집으로 돌려보내고 여차하면 한바탕 분풀이나 실컷 할 양으로 기운꼴이나 쓰는 자를 추려서 태우고 호텔로 달렸다. 꾀를 부리는 당나귀 모양으로 속력을 못 놓겠다는 운전수와 싸움싸움 하는 동안에 차는 호텔 현관에 닿았다.

사무원은 '네가 또 쫓아왔구나' 하는 듯이 싱글싱글 웃으며 응접한다. 줄리아가 여기 와서 들었느냐고 묻는 말에

"엊저녁에 스투핀 씨 내외분이 금강산에서 돌아오셨습니다. 아마 내일 아침차로 떠나신다지요"

전후사정을 속속들이 알고 있는 사무원은 시침을 딱 갈기고 대답한다.

"이 자식아 스투핀 씨 내외?"

하고 계훈이는 사무원의 귀쌈을 갈기고 싶었다. 숙박계를 뒤져 보니 하고 많은 방에 하필 제가 몇 달 동안이나 살던 방에 가 들었다. 계훈이는 이를 바드득 갈며 위층으로 뛰어 올라갔다. 사무원이 기급을 해서 쫓아

올라오며

"스투핀 씨 내외분은 절대로 면회를 아니 하십니다. 하루 한 번 산보를 나가시는 데도 뒷문으로 출입을 하시니까요."

앞을 가로막아 선다.

"이놈아 건방진 소리 마라!"

참다못하여 계훈이는 주먹으로 사무원의 복장을 내질렀다. 현관에서 서성거리던 병정들은 위층으로 우르르 몰려 올라갔다.

"문 열어라!"

아직도 마음대로 쓰지 못하는 총 맞은 왼편 팔을 뒤로 젖히며 문짝을 발길로 걷어찼다.

⊙ 091회, 1931.12.25.

⑥ 위층으로 몰려올라 간 계훈의 병정들과 호텔 측의 사무원과 보이들은 큰 싸움이나 하려는 듯이 두 편으로 갈라서서 형세가 매우 불온하다.

계훈이는 여전히 줄리아가 들어있는 방문을 주먹으로 두드리고 발길로 걷어차도 방안에서는 아무 반응이 없다.

그러자 지배인까지 위층으로 올라왔다. 지배인은 김 장관의 부자를 여간 잘 알고 있는 것도 아니요, 부자가 이 호텔에 갖다 버린 돈만 하여도 몇 천 원으로는 회계가 닿지 않을 만큼 엄청나건만 이런 경우에는 언제 너를 보았더냐는 듯이 냉정하다.

"손님에게 강제로 면회를 청하든지 또는 다수한 사람이 폭행을 하는 경우에는 경관에게 급히 보고를 하라는 규정이 되어 있으니까… 일 없는 사람은 다들 내려가시오."

병정들을 빗대어놓고 계훈이를 위협한다. 폭행을 한댔자 유착히 잠긴 문이 열릴 리도 없거니와 상대자의 코빼기나 보아야 분풀이라도 할 것이 아닌가. 그렇다고 계훈이는 문지기 모양으로 그 자리에 서 있을 수도 없고 제 발로 걸어 내려가기도 계면적었다. 닭 쫓던 개는 지붕이나 쳐다본다거니와 계훈이는 잠시 몸 둘 곳을 몰랐다.

그 눈치를 챈 지배인은 계훈의 앞으로 가서 서양식으로 계훈의 등을 두드리며

"미스터 김의 사정은 나도 대강 짐작을 하고 동정하는 터이지만 이렇게 비신사적 행동을 취하시면 첫째 체면에 관계도 되지 않겠어요. 그러니 다음날 내 조용히 면회할 계제를 만들어 드리기를 약속할 테니 오늘은 그대로 가주시지요. 우리도 처지가 퍽 곤란합니다."

교활한 지배인은 슬쩍 통쳐가지고 어름어름 계훈이를 달랬다. 그 중에도 멋쩍은 것은 이 귀퉁이 저 귀퉁이에 별러 섰던 병정들이다.

"독 안에 든 쥐가 어딜 갈라고요 창피도 하니 우리 내려가 기다립시다."

"배때기가 고프면 식당엔 내려오겠지."

병정들이 계훈의 소매를 끌었다. 혼자 흥분만 된다고 어쩔 수도 없는 형편이라 계훈이는 못 이기는 체하고 식당으로 끌려 내려갔다. 뒤통수를 치고 돌아서는 꼴을 곁눈으로 보고서야 지배인도 안심을 하고 내려갔다.

식당으로 내려가서는 제집 부엌이나 뒤지듯 독한 양주를 부어라 먹자 부어라 먹자 닥치는 대로 들이부었다. 나중에는 무슨 까닭으로 호텔까지 쫓아왔는지도 잊어버릴 만큼 너나할 것 없이 곤죽같이 취하였다. 그러나

저녁때가 지나고 식당을 닫힐 때까지 스투핀과 줄리아는 그림자도 나타나지 않았다.

"두 분은 벌써 다른 데로 떠나가셨습니다. 아마 두 시간은 됐을 걸요"

계훈의 돈푼이나 족히 먹은 보이가 넌지시 일러주는 말이었다. 그때에 계훈이는 벌써 깜빡깜빡 정신을 잃을 만큼이나 취했었다.

"이놈들 이 죽일 놈들."

혀 꼬부라진 소리를 지르며 식탁 위의 술병을 내어던지고 접시를 깨뜨리고 야료를 하다가 병정들에게 부축이 되어서 집까지 떠메어 온 것이었다.

집 문간에 들어서면서부터

"내쫓아! 그년을 내쫓아! 뭘 얻어먹자고 또 우리 집엘 기어들어 왔어?"

소리를 고래고래 지르며 단장을 거꾸로 쥐고 닥치는 대로 세간을 부쉈다. 골방 문을 열어젖히고 들어가서 자는 영호를 발길로 차고 머리를 꺼둘러 방구석에다가 팽개를 쳤다. 영호는 방구석에 틀어박힌 채 한참 동안이나 숨이 막혀서 울지도 못하였다. 나중에는 제 어머니에게까지 대들며 사뭇 욕설을 퍼부었다.

그러는 판에 정희가 들어섰던 것이었다.

092회, 1931.12.27.

⑦ 정희는 몇 시간 전에 덕순에게 들은 말을 머릿속으로 되풀이해 보았다. 바라고 바라던 남편이 만일 눈앞에 보이는 것 같은 상태를 앞날까지 계속한다면 제 장래는 덕순의 말을 빌지 않더라도 빤히 내어다보이는 것 같다. 단순히 잠시잠깐 오입을 하느라고 마음이 변했다든지 줄리아에

게 아직까지도 미련과 애착이 남아서 임의로 못하는 화풀이를 본처에게 하는 것이라면 몇 백 번이라도 참겠다. 이왕 참아오던 길이니 혀를 깨물고 하는 꼴을 구경이나 하겠다. 그러나 명색이 아직까지 아내요 제 소생까지 가진 사람을 너무나 초개와 같이 무시하는 버릇은 고쳐질 것 같지가 않다. 신식교육을 받지 못했거나 위인이 날렵하지가 못하더라도 사람은 사람이다. 십여 년 동안 장관의 집의 구듭을 치고 김가의 피를 이을 영호를 길러주는 것만 해도 이 집에 유공자요 계훈이도 간접으로 적지 않은 신세를 입지 않았는가? 온갖 생각은 꼬리를 물고 점점 정희를 흥분시킬 뿐이다.

"날 좀 보세요! 주무세요?"

한참 만에 목소리를 가다듬었다. 계훈이는 그 소리에 병든 버러지처럼 몸을 뒤흔들면서 "끼—잉" 하고 돌아눕더니 여전히 대답이 없다. 방바닥이 더우니까 전신에 퍼지는 알코올 기운을 이기지 못하여 엎치락뒤치락 자반뒤집기를 한다. 정희가 무슨 말을 하든지 계훈에게는 쇠귀에 경 읽기다. 그러나 듣거나 말거나 이런 기회나 붙잡지 않으면 속마음을 호소할 때가 영영 돌아오지 않을 상 싶었다.

"피차에 이 모양대로만 지난다면 더 괴롭기만 하시겠구요 나도 인제는 더 참구 지낼 수도 없어요 그러니 하루바삐 무슨 귀정을 지어야지요 내가 이 집에 있는 게 그렇게 눈엣가시 같은 담에야 허구한 날 어떻게 마주 쳐다보고 살아요 속 시원하게 대답이나 해주세요 나도 인제는 살림이고 무어고 잇새에서 신물이 나요."

말은 끝도 맺기 전에 드르렁—드르렁— 코고는 소리가 들린다. 방구석에다가 고개를 틀어박고 침을 질질 흘리며 계훈이는 잠이 든 모양이다.

삼십구 년을 별렀다가 이제까지 힘들여 한 말이 쇠귀에 경 읽기는커녕 송장을 붙잡고 지껄인 셈이다. 정희는 하도 어처구니가 없어서 한참이나 잠이 든 계훈의 얼굴을 들여다보았다. 옷도 벗지 못하고 쓰러진 채 붙인 한 팔을 깔고 숨을 몰아쉬는 계훈이가 한편으로 가엾은 생각이 들었다. 정희는 보다 못하여 계훈의 발치로 넘어와서 아직도 붕대를 감은 팔을 빼어 주었다. 아랫목으로 자리를 깔고 간신히 양복을 벗겼다. 몸을 굴려서 요 위에다 놓이려니 천근만근이다. 입에서는 단내가 물큰하고 끼친다. '아이고 내 팔자도 고약하다' 하면서도 인정에 차마 그대로 내버려 둘 수는 없다. 이불을 덮어주고 자리끼를 머리맡으로 다가놓고 일어서려니 머릿속이 팽 돌리고 어찔어찔해서 그 자리에 다시 주저앉았다. 생각해보니 남편의 몸에 감히 손을 대어본 것도 까마아득한 옛날이었다. 영호를 배기 전후하여 한 자리에 들어본 뒤에는 지금 제 정신 잃어버린 신경이 마비된 팔과 다리에 손을 대보았다. 계훈의 몸뚱이를 염습이나 하듯이 주무르며 벗겨주는 동안에 무어라고 형용할 수 없는 야릇한 촉감을 전신이 재릿재릿 하도록 느꼈다. 장근 십 년 동안이나 짓눌리고 깊숙이 갇혀 있었던 본능이 빠끔히 문을 열고 내어다보는 것이라고나 할까? 정희는 비명에 죽은 남편의 시체를 끌어안고 몸부림치는 청상(靑孀) 모양으로 계훈의 가슴에 몸을 실리며 머리를 비볐다. 아직도 붕대를 끄르지 못한 팔을 어루만지며 흑흑 느꼈다. 한 방울 두 방울 계훈의 손등 위에 떨어지는 것은 설움에 겨워 흘러내리는 눈물이 아니요, 청춘을 생으로 시들린 정희의 가슴을 짜내는 핏방울일 것이다.

어디서 첫닭 우는 소리가 꿈속같이 들려왔다. 대방마님은 그제야 밤참 상을 물리고는 그래도 아들의 일이 궁금하든지 담배를 피워 물고 노름꾼을 전송할 겸 대청으로 나왔다 들어가는 길에 덧문도 닫지 않은 건넌방 미닫이 틈으로 염탐이나 하듯이 들여다보았다. 계훈이가 발길로 걷어차서 뚫어진 구멍으로 방안의 정경을 살피다가 안방으로 건너가더니

"흥 재들이 오래간만에 화동을 하는 모양이야"

하고 침모의 옆구리를 찔렀다.

😊 093회, 1932.01.01.

⑧ 홍룡이가 감옥에 유치된 지 어느덧 열흘 되는 날이 돌아왔다. 검사는 영장을 집행한 지 열흘 안으로 피의자를 예심에 붙이거나 면소를 시켜 석방을 하거나 두 가지 중에 결정을 지을 의무가 있는지라 오늘날 당국자와 재판소에 출입하는 신문기자들까지 그 하회를 알고자 몹시 긴장되었다.

"증거야 [中略] 강흥룡이 같은 ××한 사람이 나오기 틀렸네."

"그래도 누가 아나? 단독행동으로만 간주했을 것 같으면 직접 공판에 붙일는지도 모르지."

"강흥룡이 사건이야말로 수수께끼야. 당초에 사건의 진상을 알 수가 있어야 말이지."

검사국 복도에서는 각사 신문기자들의 의론이 분분 하였다. 홍룡이를 검거하여 큰 사건이나 되는 듯이 검사국으로 넘긴 경찰서에서도 형사들이 아침부터 모여 앉아서

"난 암만해도 시원치 않네. 그렇게 애를 써서 넘긴 자가 불기소로 나온다면…."

"[中略] 고만이지 제가 승천입지를 할 텐가?"

주임도 출근하기 전에 난로를 둘러싸고 앉아서 쑥덕거린다. 그들보다도 몇 시간 동안이면 결정될 홍룡의 운명에 대해서 더한층 애절초절하는 사람은 덕순이다. 이야기는 뒤바뀌나 덕순이는 그날도 여전히 꼭두새벽에 일어나서 밥을 지어 가지고 걸어서 십리나 되는 감옥으로 나갔다. 차입은 여전히 받으나 오늘로 나오고 못 나오는 소식은 알 길이 없다.

그 길로 정동 마루터기 재판소까지 허위단심으로 달음질을 쳤다. 그러나 재판소에는 마당에 눈을 쓰는 하인과 급사들밖에는 판검사는 아직 출근도 안한 모양이다. 덕순이는 발이 꽁꽁 얼어서 종종걸음을 치면서 휑—한 재판소 구내를 여기저기 기웃거리면서 시간을 보내려니 그야말로 일각이 여삼추라 엷은 눈 위에 발갛게 물들어오는 아침 해가 달음박질을 했으면 좋을 상 싶다.

얼어붙은 땅바닥을 말굽질하듯 구두부리로 후비며 초조한 마음을 가라앉히기는 참으로 힘든 노릇이었다.

한나절이나 기다린 듯하건만 재판소 안의 시계를 쳐다보면 그제야 여덟 시요, 여덟 시 반이다. 좁아터진 재판소 유치장 속에서 법정에 호출되기를 기다리는 죄수보다도 더 갑갑하고 지루하였다.

"아 벌써 오셨습니까?"

등 뒤에서 뜻밖에 우렁찬 남자의 목소리가 들렸다. 고개를 홱 돌이키니 경찰서에서 가끔 만나던 신문기자다.

그는 가방을 들고 황급히 검사국으로 들어가려다가

덕순이를 반색하며

"무슨 일이 생겼습니까? 이렇게 이른 아침에 웬일이세요?"

정다이 물었다.

"무슨 일이라니요? 오늘 홍룡 씨가 나오는 날이 아닙니까?"

"저도 엊저녁 신문을 보고 알았는데요. 궁금해서 새벽부터 오긴 왔어도 어디 오늘 해 안으로 나올 것 같습니까?"

"글쎄요. 나도 지금 그 일 때문에 일찌감치 출동은 했습니다마는… 어디 검사국으로 가서 단단히 떠봐야 하회를 알겠습니다. 나오게 되면야 수속도 좀 복잡하고 눈치만 보아도 짐작이 되니깐요. 춥지만 잠깐만 더 기다려보십쇼."

신문기자는 황새 같은 다리를 재판소 구내로 성큼성큼 떼어놓는다. 재판소 출입으로 늙어가며 갖은 경험을 쌓은 그 신문기자조차 꼭 나온다고는 장담을 못하고 우물쭈물하는 것을 보니 가슴이 내려앉는다. 그러나 오늘 내보낼 것 같으면 벌써 엊저녁에 내정이 되었을 터이니 저 사람이 다녀오기만 하면야 좌우간 궁금증이나 풀 수 있으리라 하고 여전히 신문기자가 들어간 문만 뚫어지도록 바라다보고 섰다. '나오긴 뭘 나와? 그렇게 쉽사리 나오면 사람이 살게' 하면서 연방 속으로는 억지로라도 홍룡이가 출옥한다는 가정적(假定的) 사실을 부인하려 힘을 들였다.

들어간 지 한 시간이나 지난 뒤에야 신문기자의 그림자가 침침한 복도로부터 나타났다.

094회, 1932.01.03.

출옥

[1] 신문기자가 나오더니 재판소 마당을 휘휘 둘러보다가 마주 달려드는 덕순이를 보고

"담임검사가 그저 출근을 안 해서 확실히 알 수가 없는걸요 서기들은 어디 말을 해주어야지요"

말하는 눈치만 보아도 시원치가 않다. 덕순이는 그만 것을 똑똑히 알아내지 못하는 신문기자가 슬그머니 원망스럽기도 하건만

"너무 애를 쓰셨습니다. 제 생각에도 나올 상 싶지는 않습니다만…"

쓸쓸히 돌아서기는 하였으나 어느 방향으로 발을 떼어 놓아야 할지 알 수 없다. 허청대고 감옥으로 나가서 벽돌담만 쳐다볼 수도 없고 집으로 돌아가자니 유모가 낙심할 것이 차마 가여웠다. 그러나 무작정하고 재판소 안에서 빙빙 돌 수도 없는 노릇이다. 덕순이는 그만 맥이 풀려서 정동 마루터기로 타발타발 올라갔다.

호젓한 정동고개는 흥룡이가 감옥으로 들어가기 얼마 전까지도 남의 눈을 꺼리며 밀회하던 곳이다. 층층으로 쌓아올린 기―다란 담을 끼고 밤 깊도록 이 고개를 오르내리면서 토론도 하고 사랑도 속삭였다. 흥룡

의 커다란 뜨거운 손바닥에 으스러지도록 손목도 잡혔고 잎새가 떨어져 앙상하게 뼈를 드러낸 나뭇가지마다 꽃이 활짝 피는 것 같은 정열에 겨웠던 순간도 있었다.

노서아 영사관 뾰족한 지붕에 걸린 달은 한 쌍의 동지의 그림자를 인적이 끊긴 길바닥에 기다랗게 끌어당기기도 하였거니와 두 그림자를 한데 뭉쳐 성 밑에다가 돌돌 말아놓기도 몇 번이나 하였었다. 그러나 아득히 사라진 옛날의 한 조각 꿈같은 추억을 머릿속에 되풀이하는 덕순이는 당장에 춥고 배가 고픈 것을 잊을 만큼 흥룡에게 대한 연모하는 마음이 더한층 뜨거울 뿐이다.

오 분이면 넘을 고개가 생각이 길어 오 리나 되는 것 같았다. 방송국 앞까지 내려오다가 게[蟹] 모양으로 언덕을 모로 기어오르는 노파와 마주쳤다. 눈 밝은 덕순이는 먼저 유모를 알아보았다. 덕순이는 달려들며

"어머니가 웬일이세요? 지금 집으로 가는 길인데요."

"잘 만났구먼. 집에서 눈이 까맣게 기다리니 세상에 와야지. 어서 이것 좀 봐. 흥룡이가 나온댔지!"

유모는 허리춤에서 황급히 차곡차곡 접어 품은 종이쪽을 꺼내 보인다. 그것은 감옥에서 나온 통지서였다. 흥룡이가 오늘 저녁 여섯 시에 출옥을 한다는 가족에게 보낸 통지다. 두 번 세 번 종이 위에 적힌 글발을 뚫어지도록 들여다보던 덕순이는

"정말 나오는구먼요. 이번엔 정말 나온대요."

하고 참새처럼 깡충 뛰고 싶도록 반가웠고 기뻤다.

"이걸 들고서 감옥에를 갔더니 아직도 시간이 멀었다기에 재판소로 간단 말을 듣고 찾아왔지."

유모는 우등상을 탄 소학생 모양으로 통지서를 누가 빼앗기나 하는 것처럼 다시 허리춤에다가 접어 넣으며 덕순의 손을 잡아끈다. 덕순이는 유모의 얼굴에 웃음이 떠도는 것을 처음 본 것 같았다. 빙판이 진 마루터기를 유모를 부축하고 내려왔다.

"지성이면 감천이라고 우리 덕순이가 그렇게도 정성을 부리더니…."

유모는 전찻길로 나오면서 몇 번이나 눈을 비볐다. 덕순이도 이제까지 침울하고 음산하던 육조 앞 길거리가 별안간 명랑해지며 활기를 띄운 것 같았다.

"어서 가서 먹을 거나 만들어 놔야지. 나오면 당장에 입을 것도 만만치 않은데."

겨우내 해수로 방 속에서도 운신을 못하던 늙은이가 언제 저렇게 기운이 났는가 싶도록 덕순의 앞을 서서 지적지척 걸어간다.

"어머니 찬찬히 가세요. 길이 미끄러운데요"

덕순이가 팔을 끌어당기면

"찬찬히가 뭐야. 요샌 해만 지면 여섯 신데…."

하고 소매를 뿌리친다.

그러나 덕순의 걸음도 재판소에서 나올 때보다는 갑절이나 빨랐다.

😊 095회, 1932.01.05.

2 감옥 문은 일곱 시 여덟 시가 지나도록 열리지 않았다. 얼었다 녹아서 곤죽을 풀어놓은 것 같은 감옥 앞길을 덕순이가 눈 먼 사람을 이끌듯이 유모의 손을 끌고 천방지축 감옥 앞까지 와서 흥룡이가 나오기를 기다린 지도 벌써 네 시간이나 되었다. 눈이 하가마가 되도록 기다리다

못하여 감옥의 큰 문 옆에 달린 협문에서 파수를 보는 간수에게 몇 번이나 통지서를 내보였다.

"기다리고 있어. 밤중 안으로는 나가겠지."

소리를 버럭 지르고 문을 닫쳐버린다. 그자의 눈에는 누구나 죄수로만 보이는 모양이다. 유모와 덕순이 이외에도 출옥하는 자녀와 동지를 기다리는 사람이 십여 명이나 넓은 마당에서 서성거리기도 하고 기다리다 못하여 아낙네들은 차입 집에 들어앉아서 넋을 잃은 사람처럼 어둠에 싸여 더한층 우중충한 감옥만 바라다보고 앉았다. 사람의 눈을 피하며 높은 담 밑으로 희뜩희뜩 보이는 그림자 중에는 흥룡이와 인쇄소에 같이 다니던 동지들도 섞여 있는 것 같다.

사소한 일에는 조바심을 하지 않는 덕순이건만 오늘 저녁만은 땅바닥에다가 발을 붙이고 섰을 수 없을 만치 마음이 초조하였다.

"벌써 나갔을는지도 모르지 문이 여기 하나뿐인가."

몇 시간을 두고 안절부절을 못하는 유모가 보기에 너무나 딱하였다. 인왕산 꼭대기에 자루를 박은 밤바람은 시꺼먼 석벽을 내리 깎으며 음침한 감옥 안으로 곤두박혀서는 담 안을 휩싸고 돌다가 전선줄에 목을 매달고 잉—잉 하는 비명이 들린다. 북쪽 담 모퉁이 교수대 위에 이슬로 사라진 죄수들의 원혼이 들끓어 나와서 겨울바람은 신음하는 것 같아서 덕순이는 등허리에 소름이 오싹오싹 끼쳐졌다. 부엉이 소리를 듣는 것보다도 전선줄이 우는 소리는 몹시도 처량스러웠다.

삐걱 하고 쇠문 열리는 소리가 났다. 흰 그림자들은 등불로 달려드는 나비 떼처럼 모여 들었다. 보퉁이를 하나씩 끼고 나오는 사람의 얼굴은 보이지 않으나

"여! 얼마나 고생을 했나?"

"이게 누구냐? 네가 ○○이지?"

"퍽 오래 기다리셨지요?"

"어머니 우리 오빠 여기 있어요."

이런 소리가 거의 동시에 들리더니 이 모퉁이 저 모퉁이 서너 사람씩 뭉쳐서 악수를 하고 서로 얼싸안고 한참동안이나 와자지껄한다. 그 중에는 여인네의 울음소리도 들린다. 그러나 어쩐 까닭인지 흥룡의 그림자는 그 사람들 사이에 보이지를 않는다. 유모는 두 눈을 부비며 여러 사람 사이를 비집으며

"흥룡아! 너 어디 있니? 응 흥룡아!"

외마디소리같이 부르짖어도 대답이 없다. 덕순이 참다못하여

"강흥룡 씨는 안 나오십니까? 네? 강흥룡 씨도 같이 나오셨겠지요?"

체면불구하고 갓 나와서 어리둥절하고 섰는 사람들의 소매를 잡아당기며 물었다.

"우리는 모르겠습니다. 지금까지 누구누구가 나오는 지도 피차에 몰랐으니까요"

사상범은 틀림없어도 아마 다른 방에 있던 사람들인 모양이다. 유모는 감옥 문 앞에 펄썩 주저앉으며 사뭇 목을 놓아 울려고 든다. 이때까지 간신히 마음을 가라앉히고 대문 뒤에 비켜섰던 덕순이도 유모를 위로하기는커녕 마주 붙잡고 엉엉 울고 싶었다.

먼저 나온 사람들은 혹은 자동차로 혹은 도보로 거진 다 흩어지고 감옥 문 앞은 다시 쓸쓸한 바람만 휩쓴다.

한 십 분이나 지난 뒤에 감옥 문은 또 다시 삐걱하고 열렸다. 간수의

등에 업히다시피 하고 나오는 것은 흥룡이가 틀림없었다.

"어머니! 오— 덕순씨!"

그 목소리는 여전히 벽돌담이 울릴 만치 우렁차다. 그러나 업혀 나오는 것을 보니 아랫도리를 통 쓰지 못 하는 모양이다.

"이게 웬일이냐? 흥룡아! 응? 일어서지도 못하는구나."

유모는 아들의 두 손을 잡고 목이 메어 말을 여물리지 못한다.

"고맙소이다. 덕순 씨!"

흥룡이는 달려들어 맴도 못하고 섰는 덕순의 손을 으스러지도록 쥐었다.

"얼마나 고생을 하셨길래…."

덕순이 역시 말끝을 맺지 못하면서 흥룡이를 안아 내렸다. 가족이 온 것을 본 간수는 병든 가축이나 담아다 내버리듯이 흥룡이를 덕순에게다가 떠다 맡기고 뒤도 아니 돌아보고 들어가버린다. 옥문 소리만 콰—ㅇ 하고 근처의 적막을 깨뜨렸다.

096회, 1932.01.08.

③ '악박골'로 다니는 버스까지 끊어진 지도 오래였다. 남들처럼 자동차를 불러 탈 기구도 없는 터이라 흥룡이는 덕순의 어깨에 매어달리고 유모의 손을 지팡이 삼아 몇 번이나 엎드러질 뻔하면서 감영 앞까지 내려왔다. 얕은 하늘의 좀생이별처럼 반짝거리는

[작자로부터]
이 소설이 오랫동안 게재되지 못하게 되어 독자 여러분께 천만 미안하였습니다. 작자로서도 어찌 할 수 없는 사정으로 중단되었음을 깊이 양해해주시기 바랍니다.

393

거리의 등불이 어른어른해서 현기증이 나는 것 같다. 떼어놓는 다리는 허전허전해서 공중을 걸어가는 것 같다. 눈 아래로 분주히 왔다 갔다 하는 사람의 그림자도 꿈속을 거닐던 것같이 어렴풋이 시각(視覺)을 어지러뜨릴 뿐이다. 전차 길까지 나오도록 덕순이는 입도 벌릴 수 없었다. 아무리 튼튼한 덕순이기로 장정 한 사람이 온몸을 실리니 다리를 옮겨놓을 수 없이 무거웠다. 처음에는 오금도 떨어지지 않고 땅김을 할 수 없는 것을 젖 먹은 힘까지 내어서

'이까짓 걸 못 업어. 남자 하나를 못 이긴담.'

하면서 두 다리를 지게 작대기 버티듯 하고 죽을힘을 쓰며 일어섰다. 그러다가 몇 걸음 못 걸어서 두 몸뚱이가 한꺼번에 길모퉁이로 몰려서 쓰러질 지경이면 흥룡이가

"참 정말 미안 허우 덕순 씨! 아까 나왔던 놈들은 다 어디로 갔누?"

아는 체를 하면 잡혀나 갈까 보아 뿔뿔이 꽁무니를 뺀 사람들을 원망하면서 전봇대에 팔을 짚고 내려서기를 몇 번이나 하였다.

서대문 경찰서 앞까지 왔을 때에는 덕순이도 기진맥진해서 땀을 홀렸다. 업히고 꺼둘려 온 흥룡이도 덕순이가 미안스럽고 매어달리기에 힘이 들어서 이마에 식은땀을 홀렸다. 전차에 올려놓을 것이 난감하였다. 그러던 차에 선뜻 흥룡에게로 달려들며 겨드랑이를 거들고 올라가는 사람이 있다. 그는 혁이었다.

"아이고 서방님 웬일이슈?"

구원병이나 만난 듯이 반색을 하는 것은 유모다. 혁이는 흥룡이를 앉히며

"난 오늘 못 나오는 줄 알았네. 대관절 다리는 어떻게 된 셈인가?"

두 사람은 형식적으로 악수를 바꾸었다.

"관절(關節)이 퉁긴 모양 같아요. 감옥 의사는 각기라고 합디다만은 …."

표면으로는 사색도 아니 하나 피차에 얼굴을 대하기가 면구스럽고 겸연쩍었다. 더구나 감옥 앞까지도 나와 주지 못하고 길거리에서 기다리던 혁이가 하는 일마다 그렇게 비겁하다고 할 만큼 회피적(回避的)인 것이 흥룡이는 불쾌하였다. 혁이 역시 흥룡이 앞에는 얼굴을 바로 쳐들지 못하게 하는 복잡한 감정이 두 사람의 사이를 막았다.

"그래 얼마나 고생을 했나?"

할 말이 없으니까 혁이는 한 마디 끄집어낸 것이다.

"고생이야 무슨 고생이요. 좁은 데서 좀 넓은 데로 나왔을 뿐이지요"

유치장 밖으로 뒷걸음질을 치는 밤의 거리를 내다보며 흥룡이는 가벼운 한숨을 섞었다. 덕순이는 마주 앉아서 흥룡의 얼굴을 바라다보다가는 몇 번이나 고개를 돌렸다. 누르면 붉은 피가 터져나올 듯이 혈색이 좋던 사람이 굶어서 부황이 난 사람처럼 얼굴은 누―렇게 들뜨고 범같이 날뛰던 그가 다리가 이 모양이 되어 나온 생각을 하니 눈두덩이 뜨거운 것을 참을래야 참을 수가 없었다. 더구나 두 다리를 걸상 아래로 축 늘어뜨리고 앉아서 그래도 눈이 마주치면 전과 같이 정다운 미소를 보내는 것을 보니 당장에 제 다리라도 꺾어서 이어주고 싶었다. 또 한편으로 혁이를 바라볼 때는 같이 일을 꾸미다가 모든 죄는 흥룡에게 뒤집어씌우고 생색만 내는 혁이가 주먹으로 볼치를 쥐어지르고 싶도록 밉살스러웠다.

'흥. 동지가 다 뭐 말러 죽은 거야.'

하고 속으로 중얼대보기도 하였다. 여자의 마음에 생각할수록 모든 것이

야속하기만 하였던 것이다.

'아주 병신이 되면 어쩌나? 관절이 어그러졌으면야 치료를 받는다구 나을 수가 있을라구? 병원 치다꺼리는 뭘 가지고 하나?'

반가운 것보다도 걱정이 몇 갑절이나 앞섰다.

'치료를 받으면 뭘 해? 낫기만 하면 또 끌려갈 걸.'

덕순이는 다시금 앞이 캄캄하였다. 전차 속에 앉은 사람이 모조리 원수같이 보였다.

097회, 1931.01.27.

④ 유모와 덕순이는 흥룡이를 옷을 갈아입혀서 방에 눕히고 부엌에서 저녁 준비하기에 분주하였다. 덕순이는 풍로에 불을 피워 찌개를 끓이느라고 흥룡이와 반가운 이야기를 주고받을 겨를도 없었다.

"그만 들어오세요. 요기나 하면 그만일걸요."

흥룡이는 요 위에 누워서 몇 번이나 부엌으로 통한 벽을 두드렸다.

"오죽이나 시장하겠니? 기나긴 밤에 이야긴 차차 하자꾸나."

유모는 겨우내 하던 기침 한 번을 아니 하고 마루로 부엌으로 설설 기어다닌다. 떨어진 방바닥과 펄렁거리는 문풍지며 쥐가 쏠아놓은 천장구멍을 신문지로 막아 놓은 것을 바라다보니 흥룡의 눈에는 그동안에 홀어머니가 얼마나 고생을 한 것이 보는 것 같았다.

전등을 끊어간 자리가 더구나 유표히 눈에 띄었다.

석유등잔의 끔벅거리는 불빛 아래 비치는 방 안의 광경은 감방 속보다도 더 침울하였다.

'감옥에 갇혀서 아무 꼬락서니도 보지 않는 것이 되려 속이 편하다'

하면서도 뜨뜻한 솜바지 저고리를 입고 온돌 위에 사지를 뻗으니 우선 몹시도 시달렸던 육신이 솜같이 풀어지는 것 같다. 그러나 편한 듯하던 것도 잠시였다. 방바닥이 더워서 몸이 녹으니까 무릎마디가 쑤시기를 시작하였다. 감각이 없는 것 같기만 하던 아랫도리가 군실군실하더니 점점 바늘로 찌르는 것같이 아파 오른다.

'마루방에서나 지낼 팔자로구나.'
하면서 홍룡이는 윗목으로 기어 올라갔다. 밥상을 가지고 들어온 덕순이가

"여긴 사뭇 얼음장 같은데 왜 이리 내려오셨어요?"
하면

"별안간 몸이 더우니까 어째 근지러운 것 같아서…."
어물어물 대답을 하고는 관절이 쑤신다는 말은 차마 할 수가 없었다.

세 사람이 솥발같이 앉아서 밥상을 대하여 막 첫 숟가락을 들려는 판에 안채에서 사람이 나왔다. 장관의 청지기였다. 유모를 문밖으로 불러내더니

"영감께서 홍룡이가 나왔다는 말씀을 들으시고 그놈을 내 집안에 발도 들여 놓지 못하게 하라구 천장이 얕게 펄펄 뛰시며 역정을 내시니 어쩌면 좋소? 우리가 암만 좋도록 말씀을 여쭈어두 막무가내시구려. 주인의 공을 모르는 개만두 못한 놈을 더군다나 감옥까지 댕겨나온 놈을 내 집에 붙여둘 수가 없다구 당장에 내쫓구 들어오라구 호령이 성화 같으시니 사정이야 딱하지만 낸들 어찌겠오? 가뜩이나 풍파 많은 집안에 모양 흉 없게 쫓겨나가면 피차에 어렵지 않겠소? 우선 며칠 동안이라두 홍룡이를 다른 데루 돌립시다."

타이르듯 하는 말씨나 나가라고 위협하는 것이 분명하다. 유모는 물었던 밥을 씹어 넘길 수도 없었다. 하도 어처구니가 없어서 말 한 모금도 나오지를 않았다.

"우리 애가 이 댁에 무슨 죄를 졌길래 다리병신이 돼 나와서 지금 막제 집구석이라구 기어든 걸 이 밤에 어디로 내쫓으란 말씀이요? 영감도 망령이시지 원수의 자식이라두 인정에 차마 그렇게 각박한 말씀은 못하시겠소"

한참만에야 유모는 울음을 섞어 애원을 하였다.

"명색 모를 계집년까지 드나든다구 작은사랑에서두 못마땅하게 아시니 어떡하우. 내야 분부를 전할 뿐이니깐…"

청지기는 흥룡이를 당장에 내쫓지 않고는 밥줄이 끊어질 처지다. 문을 지키고 서서 명령을 집행하고야 들어갈 눈치다. 유모 역시 눈앞에 벽력이 떨어지면 떨어졌지 방으로 들어가서 흥룡에게 그 말을 전할 수는 없다. 판장문 고리를 붙들고 부들부들 떨고 섰을 뿐이다. 그러나 창 밖에서 유모와 청지기가 주고받는 말을 흥룡이와 덕순이가 못 들었을 리가 없다.

"어머니! 이리 들어오세요"

흥룡의 목소리는 높았다.

"나가라면 나가지 그깐 놈에게 구구하게 무슨 사정이유?"

분한 것을 참지 못하여 흥룡이는 숟가락을 내어 던지며 일어섰다.

"나갑시다! 길거리에서 얼어 죽드래도 나갑시다!"

덕순이도 발딱 일어서며 흥룡에게 두루마기를 입혔다. 유모는

"애 먹는 밥이나 다 먹어라. 이 밤중에 가는 데가 어디란 말이냐?"

"놓세요!"

흥룡이는 어머니의 손을 뿌리치며 덕순이의 어깨에 몸을 실렸다.

👤 098회, 1932.01.28.

⑤ 분김에 나서기는 하였으나 갈 곳은 없었다. 그러나 장관의 집 행랑채를 떠나는 것이 참을 수 없는 치욕을 씻은 것 같고 도깨비 소굴이나 벗어난 것처럼 시원하였다.

"너희 놈들이 며칠이나 더 극성을 부리나 두고 보자!"

흥룡이는 이를 갈았다. 이십여 년 동안이나 우중충하고 더러운 행랑채에서 노복과 같은 대우를 받으면서 숨도 크게 쉬지 못하고 살아오던 생각을 하니 섭섭하기는커녕

'예끼 이 더러운 놈의 집' 하고 돌아서서 대문에다가 침을 탁 배앝고 싶었다.

"얘 글쎄 제 발로 걷지도 못하면서 어디로 가느냐? 응 가는 데나 좀 알자꾸나."

어머니는 엎드러지며 곱드러지며 쫓아 나와서 흥룡에게 사뭇 매어 달린다.

"나중에 가르쳐 드릴 테니 어머닌 가 계셔요. 제발 그렇게 걱정 좀 마슈."

간신히 어머니를 떼쳐 놓기는 하였으나 흥룡이도 덕순이도 발을 떼어놓을 방향조차 잡을 수 없었다. 그래도 큰길로 나오면서 덕순의 머리에 떠오르는 곳은 혁이의 집이었다.

"거북은 하지만 정혁 씨의 집에서나 하룻밤 드새 볼까요?"

생각다 못해서 물어보았다.

"안돼요. 그놈의 집이 그놈의 집이지요"

흥룡이는 덕순의 어깨 위에서 강경히 머리를 흔들었다.

"그럼 어디로 가요? 나 아는 데라고는 공장 기숙사 밖에 없는데요. 동무의 집은 어디 방 한 칸 따로 쓰는 데가 있어야지요"

"걱정 말구 갑시다. 오늘 같이 나와서 간도로 가는 동무가 든 여관을 아니까 그리로 나가 봅시다."

밤은 어느덧 깊었다. 길바닥은 얼어서 불빛에 번득이고 가게를 들이느라고 빈지를 닫는 소리가 여기저기서 들린다. 다행히 찾아가는 여관은 그다지 멀지 않은 곳에 있었다. 그러나 덕순이가 큰 짐이나 부리듯이 흥룡이를 대문 안마루에다가 쿵하고 내려놓으니까 여관 주인은 행려병자나 떠메 오는 상 싶어서

"손님이 다 차서 미안하외다. 다른 여관으로 가보시지요"

안경 밖으로 두 남녀를 흘겨보며 냉정히 거절한다.

"여보 요새 무슨 손이 많아서 다 찼단 말이요? 난 누굴 좀 만날 사람이 있어 왔소"

흥룡이는 마루 위를 엉금엉금 기어서 덮어 놓고 가까운 방으로 미닫이를 열어젖히며 들어갔다.

"사람 사는 데 사람이 들어가는데 못 들어갈게 어디 있소?"

다리는 쓰지 못하는 앉은뱅이 같으나 목소리는 성한 사람 이상으로 우렁찬데 여관 주인은 팔자에 없는 송장을 칠 염려만은 놓은 모양이다.

덕순이는 밥을 시켜서 겸상을 해가지고 들어왔다. 시장한 것이 지나서 허기가 졌던 판이라 두 사람은 꾸드러진 찬밥이나마 감치듯 하였다.

"우선 먹구 볼 일이야, 그렇지만 어머니는 또 굶고 밤을 새시겠군."

"이따가 가 뵈야지요. 노인네가 너무 노심초사를 하시니까 보기에 딱해요."

유산태평으로 말을 주고받으나 실상인즉 두 사람의 주머니에는 여러 날 묵을 것은 고사하고 당장에 먹은 밥값을 치를 돈도 없었다. 엉터리없는 짓을 해놓고 피차에 걱정이 되지 않는 것은 아니건만 서로 말을 꺼내지 않았다. 그러나 넓은 장안을 돌아다녀도 단돈 몇 원 변통할 수가 없을 것을 생각하니 난감한 노릇이었다.

여관의 알따란 이부자리를 펴고 흥룡이를 눕힌 뒤에 덕순이는 발치에 앉아서 사나이의 다리를 주물러주며 그동안 지나온 이야기를 꺼내려던 차였다. 사무실 문을 두드리고 떠들썩하는 소리가 나더니 흥룡의 방문 앞까지 충충충 걸어오는 발자국 소리가 들렸다.

"강흥룡 씨 이 방에 있소?"

문을 펄썩 여는 것은 지긋지긋이도 흥룡의 뒤를 따라다니던 ××서의 형사였다.

@ 099회, 1932.01.29.

⑥ '흥 반가운 손님이로군'

하고 흥룡이는 누운 채

"밤중에 수고가 대단하구려."

한 마디 비꼬아 던졌다.

"여보 사람을 그렇게 고생을 시킨단 말이요. 세상에 어디를 간 줄을 알아야지 자리를 떠나고도 왜 토도케를 안하는 거요?"

"별 소리를 다하는구려. 그러다가는 뒷간에 가는 것도 보고를 해 바쳐야겠구료"

하고 한 술 더 떴다.

형사는 곁눈으로 흘금흘금 덕순이를 쳐다보면서 된소리 안된소리 씩 둑꺽둑 지껄이고 앉았다. 흥룡이는 듣다 못하여

"여보 인제 나 좀 자겠소. 다리병신이 달아날까 봐 걱정이요? 오늘은 그만 좀 가주."

극성맞은 형사도 그제야 시계를 꺼내보고

"어디를 가든지 미리 보고를 해야 돼요"

하고는 늘어 붙였던 궁둥이를 들었다.

창 밖에는 만두장수의 외치는 소리조차 끊겼다. 밤은 사경도 넘었으리라. 흥룡이는 덕순에게 무릎을 주물리우면서 그다지 피곤한 빛도 보이지 않고 지난 일을 대강대강 이야기하였다. 말이 여러 차례 ××을 당할 때에 참아 넘기던 대문에 이르러서는 덕순이는 몇 번이나 흥분되어 얼굴에 피를 끓이고 몸서리를 쳤다. 그러다가 다리까지 못쓰게 된 원인을 듣자 덕순이는 참다못하여 흥룡의 무릎을 두 팔로 얼싸안고 흑흑 느꼈다.

"그게 사람이 차마 당할 노릇이야요 글쎄…."

하고는 목이 메어 말끝을 여물이지도 못한다.

"무얼 그렇게 흥분을 허슈. 누구나 다 당하는걸. 나두 한 번 치렀을 뿐이지요 되려 마음은 가뜬합디다. 그만 일에 우리의 의지(意志)가 꺾이구 사상이 변할 것 같아요? 모두가 우리에게는 좋은 체험이지요. 의식을 더 한층 북돋아줄 뿐이니까요"

"그래두 용하게 참으셨어요. 혼자 도맡아 고생을 하셨지요. 정혁이 같

은 사람은 흥룡 씨한테 절을 골백번이나 해두 차건만 어쩌면 그렇게 냉정한지 몰라요. 오늘두 중간에서 내빼는 것만 보세요"

"남의 말 할게 있어요? 정혁이란 인물은 우리 운동 선상에서는 벌써 과거의 인물인걸. 소 '부르'의 근성이 골수까지 밴 사람이라면 더 평할 여지가 없겠지요. 그렇지만 사람의 일이란 누가 아나요. 덕순 씨가 지금 이렇게 나와 한 맘 한 뜻이 되었다가두 내가 다리를 영영 못쓰게 되면 앉은뱅이 곁에 앉았기두 싫어할 때가 있을지두 모르지요. 멀쩡한 사람두 곧잘 배반하는 여자가 많으니까…"

사랑에 겨웁고 고마운 것이 지나쳐서 한 마디 일부러 덕순의 비위를 건드려본 것이건만 덕순이는 그 말에는 히스테리에 걸린 여자처럼 빨끈하고 쇠었다. 너무나 속 모르고 공 모르는 소리 같아서 야속하였다.

"그게 진정의 말씀이야요? 아직두 나를 못 믿어하신다면 난…"
하고 평소의 덕순이로서는 격에 맞지 않게 눈물이 찔끔 나왔다. 그러나 흥룡의 손등 위에 유리구슬과 같이 빤짝하고 떨어진 한 방울의 눈물은 덕순이가 아직도 처녀라는 것을 상징(象徵)하는 것이었다.

"이게 뭐요? 별 흉내를 다 내는구려."

구슬은 사나이의 널따란 손바닥에 으깨어졌다. 그렇건만 '뒤주 속에 든 명부를 삼켜선 증거를 없앤 사람이 누구야요? 그 추운 새벽에 십리나 되는 감옥으로 밥을 나르고 나중엔 당신을 업고까지 다닌 사람은 누구야요' 하고 덕색 비슷이 공치사를 할 덕순이는 아니었다. 흥룡이는 다소곳이 머리를 숙이고 앉은 덕순의 손을 슬그머니 끌어당겼다.

쾌활하고 억센 덕순에게 사랑하는 남자의 앞에서만 나타나는 여자답고 처녀다운 반면은 흥룡으로 하여금 마주 바라다보고만 있을 수 없는 어떠한 충동을 주기에 넉넉하였던 것이다. 더운 입김을 뿜어내는 입술과 입술은 마주 닿으면 불이 붙을 듯이 가까워졌다.

"안돼요. 그러면 못써요."

덕순이는 손을 뿌리치고 가만히 남자의 가까움을 떠다밀었다. 그런 사이에 흥룡의 팔은 덕순의 허리에 감겼다. 포옹하는 힘은 가슴이 오그라들 듯이 굳세다.

100회, 1932.01.31.

7 "잠깐만 노세요. 에구머니. 깜빡 잊어버린 일이 있어요. 노세요 어서! 큰일 났어요"

덕순이는 흥룡이 품에서 몸을 빼쳐가지고 급히 바깥으로 나갔다. 미닫이를 반쯤 닫으며 얼굴만 들이밀고

"안녕히 주무세요"

하고 '요'자를 길게 뽑고는 덧문을 꽉꽉 닫아버렸다.

…한 번 간 덕순이는 돌아올 줄 몰랐다. 흥룡이는 새로 두 시 세시까지 엎치락뒤치락 하고 행여나 덕순이가 돌아올까 하고 귀를 기울이고 졸였다.

그다지도 애절초절을 하던 어머니도 주야로 그리던 사랑하는 사람도 곁에 눕히지 못하고 찬바람이 휘도는 쓸쓸한 여관 한구석에서 알따란 이불로 성치도 못한 몸을 돌돌 말고 애꿎은 잠을 청하는 자기 자신이 몹시도 고독한 것 같았다. 덕순에게 가까이하려는 참을성 없는 태도를 몇 번이나 뉘우치다가

"아아 가나 오나 나 한 몸뿐이로구나!"

하고는 공상을 베개 삼고 잠이 들었다. 잠이 든 뒤에는 통이불을 하고도 이불자락을 자꾸만 끌어당겼다. 감옥에서 동 짜른 이불을 덮던 버릇이었다.

고생 고생하여 눈을 붙인 뒤에도 다리가 성할 때에 덕순이와 십리나 되는 길을 걸어다니며 사랑과 일을 속삭거리던 일, 그러다가 또다시 잡혀서 들어갔다가 동지들과 ×옥을 하고 뛰어나오다가 어찌어찌해서 [略] 이 한바탕 일어나서 총을 맞고 길거리에 피를 흘리고 쓰러지며 덕순의 이름을 부르며 잠꼬대를 하느라고 혼자서 외마디 소리를 질렀다. 그러다가 뒤숭숭한 꿈자리가 걷히기도 전에 눈이 번쩍 떠졌다. 전기불이 나갈 임시가 되니까

"기쇼—(起床)"

하고 간수가 일어나라는 호령이 들리는 것 같았던 것이다. 허리띠 대님도 끄르지 못하고 새우잠을 자다가 깨어보니 몸서리가 쳐지도록 새벽녘의 고적이 온몸을 엄습하였다. 이불을 두르고 무릎으로 턱을 괴고 앉았으려니까

기다란 마루 저 편에서

"저 방이냐 응? 저 방이야?"

하는 목소리와 두 사람이 찍찍 끄는 슬리퍼 소리가 들려왔다. 틀림없는 어머니의 목소리다. 유모는 방문을 열고 엎드러질 듯이 들어와 흥룡의 손을 잡으며

"이것아 나와서두 어미 속을 그렇게 태운단 말이냐? 간밤에 눈두 붙여 보지 못하구 앉은 채로 밤을 밝혔다. 그래 과히 춥지나 않던?"

"아니요. 어떻게 이렇게 일쪽 오셨어요? 내가 여기 있는 줄은 어떻게

아시구요?"

흥룡이는 슬그머니 밤사이의 덕순의 소식을 물었다.

"덕순이가 왔길래 여기 있는 줄 알았지. 엊저녁에 나하구 밤을 새다시 피 하구 여기까지 같이 왔는데 금세 어디루 갔을까?"

하고 바깥을 내어다본다. 덕순이는 지난밤에 억지로 떼치고 간 것을 생 각하니 어쩐지 흥룡의 얼굴을 대하기가 부끄러운 것 같기도 하고 미안쩍 어서 문 밖에 비켜섰었다.

"이리 들어오지 왜 거기 섰어?"

하고는 고개를 돌리며

"덕순이가 너무 애를 쓰구 댕겨서 가엾어 못 보겠다. 나중에 다 고생 한 보람이 있겠지만…."

덕순이는 마지못하여 끌려 들어가듯이 방으로 들어가서 흥룡이는 바 로 쳐다보지도 못하고 무슨 죄나 지은 사람처럼 윗목에 가서 쪼그리고 앉았다. 흥룡이는 눈을 내리깔고 앉은 덕순의 얼굴에 의미 깊은 미소를 던졌다. 덕순이는 마주 보지 않고도 그 표정을 읽을 수 있었다.

"그래 집엔 안 들어가면 어쩔 셈이냐? 행랑살이두 못하는 주제에 여관 살림이 당한 것이냐? 나두 인제는 잠시두 너를 떠나서는 살 수가 없다. 이 늙은 게 누구를 의지하구 살라구 네 고집만 세느냐?"

벼르고 온 것처럼 눈물이 질끔질끔 듣거나 맺거나 한다.

"길거리에서 굶어 죽는 한이 있더라두 그놈의 집엔 안 들어갈 테야요 오늘 안으로 세간 나부랭이를 다 끌어냅시다."

"낸들 챙피한 걸 몰라서 구차한 행랑살이를 해왔겠니? 어쨌든 네가 몸 이나 성해야 입에 풀칠이라도 하겠는데…."

"왜 아까 말씀하시던 대로 의론을 해보시지 그러세요."

이번에는 덕순이가 유모와 흥룡이를 번갈아 보며 말참례를 하였다. 유모는 허리춤을 뒤져 까맣게 때가 묻은 주머니 끈을 끄르며

"그럼 이걸루 우선 사글세 방이라두 하나 얻어 보자. 오늘 새벽에 안댁 아씨가 몰래 나오셔서 누구더러든지 말하지 말라고 하시며 주시구 들어가신 돈이다."

하고 십 원짜리 두 장을 꺼내놓는다.

😊 101회, 1932.02.02.

⑧ "더러운 놈의 집 돈 일 없어요. 도루 갖다가 주든지 허슈."

흥룡이는 어머니가 방바닥에 내려놓은 돈 지전을 밀쳐 버렸다.

"이 애야. 이판에 돈 이십 원이면 여간 생광스럽게 쓰지를 않을 텐데 더러운 놈의 돈이란 다 무슨 소리냐? 그래두 너하구 한 젖을 빨구 자라난 정분을 생각하구 그 가엾은 아씨가 남몰래 변통해 준 돈인데 그만 신세는 이후에 갚으면 고만이지 안 받으면 되려 섭섭히 여기지 않겠니? 눈 감으면 코라도 베어 먹으려 드는 세상에 누가 그만 생각이라두 하겠니? 그렇지 않아두 너를 한 번 만나 봤으면 좋겠다고 하시더라."

유모는 지전을 다시 차곡차곡 접어서 주머니 속에 넣었다. 실상인즉 흥룡이가 쫓겨나는 날 밤 정희는 가엾고 미안쩍은 생각에 저녁까지 굶었다. 시아버지의 비위를 섣불리 건드리다가는 큰일을 버르집을까 봐 사색도 안하고 있다가 함 속에서 혼인 때 낭자머리에 찔렀던 용잠을 안잠자기를 시켜서 잡혀다가 유모에게 전하였던 것이었다.

명색만은 아직까지도 살림이라고 맡아서 보기는 하나 근래에 와서는

407

정희는 단돈 몇 원을 만져보기가 어려웠다.

그러나 정의상 모른 체할 수가 없어서 가장 소중히 여겨 깊이 간직해 두었던 비녀를 꺼낸 것이었다. 흥룡이는 한참이나 팔짱을 끼고 앉았다가

"글쎄 도루 갖다주시라니까 여러 말씀을 하시는구려. 주머닛돈이 쌈짓돈이지 그놈의 집에서 나온 돈은 다 마찬가지가 아니야요?"

"아니다 그렇지 않다. 남의 정을 모르면 죄로 간단다. 감옥에 옷벌이나 지어간 것은 뉘 돈으로 한 줄 아니? 다 그 아씨가 뒷구멍으로 변통해 준 거란다. 그나마 넉넉해서 쓰고 남은 돈을 비렁뱅이 적선하듯이 던져준 게 아니라 몇 가지 안 남은 금붙이를 전당을 잡혀서 돌려준 것이니 오죽이나 고마운 일이냐. 나중에야 삼수갑산을 가는 한이 있더라두 우선 이걸루 방 한 구석이나 얻자꾸나."

덕순이는 옷고름만 매무적거리다 앉았다가

"나두 몇 번 그이를 만나서 이야기를 해봤지만 퍽 착하구 얌전한 이야요. 조금두 돈 있는 집 며느리 같은 티가 보이지 않고요, 사정을 들으면 어찌나 딱한지 모르겠어요"

한 마디 시어머니감의 말을 거들었다.

"사람이 얌전한 줄이야 내가 더 잘 안다우"

흥룡이가 돈의 출처가 부정하지 않은 줄 알고 마음이 좀 누그러진 눈치를 본 유모는

"참 아침을 먹어야지. 설렁탕이나 시켜다 먹으련?"

"기름진 것 못 먹어요"

흥룡이는 머리를 흔들었다. 덕순이는 여관 밥을 시켜가지고 들어왔다.

"겸상 하나만 해 들여오면 덕순인 굶을 테야? 밥 한 그릇만 더 청하면

될 걸”

유모는 셋 겸상을 해놓고 수저를 들며

“이게 한 상에 얼마냐? 뭐? 육십 전, 공연히 돈만 내버렸지, 늘어놓기
는 했다마는 어디 먹을 게 있나”

하고는 젓가락으로 말라빠진 반찬을 뒤적거리다가 덕순이를 보고

“그러구만 앉었어? 겸상을 해먹으면 더 맛이 있지”

하고 나서 또 아들의 얼굴을 쳐다보며

“이 애야 덕순이가 네 앞에서는 아주 색시놀음을 하는구나. 족제비가
커다란 수탉을 물어가듯이 큰길에서 업구 댕길 때와는 아주 딴판인걸.”

덕순이는 정말 색시놀음이나 하는 듯이 얼굴을 붉히며 고개를 숙인다.
흥룡이는 어머니의 얼굴에 오래간만에 주름살이 펴지는 것을 보았다.

“어머니 수단은 여전하시구려”

하며 반은 지어 웃는 웃음으로 껄껄껄 웃었다.

그날 어둑어둑할 때까지 유모와 덕순이는 방을 얻으려고 삼십 리 길이
나 좋이 걸었다. 구 용산공장 근처의 양철지붕한 집 한 간을 월세 오 원
에 얻어가지고 그날 밤으로 부지깽이 하나도 남기지 않고 구루마로 옮겨
갔다. 마지막 떠나올 때에 유모는 손때 묻은 문고리를 바깥으로 걸면서

“어쨌든 이 행랑채를 면할 때두 있구나!”

하고 이십여 년 묵은 한숨을 한꺼번에 쉬었다.

102회, 1932.02.03.

409

새살림

① 두 달치 집세를 미리 내고 쌀을 좁쌀 섞어서 두어 말 팔고 구루마 삯과 나무 값을 제하고 나니 돈은 불과 이삼 원밖에 남지 않았다. 맨쌀만 삶아먹을 수 없으니 찬가도 있어야겠고 용돈푼도 남겨야 단 며칠 동안이라도 지낼 터인데 우선 길거리에 나앉는 욕은 면하였으나 세 식구가 앞으로 살아갈 길이 막연하였다. 처음에 덕순이가 용산 근처로 집을 얻자고 우긴 것은 그 전에 다니던 제사공장이 가까운 것과 시내보다는 집세가 싼 것을 취한 것이었다. 무턱대고 나오기는 하였으나 하루 쌀되거리라도 벌어들일 사람은 흥룡이밖에 없건만 자기 몸도 자유로이 추스르지를 못하니 아직 같아서는 완인이 되어 인쇄소에라도 다니기는 가망이 없는 일이다. 요행으로 완인이 된다손 치더라도 다시 한 번 얽혀 들어가고 말 것이다.

끌려가기만 하면 몇 해 동안이 될는지 기필키 어려운 노릇이다.

[此間 二十行 略]

흥룡이는 석탄 연기에 걸고 철로 둑 밑에 음습한 양철지붕 속에 들어앉아서 이런 생각 저런 생각에 입을 벌릴 흥도 나지 않았다. 묵직한 납

[鉛]덩이에 머리가 짓눌리는 것처럼 몹시도 우울하였다.

뚫어진 방바닥을 바르고 벽돌을 쌓아서 솥을 건 뒤에 덕순이는

"내 잠깐만 다녀올게요. 그렇게 답답해하시지 말구 기다려 주세요."
하고는 어디로인지 나갔다. 찾아간 곳은 전에 다니던 제사공장이었다. 그
동안에 새로 갈린 직공감독을 찾아보고 다시 다니기를 간청하였다. 그러
나 '하루 나오면 이틀은 결근을 허니 성적 관계로 새로운 직공을 뽑기로
되었다'는 구실로 당장에 거절을 당하고 말았다. 전 같으면 덕순이를 두
둔하고 덕순의 말이라면 팥으로 메주를 쑨다더라도 곧이 듣던 직공들은
오래 다녀서 능률이 오르지 않고 세태가 불경기하다는 핑계로 한 명 두
명씩 쫓겨나서 말 한 마디 거들어줄 사람이 없었다. 덕순이는 맥이 풀려
서 공장 문을 나섰다.

하루 종일 일을 해도 불과 오륙 십전 밖에 받지 못하는 것이건만 그래
도 흥룡에게 약첩이나 쓰고 조밥이라도 굶지 않으려면 손 끝 맺고 앉아
서 흥룡의 얼굴만 쳐다보고 있을 수도 없는 사세다. 덕순이는 그 길로 한
강통 일인이 경영하는 정미공장으로 찾아갔다. 전기불이 들어올 때까지
나 팔풍받이에 서서 직공들이 파해나갈 때를 기다려서 주임을 만나보았
다. 그 정미공장에는 요행으로 면분 있는 여직공을 두어 사람이나 만나
서 간신히 일급 사십오 전으로 내일부터 오라는 허락을 받고 기신없는
발길을 돌렸다. 제사공장에 여러 해 있어서 실 뽑는 일에는 능숙하더라
도 쌀 고르는 일은 처음이라는 이유로 아무리 떼를 써도 사십오 전 이상
은 막무가내였다.

집이라고 돌아오니 어머니는 밥을 지어 놓고 기다리고 흥룡이는 혼곤
히 잠이 들었다.

그러나 저녁을 치우고 나니 또 한 가지 큰 걱정이 생겼다. 좁다란 단칸방이라도 여자 한 몸이 끼어 자지 못할 것은 아니나 그렇다고 홍룡이와 한 이불 속에서 잘 수는 없는 형편이다. 정식으로 결혼까지 하고 아니한 것은 별 문제로 치고라도 몸도 성치 못한 홍룡이와 더구나 유모를 곁에 두고 동거를 할 수는 없었다.

이사 온 첫 날밤은 깊어갔다. 덕순이는 또 다시 이 집을 떠날 수밖에 없었다.

🙂 103회, 1932.02.07.

② 그날 저녁은 덕순이도 몹시 피곤하였다. 앉은 채로 구들장이 폭삭 내려앉을 듯이 몸이 무겁고 사지가 나른해서 한 구석에 쓰러져 한잠 자고 났으면 살아날 듯하건만 생각다 못하여 일어섰다. 유모도 종일 이삿짐을 나르고 독을 묻고 솥을 거느라고 힘에 겨웁도록 일을 해서 인사정신 모르고 홍룡의 곁에 쓰러진 채 코를 골고 있다. 덕순이는 일어서 문고리를 잡고 섰으나 문을 열고 나선들 막상 갈 곳이라고는 없다. 여러 해 동안 숙식하던 제사공장의 기숙사밖에 하룻밤 드샐 곳이 없으나 옛날의 동무를 찾아간들 반가이 손목을 잡아들일 사람도 없었다. 덕순이는 오래간만에 한 자리에 누워 마음을 놓고 잠이 든 모자의 얼굴을 시름없이 내려다보았다. 저 하나만 내버려두고 단잠을 자는 것이 야속한 듯하면서도 어머니 있는 사람이 이 세상에서 가장 행복스러운 것같이 홍룡이가 부러웠다. 넓고 넓은 바닷가에 외따로 자라난 갈대와 같이 바람에 불리는 대로 몸 둘 곳이 없는 제 신세가 새삼스러이 고독한 것을 느꼈다. 밤을 둘러싼 어둠이 저 한 몸을 향하여 욱죄어드는 듯이 앞이 캄캄하였다. 그러

나 굳이 붙드는 사람이나 있으면 못이기는 체하고 쓰러지기라도 하련만 곤히 잠든 사람을 흔들어 깨워가지고 엎질러 절 받기로 작별을 고할 수도 없다.

'갈 사람은 가야만 한다!'

덕순이는 한숨을 섞어 나직이 부르짖고 소리 나지 않도록 방문을 밀쳤다. 조심스러이 연 문이 문새가 헐거워서 방문짝은 덜커덩하고 벽에가 부딪쳤다. 그 소리에 유모는 소스라쳐 깨었다. 흥룡이도 눈을 번쩍 뜨고 나가지도 못하고 돌쳐서지도 못하는 덕순이를 눈을 껌벅껌벅하고 쳐다본다.

"어디를 가? 왜? 그저 자지를 않구 응? 지금 어디를 가려구 나섰어?"

유모는 일어나 앉으며 덕순의 치맛자락을 잡아당긴다.

"아니에요. 바깥에서 무에 덜커덩거리기에 내어다 봤에요."

덕순이는 문을 닫고 들어설 수밖에 없었다.

"난 지금 꿈을 꾸는 판인데… 몇 시나 됐을까?"

흥룡이는 눈을 부비며 일어나서 선하품을 한다.

"참 몇 시나 됐을까? 문안에 다녀 나와야 할 일이 있는데 깜빡 잠이 들어서… 가엾어라 그저 자지를 않구 앉았었구먼…."

유모는 어린애를 달래듯이 혀를 끌끌 하며 덕순이를 들앉혔다. 시간을 몰라 궁금하건만 시계를 가진 사람이 있을 리 없다.

"아마 열한 시두 넘었을 걸요? 막차 떠나는 소리가 들린 지두 한참 되니까요."

"이를 어쩌나 잠이 원수야. 문안댁엘 다녀와야 할 텐데…. 지금두 전차는 안 끊겼겠지? 나 돈 십전만 다우."

"이 밤중에 문안엔 뭘 하러 들어가세요? 길두 잘 모르시면서…."

"아니다. 인사가 그렇지 않다. 그 댁엔 지금이 초저녁일 텐데 잠깐 가서 아씨한테는 덕택으로 집 정하구 나가서 두 식구가…."

하다가 얼른 말끝을 돌려

"세 식구가 모여서 저녁까지 지어먹었다구 말 한 마디는 하구 나와야 도리에 옳지 않겠니? 그 아씨두 퍽 궁금해 하실 걸"

흥룡이와 덕순이가 번갈아가며 붙들어도 늙은이는 체머리를 흔들며 고집을 세우고 기어이 문안으로 들어가고 말았다. 덕순이도 마지못해서 전찻길까지 따라 나가서 표까지 사주었다. 유모는 전차로 기어올라가다가 발 하나를 내려디디며 덕순의 귀를 끌어당기면서

"내가 오늘 밤에 못 나오더라도 기다리지 말구…."

하는데 전차가 떠났다.

🙂 104회, 1932.02.13.

③ 사람은 늙어갈수록 젊었을 때의 일을 잊어버리는 법이 없다. 유모는 비록 하룻밤이라도 그렇게 오매불망 하던 젊은 것들의 틈에가 끼어서 애틋한 정을 가로막고 싶지 않았다. 오직 염려가 되는 것은 아들의 몸이 성하지 못한 것이지만 덕순이가 그만 지각은 있을 줄 믿었고 꾸어다 놓은 보릿자루 모양으로 우두커니 윗목에 가 앉아서 날밤을 새려는 덕순의 눈치도 짐작치 못하는 바는 아니었다. 그래서 정희에게 인사를 치른다는 핑계를 삼아가지고 불시에 망령이나 난 것처럼 문안으로 들어간 것이다.

덕순이가 돌아와 보니 촛불도 두 가락째 닳아서 끔벅거리는데 흥룡의 곁에는 이부자리가 펴졌다. 덕순이는 불안스럽기도 하면서도 한편으로는

'저이의 곁에서 자게까지 되었구나' 하니 어쩐지 두 사람의 거리가 더 가까워진 것 같아서 가슴이 두근거린다.

"어서 편히 쉽시다. 오늘은 너무 뻐쳤을걸."

홍룡이는 덕순의 손을 잡아당겨 자리 위에 앉혔다.

"다리가 더 아프시진 않으세요? 좀 주물러 드릴까요?"

덕순이는 방이나 차지 않은가 하고 요 밑에 손을 넣어보고는 홍룡의 다리와 무릎을 어루만져 준다.

"오늘 밤엔 그렇게 쑤시지는 않는구먼요 인제 온천에 가서 두어 달 묵으면서 자양분이나 잘 섭취하구 보약을 비고 누워서 날마다 '안마'나 시키구 누웠으면 아주 완쾌할 테지"

하고는 껄껄껄 웃는다.

"그렇지만 우리같이 생지옥에서 사는 사람들은 아마 염라대왕하구 악수를 하는 날에나 사지를 편하게 뻗어볼걸요."

그 말에는 덕순이도 쓸쓸히 웃었다.

"왜 그런 말씀을 하세요 전에는 조금두 우리의 처지를 비관하는 눈치두 뵈지 않으시더니… 인제 잘 치료를 받으시면 나으실걸요"

"치료? 뭘 가지구 치료를 받어요? 발가락에 뾰루지 하나만 나두 병원에 입원을 하는 놈들과는 딴 세상에서 사는 주제에 맨주먹으루 치료를 해요?"

홍룡이는 조금 흥분이 되어 얼굴을 찌푸리고 두 다리를 뻗는다. 덕순이는 한 걸음 더 다가앉아 다리를 꽉꽉 주무르면서

"왜요, 맨주먹으로는 치료를 못하나요? 내 손은 약손이야요 이렇게 아침저녁 정성껏 주물러드리면 피가 잘 통해서 얼마 아니면 마라톤 경주라

도 하시게 될 걸요.”

“여편네 채동지가 났구려. 어—디 그 약손 좀 봅시다.”

흥룡이는 덕순의 손을 잡았다. 그 손은 확확 다는 것처럼 더웠다.

덕순이는 남자의 손아귀에 잡힌 손을 슬그머니 빼어 눈앞에다가 손길을 펴보이면서

“이 손으로 무언 못해요. 시골 가서 호미를 잡으래도 잡구 약차허면 총칼이라두 들구 나서지요.”

평상시에는 그다지도 꿋꿋하고 무서운 것이 없던 사람이 생으로 앉은 뱅이가 되어 앉아 모든 것을 절망도 하고 때로는 사물을 비관하게까지 되는 흥룡의 심리상태를 짐작하는 덕순이는 큰소리라도 하고 헛기염이라도 토해서 사나이의 용기를 돋아 주려는 것이다.

🙂 105회, 1932.02.14.

④ 흥룡이는 덕순의 얼굴을 쳐다보았다. 쏘는 듯한 남자의 시선을 피하지도 않는 덕순의 얼굴, 피곤한 빛은 조금도 보이지 않고 금세 꺼질 듯이 불꽃만 발발 떠는 촛불을 바라다보는 두 눈에는 끊임없는 희망의 광채가 떠돈다. 언제나 능금같이 혈조(血潮)를 띠운 두 뺨, 사나이처럼 발육된 젖가슴, 그 젖가슴은 감정의 파도가 부딪치는 대로 생물과 같이 벌룽거린다. 흥룡이는 비록 누워있을망정 덕순이만 곁에 있으면 컴컴한 방 속에서도 한편 속이 밝아오는 것 같고 말라서 오그라드는 것 같던 전신의 핏줄이 새 피를 받아 벌떡벌떡 일어서는 듯 새 기운이 솟는 것을 느꼈다.

“아주 죽어나오는 사람두 있는데 다리쯤 못 쓴다구 비관을 하시면 그

렇게 의지가 약해가지구 무슨 일을 허세요 네? 흥룡 씨! 당신의 곁에는 내가 있지 않아요?"

"내가 이러다가 영영 앉은뱅이가 되면 어떡할 테요?"

"지팡이가 있지 않아요? 이 튼튼한 지팡이가 한평생 당신의 몸을 부축해드리지요!"

덕순이는 어깨로 흥룡의 겨드랑이를 받쳤다.

피차의 스며드는 체온! 두 사람의 숨은 차차로 가빠왔다.

"쓰러지지 않는 지팡이! 나꺾어지지 않는 내 지팡이!"

흥룡이는 덕순의 어깨너머로 부르짖듯 하였다. 흥룡의 뺨은 덕순의 목덜미에 모닥불을 끼얹고 약간 떨리는 팔은 낙지[烏賊]의 흡반(吸盤)처럼 덕순의 허리에 감겼다.

…촛불은 끔뻑하고 꺼졌다. 캄캄한 방 안은 오직 두 사람만의 세계였다.

…새벽녘까지 덕순이는 꿈이 뒤숭숭하였다. 지난날에 과도히 피곤하였던 몸이 첫 번 당한 경험으로 몹시 흥분이 되어 좀처럼 잠이 들지 않았다. 가위를 눌린 것처럼 정신은 말짱한 듯하건만 몸은 천근이나 되는 것 같아서 꼼짝달싹할 수 없다. 주책없는 꿈이 번차례로 머릿속을 어지러이 굴러서 몇 번이나 헛소리를 하며 공중으로 손을 내저어도 베개를 같이 베고 누운 흥룡이는 숨소리 거칠게 잠이 들었다. 꿈은 생시의 꿈을 덕순의 머릿속에서 환등(幻燈)을 놀렸다. 눈같이 흰 면사포를 쓰고 결혼 행진곡에 맞춰 식장 안으로 조심스러이 발길을 옮겨놓는 자기가 나타났다. 곁눈으로 신랑을 보니 흥룡이는 아주 구식으로 사모관대를 하고 떡 버티고 서서 두 손을 마주 잡고 읍을 한다. 덕순이는 그 모양이 어찌나

어색하고 우스운지 만인좌중에 웃음이 터졌다. 동무들은 '웃으면 첫 딸 낳는다'고 놀려댄다. 유모는 기쁨에 겨워 사위스럽게 찔끔찔끔 눈물을 흘리고 그의 등 뒤에는 여편네들 틈에 정희의 얼굴도 언뜻 띄었다. 예식은 거의 파할 임시였다. 머리를 귀신같이 늘이고 아주 험상스럽게 생긴 청년이 여러 사람 속에서 나타나더니 별안간 주먹을 내두르면서 [8행 정도 검열로 삭제]

장내의 여러 사람은 식장이 떠나가도록 그에 화해서 만세를 부르며 마루청이 빠지도록 발을 구른다. 그러자 어찌어찌하여 흥룡의 뒤를 따라다니던 형사의 눈초리가 번뜩하더니 그 청년에게로 달려들어 팔을 비틀어가지고 여럿이 질질 끌고 나간다. 바깥에는 기마순사가 이리저리 달려 말굽소리가 요란하고 사람이 백결치듯 한다. 그것을 본 흥룡이 사모관대를 벗어던지고 신부의 팔을 뿌리치고 동저고리 바람으로 뛰어 나갔다. 덕순이도 달음질을 해서 그 뒤를 쫓았다. 흥룡이는 [3행 정도 검열로 삭제] 덕순이는 흥룡이를 안아 일으키며 소리를 질렀다.

[2행 정도 검열로 삭제] 하고 악을 악을 썼다. 그런데 목소리는 안으로 끌어당기는 것 같고 흥룡이를 들쳐 업기는 했는데 발은 땅에 들러붙은 듯이 옮겨놓을 수가 없다.

"여보 덕순 씨. 나 여기 있어요. 응. 나 여기 있어."

흥룡이는 외마디소리를 자꾸 지르는 덕순의 어깨를 흔들었다. 덕순이는 흥룡의 품에 안기며 이마와 전신에 식은땀을 흘렸다.

어수선 산란한 꿈자리를 수습하기도 전에 덕순이는 일어나지 않을 수 없었다. 오늘부터 공장에를 가야만 되는 것이다. 흥룡이가 몇 번이나 붙잡아도

"첫날버텀 신용을 잃으면 그나마 못 댕기게요? 내 일찍 다녀올게요"
하고는 아직도 부엌이 컴컴한 속에서 밥쌀을 일었다.

'남처럼 기구를 갖추어서 시집은 못 가더라도 오늘 하루만이나 편하게
그이 곁에서 쉬었으면….'
하고는 이남박 모서리에 자꾸만 떨어지는 눈물을 금할 수 없었다.

106회, 1932.02.16.

축출

① 유모가 문안으로 들어가던 날 저녁에 장관의 집 안채에서는 적지 않은 풍파가 일었다.

그날 저녁때까지 영호가 유치원에서 돌아오지를 않아 정희는 기다리다 못해서 안잠자기를 보냈다. 안잠자기가 간 지도 한 시간이나 넘도록 함흥차사다. 눈이 까맣게 기다리노라니 전기불이 들어올 무렵에나 어린 애를 데리고 어슬렁어슬렁 돌아왔다. 영호가 동무의 집에를 가자고 떼를 써서 인제야 왔다고 꾸며대었지만 제 집에를 다녀온 것이 영호의 입으로 탄로가 났다. 정희는 홧김에 영호를 데리고 다니는 할멈과 안잠자기를 불러세우고

"왜 거짓말을 해. 집에를 다녀왔으면 다녀왔다구 바로 말을 하는 게 아니라 어린애한테까지 거짓말을 시키니 무얼 보구 닮느냐 말이냐."

하고 톡톡히 나무랬다. 안잠자기는 당장에는 아무 말도 못하다가 안방으로 건너가서

"아씨는 남의 눈을 기는 일이 없나, 걸핏하면 전당질을 하느라구 쉬—쉬—하면서…."

한바탕 군소리를 하였다. 그 말이 저녁상을 나르는 반빗아치의 입을 거쳐서 대방마님의 귀에까지 들어갔다.

"건넌방 아씨가 전당질을 하다니 별 도섭스러운 소리가 다 많군."

마님은 당장에 며느리를 불렀다. 근래에 가뜩이나 못마땅히 여기던 판이라 생트집이라도 잡으려고 들던 터에 말거리를 장만한 것이다. 팔이 들이곱지 내곱는 법 없다고 계훈이가 갈수록 더 마음을 잡지 못하고 부랑패류들과 얼려서 집안을 뒤법석을 만드는 까닭이 며느리와 의취가 나쁜 탓이라고 생각하는데다가 요사이는 며느리조차 무엇이 정신이 홀린 사람처럼 집안 살림도 보는 체 마는 체 하는 데 격이 났다.

정희는 시어머니가 역정이 난 까닭도 모르면서 장지문 밖에 대령을 하였다.

"너 뭐 부족해서 전당질을 하니? 말이 날까 봐 창피하구나. 우리 집에선 아직 그런 일이 없는데 그래 무얼하기에 전당 보퉁이를 끼구 드나들게 했느냐?"

문초나 하는 듯이 담뱃대로 상앗대질을 하면서 다진다. 정희는 입을 다물었다. 그런 일이 없다고 꾸며대자니 조금 전에 안잠자기를 몰아댄 터이라 당장에 거짓말을 할 수도 없고 바로 토설을 하자니 유모와 흥룡이까지 끌고 들어가지 않을 수 없다.

"왜 대답을 못하느냐? 시어미가 묻는 말이 말 같지 않단 말이냐?"

언성이 높았다. 그래도 정희는 꼬박이 서서 안차게 대답을 아니하였다. 마님은 화가 머리끝까지 치밀어서 안잠자기를 불러들이라고 호령을 하였다. 마주 대놓고 무릎맞춤을 시킬 작정이다. 안잠자기도 외양간에나 들어가는 암소처럼 문 밖에서 다리를 떨었다.

"그저께 저녁에 아씨 심부름을 했지?"

"네."

"무얼 잡혀 왔어?"

"…."

"바로 아뢰지를 못할까?"

마님은 담뱃대를 쳐들었다.

안잠자기는 움찔하여

"저—용잠…."

하다가 정희를 쳐다본다.

"왜 바로 여쭙질 못해."

정희는 감정이 나서 안잠자기를 빗대어놓고 시어머니를 쏘았다.

"용잠하구 다른 금붙이를 잡혀왔사옵니다."

"용잠? 왜 혼서지는 잡히지 않았니? 그래 무엇에 쓰느라구 잡혔느냐?"

"저라구 돈 쓸 데가 없어요?"

"저거 말대답하는 것 좀 봐. 그래 네 집엔 십여 년째나 시량을 대는데 뭐 유의부족해서 혼인 때 낭자머리에 꽂았던 소중한 용잠까지 잡혀다 바쳤단 말이냐?"

"아니야요 제 집엔 제 손으로 쌀 한 알갱이두 보낸 적이 없어요"

"그럼 누구를 주었어?"

"제 유모를 주었에요"

"유모를 주었어? 유모는 네 붙이가 아니냐? 그래 그 괘씸한 흥룡이란 놈한테 적선을 했구나."

"불시에 쫓겨나가는 게 하두 가엾기에 변통해준 것이야요 제 물건을 돌려쓰는데 그렇게 역정 내실 게 있습니까?"

정희는 한 마디도 지지 않았다.

"네 물건? 이불 한 채 변변히 못해가지구 온 주제에…. 금붙이가 어째 네 거란 말이냐? 이 집에서 싸 데려온 생각 못하는 게로구나?"

대방마님은 정희의 오장을 뒤틀어 놓는다.

107회, 1932.02.17.

② 정희는 분한 것을 참다못하여 온몸을 떨었다. 안방에 흰 버러지처럼 우글우글 끓는 여편네 노름꾼들과 무슨 구경거리나 난 듯이 창밖으로 모여들어 수군거리는 아랫것들을 마주보기에 창피하여 건넌방으로 건너가 버렸다. 건너가서는 두 손으로 모닥불을 끼얹은 듯한 얼굴을 싸고 쓰러졌다. 시어머니는 여러 사람 앞에서 말대답을 폭폭 하다가 지게문을 탁 닫고 나가는 소리에 더한층 분이 치밀었다. 담배통이 부서져라고 재떨이에다가 서너 번 부딪고는

"온 나중엔 별꼴을 다 보겠군. 어디 네가 얼마나 포달을 부리나 보자." 하고는 치마를 휩싸 쥐고 일어섰다. 영감에게 호소를 하고 구원을 청하러 사랑으로 나가는 것이다. 곁에서 이 광경을 목도한 늙은 축들은

"그렇게 시어머니한테 말대답을 하는 법이 어디 있어. 난 온 여러 집을 돌아다니며 봐두 그런 꼴은 첨 보는걸. 불상놈의 집에서두 그런 일이 없는데 양반의 집 딸이라 다르군."

제각기 입을 삐죽거리며 대방마님의 기세를 올려준다.

시어머니가 신짝을 찍찍 끌고 사랑채로 나가는 소리를 정희도 들었다.

'얼마나 당신네들이 극성을 부리나 봅시다.'

423

하고 앙심을 먹으니 눈앞에 불똥이 떨어지더라도 두려울 것이 없는 것 같았다. 십여 년 전에 싸 데려온 것은 이제 와서 만인좌중에 덕색을 하고 전당을 잡힌 것이 가문에 큰 수치나 되는 듯이 펄펄 뛰는 것은 약과다. 이대로 격이 난 채로 지나다가는 앞으로 무슨 욕을 당할는지 모른다. 도둑질을 했다고 모함을 할 수도 있겠고 나중에는 무슨 음행이나 있는 듯이 뒤잡을 것 같으면 지금보다 몇 갑절 되는 치욕을 당할는지도 보증할 수 없는 노릇이라 하였다.

'이 놈의 집에서 뭘 바라구 있었나? 본 건 다 보았다. 그러면 애매한 누명을 쓰구 쫓겨나기 전에 내 발로 걸어 나가면 고만이 아닌가'

정희는 고개를 들고 흐트러진 앞머리를 쓰다듬어 올렸다. 그동안에 계훈이가 기생을 떼어 들여서 ×동에다가 살림 배포를 해놓고 첩의 몸에서 자식까지 배었다는 소문을 들었다. 혹시나 개심을 하면 자기에게로 돌아오지나 않을까 하던 공상의 한 조각도 여지없이 깨어지고 말았다. 살림이나 보아달라고 붙들어 들이던 시부모까지 오장이 뒤집힌 뒤에야 이 집에서 구구한 밥 한 그릇씩을 치고 있을 까닭이 어디 있느냐?…

정희는 장문을 열어젖히고 옷을 갈아입었다. '죽어도 김씨네 선산에 가 묻혀야 한다'고 생각하던 자기 자신이 얼마나 어리석었던가? 의걸이에 달린 체경에 어른거리는 자기의 얼굴을 마주 보기에도 부끄러우리만큼 지난날을 돌아다볼 용기가 나지 않았다. 정희는 당장에 갈아입을 옷한 벌과 버선 켤레만 꺼내어 보자기에 쌌다. 시어머니가 사랑에 나가서 영감을 보고 있는 소리 없는 소리 몇 갑절씩 붙여서 흉하적을 했을 것은 분명하다. 장관까지 안으로 들어와서 자기를 도둑년 문초를 하듯이 하는 것을 만일에 영호가 깨어서 제 눈으로 보고 어미 역성을 하고 몸부림을 한다면 그건 차마 당하지 못할 일이었다. 장관에게 닦달을 받고 영호가 깨기 전에 도깨비의 굴속을 벗어나려는 것이다. 정희는 보자기를 끼고 문을 열다가 돌쳐서서 아랫목에 누워 첫잠이 깊이든 영호의 손등과 뺨에 가벼이 입 맞추었다.

"넌 언제든지 내 것이지. 나를 따라 오겠지."

두어 번 세 번 뜨거운 입술을 대었다. 그러나 그 전처럼 눈물은 나지 않았다. 씩씩하게 자라는 자기의 소생을 눈앞에 내려다볼 때 도리어 앞이 든든한 것 같았다. 정희는 다시 한 번 영호의 다보록한 머리를 쓰다듬어주고 문을 소리 없이 닫고 대청으로 나왔다.

"아씨 어딜 가세요?"

아랫것들은 마당 한구석에 서서 치마 고리로 눈을 부비며 기어들어가는 소리로 묻는다.

"잘들 있게. 아기나 잘 봐주게."

정희가 마당으로 내려서자 사랑으로 통한 중문으로 장관의 내외가 앞서거니 뒤서거니 급한 걸음으로 들어온다. 일부러 위엄을 꾸미는 장관의 기침소리가 안채를 울린다.

"어디를 가느냐?"

장관의 우렁찬 목소리가 정희의 덜미를 씌었다.

"저라구 갈 데가 없겠습니까?"

홱 돌아다보며 한 마디를 쏘아붙이듯 하고는 대문을 향하여 종종걸음을 걸었다.

108회, 1932.02.20.

425

③ 정희가 막 대문 밖으로 벗어져 나가려할 때에 어두컴컴한 구석에서 달려들어 두 손을 덥석 잡는 사람이 있었다.

정희는 깜짝 놀라서 "에구머니나" 소리를 지르며 두어 걸음 물러났다.

"아씨 어딜 가세요? 이러구 어딜 가세요? 네?"

유모의 떠는 목소리였다.

정희는 그제야 마음을 놓고

"나는 누구라구, 왜 들어왔수? 이 집 대문 안에 뭘 보러 또 발을 들여놨단 말요?"

"벌써 들어와서 아씨한테 집 정한 인사나 여쭈려다가 중문 밖에서 아씨가 야단 당하시는 걸 다 들었어요. 참 무어라구 여쭐 말씀이 없어요. 우리 때문에 그런 창피까지 당하시구…."

유모는 울며불며 따라 나오며 어쩔 줄을 모른다.

"왜 유모 때문이란 말요, 더 있으면 큰일 나겠습니다그려. 어쨌든 잘 만났수. 우리 집까지 좀 바래다 주구려."

정희는 동관 큰길로까지 나왔다. 걸음아 날 살려라 하고 허위단심 전찻길을 바라보고 걸으려니까

"아씨— 저 잠깐 보세요, 아씨—"

등 뒤에는 안잠자기와 반빗아치가 숨이 턱에 닿아서 쫓아온다. 가까이 와서는 정희의 팔을 사뭇 잡아당기며

"영감께서 당장에 아씨를 붙들어 오라구 호령이 성화같으시니 잠깐만 다녀가세요. 그냥 들어가면 우리까지 쫓겨납니다."

"이게 무슨 버르장이야? 내가 새끼에 맨 돌멩이 줄 아나? 아무한테나 끌려다닐 줄 알구? 놔!"

정희는 여무지게 잡은 팔을 뿌리치고 더한층 빨리 걸었다. 안잠자기는 정희의 태도가 서릿발같이 맵살스러워서 감히 손을 대지 못하고 쫓아만 온다.

유모는 정희의 뒤를 엎드러지듯이 쫓아오면서 자기네가 잡아놓은 집으로 데리고나 가고 싶었다. 그러나 정희가 갈 성싶지도 않아서 정 진사 집까지 쫓아왔다.

정 진사 집에는 안방에는 벌써 불이 꺼졌고 건넌방에서도 인기척이 없다. 우선 유모가 문을 열고 들어섰다. 혁이의 댁내는 어린애를 끼고 누웠다가 빨간 눈을 부비며 놀라서 일어나 앉는다. 혁이가 없는 것을 보고 유모는 우선 안심하였다.

"이 밤중에 웬일이오?"

잠이 덜 깬 목소리다. 그때에 정희가 들어서면서

"또 야단이 나서 잠깐 피해 왔어요. 불시에 갈 데가 있어야지요. 오빠는 그저 안 들어오셨군요"

하고는 잠이 든 애의 머리를 쓰다듬어 준다. 될 수 있는 대로 아무렇지도 않다는 기색을 보이느라고 속으로 애를 썼다.

"그런데 영호는 두고 오셨어요?"

"자는 걸 끌고 오면 수선스럽기만 하겠기에 두고 왔어요."

"서방님이 또 야단을 치셔서 보시다 못해 잠시 피해오셨답니다."

유모가 한 마디 거들었다.

친정이라고 이 집안 형편도 콩켸팥켠데 반갑지 않은 식구가 졸지에 달려드니 혁이의 댁내인들 정희가 반가울 리 없었다.

"오늘 주무시구 가실 테면 아랫방에 불을 때야지요 줄곧 폐방을 해둬서 사뭇 찰 걸요"

혁이의 댁은 치마를 두르고 일어선다.

"내가 때죠"

유모가 일어섰다.

"거기 앉으세요. 불안스럽구면. 우리 오래간만에 이야기나 합시다."

정희는 오라범댁을 붙들어 앉혔다.

"그래 요샌 아버지가 망령이나 더 부리지 않으세요?"

"난 말씀하기두 싫어요. 아주 환장이 되셨나 봐요. 인제는 약주 잡수실 근력두 없으신 모양이야요. 그건 (동막집) 제집에 간다구 옷 보퉁이를 말끔 싸가지구 가더니 사흘이 되도록 안 오니까 우리들만 들볶으셔서 정말 못 살겠어요."

정희는 그동안의 집안 형편은 더 듣지 않아도 환하게 보는 것 같았다.

"오빠는 요새두 전처럼 떠돌아다니세요?"

호랑이가 제 말을 하면 온다고 대문소리가 유난히 크게 나더니 허투루 떼어놓는 발자국 소리가 들렸다.

방문을 열고 들어서는 혁이의 얼굴은 새파랗게 질리고 눈은 개개 풀렸다. 그 독한 술 냄새가 혹 끼친다.

"네가 누구냐?"

혀 꼬부라진 소리를 하며 혁이는 정희의 앞으로 귀신처럼 달려들었다.

😀 109회, 1932.02.24.

④ 혁이는 건주정이 아니라 짜장 술이 몹시 취한 모양이다. 두루마기를 입은 채 윗목에 가 쓰러지며

"너 왜 왔니? 조선 안에 제일가는 부잣집을 버리구 무얼 하러 이 집에 기어들었니?"

혁이는 취중에라도 속빈 강정 같은 장관의 집을 비꼬는 수작으로 횡설수설하는 것이건만 정희는 고까운 생각에 오라비의 말을 탄했다.

"우리 집에 내가 들어오는데 누가 말려요. 그래두 아버지가 생존해 계시니까 친정이랍시구 오지요. 이 집에도 못 오면 그럼 난 어디로 가란 말야요?"

"네까짓 게 집이 어디 있어? 조선 놈의 팔자에 네나 내나 집이 어디 있단 말이냐?"

"집이 아니면 오빠는 왜 이 집으로 들어오셨어요?"

"한데서 거적을 쓰구 잘 수는 없으니까 하룻밤 드새러 들어왔다. 왜?"

"그럼 날더러 거지깍쟁이 모양으로 거적을 쓰구 행길로 나가란 말씀이야요?"

정희는 참았던 울음이 터지고 말았다. 비록 취중일망정 평소에 저를 가장 동정하던 오라비의 말이 몹시도 야속했던 것이다. 또 한편으로 남보다 똑똑하고 경우 밝고 술 담배라고는 입에도 대지 않던 사람이 저 지경으로 점점 파락호가 되어가나? 하니까 동기로서 도리어 혁이가 가엾은 생각이 났다. 머리털은 말갈기 모양으로 일어서고 옷고름을 풀어헤친 채 눈자위까지 개개 풀려가지고 헛소리 하듯 중얼거리는 오라비의 꼴을 차마 바로 볼 수가 없었다. 정희는 한참이나 손가락을 물어뜯으며 속으로 느껴 울다가

"가나오나 집 없는 사람은 나가야지요."

하고는 다시 보퉁이를 들고 일어서려 한다.

"가긴 이 밤중에 어딜 가우? 오빠는 술이 취해서 인사정신 없으신 걸 허구한 날 혼자 주정받이를 하는 사람두 있는데요."

혁이의 댁이 붙들고 유모도 등 뒤에서 치마를 잡아당겼다.

"뭐야? 날마다 주정받이를 해? 술이 없어 못 먹어 술독에라두 빠지질 못해 걱정인데 아편이라두 있으면 못 빨게 뭐야? 이것들이 다 뭐야? 나 갈 테면 다— 나가거라."

혁이는 혀도 잘 돌지 않는 말로 반벙어리처럼 소리를 지르며 제 아내와 곁에 누운 어린것들을 발길로 차서 밀어낸다.

"서방님 어느새 망령이 나셨어요? 이게 무슨 짓이셔요? 약주를 과히 잡순 것 같으면 어서 주무세요."

이번에는 유모가 보다 못해서 달려들어 혁이의 두루마기를 벗기려니까

"왜 이래? 유모는 뭘 얻어먹자구 따라댕기는 거야?"

하고 팔을 뿌리치고는 유모의 얼굴을 멀거니 바라다보더니

"흥 흥룡이 때문에 나를 대—단히 원망했겠지. 그렇지만 제 손목을 묶어가지구 따라 들어가는 놈두 시러베아들 놈이니까."

하다가는 금세 마음이 풀린 듯 유모의 손을 잡으며

"그렇지만 유모가 아들 하나는 잘 두었습니다. 내 별의별 놈을 다 보구 일 가지나 꾸며봤지만 흥룡이만한 놈이 없어, 총에 맞아 떨어져서두 다시 날으구 죽지가 떨어지면 기어라두 갈 놈이야. 소리래두 한 번 크게 지르구 죽을 테니 두구 보구려."

유모는 그 말이 무슨 뜻인 줄을 몰랐다. 취중에 진담이 나온다고 자기 아들을 칭찬을 하는 모양이니까 듣지 싫지만 않았을 뿐이다.

"오빠 고만 주무세요. 화가 난다고 이렇게 술만 잡숫구 다니시면 저것들은 다 어떡해요, 네? 어서 주무시면 이런 생각 저런 생각 다 잊어버리실 걸요."

정희는 부드러운 목소리로 오라비를 어루만져 간신히 자리에 눕혔다. 혁이는 자리에 쓰러져서도 엎치락뒤치락하더니

"그렇다. 이 생각 저 생각 잊어버리구 싶다. 영영 잊어버리구 싶다!"

한숨과 함께 부르짖고는 물 마른 기관차에서 김이 빠지듯 알코올 기운을 내뿜는다. 누우면서 금방 베개 아래로 머리를 떨어뜨리고 코를 골더니만 조갈이 나는 듯 머리맡을 더듬더듬 요강을 잡아당겨 마시려 든다.

정희는 손 빨리 그것을 빼앗고 자리끼 담은 주발을 대어주었다.

110회, 1932.02.26.

⑤ 정희와 유모는 아랫방으로 내려갔다. 아랫목은 불 맛을 보아 겨우 냉기는 가셨으나 윗목은 발을 디디면 뛰어오를 만치 얼음장 같다.

정희는 얄따란 요 이불을 펴고 그 위에 둘이 오들오들 떨며 마주앉았다. 그 요와 베개에는 먼젓번에 쫓겨와서 여름내 흘린 눈물 흔적이 얼룩이가 진 채로 있다. 밤 깊은 산곡에서 피를 짜내는 듯이 우는 두견새처럼 울다가 지쳐서는 이 요 위에 쓰러지고 깨어서는 다시금 눈물로 적시던 이 베개! 영호가 가끔 찾아와서는 발버둥질을 치고 아니 가서 애를 태우던 생각, 그때가 바로 어제런듯 한데 한바탕 어지러운 꿈을 꾸고 나니 어느 겨를에 자기의 몸이 바로 그 자리인 냉돌 위에 가 쪼그리고 앉은 것이다. 정희는 생각할수록 지난 일이 너무나 억색하고 앞으로 또다시 이집에서 지내갈 일이 망단하였다.

머리를 떨어뜨리고 맥이 풀려 앉았으려니까

"아씨 고만 누십시다. 걱정만 한다구 무슨 일이 피나요?"

유모는 정희를 몇 십 년 전에 젖을 먹여 기를 때처럼 끌어안았다. 새벽녘의 외풍이 등허리를 온통 저며가는 것 같아서 두 사람이 마주 끌어안지 않고는 견딜 수가 없었다.

정희는 아득히 먼 지나간 그 옛날에 품겼던 보금자리로 다시 돌아갔다. 그러나 그 따뜻하던 유모의 몸은 나무때기로 만든 인형을 끌어안는 것처럼 딱딱하고 송장같이 차다. 정희는 이불 속에서 유모를 끌어안고 젖가슴을 더듬어 보았다.

"아이구 어쩌면 젖꼭지가 아주 말라붙었구려. 애개개 요게 뭐야?"
하고는 앙상한 갈빗대 속에 파묻힌 젖꼭지를 면화(棉花)씨 부비듯 하였다.

"그래두 이 젖에서 뽀—얀 젖이 샘솟듯 했었지요. 흘러넘쳐서 저고리를 하루 두세 번씩이나 갈아입었지요. 그 젖을 빨구 아기가 이렇게 크지 않았어요"

유모도 감구지회가 나서 정희의 어깨를 안았다.

'아아 나를 안아주는 사람이 이 등걸만 남은 늙은이 하나밖에 없구나!'
정희는 속으로 한숨을 지었다.

"여보 유모! 유모는 무슨 팔자루 나를 따라다니며 고생을 하우? 인젠 아들두 나오구 며느리도 얻었는데…. 내가 불안스러워 못 견디겠구려."

"새삼스럽게 별말씀을 다 하시는구려. 이 젖을 먹여 기른 건 마찬가지지요. 정을 베는 칼이야 어디 있나요?"

"그래두 아들이 그 모양을 하구 나왔는데 같이 데리구 있지두 못하구 좀 섭섭하겠수? 마음이 놓이지 않을걸."

"나보덤 튼튼하구 믿음성스러운 사람이 있길래 나왔지요. 참 며느릿감 하나는 심 안 들이구 잘 얻었어요. 우리 분수에두 알맞건만 흥룡이가 몸이 성해야지요."

하고는 입에 침이 마르도록 덕순의 칭찬을 늘어놓는다.

정희는 덕순이가 부러웠다. 아무리 어렵고 구차해도 고생하는 눈치도 보이지 않고 다리병신이 된 사람을 끝까지 따라다니고 어제나 오늘이나 변함이 없이 유모의 뒤까지 거두어주는 여자가 고를래야 고를 수 없을 것 같았다. '앞 못 보는 소경이라도 말을 못 통하는 벙어리라도 의취가 맞아 사는 사람이 가장 큰 복을 타고 난 사람이다' 하고는 한참이나 유모의 이야기를 듣고 있다가

"그럼 오늘 저녁이 바루 첫날밤이로구려!"

하는 정희의 입모습에는 쓸쓸한 웃음이 떠돌았다. 정희는 자기가 당하던 첫날밤을 생각해 보았다. 옷을 벗기던 일, 홍초가 꺼진 뒤에 치르던 모든 일이 너무나 또렷또렷이 눈앞에 보는 것 같았다.

첫날밤! 첫날밤! 이 하룻밤 사이에 여자의 운명은 좌우된다. 여자의 일생을 통하여 일어나는 모든 비극이 이날 밤에 강제로 맺어진 연분으로 말미암음이 아닐까? 과거의 모든 여성이 한평생 남성의 종노릇을 하고 자식을 낳는 도구가 되기 시작하는 온갖 비극의 첫 막이 이른바 첫날밤에 있었던 것이 아닐까? 그러나 흥룡이와 덕순의 관계에 이르러서는 비록 돼지우릿간 같은 흙방 속에서 맺어지는 하룻밤의 인연이라 하더라도 퍽 신성하고 축복해 줄 만한 일이라 하였다. 말로 나타내지는 못할망정 적어도 정희만은 그렇게 생각하였다. 정희는 다리도 뻗지 못한 채 창 밖

에 눈보라 치는 소리를 들으며 지루한 밤을 고스란히 밝히고 두통이 심하여 일어날 수 없었다.

111회, 1932.02.29.

부 록

1901년(1세) 9월 12일(양력 10월 23일) 현 서울 동작구 노량진과 흑석동 부근(어릴 때 본적지는 경기도 시흥군 신북면 흑석리 176)에서 아버지 심상정(沈相珽)과 어머니 해평 윤씨(海平尹氏)의 3남 1녀 중 막내로 태어났다. 본명은 대섭(大燮)이며, 아명(兒名)은 '삼준', '삼보', 호(號)는 소년 시절 '금강생', 중국 항주 유학시절의 '백랑(白浪)' 등이 있다. '훈(熏)'이라는 이름은 1926년 ≪동아일보≫에 영화소설 「탈춤」을 연재하면서 사용했다(이후 많은 글에서 필자명이 '沈薰'으로 기록된 경우가 있는데 이는 편집자의 실수로 보인다).

심훈의 본관은 청송(靑松)으로 소현왕후를 배출한 명문가였다. 부친은 당시 '신북면장'을 지냈으며, 충남 당진에서 추수를 해 올리는 3백석 지주로서 넉넉한 살림이었다. 어머니 윤씨는 기억력이 탁월했으며 글재주가 있었고 친척모임에는 그의 시조 읊기가 반드시 들어갔을 정도였다고 한다. 4남매 가운데 맏형 우섭(友燮)은 ≪매일신보≫에서 '심천풍(沈天風)'이란 필명으로 기자활동을 했으며 이광수『무정』(1917)에서 신우선의 모델로 알려져 있다. 누님 원섭(元燮)은 크리스천이었다고 하며, 작은 형 설송(雪松) 명섭(明燮)은 기독교 목사로 활동했으며 심훈의 미완 장편『불사조』를 완성(『심훈전집 (6): 불사조』(한성도서주식회사, 1952)한 것으로 알려져 있는데 한국전쟁 중에 납북되었다.

1915년(15세) 교동보통학교를 거쳐 같은 해에 경성 제일고등보통학교(현 경기고등학교)에 입학했다. 졸업 후의 지망은 의학교였으며, 당시 급우(級友)로는 고종사촌인 동요 작가 윤극영, 교육가 조재호, 운동가 박열과 박헌영 등이 있었다. 보통학교 재학 시 소격동 고모댁에서 기숙했으며, 고보에 입학하면서부터 노량진에서 기차로 통학하고 이듬해부터는 자전거로 통학했다.

1917년(17세) 3월에 왕족인 후작(侯爵) 이해승(李海昇)의 누이이며 2살 연상인 전주 이 씨와 결혼했다. 심훈의 부친과 이해승은 함께 자란 죽마지우라고 한다. 심훈은 나중에 집안 어른들을 설득하여 아내 전주 이 씨를 진명(進明)학교에 진학시키면서 '해영(海英)'이라는 이름을 지어주었다. 학교에서 일본인 수학선생과의 알력으로 시험 때 백지를 제출하여 과목낙제로 유급되었다.

1919년(19세) 경성보통고등학고 4학년 재학 시에 3·1운동에 가담하여 3월 5일에 별궁(현 덕수궁) 앞 해명여관 앞에서 일본 헌병대에 체포되었고 서대문형무소에 투옥되어 11월에 집행유예로 출옥했다. 이 사건으로 학교에서 퇴학을 당했다. 서대문형무소에서 목사, 학생, 천도교 서울대교구장 장기렴 등 9명과 함께 지냈는데, 이때 장기렴의 옥사를 둘러싼 경험을 반영하여 「찬미가에 싸인 원혼」(≪신청년≫, 1920.08)이라는 소설을 창작했다. 그리고 옥중에서 몰래 「감옥에서 어머님께 올린 글월」의 일부를 써서 어머니에게 보냈다고 한다. 당시 학적부 성적 사항은 수신, 국어(일본어), 조어(조선어), 한문, 창가, 음악, 체조 등이 평균점보다 상위를, 수학·이과(理科) 등에서 평균점보다 하위를 차지하고 있다.

1920년(20세) 흑석동 집과 가회동 장형 우섭의 집에 머물면서 문학수업을 하는 한편, 선배 이희승으로부터 한글 맞춤법에 대해 배웠다. 이 해의 1월부터 4월까지의 일기가 ≪사상계≫(1963.12)에 공개된 바 있으며, 이후 『심훈문학전집(3)』(탐구당, 1966)에 수록되었다. 그해 겨울 일본 유학을 바랐으나 집안의 반대로 중국으로 갔고 거기서 미국이나 프랑스로 연극 공부를 하고자 희망했다.

1921년(21세) 북경에서 상해, 남경 등을 거쳐 항주 지강(之江)대학에 입학하여 수학하였으나 졸업은 하지 못했다. 이 시기 석오(石吾) 이동녕, 성제(省齊) 이시영, 단재(丹齋) 신채호 등과의 교류를 통해 많은 감화를 받았으며, 일파(一派) 엄항섭(嚴恒燮), 추정(秋汀) 염온동(廉溫東), 유우상(劉禹相), 정진국(鄭鎭國) 등의 임시정부의 청년들과 교류하였다. (이 당시의 경험을 소재로 하여 장편『동방의 애인』과『불사조』를 창작함)

1922년(22세) 9월 이적효, 이호, 김홍파, 김두수, 최승일, 김영팔, 송영 등과 함께 '염군사(焰群社)'를 조직하였다.(이듬해에 귀국한 심훈이 염군사의 조직단계에서부터 동참을 한 것인지 귀국 후 가입한 것인지 불분명함)

1923년(23세) 중국에서 귀국. 귀국 후 최승일 등과 '극문회(劇文會)'를 조직하였으며, 조직구성원으로 고한승, 최승일, 김영팔, 안석주, 화가 이승만 등이 있었다.

1924년(24세) 부인 이해영과 이혼했다. ≪동아일보≫ 학예부 기자로 입사하였고 당시 이 신문에 연재되고 있던 번안소설『미인의 한』의 후반부를 이어서 번안한 것으로 알려져 있다. 그리고 윤극영이 운영하는 소녀합창단 '따리아회' 후원회원으로 활동하면서 신문에 합창단을 홍보하는 활동을 하였다. 이 시기 후에 둘째 부인이 되는, 당시 12세의 따리아회원이었던 안정옥(安貞玉)을 만났다.

1925년(25세) 정확한 시기는 확인할 수 없으나 ≪동아일보≫ 학예부에서 사회부로 옮긴 심훈은 5월 22일 이른바 '철필구락부 사건'으로 24일 김동환·임원근·유완희·안석주 등과 함께 해임되었다. 그리고 조선프롤레타리아예술동맹(KAPF)에 가담하였다. 그리고 조일제가 번안한『장한몽』을 영화화할 때 이수일 역의 후반부를 대역(代役)했다고 한다.

1926년(26세) 근육염으로 8개월간 대학병원에서 병상생활을 했다. 8월에 문단과 극단의 관계자들인 김영팔·이경손·고한승·최승일 등과 함께 라디오방송에 적합한 각본 연구 활동을 위하여 '라디오드라마 연구회'를 조직하여 이듬해까지 활발하게 활동하였다. 11월부터 《동아일보》에 필명 '沈熏'으로 영화소설 「탈춤」을 연재하였으며 이듬해 영화화를 위해 윤석중이 각색까지 마쳤으나 영화화되지는 못했다.

1927년(27세) 2월 중순 영화공부를 위해 도일(渡日)하여 경도(京都)의 '일활(日活)촬영소'에서 무라타(村田實) 감독의 지도를 받으며 같은 회사의 영화 <춘희>에 엑스트라로 출현했다. 5월 8일에 귀국(《조선일보》, 1927.05.13.기사)하고 7월에 연구와 합평 목적으로 이구영·안종화·나운규·최승일·김영팔·김기진·이익상 등과 함께 '영화인회'를 창립하고 간사를 맡았다. '계림영화협회 제3회 작품'으로 심훈(원작·감독)이 7월말부터 10월초까지 촬영한 영화 <먼동이 틀 때>를 10월 26일 단성사에서 개봉했다.

1928년(28세) 《조선일보》 기자로 입사하였다. 영화 <먼동이 틀 때>에 대한 한설야의 비판에 장문의 「우리 민중은 어떤 영화를 요구하는가」로 반론을 펼치는 등 영화예술 논쟁을 벌였다. 11월 찬영회 주최 '영화감상강연회'에서 「영화의 사회적 의의」로 강연하기도 했으며 미완에 그쳤지만 시나리오 <대경성광상곡>, 소년영화소설 「기남의 모험」 등을 연재하는 등 영화예술 활동에 적극적이었다. 1926년 12월 24일 개최된 카프 임시 총회 명부에 심훈의 이름이 보이지 않는 것으로 미루어 이 시기 이전에 카프를 탈퇴했거나 거리를 둔 것으로 보인다.

1929년(29세) 이 시기 스무 편 가까운 시를 썼다.

1930년(30세) 10월부터 소설 『동방의 애인』을 《조선일보》에 연재하지만 불온하다는 이유로 검열에 걸려 2개월 만에 중단되었다. 12월 24일 안정옥과 재혼하였다.

1931년(31세) ≪조선일보≫를 퇴직하고 경성방송국 조선어 아나운서 모집에
　　　　　1위로 합격 문예담당으로 입국(入局)하였다. 거기서 문예물 낭독 등
　　　　　을 맡아하다가 '황태자 폐하' 등을 발음할 때 아니꼽고 역겨워 우물쭈
　　　　　물 넘기곤 해서 3개월 만에 추방되었다. 8월부터 『불사조』를 ≪조선
　　　　　일보≫에 연재하지만 검열에 걸려 중단되었다.

1932년(32세) 4월에 평동(平洞) 집에서 장남 재건(在健)을 낳았다. 경제생활
　　　　　의 불안정으로 전 해에 낙향한 부모와 장조카인 심재영이 살고 있는
　　　　　충남 당진군 송악면 부곡리로 내려가서 본가의 사랑채에서 1년 반
　　　　　동안 머물렀다. 9월에 『심훈 시가집』을 출판하려 했으나 검열에 걸려
　　　　　무산되었다.

1933년(33세) 5월에 당진 본가에서 『영원의 미소』 탈고하고 7월부터 ≪조선
　　　　　중앙일보≫에 연재했으며, 8월에 여운형이 사장인 ≪조선중앙일보≫
　　　　　학예부장으로 부임했다. 같은 신문사 자매지인 ≪중앙≫(11월) 창간
　　　　　의 편집에 간여했다.

1934년(34세) 1월 ≪조선중앙일보≫ 학예부장을 그만두었으며, 장편 『직녀성』
　　　　　을 ≪조선중앙일보≫에 3월부터 이듬해 2월까지 연재하였다. 그 원
　　　　　고료로 4월초 '필경사(筆耕舍)'라는 집을 직접 설계하여 짓고 본가에
　　　　　서 나갔다. '필경사'에서 차남 재광(在光)을 낳았고, 이 시기 장조카
　　　　　심재영을 중심으로 한 부곡리의 '공동경작회' 회원과 어울려 지냈다.

1935년(35세) 1월에 『영원의 미소』(한성도서주식회사) 단행본을 간행하였으
　　　　　며, ≪동아일보≫ 창간 15주년 특별 공모에 6월에 탈고한 『상록수』
　　　　　를 응모하여 8월에 당선되었다. 이 작품은 ≪동아일보≫에 9월부터
　　　　　이듬해 2월까지 연재되었다. 상금으로 받은 500원 가운데 100원을
　　　　　'상록학원' 설립에 기부하였다.

1936년(36세) 『상록수』를 영화화할 준비를 거의 마쳤으나 일제의 방해로 실
　　　　　현되지 못했다. 4월에 3남 재호(在昊)를 낳았다. 4월부터 펄벅의 『대

지』를 ≪사해공론≫에 번역 연재하기 시작했다. 8월에 베를린 올림픽 마라톤 우승 소식을 듣고 신문 호외 뒷면에 즉흥시 「오오, 조선의 남아여—마라톤에 우승한 손·남 양 군에게」를 썼다. 『상록수』를 출판하는 일로 상경하여 한성도서주식회사 2층에서 기거하다가 장티푸스에 걸려 9월 16일 경성제국대학병원에서 별세했다.

심재호가 작성한 『심훈문학전집(3)』(탐구당, 1966)의 '작가 연보', 이어령의 『한국작가전기연구(上)』(동화출판공사, 1975)의 '심훈' 부분, 신경림의 『심훈의 문학과 생애: 그날이 오면, 그날이 오며는』(지문사, 1982)의 '심훈의 연보' 그리고 『탄생 100주년 문학인 기념문학제 2001』(대산재단/민족문학작가회의)에 문영진이 작성한 '심훈—작가 연보' 등을 참고하여 편자가 수정—보완하였음.

1. 시

『심훈 시가집』(1932) 수록 작품			
제목	발표매체	발표시기	비고(창작일)
밤—서시	—	—	1923.겨울.
봄의 서곡	—	—	1931.02.23.
피리	—	—	1929.04.
봄비	조선일보	1928.04.24.	1924.04.
영춘삼수(咏春三首)	조선일보	1929.04.20	1929.04.18.
거리의 봄	조선일보	1929.04.23.	1929.04.19.
나의 강산이여	삼천리	1929.07.	1926.05.
어린이날	조선일보	1929.05.07.	1929.05.05.
그날이 오면	–	–	1930.03.01.
도라가지이다	신문예	1924.03.	1922.02.
필경(筆耕)	철필	1930.07.	1930.07.
명사십리	신여성	1933.08.	1932.08.19.
해당화	신여성	1933.08.	1932.08.19.
송도원(松濤園)	신여성	1933.08.	1932.08.02
총석정(叢石亭)	신여성	1933.08.	1933.08.10.
통곡 속에서	시대일보	1926.05.16.	1926.04.29.
생명의 한 토막	중앙	1933.11.	1932.10.08.
너에게 무엇을 주랴	—	—	1927.03.
박군(朴君)의 얼굴	조선일보	1927.12.02.	1927.12.02.
조선은 술을 먹인다.	—	—	1929.12.10.

독백(獨白)	—	—	1929.06.13.
조선의 자매여	동아일보	1932.04.12	1931.04.09.
짝 잃은 기러기	조선일보	1928.11.11.	1926.02.
고독	조선일보	1929.10.15.	1929.10.10.
한강의 달밤	—	—	1930.08.
풀밭에 누어서	—	—	1930.09.18.
가배절(嘉俳節)	조선일보	1929.09.18.	1929.09.17.
내 고향	신가정	1933.03	1932.10.06.
추야장(秋夜長)	—	—	1932.10.09.
소야악(小夜樂)	—	—	1930.09.
첫눈	—	—	1930.11.
눈 밤	신문예	1924.04.	1929.12.23.
패성(浿城)의 가인(佳人)	중앙	1934.01.	1925.02.14.
동우(冬雨)	조선일보	1929.12.17.	1929.12.14.
선생님 생각	조선일보	1930.01.07.	1930.01.05.
태양의 임종	중외일보	1928.10.26~29.	1928.10.
광란의 꿈	—	—	1923.10.
마음의 낙인	대중공론	1930.06.	1930.05.24.
토막생각─생활시	동방평론	1932.05	1932.04.24.
어린 것에게	—	—	1932.09.04.
R씨(氏)의 초상	—	—	1932.09.05.
만가(輓歌)	계명	1926.11.	1926.08.
곡(哭) 서해(曙海)	매일신보	1931.07.13.	1932.07.10.
잘 있거라 나의 서울이여	중외일보	1927.03.06	1927.02.
현해탄(玄海灘)	—	—	1926.02.
무장야(武藏野)에서	—	—	1927.02.
북경(北京)의 걸인	—	—	1919.12.
고루(鼓樓)의 삼경(三更)	—	—	1919.12.19.

심야과황하(深夜過黃河)	—	—	1920.02.
상해(上海)의 밤	—	—	1920.11.
평호추월(平湖秋月)	삼천리	1931.06.	
삼담인월(三潭印月)	—	—	
채련곡(採蓮曲)	삼천리	1931.06.	
소제춘효(蘇堤春曉)	삼천리	1931.06.	
남병만종(南屏晚鐘)	삼천리	1931.06.	
누외루(樓外樓)	삼천리	1931.06.	
방학정(放鶴亭)	—	—	
악왕분(岳王墳)	삼천리	1931.06.	
고려사(高麗寺)	—	—	
항성(杭城)의 밤	삼천리	1931.06.	
전당강반(錢塘江畔)에서	삼천리	1931.06.	
목동(牧童)	삼천리	1931.06.	
칠현금(七絃琴)	삼천리	1931.06.	

『심훈 시가집』(1932) 미수록 작품			
제목	발표매체	발표시기	비고(창작일)
새벽빛	근화	1920.06.	
노동의 노래	공제	1920.10.	
나의 가장 친한 유형식 군을 보고	동아일보	1921.07.30.	
야시(夜市)	계명	1926.11.	1925.07.
일 년 후	계명	1926.11.	
밤거리에 서서	조선일보	1929.01.23.	
산에 오르라	학생	1929.08.	1929.07.01.
제야(除夜)	중외일보	1928.01.07.	1927.12.31.
춘영집(春詠集)	조선일보	1928.04.08.	
가을의 노래	조선일보	1928.09.25	
비 오는 밤	새벗	1928.12.	
원단잡음(元旦雜吟)	조선일보	1929.01.02.	1929.01.01.
저음수행(低吟數行)	조선일보	1929.04.20.	1929.04.18.
야구	조선일보	1929.06.13.	1929.06.10.
가을	조선일보	1929.08.28.	1929.08.27.
서울의 야경	—	—	1929.12.10.
3행일지	신소설	1930.01.	
농촌의 봄	중앙	1933.04.	1933.04.08.
봄의 마음	조선일보	1930.04.23.	1930.04.20.
'웅'의 무덤에서	—	—	1932.03.06.
근음삼수(近吟三首)	조선중앙일보	1934.11.02.	12.11

漢詩	사해공론	1936.05.	
오오 조선의 남아여!(마라톤에 우승한 孫 南 兩君에게)	조선중앙일보	1936.08.11.	1936.08.10.
전당강 위의 봄 밤	심훈문학전집3	탐구당, 1966	04.08.
겨울밤에 내리는 비	심훈문학전집3	탐구당, 1966	01.05.
기적	심훈문학전집3	탐구당, 1966	02.16
뻐꾹새가 운다	심훈문학전집3	탐구당, 1966	05.05.

2. 소설 및 시나리오

제목	발표매체	발표시기
찬미가에 싸인 원혼	신청년	1920.08.
기남(奇男)의 모험 [소년영화소설]	새벗	1928.11.
여우목도리	동아일보	1936.01.25.
황공(黃公)의 최후	신동아	1936.01.
탈춤 [영화소설]	동아일보	1926.11.09~12.16.
대경성광상곡 [시나리오]	중외일보	1928.10.29~30.
5월 비상(飛霜) [掌篇小說]	조선일보	1929.03.20~21.
동방의 애인	조선일보	1930.10.21~12.10.
불사조	조선일보	1931.08.16~ 1932.02.29.
피안기영(怪眼奇影) [번안]	조선일보	1933.03.01~03.03
영원의 미소	조선중앙일보	1933.07.10~ 1934.01.10.
직녀성	조선중앙일보	1934.03.24~ 1935.02.26.
상록수	동아일보	1935.09.10~ 1936.02.15.
대지 [번역]	사해공론	1936.04~09.

3. 영화평론

제목	발표매체	발표시기
매력 있는 작품: 영화 〈발명영관(發明榮冠)〉 평	시대일보	1926.05.23.
영화계의 일년: 조선영화를 중심으로	중외일보	1927.01.04~10
조선영화계의 현재와 장래	조선일보	1928.01.01~?
〈최후의 인〉 내용 가치	조선일보	1928.01.14~17
영화비평에 대하여	별건곤	1928.02.
영화독어(獨語)	조선일보	1928.04.18~24.
아직 숨겨진 자랑 갓 자라나는 조선영화계 (여명기의 방화)	별건곤	1928.05.
아동극과 소년 영화: 어린이의 예술교육은 어떤 방법으로 할까	조선일보	1928.05.06~05.09.
〈서커스〉에 나타난 채플린의 인생관	중외일보	1928.05.29~30.
우리 민중은 어떤 영화를 요구하는가―를 논하여 '만년설 군'에게	중외일보	1928.07.11~07.27.
관중의 한 사람으로: 흥행업자에게	조선일보	1928.11.17.
관중의 한 사람으로: 해설자 제군에게	조선일보	1928.11.18.
관중의 한 사람으로: 영화계에 제의함	조선일보	1928.11.20.
〈암흑의 거리〉와 밴크로프의 연기	조선일보	1928.11.27.
조선 영화 총관	조선일보	1929.01.01~?
발성영화론	조선지광	1929.01.
영화화한 〈약혼〉을 보고	중외일보	1929.02.22.
젊은 여자들과 활동사진의 영향	조선일보	1929.04.05
프리츠 랑의 역작 〈메트로폴리스〉	조선일보	1929.04.30.

문예작품의 영화화 문제	문예공론	1929.01.
내가 좋아하는 작품, 작가, 영화, 배우	문예공론	1929.01.
백설같이 순결한 〈거리의 천사〉	조선일보	1929.06.14.
성숙의 가을과 조선의 영화계	조선일보	1929.09.08.
영화 단편어(斷片語)	신소설	1929.12
소비에트 영화, 〈산송장〉 시사평	조선일보	1930.02.14.
영화평을 문제 삼은 효성(曉星) 군에게 일언함	동아일보	1930.03.18.
상해 영화인의 〈양자강〉 인상기	조선일보	1931.05.05.
조선 영화인 언파레드	동광	1931.07
1932년의 조선 영화—시원치 않은 예상기	문예월간	1932.01
연예계 산보: 「홍염(紅焰)」 영화화 기타	동광	1932.10
영화가 산보: 연예에 관한 수상(隨想) 수제(數題)	중앙	1933.11
영화소개: 〈영원의 미소〉	조선중앙일보	1933.12.22
민중교화에 위대한 임무와 연극과 영화사업을 하라	조선일보	1934.05.30~31
다시금 본질을 구명하고 영화의 상도에로: 단편적인 우감수제(偶感數題)	조선일보	1935.07.13~17
영화평: 박기채 씨 제1회 작품 〈춘풍〉을 보고서	조선일보	1935.12.07.
조선서 토키는 시기상조다.	조선영화	1936.11.
〈먼동이 틀 때〉의 회고 [遺稿]	조선영화	1936.11.
10년 후의 영화계	영화시대	1947.05.

4. 문학 및 기타 평론

제목	발표매체	발표시기
『무정』, 『재생』, 『환희』, 「탈춤」 기타	별건곤	1927.01.
프로문학에 직언 1,2,3	동아일보	1932.1.15~16.
『불사조』의 모델	신여성	1932.04.
모윤숙 양의 시집 『빛나는 地域』 독후감	조선중앙일보	1933.10.16.
무딘 연장과 녹이 슬은 무기 —언어와 문장에 관한 우감	동아일보	1934.6.15.
삼위일체를 주장: 조선문학의 주류론	삼천리	1935.10.
진정한 독자의 소리가 듣고 싶다 —『상록수』의 작자로서	삼천리	1935.11.
경성보육학교의 아동극 공연을 보고	조선일보	1927.12.16~18.
입센의 문제극	조선일보	1928.03.20~21.
토월회(土月會)에 일언함	조선일보	1929.11.05~06.
극예술연구회 제5회 공연관극기	조선중앙일보	1933.12.02~07.
총독부 제9회 미전화랑(美展畵廊)에서	신민	1929.08.
새로운 무용의 길로: 배구자(裵龜子)의 1회 공연을 보고	조선일보	1929.09.22~25.

5. 수필 및 기타

제목	발표매체	발표시기
편상(片想): 결혼의 예술화	동아일보	1925.01.26.
몽유병자의 일기	문예시대	1927.01.
남가일몽(南柯一夢)	별건곤	1927.08.
춘소산필(春宵散筆)	조선일보	1928.03.14~15.
하야단상(夏夜短想)	중외일보	1928.6.28~29.
수상록	조선일보	1929.04.28.
연애와 결혼의 측면관	삼천리	1929.12.
피기비밀결사 상해 청홍방(靑紅綁)	삼천리	1930.01.
새해의 선언	조선일보	1930.01.03.
현대 미인관: 미인의 절종(絶種)	삼천리	1930.04.
도망을 하지 말고 사실주의로 나가라(기사)	조선일보	1931.01.28
신랑신부의 신혼공동일기	삼천리	1931.02.
재옥중(在獄中) 성욕문제: 원시적 본능과 청년수(靑年囚)	삼천리	1931.03
천하의 절승: 소항주유기(蘇杭州遊記)	삼천리	1931.06.01.
경도(京都)의 일활촬영소(日活撮影所)	신동아	1933.05.
문인서한집: 심훈 씨로부터 안석주(安碩柱) 씨에게	삼천리	1933.03.
낙화	신가정	1933.06.
나의 아호(雅號)—나의 이명(異名)	동아일보	1934.04.06
산도, 강도 바다도 다	신동아	1934.07.

7월의 바다에서	조선중앙일보	1934.07.16~18.
필경사잡기: 최근의 심경을 적어서 ―K군에게	개벽	1935.01.
여우목도리	동아일보	1936.01.25.
문인끽연실	중앙	1936.02
필경사잡기	동아일보	1936.03.12~18.
무전여행기: 북경에서 상해까지	심훈문학전집3	탐구당, 1966.
독서욕(讀書慾)	심훈문학전집3	탐구당, 1966.
1920년 일기	심훈문학전집3	탐구당, 1966.
서간문	심훈문학전집3	탐구당, 1966.

1. 작품집

『영원의 미소』, 한성도서주식회사, 1935.

『상록수』, 한성도서주식회사, 1936.

『직녀성 (상), (하)』, 한성도서주식회사, 1937.

『상록수』, 한성도서주식회사, 1948.

『영원의 미소 (상), (하)』, 한성도서주식회사, 1949.

『직녀성 (상), (하)』, 한성도서주식회사, 1949.

『심훈전집 (1): 상록수』, 한성도서주식회사, 1953.

『심훈전집 (2): 영원의 미소 (상)』, 한성도서주식회사, 1953.

『심훈전집 (3): 영원의 미소 (하)』, 한성도서주식회사, 1953.

『심훈전집 (4): 직녀성 (상)』, 한성도서주식회사, 1953.

『심훈전집 (5): 직녀성 (하)』, 한성도서주식회사, 1953.

『심훈전집 (6): 불사조』, 한성도서주식회사, 1953.

『심훈전집 (7): (시가 수필) 그날이 오면』, 한성도서주식회사, 1953.

『심훈문학전집 (1~3)』, 탐구당, 1966.

신경림 편저, 『그날이 오면, 그날이 오며는: 심훈의 생애와 문학』, 지문사, 1982.

백승구 편저, 『심훈의 재발견』, 미문출판사, 1985.

정종진 편, 『그날이 오면 (외)』, 범우사, 2005.

심재호, 『심훈을 찾아서』, 문화의 힘, 2016.

2. 평론 및 연구논문

1) 작가론

서광제·최영수·김억·김태오·이기영·김유영·이태준·엄흥섭, 「애도 심훈」, ≪사해
　　공론≫, 1936.10.

김문집, 「심훈 통야현장(通夜現場)에서의 수기」, ≪사해공론≫, 1936.10.

이석훈, 「잊히지 않는 문인들」, ≪삼천리≫, 1949.12.

최영수, 「고사우(故思友): 심훈과 『상록수』」, ≪국도신문≫, 1949.11.12.

윤병로, 「심훈과 그의 문학」, 성균관대 『성균』16, 1962.10.

윤석중, 「고향에서의 객사: 심훈」, ≪사상계≫128, 1963.12.

이희승, 「심훈의 일기에 부치는 글」, ≪사상계≫128, 1963.12.

심재화, 「심훈론」, 중앙대, 『어문논집』4, 1966.

유병석, 「심훈의 생애 연구」, 『국어교육』14, 1968.

이어령, 「심훈」, 『한국작가전기연구 (上)』, 동화출판공사, 1975.

윤병로 , 「심훈론: 계몽의 선각자」, 『현대작가론』, 이우출판사, 1978.

유병석, 「심훈론」, 서정주 외, 『현대작가론』, 형설출판사, 1979.

백남상, 「심훈 연구」, 중앙대 『어문논집』15, 1980.

류양선, 「심훈론: 작가의식의 성장과정을 중심으로」, 『관악어문연구』5, 1980.

한점돌, 「심훈의 시와 소설을 통해 본 작가의식의 변모과정」, 『국어교육』41, 1982.

유병석, 「심훈의 작품세계」, 전광용 외, 『한국현대소설사연구』, 민음사, 1984.

노재찬, 「심훈의 <그날이 오면>」, 부산대 『교사교육연구』11, 1985.

전영태, 「진보주의적 정열과 계몽주의적 이성: 심훈론」, 김용성·우한용, 『한국근대작가연
　　구』, 삼지원, 1985.

최원식, 「심훈 연구 서설」, 김학성·최원식 외, 『한국근대문학사의 쟁점』, 창작과비평사,
　　1990.

임헌영, 「심훈의 인간과 문학」, 『한국문학전집』, 삼성당, 1994.

강진호, 「『상록수』의 산실, 필경사」, 『한국문학, 그 현장을 찾아서』, 계몽사, 1997.

윤병로, 「식민지 현실과 자유주의자의 만남: 심훈론」, ≪동양문학≫2, 1998.08.

류양선, 「광복을 선취한 늘푸른 빛: 심훈의 생애와 문학 재조명」, ≪문학사상≫30(9), 2001.
　　09.

한기형, 「습작기(1919~1920)의 심훈」, 『민족문학사연구』22, 2003.

정종진, 「'그 날'을 위한 비분강개」, 정종진 편, 『그날이 오면(외)』, 범우사, 2005.

주　인, 「'심훈' 문학연구 방법에 대한 서설」, 중앙대 『어문논집』34, 2006.

한기형, 「'백랑(白浪)'의 잠행 혹은 만유: 중국에서의 심훈」, 『민족문학사연구』35, 2007.
권영민, 「심훈 시집 『그날이 오면』의 친필 원고들」, 『권영민의 문학콘서트』, 2013.03.19.
　　　(http://muncon.net)
권보드래, 「심훈의 시와 희곡, 그 밖에 극(劇)과 아동문학 자료」, 『근대서지』10, 2014.
하상일, 「심훈과 중국」, 『비평문학』(55), 2015.
박정희, 「심훈 문학과 3·1운동의 '기억학'」, 명지대 『인문과학연구논총』37(1), 2016.

2) 시

M. C. Bowra, 「한국 저항시의 특성: 슈타이너와 심훈」, ≪문학사상≫, 1972.10.
김윤식, 「박두진과 심훈: 황홀경의 환각에 관하여」, ≪시문학≫, 1983.08.
김이상, 「심훈 시의 연구」, 『어문학교육』7, 1984.
노재찬, 「심훈의 「그날이 오면」, 이 시에 충만한 항일민족정신의 소유 攷」, 『부산대 사대
　　　논문집』, 1985.12.
김재홍, 「심훈: 저항의식과 예언자적 지성」, ≪소설문학≫, 1986.08.
김동수, 「일제침략기 항일 민족시가 연구」, 원광대 『한국학연구』2, 1987.
진영일, 「심훈 시 연구(1)」, 동국대 『동국어문논집』3, 1989.
김형필, 「식민지 시대의 시정신 연구: 심훈」, 한국외국어대 『논문집』24, 1991.
이　탄, 「조명희와 심훈」, ≪현대시학≫276, 1992.03.
김　선, 「객혈처럼 쏟아낸 저항의 노래: 심훈의 작가적 모랄과 고뇌에 관하여」, ≪문예운
　　　동≫, 1992.08.
조두섭, 「심훈 시의 다성성 의미」, 대구대 『외국어교육연구』, 1994.
박경수, 「현대시에 나타난 현해탄체험의 형상화 양상과 의미」, 『한국문학논총』48, 2008.
김경복, 「한국현대시에 나타난 관부연락선의 의미」, 경성대 『인문학논총』13(1), 2008.
윤기미, 「심훈의 중국생활과 시세계」, 『한중인문학연구』28, 2009.
신웅순, 「심훈 시조고(考)」, 『한국문예비평연구』36, 2011.
장인수, 「제국의 절취된 공공성: 베를린올림픽 행사 '시'와 일장기 말소사건」, 『반교어문
　　　연구』40, 2015.
하상일, 「심훈의 중국체류기 시 연구」, 『한민족문화연구』51, 2015.

3) 소설

정래동, 「三大新聞 長篇小說評」, ≪개벽≫, 1935.03.
홍기문, 「故 심훈씨의 유작 『직녀성』을 읽고」, ≪조선일보≫, 1937.10.10.
김　현, 「위선과 패배의 인간상: 『흙』과 『상록수』를 중심으로」, ≪세대≫, 1964.10.

유병석, 「심훈의 생애 연구」, 『국어교육』14, 1968.

홍효민, 「『상록수』와 심훈과」, ≪현대문학≫, 1968.01.

천승준, 「심훈 작품해설」, 『한국대표문학전집6』, 삼중당, 1971.

홍이섭, 「30년대 초의 심훈문학: 『상록수』를 중심으로」, ≪창작과비평≫, 1972.가을.

정한숙, 「농민소설의 변용과정: 춘원·심훈·무영·영준의 작품을 중심으로」, 고려대 『아세아연구』15(4), 1972.

신경림, 「농촌현실과 농민문학」, ≪창작과비평≫, 1972.여름.

김우종, 「심훈편」, 『신한국문학전집9』, 어문각, 1976.

이국원, 「농민문학의 전개과정: 농민문학의 새로운 방향을 위하여」, 서울대 『선청어문』7, 1976.

이두성, 「심훈의 『상록수』를 중심으로 한 계몽주의문학 연구」, 명지대 『명지어문학』9, 1977.

조진기, 「농촌소설과 귀종의 지식인」, 영남대 『국어국문학연구』, 1978.

최홍규, 「30년대 정신사의 한 불꽃: 심훈의 작품세계」, 『한국문학대전집7』, 태극출판사, 1979.

백남상, 「심훈 연구」, 중앙대 『어문논집』, 1980.

송백헌, 「심훈의 『상록수』: 희생양의 이미지」, ≪심상≫, 1981.07.

전광용, 「『상록수』고」, 『한국근대문학사론』, 한길사, 1982.

김붕구, 「심훈: '인텔리 노동인간'의 농민운동」, 『작가와 사회』, 일조각, 1982.

김현자, 「『상록수』고」, 서울여대 『태릉어문연구』2, 1983.

오양호, 「『상록수』에 나타난 계몽의식의 성격고찰」, 『한민족어문학』10, 1983.

이인복, 「심훈과 기독교 사상—『상록수』를 중심으로」, ≪월간문학≫, 1985.07.

송백헌, 「심훈의 『상록수』」, 충남대 『언어·문학연구』5, 1985.

최희연, 「심훈의 『직녀성』에서의 인물의 전형성과 역사적 전망의 문제」, 『연세어문학』21, 1988.

구수경, 「심훈의 『상록수』고」, 충남대 『어문연구』19, 1989.

조남현, 「심훈의 『직녀성』에 보인 갈등상」, 『한국소설과 갈등상』, 문학과비평사, 1990.

김영선, 「심훈 장편소설 연구」, 대구교대 『국어교육논지』16, 1990.

신헌재, 「1930년대 로맨스의 소설 기법」, 구인환 외, 『한국현대장편소설연구』, 삼지원, 1990.

윤병로, 「심훈의 『상록수』론」, ≪동양문학≫39, 1991.

유문선, 「나로드니키의 로맨스: 심훈의 『상록수』에 대하여」, ≪문학정신≫58, 1991.

김윤식, 「상록수를 위한 5개의 주석」, 『환각을 찾아서』, 세계사, 1992.

송지현, 「심훈 『직녀성』고: 그 드라마적 특성을 중심으로」, 『한국언어문학』31, 1993.

오현주, 「심훈의 리얼리즘 문학 연구: 『직녀성』과 『상록수』를 중심으로」, 한국문학연구회

편, 『1930년대 문학연구』, 평민사, 1993.

오현주, 「심훈의 리얼리즘문학 연구」, 『현대문학의 연구』4, 1993.

류양선, 「『상록수』론」, 『한국문학과 리얼리즘』, 한양출판, 1995.

류양선, 「좌우익 한계 넘은 독자의 농민문학: 심훈의 삶과 『상록수』의 의미망, 『상록수·휴화산』, 동아출판사, 1995.

김구중, 「『상록수』의 배경연구」, 『한국언어문학』42, 1995.

조남현, 「『상록수』연구」, 조남현 편, 『상록수』, 서울대출판부, 1996.

윤병로, 「심훈의 『상록수』」, 《한국인》16(6), 1997.

곽　근, 「한국 항일문학 연구: 심훈 소설을 중심으로」, 동국대 『동국어문논집』7, 1997.

민현기, 「심훈의 『동방의 애인』」, 『한국현대소설연구』, 계명대출판부, 1998.

장윤영, 「심훈의 『영원의 미소』연구」, 상명대, 『상명논집』5, 1998.

김구중, 「『상록수』, 허구/역사가 교접하는 서사의 자아 변화 연구」, 『한국문학이론과 비평』6, 1999.

신춘자, 「심훈의 기독교소설 연구」, 『한몽경제연구』4, 1999.

심진경, 「여성 성장 소설의 플롯: 심훈의 『직녀성』」, 『현대소설 플롯의 시학』, 태학사, 1999.

임영천, 「근대한국문학과 심훈의 농촌소설: 『상록수』기독교소설적 특성을 중심으로」, 채수영 외, 『탄생 100주년 한국작가 재조명』, 국학자료원, 2001.

박소은, 「새로운 여성상과 사랑의 이념: 심훈의 『직녀성』」, 동국대 『한국문학연구』24, 2001.

진선정, 「『상록수』에 나타난 여성인식 양상」, 『한남어문학』25, 2001.

채상우, 「청춘과 연애, 그리고 결백의 수사학, 동국대 한국학연구소 엮음, 『한국문학과 근대의식』, 이회, 2001.

이상경, 「근대소설과 구여성」, 『민족문학사연구』19, 2001.

김윤식, 「문화계몽주의의 유형과 그 성격: 『상록수』의 문제점」, 1993. 경원대 편, 『언어와 문학』 역락, 2001.

박상준, 「현실성과 소설의 양상: 박종화, 심훈, 최서해의 1930년대 장편소설을 중심으로」, 《작가》, 2001.

최원식, 「서구 근대소설 대 동아시아 서사: 심훈 『직녀성』의 계보」, 성균관대 『대동문화연구』40, 2002.

임영천, 「심훈 『상록수』연구: 『여자의 일생』과의 대비적 고찰을 겸하여」, 『한국문예비평연구』11, 2002.

문광영, 「심훈의 장편 『직녀성』의 소설기법」, 인천교대, 『교육논총』20, 2002.

권희선, 「중세서사체의 계승 혹은 애도: 심훈의 『직녀성』연구」, 『민족문학사연구』20, 2002.

이인복, 「심훈의 傍外的 비판의식」, 『우리 작가들의 번뇌와 해탈』, 국학자료원, 2002.

류양선, 「심훈의『상록수』모델론: '상록수'로 살아있는 '사랑'의 여인상」, 『한국현대문학연구』13, 2003.

박헌호, 「'늘 푸르름'을 기리기 위한 몇 가지 성찰:『상록수』단상」, 박헌호 편, 『상록수』, 문학과지성사, 2005.

이진경, 「수행적 민족성: 1930년대 식민지 한국에서의 문화와 계급」, 동국대『한국문학연구』28, 2005.

김화선, 「한글보급과 민족형성의 양상: 심훈의『상록수』를 중심으로」, 『어문연구』51, 2006.

이혜령, 「신문·브나로드·소설」, 『한국근대문학연구』15, 2007.

남상권, 「『직녀성』연구:『직녀성』의 가족사 소설의 성격」, 『우리말글』39, 2007.

김화선, 「심훈의『영원의 미소』에 나타난 근대적 글쓰기의 양상」, 『비평문학』26, 2007.

이혜령, 「지식인의 자기정의와 '계급'」, 『상허학보』22, 2008.

김경연, 「1930년대 농촌·민족·소설로의 회유(回遊): 심훈의『상록수』론」, 『한국문학논총』48, 2008.

한기형, 「심훈의 중국체험과『동방의 애인』」, 성균관대『대동문화연구』63, 2008.

강진호, 「현대성에 맞서는 농민적 가치와 삶」, 『국제어문』43, 2008.

장영은, 「금지된 표상, 허용된 표상」, 『상허학보』22, 2008.

송효정, 「비국가와 월경(越境)의 모험」, 『대중서사연구』24, 2010.

정호웅, 「푸르른 생명의 기운」, 정호웅 엮음, 『상록수』, 현대문학, 2010.

정홍섭, 「원본비평을 통해 본『상록수』의 텍스트 문제」, 『한국문학이론과 비평』47, 2010.

조윤정, 「식민지 조선의 교육적 실천, 소설 속 야학의 의미」, 고려대『민족문화연구』52, 2010.

노형남, 「브라질의 꼬엘류와 우리나라의 심훈에 의한 저항의식에 기반한 대안사회」, 『포르투갈—브라질 연구』8, 2011.

박연옥, 「희망과 긍정의 열린 결말: 심훈의『상록수』」, 박연옥 편, 『상록수』, 지식을만드는지식, 2012.

권철호, 「심훈의 장편소설에 나타나는 '사랑의 공동체': 무로후세코신[室伏高信]의 수용양상을 중심으로」, 『민족문학사연구』55, 2014.

강지윤, 「한국문학의 금욕주의자들: 자율성을 둘러싼 사랑과 자본의 경쟁」, 『사이』16, 2014.

엄상희, 「심훈 장편소설의 '동지적 사랑'이 지닌 의의와 한계」, 대구가톨릭대『인문과학연구』22, 2014.

박정희, 「'家出한 노라'의 행방과 식민지 남성작가의 정치적 욕망:『인형의 집을 나와서』와『직녀성』을 중심으로」, 명지대『인문과학연구논총』35(3), 2014.

권철호, 「심훈의 장편소설『직녀성』재고」, 『어문연구』43(2), 2015.

4) 영화

만년설, 「영화예술에 대한 관견」, ≪중외일보≫, 1928.07.01~07.09.

임　화, 「조선영화가 가진 반동적 소시민성의 말살: 심훈 등의 도량(跳梁)에 항(抗)하여」, ≪중외일보≫, 1928.07.28~08.04.

G.　생, 「<먼동이 틀 때>를 보고」, ≪동아일보≫, 1927.11.02.

윤기정, 「최근문예잡감(其3): 영화에 대하야」, ≪조선지광≫, 1927.12.

최승일, 「1927년의 조선영화계: 국외자가 본(3)」, ≪조선일보≫, 1928.01.10.

서광제, 「조선영화 소평(小評)(2)」, ≪조선일보≫, 1929.01.30.

오영진, 「중대한 문헌적 가치: 심훈 30주기 추모(미발표)유고특집」, ≪사상계≫152, 1965. 10.

김종욱, 「『상록수』의 '통속성'과 영화적 구성원리」, ≪외국문학≫, 1993. 봄.

김경수, 「한국근대소설과 영화의 교섭양상 연구: 근대소설의 형성과 영화체험」, 『서강어문』15, 1999.

전흥남, 「심훈의 영화소설 「탈춤」과 문화사적 의미」, 『한국언어문학』52, 2004.

강옥희, 「식민지시기 영화소설 연구」, 『민족문학사연구』32, 2006.

주　인, 「영화소설 정립을 위한 일고」, 『어문연구』34(2), 2006.

조혜정, 「심훈의 영화적 지향성과 현실인식 연구」, 『영화연구』(31), 2007.

박정희, 「영화감독 심훈의 소설『상록수』연구」, 『한국현대문학연구』21, 2007.

김외곤, 「심훈 문학과 영화의 상호텍스트성」, 『한국현대문학연구』31, 2010.

전우형, 「심훈 영화비평의 전문성과 보편성 지향의 의미」, 『대중서사연구』28, 2012.

3. 학위논문

유병석, 「심훈 연구: 생애와 작품」, 서울대 석사논문, 1965.

류창목, 「심훈작품에서의 인간과제: 주로 『상록수』를 중심으로」, 경북대 석사논문, 1973.

임영환, 「일제 강점기 한국 농민소설 연구」, 서울대 석사논문, 1976.

이주형, 「1930년대 장편소설연구」, 서울대 박사논문, 1977.

오경, 「1930년대 한국농촌문학의 성격 연구: 이광수, 심훈, 이무영의 작품을 중심으로」, 이화여대 석사논문, 1974.

심재홍, 「심훈 소설 연구」, 연세대 석사논문, 1979.

신상식, 「『흙』과 『상록수』의 계몽주의적 성격」, 고려대 석사논문, 1982.

오양호, 「한국농민소설연구」, 영남대 박사논문, 1982.

이경진, 「심훈의 『상록수』 연구: 작품 분석을 중심으로」, 고려대 석사논문, 1982.

정대재, 「한국농민문학 연구: 춘원, 심훈, 김유정, 박영준, 이무영의 작품을 중심으로」, 중앙대 석사논문, 1982.

이정미, 「심훈 연구: 「탈춤」, 『영원의 미소』, 『상록수』를 중심으로」, 충북대 석사논문, 1982.

김성환, 「심훈 연구」, 충남대 석사논문, 1983.

이정미, 「심훈 연구」, 충북대 석사논문, 1983.

이항재, 「뚜르게네프의 『처녀지』와 심훈의 『상록수』 간의 비교문학적 연구: Parallel study 에 의한 시도」, 고려대 석사논문, 1983.

임무출, 「심훈 소설 연구: 작품 속에 나타난 작가의식을 중심으로」, 영남대 석사논문, 1983.

심재복, 「『흙』과 『상록수』의 비교연구」, 충남대 석사논문, 1984.

이병문, 「한국 항일시에 관한 연구: 심훈, 윤동주, 이육사를 중심으로, 공주사대 석사논문, 1984

오종주, 「『흙』과 『상록수』의 비교 고찰」, 조선대 석사논문, 1984.

고광헌, 「심훈의 시 연구: 그의 생애와 관련하여」, 경희대 석사논문, 1984.

조남철, 「일제하 한국 농민소설 연구」, 연세대 박사논문, 1985.

정경훈, 「심훈의 장편소설 연구: 인물과 배경을 중심으로」, 충남대 석사논문, 1985.

이재권, 「심훈 소설연구」, 전북대 석사논문, 1985.

임영환, 「1930년대 한국 농촌사회소설 연구」, 서울대 박사논문, 1986.

하호근, 「소설 작중인물의 행위양식 연구: 심훈의 『상록수』와 채만식의 『탁류』를 대상으로」, 부산대 석사논문, 1986.

한양숙, 「심훈 연구: 작가의식을 중심으로」, 계명대 석사논문, 1986.

백인식, 「심훈 연구: 작품에 나타난 현실인식의 변모양상을 중심으로」, 경북대 석사논문, 1987.

유인경, 「심훈소설의 연구」, 건국대 대학원, 1987.

이중원, 「심훈 소설연구: 『동방의 애인』, 『불사조』, 『직녀성』을 중심으로」, 계명대 석사논문, 1988.

박종휘, 「심훈 소설 연구」, 서울대 석사논문, 1989.

신순자, 「심훈 농촌소설의 재조명: 그의 문학적 성숙과정을 중심으로」, 경희대 석사논문, 1989.

김 준, 「한국 농민소설 연구: 광복 이전의 작품을 중심으로」, 경희대 박사논문, 1990

최희연, 「심훈 소설 연구」, 연세대 박사논문, 1991.

백원일, 「1930년대 한국농민소설의 성격연구: 이광수, 심훈, 이무영 작품을 중심으로」, 동국대 석사논문, 1991.

신승혜, 「심훈 소설 연구」, 고려대 석사논문, 1992.

최갑진, 「1930년대 귀농소설 연구」, 동아대 박사논문, 1993.

장재선, 「1930년대 농민소설 연구: 이광수의 『흙』, 이기영의 『고향』, 심훈의 『상록수』를 중심으로」, 동국대 석사논문, 1993.

백운주, 「1930년대 대중소설의 독자 공감요소에 관한 연구: 『흙』, 『상록수』, 『찔레꽃』, 『순애보』를 중심으로」, 제주대 석사논문, 1996.

박명순, 「심훈 시 연구」, 한국외국어대 석사논문, 1997.

이영원, 「심훈 장편소설 연구」, 경북대 석사논문, 1999.

이정옥, 「대중소설의 시학적 연구: 1930년대를 중심으로」, 서강대 박사논문, 1999.

김종성, 「심훈 소설 연구: 인물의 갈등과 주제의 형상화 구도를 중심으로」, 성균관대 석사논문, 2002.

김성욱, 「심훈의 『상록수』 연구」, 한양대 석사논문, 2003.

박정희, 「심훈 소설 연구」, 서울대 석사논문, 2003.

최지현, 「근대소설에 나타난 학교: 이태준, 김남천, 심훈의 장편소설을 중심으로」, 동국대 석사논문, 2004.

이호림, 「1930년대 소설과 영화의 관련양상 연구」, 성균관대 박사논문, 2004.

조제웅, 「심훈 시 연구」, 영남대 박사논문, 2006.

김 선, 「한국 현대시에 나타난 '밤' 이미지 연구: 이상화, 심훈, 윤동주의 시를 중심으로」, 경희대 석사논문, 2008.

조윤정, 「한국 근대소설에 나타난 교육장과 계몽의 논리」, 서울대 박사논문, 2010.

양국화, 「한국작가의 상해지역 체험과 그 문학적 형상화: 주요한, 주요섭, 심훈을 중심으로」, 인하대 석사논문, 2011.

박재익, 「1930년대 농촌계몽서사 연구: 『고향』, 『흙』, 『상록수』를 중심으로」, 연세대 석사논문, 2013.